Ernst Burmann

Rose und Balsam und Moschus

Reihe Lebensformen

herausgegeben von Ulrich Beer

Band 17

Ernst Burmann

Rose und Balsam und Moschus

Eine ökumenische Utopie

Centaurus Verlag
Herbolzheim 2004

Die Deutsche Bibliothek – CIP-Einheitsaufnahme

Bibliographische Information der Deutschen Bibliothek:
Die deutsche Bibliothek verzeichnet diese Publikation in der
Deutschen Nationalbibliographie; detaillierte bibliographische Daten
sind im Internet über http://dnb.ddb.de abrufbar

ISBN 3-8255-0489-1

ISSN 1612-2739

Umschlagabbildung: © Alfons Berse (www.a-berse.de)

Druck: primotec-printware, Herbolzheim

Danksagung

Ursprünglich habe ich die Geschichte fürs Internet geschrieben, jeden Tag vom 11.11.2002 bis 15.8.2003 eine Seite. Viele Informationen habe ich aus dem Netz bezogen. Hilfreich und wertvoll waren mir die Bibel, der Baedeker „Schweiz“ und „Rom“, die Bücher von Jörg Zink, Hans Küng, Eugen Drewermann und Guido Knopp („Die Macht der Päpste“), die „Ansichten der Schweiz“ von Marc Valance und Heinz Dieter Finck, die Echos der Web-Leserinnen Gertrud Ziegler, Manuela Riegner, Ulrike Zellfelder und Anita Meyerhuber und meine Frau Gabriele.

Danke.

Widmung

Dem konfessionsverbindenden Dorf Wippingen auf der Schwäbischen Alb gewidmet.

Bethlehem, November 2035.

In einem typischen würfelförmigen Haus, mit weißen Kalkplatten verkleidet, Blick auf die Hirtenfelder, diktiert Eggli seine Lebenserinnerungen. Der Emerit, wie er genannt wird, war 14 Jahre lang, von 2017 bis 2031, Papst Martin Paul.

Zum Schreiben überreden konnte ihn der ägyptische Journalist Omar Abd el Melech, ein Moslem, der als Journalist für Radio Kairo in Rom die kommunikative Seite des Papstes schätzte und ihn als Friedensstifter über die katholische Welt hinaus bekannt machte. Er veröffentlicht die Erinnerungen posthum an Egglis 80. Geburtstag, am 6. Januar 2039.

Kleiner gedruckt sind Omars Erläuterungen im Buch.

Wenn Egglis Gedanken sich zum Gebet wandeln, finden Sie die kursive Schreibweise.

Der Titel bezieht sich auf einen päpstlichen Orden, den Martin Paul, wie sein Vorgänger Josef, gerne verlieh.

Es ist ein weißes Pergament
Die Zeit und jeder schreibt
Mit seinem roten Blut darauf,
bis ihn der Strom vertreibt.

Froh bin ich, dass ich aufgewacht
in deinem runden Kranz.
Zum Dank trüb ich die Quelle nicht
und lobe deinen Glanz.

Gottfried Keller

Zur Welt gekommen

Geboren bin ich in Bern am 6. Januar 1959, ein Dreikönigskind, darum Melchior. Urs heiße ich nach Urgroßvater Kobele, Martin nach dem Heiligen, nach dem Paten und nach Buber, den Mutter im Studium gelesen hatte: „Von Buber lernte ich beten, er hat mich gelehrt, das Du, das göttliche und menschliche Gegenüber wirklich zu schätzen." Ich heiße gerne Martin.

Urs major, großer Bär, haben sie mich in der Familie genannt, weil ich in jeder heitren Nacht nach diesem Sternbild sah und es gern zeigte. Urs nennen mich noch heute die Kameraden der Kinderschule und Volksschule in Bern. Ab der Oberschule wurde ich Martin gerufen. Melchi hieß ich nur bei Annele. „Mann und Martin" alliteriert Katarina.

Mit Freuden höre ich es bis heute, wenn mein ganzer Name gesprochen wird: Martin Urs Melchior Eggli. Ein Name mit allen Vokalen, ein Versprechen von Vollendung. Mutter Marthe nannte mich einmal „das vollkommene Kind".

Meine Gedichte mit 17 unterschrieb ich MarUME. Das sollte dunkel, wichtig und bleibend klingen. Doch die 52 Gedichte über Berge und tiefe Gefühle, über Höhenlust und Liebe zu Elisabeth sind verschollen.

Zur Welt gebracht hat mich Marthe. In der Erinnerung ist sie ein blühender Apfelbaum. Zu meinem 40. bat ich sie, über die Geburt zu schreiben. Sie tat es, allerdings sehr kurz:

„Einen Augenblick ist alles still. Das Kind ist da, ich habe unendliche Schmerzen und 36 Stunden Wehen hinter mir, konnte nicht mehr. Ich war bereit, mit meinem Kind zu sterben. Lebt es?

Nach diesem Augenblick kam neues Leben über alle, sofort auch über mich. An den Füßen gepackt, leicht gerüttelt, fängt das Kind zu atmen an, schreit, wimmert, wird beruhigt, das Nabelband durchschnitten.

Jetzt erst stellt Matthias fest: ‚Mein Sohn.'

In seiner Berner Mundart klingt es stolz und festlich.

Von Anfang an lebt Martin in vollen Zügen. Ich nähre ihn mit meiner Brust, über ein Jahr. Bei jedem kleinen Stress, nachts zur Vergewisserung, vor und nach Arztbesuchen die sichere Brust. ‚U-u' kam er gekrochen und wollte trinken. Mit 13 Monaten lief er und rief immer noch ‚U-u', obwohl er schon Mama und Papa sagen konnte."

Wir bewohnten ein gelbes Haus in der Postgasse. Vater hatte es ererbt, ausgebaut, mit einer Heizung versehen. Die Kindheit dort war das Paradies.

Vater Matthias war Lehrer für Musik und Mathematik, Mozart-Liebhaber, Hesse-Fan, kritischer Katholik: „Ein guter Schweizer Katholik hat fünf Bindungen: an Rom und an die eigene Frau, an die calvinistische Schweiz, an die eigene komplizierte Seele und an das Gruppenbild mit Dame." Damit meinte Vater die Heilige Trinität mit Gottesmutter.

Vaters Kopf rechnete ständig oder er summte eine Melodie, meistens Haydn. Er wirkte abwesend; präsent war er in der Schule, beim Dirigieren des Bubenberg-Orchesters und bei seinen Mädchen.

Goethepredigt beim Taufessen

Palmsonntag, 22. März 1959, wurde ich getauft. Als Mädchen wäre ich evangelisch geworden und hätte Dorothee geheißen. Die Vereinbarung der Eltern in unserer konfessionsverbindenden Familie sah es so vor: Getauft werden alle im Münster, die Buben katholisch. Pfarrer Conrad Mayer kam also ins evangelische Münster. Johanna und Magda, Schwestern der Eltern streuten grüne Zweige von Buchs und Tanne auf meinen Weg. Die Familie saß im doppelreihigen Chorgestühl. Großvater Martin hielt die Predigt über die Losung des Tages der Herrnhuter: „Hosianna dem Sohne Davids! Gelobt sei, der da kommt in dem Namen des Herrn! Hosianna in der Höhe!" (Matthäus 21,9). Ins Gästebuch der Familie schrieb der Täufer: „Gottes guter Geist belebe ihn täglich."

Beim Taufessen zwischen Blumenkohlsuppe und Kopfsalat erhob sich Pate Martin Hoppert, Mutters geliebter Basler Vetter: „Frau Rätin, er lebt, so wurde Goethe begrüßt vor 210 Jahren. Marthe, er lebt, so freuen wir uns heute mit euch. Mögen beide, der Frankfurter Hätschelhans und unser Goldschatz, einmal ins ewige Leben eingehen.

Martins Tauftag ist Goethes 127. Todestag. Ich sag euch als Verbindung von beiden eine schöne Predigt des Dichters:

Willst du dir ein gut Leben zimmern,
Musst ums Vergangne Dich nicht bekümmern,
Und wäre Dir auch was verloren,
Erweise dich wie neu geboren.
Was jeder Tag will? Sollst du fragen,
Was jeder Tag will wird er dir sagen!
Musst Dich an eignem Tun ergötzen,
Was Andre tun, das wirst Du schätzen,
Besonders keinen Menschen hassen,
Und das Übrige Gott überlassen."

Die Mutter bekam damals einen großen Strauß duftender Freesien. Neben den Menschen erfreuen mich die Blumen: der Duft und das Anfühlen, die Farben, die Vielfalt. Ich danke meiner Patin Magda, dass sie mich das Riechen lehrte. Sehr oft brachte sie Duftendes mit: Immer sollte ich die Aromen beschreiben. Dabei roch sie selbst am besten: ihr Haar nach Haar und Aprikose, ihre Haut nach Heu und Tee und manchmal nach ihrer Abendzigarette. Das Kuscheltier meiner Kindheit war ein tiefbrauner Bär. Magda hat ihn bei ihren Besuchen beduftet mit Chanel No. 5.

Das junge Leben hätte mit drei zu Ende sein können. Georg schob den Kinderwagen der kleinen Gertrud. Ich stand mit auf der Achse, als er uns in der Marzilistraße rollen ließ. Das Mädchen war geschützt, doch ich flog mit großer Wucht mit der Stirn voran an die Hauswand von Nummer 19. Platzwunde, zwei Zähne ab-, Kiefer angebrochen, Gehirnerschütterung, Krankenhaus. Der Kiefer wurde verdrahtet, ich aß sieben Tage mit dem Röhrchen, unter ständiger Beobachtung wegen der Gefahr des Erbrechens und Erstickens. Mutter schaffte es, dem schuldbewussten Bruder wieder Selbstbewusstsein zu geben, mich 24 Stunden zu umsorgen und die Kleine nicht zu vernachlässigen.

Mutter war die wichtigste im Leben. Von ihrem Mund und ganzem Wesen strömten Glanz und die Wärme, Nahrung und Wohlbefinden, Friede und Lob. War sie weggegangen oder, was selten vorkam, sauer, lag ein Schatten auf unserem Dasein, den nur sie selbst aufhellen konnte.

An Grumi, Großmutter Elsa Eggli, habe ich kaum Erinnerung, jedoch eine tief traurige. Sie starb nur 60-jährig nach einem Sturz im Hauptbahnhof Bern. Zu meinem vierten Geburtstag reiste sie aus Basel an. Es hatte Blitzeis. Nicht der Sturz mit Beinbruch hat ihr das Leben genommen, es war die Lungenentzündung am zehnten Tag. Ich hatte mir Grumis Besuch gewünscht. Im Krankenhaus malten wir uns noch die künftigen Schlitten- und Seilbahnfahrten aus. Das Tätergefühl mit Wut und Schuld, das mich oft an Geburtstagen überfällt, dämpfte damals Pfarrer Lämle. Gott habe seinen treuen Diener selig bei allen seinen Knechten. Mit dem Satz aus Hiob: „Der Herr hat's gegeben, der Herr hat's genommen", sprach er mich damals direkt an: „Martin, unschuldiges Kind, du trägst in jungen Jahren schon die Bürden des Allerhöchsten. Was wird er dir noch zu tragen geben? Doch er gibt auch die Kraft dazu." Bis heute steigt in traurigen Stunden Lämles Trost hoch.

Fredo

Großpapa Alfred Eggli, genannt Fredo, heiratete bald nach Elsas Tod Hildchen aus Berlin, die junge geschiedene Hildemarie Völklein-Herweg, die so schnell sie redete auch dachte und schrieb, und mir Effi vorlas. Effi Briest mit neun. Das war Lebensunterricht, Aufklärung und große gegenseitige Liebe. Ich liebte Effi und ich liebte Hildchen. Sie erzählte mir von Deutschland, von Burgen und Adeligen, von Heinrich Heine und Fräulein Loreley, von Christiane und Goethe, von Brecht „und seinen Weibern". Sie belebte die Poeten und nannte sich „stammend aus dem Land der Dichter und Denker".

Hildchen ist jetzt neunundneunzig, lebt wieder in Berlin, geht täglich im Tiergarten spazieren, nur nicht bei der Loveparade: „Die hätt ick jern afundn voa achzig Jahrn bei Walzer un Polka un Charleston." Hildchen hat ihre Familie mit Enkeln und Ururenkel um sich, „abba nich stets". Nach Fredos Tod habe ich sie nie mehr gesehen, doch zum Geburtstag schreibt sie, zuletzt mit der Anrede „an den hochwürdigsten Großwesir von Betlehem, seine dreikönigliche Hoheit". Noch kurze Zeit, dann treffen wir uns auf einem weiten Feld, Hildchen.

Ach ja, Fredo, mit Hildchen war er von Basel nach Zürich gezogen. Frauenversteher und Herzensbrecher. Ob er in seinen Ehen treu war? Um sich schaffte er einen Raum von Intelligenz und Heiterkeit. „Epikureische Hilaritas" nannte er es: „Mein Trost ist nicht der Trost der Pfaffen, sondern der Philosophie: Die Götter brauchen wir nicht zu fürchten.

Der Tod macht uns keine Sorgen. Das Gute ist leicht zu erlangen. Das Furchtbare ist leicht zu ertragen. Epikur." Fredo lud gerne ein, Hildchen kochte gerne. Manchmal wünschte ich, in ihrem Hause aufzuwachsen. Sie hatten zusammen keine Kinder, denn Hildchens Tochter war in Berlin geblieben, wir waren fünf. Ich hätte Mutters großes Herz vermisst, aber gegen Papas Abwesenheit oft gern Fredos Weite, Zugewandtheit und Erzählfreude eingetauscht. Die Bibel und Babylons Mythen, die Weltgeschichte und Shakespeares Werke, den Zürcher Society-Tratsch, den echten und Nietzsches Zarathustra, alles hatte er im Kopf, konnte beliebig in alle Rollen schlüpfen. An der Uni lehrte er Anatomie. Er zeigte uns ganze Körper in Formalin, erzählte Geschichten von Ermordungen und anderen dramatischen Todesarten, von Missbildungen und Hybriden. Bei den Studentenunruhen 1980 und 81 vermittelte Fredo, denn er verstand die Anliegen der jungen Leute.

Unser berühmter Vorfahre

Fredo war stolz darauf, ein Ururenkel von Salomon Gessner zu sein, dem Gründer der Neuen Zürcher Zeitung. Während unser Ahn Gessner viele Werke hinterließ, schrieb Fredo keine Zeile, doch vergessen ist er nicht. Er besucht mich in meinen Träumen. 1983 starb er im Rhein. Auf dem Friedhof Fluntern liegt er nah bei James Joyce, dessen seitenlange Sätze aus Ulysses er köstlich parodieren konnte. War ich in Zürich, besuchte ich sein Grab. Oft lagen weiße Rosen auf der Platte, die er selbst so gern verschenkt hat.

Martins Vorfahre Salomon Gessner, geboren 1730 in Zürich, dort gestorben 1788, war ein Genie: Dichter, Richter, Maler, Unternehmer.

Nach dem Schulbesuch in Zürich und Unterricht bei Hauslehrern ging er nach Berlin als Lehrling in der Spenerschen Buchhandlung, versuchte sich in der Malerei und schrieb Gedichte. Im Oktober 1752 schloss er Freundschaft mit dem Dichter Christoph Martin Wieland. Mit seiner Heirat wurde Teilhaber einer Porzellanfabrik, Mitglied der Zürcher Stadtregierung und Bezirksrichter in Erlenbach bei Zürich. 1772 übernahm er die Redaktion der Montags-Zeitung, später umbenannt in Neue Zürcher Zeitung. 1775, nach dem Tod des Vaters, übernahm er die Leitung des Verlages. 1779 stattete Goethe ihm einen Höflichkeitsbesuch ab. Ein kleiner Ausschnitt aus seinem „Herbstmorgen":

Glücklich ist der, dessen unbeflecktes Gemüt keine begangene Bosheit nagt; der seinen Segen zufrieden genießt, und, wo er kann, Gutes tut. Ihn weckt zur Freude der helle Morgen; der ganze Tag ist ihm voll Wonne, und sanft umfängt die Nacht ihn mit süßem Schlummer. Jede Schönheit, jede Freude, genießt sein frohes Gemüte; ihn entzückt jede Schönheit des wechselnden Jahres, jeder Segen der Natur.

Auf den „Gessi" sind wir alle stolz.

Sehe ich es recht, dann litt mein Vater unter der Wucht seines Vaters. Lob und Umarmungen hatte Matthias nur von der Mutter bekommen. Solange Großmama Elsa lebte, war Matthias ausgeglichen. Hildchen fand nicht den Draht zu ihrem Stiefsohn. Wenn er sich bedauerte, und bei Mutter Marthe durfte er das, nannte er sich einen Vollwaisen. Doch Sanna und ich blühten auf in der Villa Rigiblick, wo Großpapa Fredo und Hildchen residierten.

Sanna

Meine Schwester Sanna: die Beauvoir der Schweiz. Der Vergleich ist gewagt, da ihr Buch „Wegweisende Schweizerinnen" über die Landesgrenze hinaus wenig beachtet wird. Doch in der Heimat war sie bekannt und gefragt als „Sanna Emanza". Sieben Jahre älter als ich hat sie den alten Carl Gustav Jung kennen gelernt, weil sie mit seiner Urenkelin befreundet war. Sanna wurde Psychologin und Analytikerin, lebte mit Bankiers zusammen, die sie wieder verließ, weil sie nicht Geld und Glanz, sondern Geborgenheit und Geduld mit ihrer schwierigen Seele suchte. Jung hatte sich einen Turm gebaut, Sanna grub und meißelte sich mit eigner Hände Kraft eine Höhle, in der sie einmal begraben sein wollte. Irene, ihr einziges Kind, starb oder blieb in Indien, verschollen seit 2003. Sanna erzog Irenes Töchterchen Ulixa in unserem Elternhaus. Sannas Wunsch wurde erfüllt. In einem grüngranitnen Sarkophag liegt sie in ihrer Höhle, der von einem Friedwald der Gemeinde Montreux umgeben ist.

Unruhig war ihre Seele, unruhig die Seele von Irene. Der du allein Ruhe zu geben vermagst, lass sie ruhen in dir.

Bevor die Idee europaweit sich ausbreitete, wurden in der Schweiz seit 1995, in anderen Ländern seit 2000 Wälder zu Friedhöfen umgewidmet, die Friedwälder heißen. Die Namen der Verstorbenen, die in Särgen, in Tüchern oder Urnen, ursprünglich nur in Urnen, bestattet werden, stehen auf Schildchen an Bäumen. Die Natur übernimmt die Grabpflege.

Bethlehem und Oma Berta

Ich schreibe und diktiere in Bethlehem. Der treue Ismael, ich nenne ihn meinen Tychikus, so hieß der Helfer von Paulus, ausgebildet in der Schneller-Schule, ist hier mein Sekretär. Täglich bringt er uns die saftigsten Trauben, frische Gurken, reife Tomaten, noch warmes Brot, Huhn oder Lamm, duftenden Joghurt, Butter aus der Sharonebene, einen Merlot aus Hebron und Grauburgunder vom Golan. Dann pünktlich um zehn setzt er sich und schreibt. Ich schließe meine Augen und lasse die Bilder, Gespräche und Gebete des Lebens an mir vorbeiziehen.

Wo der Meister geboren wurde, verbringe ich mit Katarina meine alten Jahre. Sie hat Kokos immer vorrätig, mehr für die Kinder Bethlehems, aber auch für mich. In allen Formen liebe ich Kokos: als Bonbons, in Schokolade oder Lakritz. Das kommt von Oma Kobele, die immer dreifarbige Kokoswürfel mitbrachte.

Oma Kobele, die Frau Pfarrer aus Delemont, Delsberg, stammt aus einem Bauernhof bei Kaiseraugst, nahe Basel. Nicht nur sprechen konnte sie mit Tieren, sondern sie gesund machen. Wilde Hunde schmiegten sich an sie. Kranken Katzen brühte sie Kräutertee auf. Groß und schmal heiratete sie ihren Pfarrer, der sie konfirmiert hatte, mit achtzehn. Berta Müller hieß sie einmal, doch sogar in der Familie wurde sie ehrfurchtsvoll „unsre Frau Pfarrer“ genannt. Im Beruf ihres Mannes ging sie so auf, dass sie gebeten wurde, Beerdigungen zu halten, wenn der Mann verhindert war. Später predigte sie auch sonntags für ihren Mann, als er vom Magenkrebs geschwächt nur noch die kurze reformierte Liturgie sprechen konnte.

Bruder und Konkurrent

„Judas und Josef“ nannte uns Fredo und trieb umso mehr unsere Konkurrenz an. In jungen Jahren lernte Georg das Trompetenspiel, wurde darin ein Meister. Ich wollte es an der Klarinette mit ihm aufnehmen und scheiterte. Weil ich das Herz von Fredo und Hildchen hatte, giftete mich Georg an. Mutters Herz hatten wir alle, doch Vater hatte seine Freude am „Bäuerchen“ oder „Jörgli“, wie er ihn nannte, denn Georg zog in einem Beet Radieschen, Kartoffeln und Astern und hielt Tauben unterm Dachfirst. Mit zehn lernte er kochen und zauberte Sonntagsbraten: Berühmt war sein Lamm, das es zu Erntedank und Silvester gab, ein Rezept der Mutter mit selbstgesammelten Kräutern vom Berner Oberland.

Jeder von uns hatte seinen Raum und seine Begabung, doch wir gönntens einander nicht. Als ich einmal zu Mutter bei einem Gutnachtkuss sagte: „Am liebsten wär ich mit dir allein“, erschrak sie, drückte mich weg, blieb stumm. Sofort merkte ich, dass ich etwas schlimmes gesagt hatte und dass sie alle ihre Kinder in gleicher Weise liebte. Von da an liebte ich Georg ein wenig, konnte mich freuen über seine Erfolge in Trompete und Mathe und über seine erste Komposition. Erst als wir erwachsen waren, telefonierten wir oft, konnten uns fast alles erzählen. Ich durfte ihn Narzisse nennen, er mich Goldmund. Bevor er nach Weimar ging, war er Manager für Waffen und Schokolade, hatte zwei Export- und Importfirmen. Ich hasste seine Panzergeschäfte, doch ich hielt umso mehr Kontakt zu ihm. Betete zu dem Gott, der versprach, dass aus Schwertern Pflugscharen werden, und bat ihn darum, dass mit Georgs Panzern den Afrikanern das Säen und Ernten leichter würde. Georgs Frau war zwanzig Jahre lang die wichtigste Frau in meinem Leben. Über Lotte werde ich noch manches erzählen.

Als ich Bischof wurde, versprach Georg, ein besserer Mensch zu werden. Er verkaufte seine Schweizer Firmen und wurde zum Reisekaufmann. Seine Alkoholexzesse verlegte er auf den Urlaub. Doch er wurde nicht ruhiger und nicht glücklicher.

Nun liegen sie beide in Weimarer Erde.

Allbarmherziger, kannst du ihnen lohnen, was sie mir wert waren. Nicht nur mich hast du ihnen als Aufgabe gegeben: Ihre Julia zehn Jahre im Rollstuhl, den genialen Jörg, der seine Kinder nicht versorgen konnte. Richte seine gebeutelten Töchter auf.

Es ist wunderschön, eine große Familie zu haben. Bei aller Verschiedenheit liebten wir uns, trieben uns an. Keins konnte vom andern lassen. Ihr kennt noch nicht alle:

Trost und Eleganz

Lore – warum lebt sie nicht mehr? Den Schmelz ihrer Jugend und den Reiz ihrer Stimme, die Figur und den Gang einer Tänzerin konnte sie bis 64 erhalten, dann welkte sie innerhalb eines Jahres dahin. Meine schöne Schwester Lore: Mit fünf wollte ich dich heiraten. Wie oft spielten wir Hochzeit. Du mit Hildchens gesticktem Schleier, ich in Fredos großen schwarzen Schuhen. Später spielte ich den Pfarrer. Du hast manchmal drei Hochzeiten am Tag gewünscht. Es muss Mai 65 gewesen sein, die Kirschen blühten, als du im Viertelstundenabstand Klaus, Leo und den Lenz geheiratet hast. Nicht der Knaben, sondern meiner Predigten wegen mochtest du das Spiel.

Wie gerne hätte ich dich wirklich verheiratet. Lore hatte rein graue Augen, war goldblond, Naturwellen, hinreißend schön, kein Mann war ihr vornehm genug, so behielt sie keinen, und der eine, den sie begehrte, der russische Tänzer Fjedor Ulganow, behielt sie nicht. Alwin, ihr einziges Kind, bekam eine Stelle bei den Schweizer Garden, wurde Offizier, ich sah ihn oft, er lebt in Rom, wieder Single, handelt jetzt mit Seide und Farben. Alwin besorgt die rote Läusefarbe für Campari.

Gertrud, Meisterin im Schwimmen, Sandwichkind zwischen mir und Lore, hatte sich die Welt des Sports erobert. Nach ihrer aktiven Zeit, Olympiasiebte 1980 in Moskau bei 400 Meter Lagen, heiratete sie den Landesmeister im Sportschießen, Franz Lübli. Drei wunderbare Kinder: Karl, Paul und Lisa. Truda, du hast die Familie zusammengehalten, nachdem die Eltern nicht mehr waren. Du hast mir damals Lebenssinn gegeben, als du mir die Patenschaft für Paul antrugst. Oft riefen wir, die Sechseinhalbstundenschläfer, uns um Mitternacht an, um noch eine Stunde zu reden. Wusstest du, dass du, obgleich jünger, mütterliche Aufgaben an mir übernahmst? Für jedes Leid gibt es einen Trost, für jedes Leiden hattest du ein Trostwort.

Trauer um Gertrud

Zwanzig Jahre lang hast du die Landesmeisterschaften im Schwimmen organisiert, darauf geachtet, dass deine Sportler, deine „Kinder“, du kanntest sie alle, nicht auskühlen, hast ihren Ehrgeiz gefördert, ihren Schmerz gelindert. Nach den Medaillen der aktiven Zeit sammeltest du lächelnd und immer auf andere verweisend, die Auszeichnungen der Kantone und der Eidgenossenschaft. Immer positiv, immer unter Spannung. Auch mit dir hätte ich gerne das Alter verbracht, bei den Wurzeln in Bern, oder in Lugano, wo ihr residiertet.

Als ob einer die Spannung ausgeschaltet hätte, ist dein Licht vor sechs Wochen, Anfang Oktober, erloschen. Es war der Tag des Heiligen Franz von Assisi.

Gertrud versammelte die Ihren am 1. Oktober nachmittags um ihr Krankenbett. Auch ich konnte bei ihr sein. Die Zeit der Schmerzen war vorüber, ein goldener Oktober in Lugano schuf einen goldenen Hintergrund wie bei gotischen Altären. Du wünschtest dir zwei Stücke von Bach: „Jesus bleibet meine Freude“ und „Wie schön leuchtet der Morgenstern“. Karl am Piano, seine Monika mit Geige, Lisa sang. Christi Leib wurde zu deinem letzten Bissen. Du lächeltest wie eine Siegerin. „Letzte Worte“ der Annette von Droste hast du uns zugeseufzt:

Geliebte, wenn mein Geist geschieden,
so weint mir keine Träne nach;
denn, wo ich weile, da ist Frieden.
Dort leuchtet mir ein ewger Tag.

Wo aller Erdengram verschwunden,
soll euer Bild mir nicht vergehn,
und Linderung für eure Wunden,
für Euren Schmerz will ich erflehn.

Weht nächtlich seine Seraphsflügel
der Friede übers Weltenreich,
so denkt nicht mehr an meinen Hügel,
denn von den Sternen grüß ich euch.

Gott gibt, Gott nimmt. Wir waren einverstanden mit seiner Führung. Auch dein Urenkel hatte verstanden, dass es ein Abschied war. Er küsste dich nicht ein letztes Mal, wie die andern, sondern sagte ernst: „Auf Wiedersehn, Uma.“

Nach Sonnenuntergang aßen wir bei dir. Beim Abschied hattest den letzten Schlaf begonnen. Dreiunddreißig Stunden Schlaf. Wir sahen, dass du noch einmal dein schönes Leben träumst. Am 3. Oktober, bei Sonnenaufgang, hast du die Vergänglichkeit ausgehaucht. Mit der Ausstrahlung einer Fürstin hast du gelebt, wie eine Heilige bist du gestorben, mit einem Staatsakt wurdest du begraben. Die schönen Jungs der Lagenstaffel trugen deinen Sarg. Sechs aufrecht beim Trauermarsch schreitende Herkulesse. Gertrud ruht im Elterngrab.

Meine Schwestern, meine Brüder, warum wurdet ihr nicht alt? Jetzt, da wir Zeit füreinander haben könnten, und alle Verwünschungen erledigt sind, seid ihr nicht mehr da. Wie eine Kerze im Wind lebtet ihr alle und ließet mich allein.

Ich bin so dankbar für ein jedes von euch. Und ich trauere, nicht nur um Gertrud. Bei keiner eurer Bestattungen konnte ich in meiner römischen Zeit dabei sein. Nun habe ich eure Gräber besucht, eure Kinder gesehen und bin getröstet. Beinah jede Nacht träume ich, jedes Mal sind wir jung, doch die Eltern sind nicht da. Vor allem ein Traum kommt immer wieder: Wir haben uns verstiegen am Wildstrubel, sind schlecht ausgerüstet, vor uns ein Abgrund, es wird kalt. „Jeder ruft seine Engel!" Sannas Worte sind ein Befehl. Sie geht voran und führt uns sicher zur Lämmernhütte.

Zwei eurer Enkel stehn mir nah: Ulixa und Alwins langer Kerl, Hans von Bodnar.

Nepos Hans

Hans lebt wie seine Eltern in Rom. „Aufgewachsen im Papstpalast", so kann er einmal sein Leben überschreiben. Er war mein häufigster Besucher, hatte Einlass, wir hüteten ihn, hier lernte er feines Italienisch, Beten vor dem Essen und die Sprache der Bilder. Silvia, meine Köchin und Haushälterin, hatte ihn ins Herz geschlossen. Sie hatte Kunst und Italienisch studiert, bekam aber wegen epileptischer Anfälle und eines Gesichtszuckens keine Schulstelle. Verheiratet mit Silvio, auch instabil, liebte sie Kinder, wollte aber keine eigenen. Mein Großneffe Hans hieß bei uns Giovanni oder der Nepos; wir hüteten uns, ihn zu verwöhnen, es sollte der Verdacht des Nepotismus nicht aufkommen.

Nepotismus, Begünstigung von Neffen und anderen Verwandten, war ein häufiges Vergehen im Vatikan, besonders in der Renaissancezeit.

Viele Bilder gefielen dir, Hänschen, du durftest nicht das kleinste, nicht einmal den winzigsten Edelstein mitnehmen. Mit dir spielte ich Schach und Dame, du kennst Papstwitze, und durftest sie mir alle erzählen. Kamen Kinder mit zur Audienz, hast du als Vierzehnjähriger ihnen die Sistina gezeigt, oder in den Gärten mit ihnen gespielt. Im Adlerbrunnen habt ihr gebadet. Deine Versuche, zu schweben, vergesse ich nicht: Wie Christus auf dem Raffaelgemälde von der Verklärung wolltest du in der Luft stehen. Doch du fielst auf die Erde zurück wie die erschrockenen Apostel auf dem Bild. Silvia und ich als Mose und Elia haben dir dann doch zum Schweben verholfen.

Mit zehn war dein Berufswunsch, Papst zu werden. Nun bist du mit Deinem Studium, Theologie und Jura, auf dem besten Weg dazu. Deine täglichen Mails, dein Vertrauen dem Großonkel gegenüber, dein neuer Berufswunsch, erst einmal Anwalt zu werden, vieles erkenne ich bei Dir wieder, was mich freute und quälte in meinen jungen Jahren.

Führe ihn in der Liebe, in seinem Auto, auf seinen beruflichen Wegen. Ein halbes Jahrhundert sind wir auseinander. Alle sorgenvollen Gedanken werfe ich auf dich. Du führst. Du sitzt im Regimente über einem jeden.

Hanna Ulixa

Hanna Ulixa nennt sich selbst die Graugans oder H.U. Verhaltensforscherin bei Menschen und Tieren. Wo immer sie ihre Projekte auf dieser Erde hat, berichtet sie. Inoffiziell durfte sie den Vatikanstaat in ihren Ferien vor 17 Jahren beobachten. Ihr zehnseitiger „Zoobesuch" von damals bleibt weiterhin unter Verschluss im Archiv der päpstlichen Zeremonienmeister. Ich nenne nur den Titel: „Die Hierarchie der Haubenlerchen. Allerhand Getier im Purpurstaat."

Männer haben es nicht leicht unter den Adleraugen von H.U. Doch einem blieb sie treu, den sie mit seinen Macken liebt: Mario Leberecht, der Mann aus Potsdam, angewandte Verhaltensforschung, Imageberater, Stilberater, PR-Manager.

Für Ulixas Besuche habe ich mir immer Zeit genommen. Regelmäßig nach Weihnachten war sie mit ihrer Großmutter Sanna im Vatikan. Durch deren Tod vor zehn Jahren wurde sie nun wirklich Vollwaise. Doch nach dem Motto „In dieser Familie gibt es keine Waisenkinder" blieb sie unser aller Kind. Zweimal hat sie in der Mitternachtsmesse aus Rom die Weihnachtsgeschichte erzählt: „Es begab sich aber zu der Zeit, dass ein Gebot von dem Kaiser Augustus ausging, dass alle Welt geschätzt würde...", damals warst du Anfang 20. Und im Jahr 2020 warteten die Menschen wieder auf dein Engelgesicht. Doch du lagst auf Intensivstation. Nach dem Unfall am Nikolaustag im kleinen Matterhorn hast du dich zum Glück rasch erholt. Die Narben haben dich reifer gemacht. Ohne Neid siehst du das Kinderglück bei den entfernten Basen. Nicht nur mir bist du die engste Verbindung zur Familie von Marthe und Matthias, sondern für alle: Du organisierst unsere Treffen, bist Nachrichten- und Gebetszentrale. Unsere wichtigsten Wünsche geben wir ihr: „Mach ein Gebet daraus.“ Sie ist überzeugt: Beten hilft eminent, beruhigt tief und macht gelassen.

In der Großfamilie bin ich jetzt der Senior, es leben Schwager Franz in meiner Generation, sechs Enkel und elf Urenkel von Matthias und Marthe in Europa und Kanada.

Das Erwachen der Stimme

Meine erste Erinnerung ist das Essen mit dem Strohhalm nach dem Sturz von Gertruds Kinderwagen. Ich war etwas besonderes, immer unter Aufsicht. Nach wenigen Tagen redete und sang ich wieder frei; Schreien war wieder möglich, und das Essen. Wenn ich manchmal mit den Zähnen knirsche, ach, diese unangenehme Verspannung bei großer Arbeitslast oder in Zeiten schlechten Schlafes, singe ich, schreie und strecke die Zunge mit Urlauten heraus. Das hilft.

Zum deutlichen, akzentuierten Sprechen half mir auch, dass Tante Anna Baumann, die Bodenseetante, die oft monatelang bei uns lebte, sie aß gern Fettes, kaum hörte. Sie wollte aber alles wissen. Mit Hörgeräten war sie ungeduldig, doch sie liebte es, wenn wir ihr ins Ohr schrien, manchmal fünfmal das gleiche, bis sie verstand. Sie wurde 98, wachen Verstandes bis zuletzt, als sogar das Hören wieder besser wurde.

Stehe ich in einem Raum ohne Mikro, stelle ich mir vor, dass die Stimme als Brücke noch den Mann in der Ecke erreichen soll. Reden macht mir Freude. Auch Zuhören, denn die Stimme ist ein Organ der Seele.

Und das Singen. Mein Vater hatte für Weihnachten ein kleines Stück geschrieben, in dem der Gesang der Engel „Ehre sei Gott in der Höhe und Friede auf Erden bei den Menschen seines Wohlgefallens“ zuerst von einer Solostimme, dann von einem Kinderchor gesungen wurde. Mit knapp fünf und ein Jahr danach durfte ich im überfüllten Gotteshaus jubilieren. Auch wenn mir später die Stimme manchmal versagte, damals stellte ich mich auf die Kanzel und sang mit lauter Lust: „Ehre sei Gott in der Höhe...“ Leider durfte jedes Kind höchstens zwei Jahre der Weihnachtsengel sein. Es gab viele schöne Stimmen in Bern, nur Mädchen durften nicht ran, denn in der Partitur hieß es „Knabensopran“. Seit 1999 haben es sich die Mädchen allerdings erstritten, Engel des Herrn sein zu dürfen. Sie schrieben an den Bischof, der entschied: „Ein

Kind kann nur ein Jahr Weihnachtsengel sein. In den geraden Jahren ists ein Mädchen, in den ungeraden ein Junge."

Ich war noch oft Solosänger. Konnte mir Texte und Melodien merken, lernte, vom Blatt zu singen, konnte meine Tenorstimme ausbilden lassen, hätte Lust gehabt, in Mailand, New York und Sydney die Macht des Schicksals herauszufordern, Carmen zu lieben oder als Siegfried zu siegen.

Ein Traum begann in Kindertagen, den ich bis ins Alter immer wieder träume: Von der Aare weggerissen, gehe ich unter. Zwischen ohnmächtiger Angst und tiefer Geborgenheit, zwischen Atemnot und wohliger Haltung wie im Mutterleib, nimmt mich unser Berner Fluss ein weites Stück mit, bis er mich außerhalb der Stadt an Land spült, geradewegs vor Fredos Haus. Wenn jetzt dieser Traum kommt, ein-, zweimal im Jahr, freue ich mich. Es geht immer gut aus.

Nicht spannend, aber farbig und feierlich war es im katholischen Gotteshaus. Hier entstand das Gefühl, das mich seitdem nicht loslässt: Engel an allen Enden. Nicht die geflügelten Wesen, sondern konzentrierte Wächter. Mehr als eine Ahnung habe ich mein ganzes Leben nicht von ihnen bekommen, aber Trost und immer wieder Zeichen von Dimensionen, die über unseren messbaren Raum und die Zeit hinausgehen. Fast beiläufig ist in der Jakobsgeschichte (Genesis 32,2) erzählt, dass dem Patriarchen Engel begegneten. Und er zog getrost weiter.

Umgib uns, gnädger Gott, mit deinen Scharen,
lass deine treuen Wächter bei uns stehen.

In der Schule durfte ich endlich lernen. Lesen, lesen, rechnen und lesen, Karten lesen, Spielanleitungen lesen, Verbotenes lesen, Bildunterschriften lesen, Micky Maus lesen und Fix und Foxi, den BLICK lesen und die NEUE ZÜRCHER ZEITUNG. Es war ein Ereignis, dass man alles in Worten ausdrücken konnte. Die Heimatkunde wurde spannend, wenn Karten aufgehängt wurden: die große Heimat auf kleinstem Raum. Alles ist da: Die Straßen, die Berghütten, auch für die Höhenlinien interessierte ich mich.

Verlust des kleinen Fingers

Mich schwer beraubend trat das Böse in mein Leben durch Gerhard Burger, den Anführer der „Brückenfreunde“. Er ist seit einem Jahr der treuste Freund im Internet. Ich kam auf die Idee, dass wir Fesseln spielten. Überall fesselten wir uns. Dass es am Hals verboten war, beachteten wir, doch an Armen, Beinen, Haaren, einzelnen Zehen, überall zurrten wir die Schnüre fest. Mumienhafte Wehrlosigkeit ließen wir zu. Das wurde zum Verhängnis: Am rechten kleinen Finger gefesselt und am ganzen Körper eingeschnürt wurde ich erst von allen unter der Dalmazibrücke hin- und hergezerrt, dann wegen lauten Schreiens zu „langer Einzelhaft“ am Brückenring verurteilt, an einer kaum einsehbaren Stelle unter der Brücke mit einem Eisenring, an dem früher Vieh befestigt war. Wie lange die Tortur dauerte, weiß niemand mehr. Als ich gefunden wurde, war ich ohnmächtig und der Finger nicht mehr zu retten. Die Fesselspiele waren meine Idee gewesen. Gerhard legte mir die Fingerfessel an. Wer unter Sechs- und Siebenjährigen ist der Schuldige?

Vor der Operation sagte ich nur noch: „Nicht wegwerfen!“ Das kleine schwarze Ding, nicht mehr als mein Finger zu erkennen, begrub ich nach der Genesung bei einem Besuch in Großmutter Elsas Grab. Nun war ein Teil von mir schon unter der Erde.

Da ich eine ausgesprochen lange zweite Zehe hatte, überlegte man später, ob eine Transplantation sinnvoll wäre – Vorschlag unseres Kinderarztes. Doch niemand wollte dies.

Dritte Klasse, Erstkommunion. Ich wünschte mir ein Mikroskop. Fliegenbeine, Frauenhaar, Männerhaar, dünne Schnitte vom Suppenfleisch, Buchenblätter, Zeitungspapier, alles musste unter die Linse. Später waren es Teleskope und Endoskope, durch die ich selber schauen musste. Auch die besten Aufnahmen konnten die eigene Schau nicht ersetzen. Ein Augenmensch blieb ich mein Leben lang.

Zum Sehen geboren, zum Schauen bestellt.
Dem Turme verschworen, gefällt mir die Welt...

So seh ich in allem die ewige Zier,
Und wie mirs gefallen, gefall ich auch mir.

Ihr glücklichen Augen, was je ihr gesehn,
es sei wie es wolle, es war doch so schön.

Papa Conrad

Unsere Mutter Marthe war evangelisch („Protestantin bin ich nicht") und katholische Kommunionmama. Den Nachmittags-Unterricht für Erstkommunikanten gestaltete sie mit. Pfarrer Mayer war froh darüber, denn sie konnte hinreißend Geschichten erzählen. Noch lebendiger als sie es zuhause tat, ließ sie die Heiligen Drei Könige, die sie die „Weisen aus dem Morgenland" nannte, den alten Zacharias und den noch älteren Simeon, den wortgewaltigen Täufer, und den alles verstehenden Jesus in diesen Erzählstunden erscheinen. Ihn liebte sie besonders, seine Mutter verehrte sie, heilig nannte sie keinen, doch Jesus war ihr alles. Wenn sie zuhause sang „Ich bete an die Macht der Liebe", war Jesus gemeint und nicht Papa Matti, den sie auch liebte, aber nicht besang:

O Jesu, dass dein Name bliebe im Grunde tief gedrücket ein,
möchte deine süße Jesusliebe in Herz und Sinn gepräget sein.
Im Wort, im Werk und allem Wesen sei Jesus und sonst nichts
zu lesen.

Eine bessere hätte unser Pfarrer nicht finden können, denn „Kommunionunterricht ist Jesusunterricht", war die Devise von Papa Conrad. Obwohl er keine Kinder hatte, nannten wir ihn alle so. „Meine geliebten Kinder Gottes", so begann er regelmäßig seine Predigten, die er im Gegensatz zu den meisten katholischen Pfarrern auf der Kanzel hielt.

Nicht verwandt und nicht verschwägert mit Conrad Ferdinand Meyer, unserem Schweizer Dichter, war Pfarrer Conrad, aber er war stolz, mit ihm auch verwechselt zu werden. Selbst dichtete er nicht, aber Conrad Ferdinands Gedichte krönten häufig seine Predigten. Höhepunkt einer Romfahrt war, wenn er in der Sixtinischen Kapelle Meyers Michelangelo-Gedicht wirklich laut werden ließ. Der Dichter legt „In der Sistina" dem großen Renaissancekünstler diese Worte in den Mund:

...Damit ich nicht der größre Künstler sei,
Schaff mich – ich bin ein Knecht der Leidenschaft –
nach deinem Bilde schaff mich rein und frei!

Den ersten Menschen formtest du aus Ton.
Ich werde schon von härterm Stoffe sein.

Da, Meister, brauchst du deinen Hammer schon,
Bildhauer Gott, schlag zu! Ich bin der Stein.

Conrad blieb sein Leben lang unser guter Hirte. Fast 78-jährig traf ihn der Schlag, nachdem er über einer Leiche den Segen gesprochen hatte. Eine Woche später legte man ihn in das Grab, neben dem er zusammengebrochen war. Es war der 1. Februar 1976, in meinem Kopf nur Elisabeth, doch ich spürte die Trauer in den Armen und im Rücken und in den Beinen. In der Familie betrauerten wir ihn wie einen Onkel. Doch nicht nur wir, die ganze Berner Altstadt hatte ihren Papa Conrad verloren. Noch viele Jahre lang lagen Zettelchen unter Kieselsteinen auf seinem Grabstein. Man erzählte ihm darauf Freuden und Sorgen, Verliebtheit und Todesangst, wie es zu Lebzeiten üblich war. Er hatte sich immer für alles interessiert.

Juden legen keine Blumen auf ihre Gräber, sondern Steine. Bei Rabbinern und anderen Verehrungswürdigen liegen oft auch Zettelchen mit Bitten unter den Steinen.

Fleisch und Blut, Berge und Blitze

Erstkommunion am Weißen Sonntag 1968: Während der Messe kam die Sonne durch. Der Raureif fiel von den Bäumen wie Schnee vor blauem Himmel. Das Brot des Lebens wurde uns gereicht.

Dass du in uns wohnst... dass du uns erwählst... dass du uns zu dir ziehst...

Die Interessen des Zehnjährigen lagen eindeutig auf drei Gebieten: Fleisch und Blut, Berge und Blitze, Zahlen und Zensuren.

Die kleinsten und die größten Zahlen wollte ich kennen, gute Noten erreichen, hätte gern ein Menschenherz mit einem Schweineherz verglichen – Patin Johanna ermöglichte es – war von Anfang an gern beim Schlachten dabei, wenn Kälber und Schweine ihr Leben lassen mussten draußen in Oberbottigen, woher wir Fleisch und Früchte bezogen, rührte das warme Blut, probierte das Gehäck für die Würste, ersehnte den ersten Dreitausender, auf den ich mich eigenen Händen und Füßen kriechen würde, stand mit offenem Mund vor dem Schauspiel der Blitze, die vor allem in der Villa Rigiblick sommers zu bewundern waren.

Mit zehn nannte mich die Mutter „das vollkommene Kind". Ich zeigte ihr sofort meine verstümmelte Rechte. Sie war überzeugt: „Was andere mit zehn Fingern machen, machst du zehnmal mit deinen neun" – „Du meinst, ich mache neunmal so viel wie die anderen" – „Du könntest".

Internationale Schule

Tatsächlich begann ich nach dem Fingerverlust mit dem Klavierspiel. Bis heute ist es mir eine Freude, Lieder zu begleiten und Mozart zu spielen.

Fredos Kommentar „Hin ist hin – verloren ist verloren" blieb mir im Gedächtnis und tröstete auf seine Weise. Ihm waren bei seiner schönsten Bergexpedition vier Zehen erfroren, und er meinte, er hätte mir gegenüber nicht nur den vierfachen, sondern den vierhundertfachen Schmerz erlitten, weil er oft den Phantomschmerz in den Zehen spüre.

Ich wollte nach der Primarschule unbedingt auf die Internationale Schule, die Gesichter und die Sprachen der Diplomatenkinder waren Wonne für Ohren und Augen. Wir lernten feines Hochdeutsch bei Gerdi Nassfuß aus Hannover, und Französisch bei einem Liebhaber Baudelaires.

Mit „Frere Jacques" begann der Unterricht von Robert Rolland, im dritten Jahr verabschiedete er sich mit Baudelaires LES FLEURS DU MAL

Es gibt Düfte, frisch wie Kinderwangen
Süß wie Oboen, grün wie junges Laub
Verderbte Düfte, üppige, voll Prangen
Wie Moschus, Ambra, die zu uns im Staub
den Atemzug des Unbegrenzten bringen
Und unserer Seele höchste Wonnen singen.

Die Düfte von Moschus und Ambra hat Rolland mitgebracht. Sie steigen mir in der Erinnerung in die Nase, vor allem der herbsüße Moschusduft. Als die Mitschüler Bilder von ihren Familien und Heimatorten zeigten, fragte ich mich, warum es nicht ein Königreich Erde gebe, da auf unserer Schule das Gefühl von Zusammengehörigkeit und Freundschaft viel stärker war als Unterschied, Konkurrenz oder gar Feindschaft.

Aus Rom brachte Pfr. Mayer damals ein Bild mit, das, obgleich vierhundert Jahre alt, mich zeigte. In den Stanzen Raffaels gibt es ein Fresko, auf dem die Bischöfe der römischen Kurie bei der Krönung Karls des Großen versammelt sind. Die meisten Gesichter sind darin verdeckt, doch einer, der „Kinderbischof", dreht sich nach hinten und hat mein Gesicht (im Bild untere Reihe, der vierte weiße Hut von links):

Weit auseinander liegende braune Augen („treue Hundeaugen" nannte sie Hildchen), eine lange, schmale, gerade Nase, einen geschwungenen „Mund wie Vogelflug" (Lore) und das kräftige vortretende Kogele-Kinn. Die Stirn des gemalten Kinderbischofs ist von einem weißen Bischofshut verdeckt. Meine war „niedrig, aber niedlich" (Papa Conrad), das Haar braun gewellt.

Mehr als wundern konnten wir uns alle nicht über mein Gesicht auf einem Raffaelbild im Vatikan. Schließlich sind Gesichter sich irgendwie ähnlich. Auch mein Greisengesicht ähnelt meinem Kindergesicht (treue Hundeaugen, weit auseinanderliegende Augen, von den Falten reden wir nicht). „Nehmen wirs als Orakel", sagte Hildchen damals. „Ich heiße Hans, wenn der Junge nicht wenigstens einen Doktorhut bekommt."

Unter den Komplimenten, die man als braver Junge öfter bekommt, blieb mir Oma Bertas Ausspruch im Gedächtnis: „Du hast ein Gesicht, mit dem du alles werden kannst." Ich weiß noch, dass ich mir mit Georg damals Stabreime auf dieses Orakel machte: Bischof oder Bettler, Zauberer oder Ziegenhirt, Papst oder Papa, Wirt oder Wehrminister, Bräutigam oder Barbier, Anatom (das musste er mir erklären: Menschenaufschneider verstand ich, hätte mich natürlich interessiert) oder Alphatier (das erklärte Fredo: etwas zwischen Angeber und Anführer). Ich wollte mit zwölf Jahren Lehrer werden, gleichzeitig Bergführer und Platzhirsch, denn mir imponierte, wie ein Hirsch Herr über ein Dutzend Hirschkühe sein konnte.

Wie viel Ehrgeiz und Überheblichkeit mutest du denen zu, die deine Diener werden sollen. Du hebst sie und lässt sie fallen, du beschenkst und beraubst sie.

Den Religionsunterricht bei Dr. Werner Schweitzer, einem entfernten Neffen des Urwaldarztes, besuchten alle, auch die Nichtchristen. Er schaffte es, die „Ehrfurcht vor dem Leben" allen Kreaturen gegenüber in unsere Herzen zu pflanzen und das Gemeinsame der Religionen zu betonen: „Alle lehren die dreifache Liebe: zum Geschöpf, zu Gott und zur eigenen Seele. Alle geben sich damit zufrieden, dass Gott nicht erblickt werden kann, jedoch in seinen Werken erkannt und in den Höchstleistungen des menschlichen Geistes gespiegelt wird."

Die fünfte bis zur achten Klasse waren die zufriedensten Jahre meines Lebens, ich wuchs und lernte, hatte die Schuljahre hindurch immer eine Vorfreude: vor allem die Ferien-Einladungen zu Klassenkameraden in verschiedene Hauptstädte, Prag und Wien und Paris und Kairo.

Sie zeigten mir die Burgen und Dome, die berühmten Brücken, den Prater und den Eiffelturm, den Hradschin und die Pyramiden. Die Erinnerung an diese Besuche leuchtet vor allem durch die wunderbare Gastfreundschaft der Mütter. Ihre Namen merkte ich mir: Svetlana und Mona, Jeanette und Salwa.

Salwa in Kairo war die jüngste, eine Mädchenmutter. Stets verhüllte ein Kopftuch ihr rundes, strahlendes Gesicht.

Svetlana fragte jeden Tag, was ich essen möchte. Heimlich beriet ich mich mit Jan, so dass auch seine Lieblingsspeisen auf den Tisch kamen. Strudel heißt der Apfelstrudel auch auf Tschechisch. Den machte sie unwiderstehlich lecker, mit Sahnekruste überm Brandteig. So gab es jeden zweiten Tag apfelsüßen Strudel.

Mutter Jeanette in Paris siezten wir, sie hatte zwar ihren Adelsnamen durch ihre Ehe abgelegt, doch sie blieb edel durch und durch. Vornehm, aber nicht steif, mit Herz und viel Gefühl lebte man in der französischen Familie. Obwohl schon damals der Katholizismus in Frankreich im Schwinden war, war man in der Familie nicht nur stolz über den Onkel, den Bischof in Toulouse, sondern fromm und verbindlich. Die Sonntagspflicht war die erste Pflicht und die erste Freude der Woche.

Mona in Wien. In Bern blieb sie still, fast verschlossen, doch in Wien, zuhaus, blühte sie auf. In zwei Wochen Wien erlebte ich zehn Einladungen. Mona hatte eine Bedienstete, zweimal sogar einen Koch engagiert, die Gäste brachten ihre Töchter und Söhne mit, es wurde getanzt. Die gleichaltrigen Mädchen konnten schon den Walzer links herum.

Es fiel mir nicht schwer, für zwei, drei oder vier Wochen Gastkind zu sein. Mein Bern und meine Familie hatte ich nicht vergessen, aber ich dachte auch nicht an sie.

Schicksalsjahr 1973

Dadurch, dass Familien der Mitschüler in Bern wohnten, dauerten unsere Gegeneinladungen nicht so lange. Muhamet und Jean, Jan und Alfred kamen in den Winterferien mit zum Skifahren. Für den islamischen Mitschüler achtete Mutter darauf, dass es eine Woche kein Schweinefleisch für uns alle gab.

Mit ihm führte ich Wunder-Gespräche: Worüber wir uns wundern. Wir wunderten uns, dass wir uns fanden und uns verstanden. Wir probierten, was der jeweils andere vom Arabischen und vom Schwyzerdytsch verstanden: nichts. Muhamet erklärte genau seine Religion. Ich hätte meine nicht so gut erläutern können, obwohl ich viele Geschichten, Gebete und Lieder kannte. Er verstand die Worte des Gebets, er hatte vor, bereits mit 18 Mekka zu besuchen. „Ich würde am liebsten wie mein Vater mit 19 heiraten und eine große Familie haben, Inschallah." In der Schule sagte er es selten, doch unter Plänen, die wir als Freunde schmiedeten, war sein „Inschallah" nach jedem Satz zu hören. Es bedeutet „So Gott will". Dabei hatte er das Strahlen seiner Mutter Salwa.

Das „So Gott will" kennt auch das Neue Testament. Jakobusbrief 4,13-15: Nun wohlan, die ihr sagt: Heute oder morgen wollen wir in die und die Stadt ziehen und wollen daselbst ein Jahr zubringen und Handel treiben und Gewinn machen – ihr wisst ja nicht, wie es morgen um euer Leben steht! Denn ein Hauch seid ihr, der eine kleine Weile sichtbar ist, hernach auch wieder verschwindet. Anstatt dass ihr sagtet: Wenn der Herr will und wir leben, wollen wir dies oder jenes tun.

Zwölf Jahre Schule. Obwohl sie Stund um Stunde vor uns agierten, reagierten, lobten und drohten, gelegentlich straften, sind doch nur einige Namen und Persönlichkeiten der Lehrer im Gedächtnis geblieben: Zwei stehen gerade ganz lebendig vor mir, auch wenn über 60 Jahre vergangen sind: Fräulein Weißmann, Mathematik. Sie verstand ihren Stoff und konnte einen anblicken wie ein Sphinx: wichtig und wissend, Kraft ausstrahlend und hinter ihrer Aufgabe zurückbleibend.

Professor Grasser, Kunsterziehung. Beim Malen mit Wasserfarben standen uns Fünflitereimer zur Verfügung. Ihn freuten spontane Farbmischungen. Er lobte alle, niemand bekam im Zeichnen schlechter als zwei, denn den Unbegabten verhalf er zu den schönsten Bildern. Über Paul Klees Werke verschaffte er uns Zugang zur modernen Kunst. Mit 14 führte er uns von Februar bis Juli jeden Monat in ein bedeutendes Museum, in Bern angefangen, dann nach Genf, nach Basel, nach Zürich, nach Martigny und Lausanne. Am letzten Schultag kam der Höhepunkt: In seinem Haus sahen wir Klees „Städtebild" im Original, das wir im Unterricht schon „nachempfunden" hatten.

Firmung mit vierzehn. Einige Jahrgänge wurden immer zusammengefasst, dann kam der Bischof persönlich. Monsignore Pepperli, früherer Missionar im Kongo, stolzer Graubündner, Weltbürger, aus einer Brauereifamilie stammend, tiefe typische Stimme, eigene Fernsehsendung, in der er Briefe beantwortete, genannt „Format P". Er hatte ein Buch geschrieben: „Priester auf meine Art", war kein Kostverächter, eine gewaltige Erscheinung, dabei nicht niederdrückend, sondern anziehend.

Firmung bei Pepperli war eine Art Ritterschlag. „Unmittelbar zu Gott" seien wir jetzt, hätten priesterliche Aufgaben, die wir in unseren Berufen („Als Schüler habt ihr alle noch den gleichen Beruf"), in unseren Freundschaften und in unseren Familien ausüben sollten: „Wer mit offenen Augen durch die Welt geht, kann jeden Tag einmal helfen, für Schönes dreimal Gott loben, gegen Schlechtes ihn fünfmal anflehen, und für das Gute, das ihr selbst erlebt, ihm zehnmal danken.“

Das sagte er auch wieder bei der Firmung meiner Schwester Gertrud, die evangelisch getauft die katholische Firmung begehrte, zwei Jahre später mit der Wendung: „Gegen Schlechtes ihn dreimal anflehen, für Schönes ihm fünfmal danken...“ Die Welt war zwischen 1973 und 1975 für ihn besser geworden. Er war Optimist und wurde es immer mehr: „Wer die Gräuel im Kongo erlebt hat, sieht in der Schweiz das Paradies.“

Das Jahr der Firmung 1973 wirbelte die Bubenseele durcheinander: In Wiener August wurde ich wachgeküsst und zuhause hatte sich alles verändert: Ich traf nach den Sommerferien Mutter im Spital an. Sie war vom Birnbaum gestürzt und sollte von nun an mit dem Rollstuhl leben. Nach acht Wochen Behandlung, Säcken voller Gebete, die wir in der Familie zu Gott geschickt hatten, bekam sie wieder Kraft und Gefühl in den Beinen. Unter Qualen und mit viel Geduld lernte sie wieder gehen. „Ich will doch meine Julia herumtragen können.“

Julia, Sannas Tochter, war im Hochsommer 1973 geboren.

Johanna und ihr Vater Fredo

Es war auch Fredos Schicksalsjahr. Mein armer Vater musste in der gleichen Woche um seinen Vater und seine Frau bangen. Unsere Gebete damals galten beiden. Lag es an Mutters innigem Mitbeten und dem Willen einer Bärenmutter, dass sie wieder aufstand, um Julia herumzutragen? Lag es am Gleichmut von Fredo, der in seiner Gegenwart keine Gebete wollte, der nie ein Enkelkind auf den Arm genommen hatte, dass er nicht mehr aufstand?

Fredo blieb nicht gelähmt, doch er lief nicht mehr, er schwamm, fuhr geschickt mit seinem Rollstuhl und verschwand im Herbst 1983 im Rhein. Bis heute ungeklärt, ob Unfall oder Suizid. „Aus dem Wasser kommen wir, im Wasser will ich sterben.“ Bei diesem Satz an seinem 75. Geburtstag dachte er wahrscheinlich an sein Wasserbett. Dass ihm der Rhein bei Schaffhausen zum Wasserbett werden sollte, passte natürlich viel besser zu unserem Großvater.

Eine Zeit lang machte ich mir Sorgen um Fredos Seelenheil. Doch schon seine Beerdigung tröstet mich wieder. Hätte er anders leben sollen? Es war nicht seine Art, die Messe zu besuchen, auch Weihnachten blieb er fern. Trotzdem bekam er und hatte es auch gewollt, ein kirchliches Begräbnis.

Was er sich nicht nur heimlich gewünscht hatte, trat ein: Hunderte von jungen Menschen versammelten sich um sein Grab, ein Chor sang Spirituals: „Oh, when the saints go marching in", „Kum ba ya, my Lord" und „Go, tell it on the mountains".

Die Schlusszeilen von Schillers Nänie-Gedicht hatten Studentinnen vertont und sangen:

„Auch ein Klaglied zu sein im Munde der Geliebten ist herrlich,
Denn das Gemeine geht klanglos zum Orkus hinab."

Fredo hinterließ eine siebenundvierzigjährige Witwe und viele „klagende Töchter".

Über Fredo allein könnte ich ein Buch schreiben. Es ist schon geschrieben. Seine Tochter Johanna, die Patin, die mir ermöglicht hatte, ein Menschenherz und ein Schweineherz zu vergleichen, schrieb über ihren Vater, schrieb sich frei von ihm. Denn es beginnt: „Er war immer ein Schatten über meinem Leben..." und endet: „Die Wolke hat sich aufgelöst. Die Sonne scheint in mein Leben."

Johanna war wie ihr Vater Ärztin geworden, Pathologin und Gerichtsmedizinerin, als Patin bei mir wenig präsent, doch es gab Wünsche, die nur sie erfüllen konnte: Sie zahlte den Flug nach Ägypten, sie nahm mich ab 13, so oft ich wollte, mit an die Pathologiewanne und erklärte mir alles, sie zeigte mir mit 16 von den Capverden aus den südlichen Sternhimmel.

Johanna heiratete einen Kollegen, den Bauchchirurgen Paul Schubert, der die Todesrate bösartiger Pankreaserkrankungen eminent senken konnte, erreichte von allen meinen Blutsverwandten das höchste Alter (80), schrieb weiter Bücher über gesunde Ernährung und Biografien über Julius Maggi und Henri Nestlé – zu beiden hegte sie immer gleichzeitig Bewunderung und Verachtung – und wollte einmal neben Vater und Mutter begraben sein.

Ich bin so alt wie ihr nie geborenes Kind. Sie erzählte es mir erst als Vierzigjährigem. Die Tatsache, dass meine Patin Johanna, die für mich eine moralische Instanz war („Ich habe alle die Todesursachen gefunden und damit viele Mörder überführt"), aus Furcht, es könnte ihre Karriere zerstören, ein Kind abgetrieben hatte, war die letzte große Erschütterung meines Lebens. Bei allen Schwächen, die ich bei meinen Verwandten sah und immer mehr erkannte, konnte ich doch alle ihre Handlungen akzeptieren. Bei Johanna konnte ich dies lange nicht. Sie hielt mich über das Taufbecken. Nun verstehe ich, dass sie verunsichert auf den Taufbildern aussah und bin über den Tod hinaus mit ihr glücklich über die Versöhnung, die sie mich sich selbst, mit ihren Eltern und mit Gott gefunden hat und ich mit ihr. Sie hat ausdrücklich erlaubt, dass ich „alles" über sie erzählen darf, auch die Sterbehilfe bei ihrem Mann:

Paul bekam mit 76 Jahren Leberkrebs. Er wollte keine Transplantation, er wusste, was ihm und den Seinen bevorstand: Siechtum mit Metastasen, Schmerzen und Bewusstseinsveränderungen. Das Formular, dass er bei aussichtsloser Lage einmal die Spritze wollte, hatte er schon 20 Jahre vorher ausgefüllt.

Mitte September 1999 wurde Paul zum Sterben nach Hause entlassen. Seine Schmerzen durch die Tochtergeschwülste waren kaum zu stillen. Am 1. Advent versammelte er um das Krankenbett, das er nicht mehr verlassen konnte, seine Kinder aus der ersten Ehe, seine Enkel, Erika, seine Ex-Frau, Johanna, ausdrücklich auch mich, und verabschiedete sich. Er wünschte eine Messe mit letzter Ölung. „Das Jahrhundert geht, ich gehe mit." Paul war klar bei Verstand, lächelte aus seinem gelben Gesicht, verabschiedete alle einzeln. Johanna blieb bei ihm, als die Kollegen mit einem Narkotikum und mit dem Gift, das alle Muskeln, also auch das Herz lähmt, ihm „die süße Ruh" schenkten.

Die bis dahin bestehende kategorische Ablehnung der aktiven Sterbehilfe war ins Wanken gekommen bei diesem „wundervollen Sterben", wie es Johanna nannte.

As Sacher-Dascherl

Ja, in Wien wurde ich wachgeküsst. Ilona, Cousine von Mitschüler Alfred hatte meinen „süßen Möwenmund" erwählt. Sie bestimmte Anfang und Dauer und die Art des Küssens. Wollt ihr mehr darüber wissen, fragt sie selbst. Das letzte, was ich von ihr hörte: 76 ist sie und sieht aus wie 55, bekennende Wienerin, man kauft und leiht bei ihr die Herrenkleidung zum Opernball. Sie lacht gern und laut. Ilona redet die Herren mit ihren Titeln an und empfiehlt die Schulen und Hochschulen, bei denen man die Matura oder den Kommerzienrat „mit hohem Einsatz, aber in kurzer Zeit" bekommen kann.

Mit Grüßen der Großmutter stellten sich nach einer Audienz einmal Ilonas Enkelinnen vor, Steffi und Maria. Gekonnter Hofknicks. Ilona hatte ihnen „a echte Sacher" mitgegeben. Und ausdrücklich sagen lassen: „As Kühldascherl konn eire Heiligkeit abgäm in der Eisvogelgass 17 im 6. Bezirk Mariahülf. Oma ist morgens alleweil zhaus."

Ilona, ich war öfter in Wien, doch „i nutz as Dascherl" in Bethlehem. Wachgeküsst heißt, dass ich gerne küsste, in der Jugend viel schmuste, bis die Zeit kam, in denen es nur noch Bruder-, höchstens einmal Schwesternküsse gab.

Habe ich schon erzählt, dass ich zehn Jahre Ministrant war, zweimal im Monat Diener am Altar. Was später den Jungpriestern als „liturgische Präsenz" beigebracht wurde, lernten wir schon als Buben – das Herz immer am Altar, die Haltung ohne Stolz, unaufgeregt: „Euer Gewand macht euch zu anderen Menschen, zu Dienern am Altar. Man kann als Mensch nie vollendet sein, aber der Dienst am Alter kennt Vollendung. Geht aufrecht. Seid Puppen des allerhöchsten Puppenspielers. Eure Jugend, eure Beweglichkeit kommt euch zugute. Viele kommen euretwegen zur Kirche. Durch euer Dasein verschwinden bei vielen die Sorgen." Papa Conrad nahm auch Mädchen zum Altardienst. Ich war 15, als in mir dieses Bild auftauchte: Ministrantin Cornelia reicht nicht nur dem Priester das Wasser, sondern sie wandelt an seiner Stelle die Elemente.

Nach einem Jahr war Mutter wieder gesund, richtig gesund, fast schmerzfrei, begeisterte Oma. Was sang sie doch mit dieser Julia, und Julia juchzte, wenn sie die Großmutter sah.

Nun war ich ein junger Mann und hatte Berufswünsche, konnte mir mindesten drei Berufe denken: als Arzt Krebs-Forscher und Schmerzbekämpfer, oder Physiker, der die gewaltigen Energien des Windes, der Meere und der Sonne nutzbar machen kann, oder Sänger.

Vaters Zuwendung

Obwohl meine große Familie viel Leben und viele Anregungen brachte, jedes Jahr der Jugend interessant und reich an Abenteuern war, verliefen viele Jahreszeiten ruhig, mit Anregungen, doch ohne Aufregungen, angefüllt mit Schularbeiten, kleinen Kümmernissen und kleinen Freuden.

Und mit großen Freuden: Das Fahrrad mit vierzehn, ein Mountainbike, brachte mich Vater näher. Er kaufte sich selbst ein neues und wir erkundeten die Schweiz, zunächst fast jeden Samstag und Sonntag das Hügelland, dann ein Jahr lang die Berge. Zwei Sommer lang mit Matthias unterwegs. Wir waren kräftemäßig gleich stark, was ich zulegte, holte er noch einmal auf, in unserer Fahrradkluft besuchten wir Museen, Kirchen und Konzerte, und bestaunten die Natur.

Die Mallorcarundfahrt Ostern 1975 hat er auch mitgemacht, beide brachte sie an unsere Grenzen. Wir hatten uns keiner Profigruppe angeschlossen, es waren vor allem Lehrer und ihre heranwachsenden Kinder, doch durchwegs eine Wade stärker als wir. Nach drei Tagen formierten wir mit drei anderen Fahrern eine B-Gruppe. So erlebten wir die Insel wirklich: Wo Orangen reiften, hielten wir an, aber auch dort, wo die Blüten der Südfrüchte ihren betörenden Jasminduft verströmten. Im Kloster Lluc lauschten wir den Knaben, in der Drachenhöhle den Geigen, die im unterirdischen See auf Booten hereinsingen, in Valldemossa den Chopinstücken auf einem Flügel.

Mit 17 verliebte ich mich in Elisabeth aus meiner Klasse, eine geniale Geigerin.

Warum schreibt er nicht mehr über sie? Auch in unseren Gesprächen erscheint sie nur in Stichworten: Ungarin, wilde Küsse, genial, chaotisch, sie erschließt ihm die Welt der Liebe, der Diskos, der Nächte. Sie treibt ihn zum Schreiben. Dass seine Gedichte verschollen sind, liegt an Fredo. Er wollte sie lesen, war begeistert, wollte sie groß herausbringen, verlegte sie und vergaß sein Vorhaben.

Reifeprüfung mit 18. Wir sollten in einer der letzten Religionsstunden die zehn entscheidenden Ereignisse und Prägungen der Jugend niederschreiben. Bringe ich sie noch zusammen?

1. Das Bangen um Mutter
2. Der Verlust des rechten kleinen Fingers
3. Elisabeth: Musik und Liebe
4. Ilona in Wien
5. Fredos Welt
6. Salwa und ihre Familie in Ägypten: Morgenländische Sanftheit
7. Johanna bei der Arbeit an ihren Toten
8. Hass und Liebe zu Georg
9. Vaters Zuwendung durchs Fahrrad
10. Papa Conrads Kirche

Heute wundere ich mich, dass mir die Kirche als letzter Punkt eingefallen war, hat sie doch zehn Jahre meiner Jugend intensiv geprägt: Wenn ich ministrierte, war ich im Dienst. Keine Unruhe störte dann die Konzentration. Jedes Missvergnügen blieb vor der Kirchentür und war oft beim Hinausgehen verschwunden.

Da die Aufgabe auf zehn Punkte beschränkt war, kamen einige in der Liste nicht vor, die ganz wichtig zum täglichen Leben gehörten: die Schwestern oder die Kobele-Großeltern.

Die Aufgabe hatte einen interessanten zweiten Teil: Wir sollten zehn Punkte für die Zukunft notieren: Was wollt ihr erreichen? Was fürchtet ihr? Wofür würdet ihr euer Leben einsetzen? Wo wollt ihr euch weiter entwickeln?

Meine Antworten vor 58 Jahren lauteten etwa so:

1. Eine große bleibende Liebe
2. Der Weltfriede, den wir an der Internationalen Schule erlebten, soll sich ausbreiten
3. Vater und Mutter bleiben glücklich und leben lange
4. Konflikte scheue ich nicht
5. Erlösung für Johanna
6. Ich will mithelfen, die Energieprobleme der Welt zu lösen, will Physiker werden
7. Mein Leben würde ich spontan einsetzen, um eine(n) andere(n) zu retten
8. Ich fürchte, aus Leichtsinn oder Verliebtheit oder Eigensinn große Fehler zu machen
9. (wahrscheinlich etwas Positives für Geschwister, Eltern und Großeltern)
10. Gott soll mich für eine wirklich große Aufgabe hernehmen.

Im Bundesheer

Ich wurde ausgehoben zur Armee. Im Bundesheer hätte ich beinahe alle Vorhaben vergessen. Wir tranken viel, wir spielten mit der Liebe, wir brachten einander in Gefahr: Zwei Kameraden aus der Kaserne, darunter Hans aus meiner Stube, starben, weil sie verspätet, übermüdet und betrunken zur Kaserne rasten.

Alle diese Fehler machte ich mit, bis mir die Chance geboten wurde, Offizier zu werden. Sollte ich mich um die Pilotenausbildung bemühen? Acht Jahre Verpflichtung? Nein. Doch ich flog mit dem Alouette-Helikopter, wurde Logistiker und Feldweibel. Mir leuchtete ein, dass die unabhängige Schweiz stark und verteidigungsbereit sein muss:

„Die Sicherheitspolitik der Schweiz beugt der Gewalt strategischen Ausmaßes vor und schützt Land und Bevölkerung vor ihren direkten und indirekten Auswirkungen." In dieser Sprache unterrichtete ich, versah in späteren Jahren meine Reservisten-Diensttage und nahm mit dem Sturmgewehr an der Schießpflicht teil.

Nun hatte ich die Voraussetzungen, ein Schweizer Gardist im Vatikan zu werden: katholisch, unverheiratet, Militärdienst in der Heimat abgeleistet, wenigstens einen Meter vierundsiebzig groß, mein Maß. Kurz nach der Wahl Papst Jonathans, im Oktober 1978, kam eine Einladung nach Rom („Hervorragende Kandidaten können gleich da bleiben und die Schulung beginnen“), wo uns die „ständige Überwachung der Sicherheit des Hl. Vaters und seiner Residenz“ schmackhaft gemacht wurde. In Aussicht gestellt wurde auch, den Papst auf seinen Reisen zu begleiten. Während des Vortrags erinnerte ich mich an die Karte, die Papa Conrad damals aus den Stanzen Raffaels nah der Sixtinischen Kapelle mitgebracht hatte, und bat, die Stanzen sehen zu dürfen.

Mit Egon, einem Schweizer Gardisten, stand ich vor „meinem Fresko“ mit dem Gefühl, einen Wendepunkt erreicht zu haben: Immer noch sah ich so aus, wie der Kinderbischof auf dem beinah 500 Jahre alten Fresko Raffaels bei der Krönung Karls des Großen. Der Abgebildete dreht den Kopf nach links, wobei der Oberkörper diese Wendung kaum mitmacht, um mit großen Augen etwas zu sehen oder zuzuhören. Sogar die Ohren waren meine, sehr oval die Form, auf dem Wandbild waren sie wie eine Null gemalt.

Trotzdem, für den Wachdienst beim Papst hatte ich die Matura nicht gemacht.

Ich würde in die Schweiz zurückkehren und an der Eidgenössischen Technischen Hochschule Zürich Physik studieren. Doch nicht mein, sondern Gottes Wille solle in Zukunft geschehen. Dieser Wunsch entstand an meinem „Spiegelbild“.

Alles ist an Gottes Segen und an seiner Gnad gelegen über alles Geld und Gut. Nicht mein, sondern dein Wille geschehe.

Eine halbe Stunde konnte ich vor den herrlichen Bildern auf- und abgehen, der Satz „Papa Martin sieht nach seinen Kindern“ kam mir in den Sinn. „Papa Martin sieht nach seinen Kindern.“ Was dieses Orakel wohl zu bedeuten hatte? Sollte eine Familie mit Kindern zum Hauptinhalt des Lebens werden?

Das Studium brachte mich an die Grenzen meines Intellekts: „Gott ist ein großer Mathematiker. Wir versuchen, seine Rechenarten zu verstehen.“ Nach Professor Hörls frommem Beginn schaffte ich nur durch ständiges Üben, den hohen mathematischen Ansprüchen zu folgen. Doch hatte ich mein Ziel wieder: Sonne, Wind und Wasser sollte ich anzapfen, und mithelfen, die Energie zum Grundbedarf aller Menschen auf Erden bereitstellen zu können.

Mit Hanna eine Familie?

Im ersten November des Studiums lernte ich Hanna lieben. Sie konnte Kühe melken und verstand die Relativitätstheorie. Hanna strickte an einem Pullover und überdachte, wie die Welt gestrickt sei. Sie simulierte am Computer die erste Sekunde nach dem Urknall in Millionstel-Sekundenabschnitten und verwöhnte eine ganze Unterseminargruppe mit schäumendem Milchkaffee.

Hanna genoss es, bedient zu werden, kochte und bediente selbst vorzüglich. In Gedanken flog sie ständig zu fernen Sternen, hatte aber Flugangst. Sie liebte frische Blumen und bekam sie auch. Gefährtin im Studium, in den Bergen, in den Nächten. Nach drei Tagen waren wir so vertraut miteinander, als kannten wir uns schon immer. Wer uns sah, freute sich, denn wir passten zusammen wie Züriseeufer und Uetliberg. Unsere Familien fanden zueinander, Mutter plante für Ostern 1980 ein Verlobungsfest. Mit Hanna träumte ich, ein Physikerpaar zu werden, wie es die Curies 80 Jahre vorher waren. Doch Hanna träumte nicht, Hanna plante, andererseits überließ sie sich völlig ihren „Geistesblitzen, die morgens zwischen fünf und sechs kommen". Nach einem wunderschönen Abend mit Fondue für zwei und Bodenseeriesling an ihrem 22. Geburtstag blitzte sie mich morgens um viertel vor sechs aus ihrem Leben heraus: Frank Ruhfels war an meine Stelle getreten.

Hanna Moeller, Bauernkind aus Niedermuhlern südlich von Bern, studiert Physik und Astronomie. „Diva Stella" (göttlicher Stern) von ihren Kommilitonen genannt, traumhaft schön, traumhaft sicher in ihren Entscheidungen, wendet sich einem jung verwitweten Professor für Latein zu: „Niemand gibt mir die Sicherheit wie Dr. Ruhfels." Sie heiratet Ruhfels, bekommt mit ihm zwei Kinder, die vor allem von Verwandten erzogen werden. Die Vielseitige beendet ihr Studium nach 12 Semestern mit dem Doktortitel. Die „Nachweise von Planeten jenseits unseres Sonnensystems mittels Lichtschwankungen bei Sternen und Dopplereffekt" wurden magna cum laude („mit großem Lob", zweitbeste Note) bewertet. Hanna wird Martin total vergessen, erst als Mitarbeiterin in der päpstlichen Astronomie begegnen sie sich wieder und planen sofort neue Projekte.

Als ich am 13. Februar morgens um sechs Hannas Zimmer verließ, sah sie mir nicht nach. Wie ausgeschüttetes Wasser kam ich mir vor, das Gefühl dieses Schmerzes ist in allen meinen Zellen, von der Kopfhaut bis zu den Zehen noch heute abrufbar. Zwei Wochen konnte ich mich nach dem Stich ins Herz bei hohem Fieber kaum auf den Beinen halten, nahm ab, genas nur langsam.

Hatte sie nicht gesagt: „Wir können miteinander, ich mag dich, du riechst gut"? Doch sie hatte mich mit diesen Worten verstoßen: „Du riechst nicht nach meinen Kindern. Frank riecht nach meinen Kindern." Ich bin auch Nasenmensch. Hanna roch so gut, dass ich ständig an ihr schnuppern und in sie hineinkriechen mochte.

Drei trösten

Wer tröstete mich? Mutter, indem sie mir das Drama ihrer Liebessuche ausführlich erzählte. Sie hatte uns Kindern manchmal angedeutet, dass sie zweimal verlobt war. Ein Mann war untreu, den andern verließ sie sechs Wochen vor der geplanten Hochzeit: „Das erste Jahr mit ‚Elch' war das Paradies, ein ganzes Jahr Paradies. Ganz abrupt folgte Gewöhnung bis hin zur Gleichgültigkeit aneinander. Wir sahen uns nicht oft, doch wir verlobten uns. Wir hatten uns nichts mehr zu sagen, doch wir planten die Hochzeit. Ich hoffte, das Glück des ersten Jahres würde sich wieder einstellen. Meine Phantasie war: Mit Kindern ertrage ich, dass er wenig Zeit hat für mich. Doch dann stellte ich mir vor, in der Kirche fürs ganze Leben ‚Ja' sagen zu müssen. Für ein unehrliches lebenslanges ‚Ja' war ich mir jedoch zu schade und erschrak über meinen Leichtsinn. Es dauerte dann noch vier Wochen, bis ich ihm und mir und den Familien die Notwendigkeit der Trennung eingestand. Martin, Junge, so viel wie ich kannst du nicht gelitten haben."

Wer vermag Trennungsschmerz zu messen? Ich überlebte, konnte das Studium intensivieren, akzeptierte Hannas Entscheidung.

Auch Mutters Schwester Magda stand mir bei. Sie hieß schon immer die „gute Magda". Zuerst schickte meine Patin Freesien, dann lud sie mich übers Osterfest, an dem Mutter die Verlobung geplant hatte, in ihr Haus in Sigriswil am Thuner See ein. Sie bot Skifahren am Rothorngipfel, ein Konzert in Interlaken, dann beorderte sie mich in ihr Wellness-Studio, ich wurde durchgeknetet, eingeölt und mit Rosenwasser beduftet, bekam eine Gesichtsmaske und aufmunternde Worte, wir rauchten von Gründonnerstag bis Ostermontag eine Abendzigarette, ein Genuss, den ich behielt, und erst nach dem Koma aufgab: One a day, allerdings später nicht an Gründonnerstag und Karfreitag.

„Eine am Tag" heißt das. Martin Paul lud gelegentlich Vertraute zu diesem Abendritual ein, natürlich vor allem Kurienkardinäle. Viermal im Jahr bekam ich per E-Mail in Rom die „Einladung zur Komplett". Komplet heißt Nachtgebet, mit tt hieß es: Nachtgebet plus Abendzigarette. Dann erkundigte er sich nach Kindern und Enkeln, sinnierte über die Entscheidungen des nächsten Tages, oder erzählte etwas heiteres: „Papst Paolo lernt die Wohltaten der Sauna schätzen, will jeden Tag hin. Am Donnerstag wird ihm gesagt: Morgen möchte es wohl nicht gehen, Heiliger Vater, freitags ist gemischte Sauna. ‚Macht nichts', näselt Paolo, ‚die paar Evangelischen stören mich nicht'". Martin drehte sich die Abendzigarette selbst.

Schließlich tröstete dieses Gottfried-Benn-Gedicht:

Nur zwei Dinge

Durch soviel Formen geschritten,
durch Ich und Wir und Du,
doch alles blieb erlitten
durch die ewige Frage: wozu?

Das ist eine Kinderfrage.
Dir wurde erst spät bewusst,
es gibt nur eines: ertrage
– ob Sinn, ob Sucht, ob Sage –
dein fernbestimmtes: Du musst.

Ob Rosen, ob Schnee, ob Meere,
was alles erblühte, verblich,
es gibt nur zwei Dinge:
die Leere und das gezeichnete Ich.

Wodurch war mein Ich gezeichnet? Wie halte ich Leere aus?

Rat bei Pepperli

Das Ich war gezeichnet durch eine vielköpfige Familie in einem reichen Land, Bildungschancen, Freundinnen und Freunde weltweit, wunderbare Du- und Wir- und damit Ich-Erfahrungen, Aussichten, diese Welt mitzugestalten. Zu den tiefen Kerben des Lebens gehörten Verluste und Schmerzen, großer beißenden Liebesschmerz. Leere hatte ich bis zum Rauswurf bei Hanna kaum gespürt. Fast immer war ich Einzelkämpfer und hatte gelernt, mit mir selbst zu sprechen, mich selbst zu ermutigen, stand mir genau so oft selbst im Wege.

Hannas Schnitt hat mir noch eine andere Gesprächsebene eröffnet, das intensive Gebet. Bisher hatte ich auch gebetet, als Ministrant, zuhause beim Essen, morgens Danke, abends Danke. Doch jetzt dauerte das Gebet lange, und wurde zum Kämpfen, ein Ringen um Linderung des Liebesschmerzes vor allem. Ich liebe es wie Liebesspiel, lange und für viele zu beten.

Du hast mir damals so geholfen. Für jede Not kennst du Hilfe. Steh bei denen, die glücklos sind, bei denen, die Schlimmes durchmachen.

Sollte mein Leben fernbestimmt sein? Ein fernbestimmtes Leben ist ein einfaches Leben. Keiner kann wirklich entscheiden. Die großen Linien sind vorgegeben. Die kleinen Entscheidungen ändern nicht die großen Linien. Mit wem möchte ich diese Fragen besprechen?

Mutig ließ ich mir einen Termin bei Bischof Pepperli geben: „Eminenz“ – er war inzwischen zum Kardinal ernannt –, „ich brauche Euer

Ohr und Euren Rat“. Drei Tage später reichte er grünen Tee und Gewürzkuchen und hatte Zeit. Ich konnte ihm erzählen. Gespräch, Beichte, Entlastung. Pepperli sagte am Schluss etwa dieses: „Du hast das schönste Leben, das ein Mensch sich vorstellen kann. Nichts ist fest gelegt. Du bist gesund, und doch schon durch Leiden geprüft. Wunderbar. Weil du klug bist, hast du alle Chancen. Gib Gott die Möglichkeit, dein Leben zu entwickeln. Er weiß am besten, was für dich gut ist. Diese oder diese Frau. Oder keine. Irgendwo habe ich einen Bischof gesehen, der sah dir ähnlich. Ich weiß nicht mehr wo, wieso fällt mir das jetzt ein? Ja, ich könnte mir sogar vorstellen, dass du Priester wirst. Ich spüre jedenfalls ganz deutlich, dass du auf eine wichtige Aufgabe vorbereitet wirst.“ Er schloss die Augen und siezte mich plötzlich:

„Wir suchen Priester. Machen Sie Ihr Vordiplom... Studieren Sie auch Wirtschaft... und dann Theologie... Gott ist immer größer als unser Vermögen... Ich werde Ihren Weg begleiten... Unterstützung gewähren wir... Es wird die Zeit kommen, da schau ich zu Ihnen hinauf.“ Er kam mir jetzt nicht mehr so gewaltig vor, wie bei der Firmung. Mir schoss durch den Kopf:

Was hat der Pfarrberuf vor anderen? Nichts. Der Mensch muss dazu passen.

Und wer zum Priester passt, muss es werden.

Sollten die beendeten Liebschaften ein Hinweis auf diesen Beruf sein?

Nach dem Besuch beim Kardinal saß ich länger auf einer Parkbank unter duftenden Linden und sah wie er mit geschlossenen Augen in die Zukunft, nur einige Jahre weiter. Was sehe ich hier an diesem Platze in hundert Jahren?

Meiner Füße Spur wird dann
kein Auge mehr im Sande finden,
doch blau und leuchtend wird der Sommer stehn
und wird mit seinem süßem Atemwehn
gelind die arme Menschenbrust entbinden.

Martin zitiert hier Ina Seidel (1885-1975). Das ganze 10-zeilige Gedicht heißt „Trost“.

Auch in hundert Jahren kann diese Linde noch duften, dann werden hier andere sitzen mit ihren Fragen. Doch auch ihre Fragen werden in zweihundert Jahren, wenn diese Linde wieder blüht, keinen mehr interessieren.

Neue Wünsche: Im Team zum Mond

Ich öffnete wieder meine Augen, sah das Licht durch die Blätter der Linde in gründunklen Farb- und Schattenspielen dringen, und war bereit, das Leben, beflügelt durch alles, was ich erlebt hatte, zu gestalten und gestalten zu lassen.

Fragen hatte ich keine mehr, sondern alle Freiheiten. „Ein Mensch mit vielen Freiheiten hat Angst und macht Fehler. Natürlich kommt es auf deine Entscheidungen an: Gott arbeitet in seiner Vorsehung mit unseren guten Seiten und mit unseren Fehlern, mit unseren Entscheidungen und unserer Unentschlossenheit. Kluge Menschen müssen mehr selbst entscheiden. Du gehörst zu den Klugen." Das hatte Pepperli gesagt. Ich schrieb mir alle seine Worte unter der Linde auf, fuhr hochzufrieden nach Hause und studierte weiter befreit und erfolgreich Physik.

Während Pepperlis Idee, ich könnte einmal mein Fach wechseln, langsam in den Hintergrund trat, gewann ein anderer Wunsch immer stärkere Kraft: Ich wollte einmal zum Mond fliegen.

Die sechs erfolgreichen Apollo-Mondfahrten der amerikanischen Astronauten von Juli 1969 bis Dezember 1972 hatten mich interessiert, doch im Gegensatz zu Mutter und meinen Geschwistern Georg und Sanna blieb ich damals innerlich unbeteiligt. Nur das dramatische Unternehmen Apollo 13 mit der unwahrscheinlich risikoreichen Heimkehr erregte meine Phantasie. Nach dem berühmten Satz: „Houston, wir haben ein Problem" froren die drei Männer und hatten kaum mehr Sauerstoff in ihrer Rakete. Ich stellte mir damals vor, selbst mitzufliegen und die Handsteuerung zu verantworten.

Nun aber, nach der Freundschaft mit Hanna, die in ihren Gedanken ständig weit über den Mond hinaus flog, nach den Berechnungen, die wir im Studium über die Chancen der Raumfahrt in den nächsten fünfzig Jahren anstellten, wuchs der Wunsch, mich als Astronaut ausbilden zu lassen und auf dem Mond nach Bodenschätzen und Wasser zu suchen.

Dieser weit in die Zukunft gestellte Wunsch und Hannas Abschied bewirkten etwas, was ohne ihre Morgensfünfuhrentscheidung nicht möglich gewesen wäre:

Ich lernte, Freunde nicht nur für den Feierabend zu schätzen, sondern mit Studienkollegen zu lernen und zu arbeiten. Die Seminararbeit über die Magdeburger Halbkugeln (die Macht des Luftdrucks) machten wir zu zweit, eine andere über die Eigenschaften verschiedener Tragflächenschnitte bei Segelflugzeugen in einem Team zu fünft. Mit Hanna hatte ich jede freie Minute verbracht; diese Innigkeit, die andere ausschloss, konnte ich mir nun bei keiner späteren Beziehung mehr vorstellen.

Es wurde mir klar, dass kein Kopf allein die großen Zukunftsfragen würde lösen können. Wie bei der Radioteleskopie zur Erforschung des Weltalls immer mehrere Schirme zusammengeschaltet sind, wenn es gilt, weit entfernte, schwach sendende Objekte zu erforschen, so würden in Zukunft bei allen Berufen Experten aus verschiedenen Ländern zusammenarbeiten, um zu Ergebnissen zu kommen.

Obwohl bei Beginn der Raumfahrt im Kalten Krieg die Konkurrenz Amerika – UdSSR so schnellen Erfolg brachte, mussten die Staaten aus Geldmangel und wegen des Wegfalls ideologischer Gegensätze zusammen arbeiten. Die Internationale Raumstation ISS aus der Zeit der Jahrtausendwende ist das bekannteste Beispiel dafür.

Die Teilnahme an einer Shuttle-Expedition zur MIR hätte mich zwar auch gereizt, denn die Schwerelosigkeit, die hohe Geschwindigkeit von 28.000 Stundenkilometern und das Verlassen der Atmosphäre sind auch in 400 Kilometern über der Erde erreicht, doch der Blick auf die Erde zeigt noch bei weitem nicht den ganzen blauen Planeten, sondern immer nur ein Quadrat von etwa achthundert Kilometern Länge, zum Beispiel den Alpenraum.

Ein Jahr lang schlief ich jeden Abend mit dem Wunsch ein, den Mond betreten zu können, kannte alle Details der Landungen der zwölf Amerikaner, die den Mond betreten hatten, und träumte davon, es ihnen gleichzutun, bis zu dem Abend, als Annele in mein Leben trat.

Deine wunderwarmen Hände, Annele

Marianne Hornsiebel-Asange. Der Vater Afrikaner aus Tansania, die Mutter aus Pfäffikon am Zürichsee stammend. Ihr Kosename „Heiße Schokolade“. Anneles Haut war leuchtend braun, sie hatte immer warme Hände, alle Lobsprüche des biblischen Hohenliedes stimmten auf sie zu: „Braun bin ich zwar, doch hübsch... Dein Haar ist wie eine Herde Ziegen, die von Gebirge Gilead herabwallt, deine Zähne wie eine Herde frischgeschorener Schafe, die von der Schwemme heraufsteigen... Einem Karmesinband gleich sind deine Lippen, und dein Plaudermund ist lieblich... deine Brüste hüpfen wie zwei Böcklein, Zwillinge der Gazelle... unter deiner Zunge ist Honig und Milch, und der Duft deiner Kleider ist wie Libanons Duft... Dein Schoß ist ein Park von Granatbäumen mit köstlichen Früchten, Narde und Safran, Gewürzrohr und Zimt, Weihrauchhölzern, Myrrhe und Aloe mit den allerbesten Balsamen."

Marianne kochte köstliche Gemüsesuppen, sie buk Sonntagskuchen mit Zitronen- und Schokoguss, sie fertigte zarte, mit Kräutern eingepackte Braten, war Hauswirtschafterin mit hervorragenden Abschlüssen, und hatte in verschiedenen Tagungshäusern von Gewerkschaften gearbeitet. Eigentlich suchte sie einen Mann, mit dem sie ein Hotel eröffnen und eine Familie gründen könnte, doch sie fand mich.

Es war der 2. März 1981. Ein Montag mit Frühlingsstimmung. Marianne hatte frei und aß mit ihrer Freundin Hobana in der Mensa. Am gleichen Tisch kamen wir ins Gespräch darüber, was jeder zu Ostern vorhabe. Sie wollte nach Rom („Am liebsten zwei Wochen als Beiköchin dem Chef im Hotel Raphael über die Schultern gucken"), ich drei Wochen nach Sizilien. Ich scherzte, denn ihr Lachen gefiel mir gleich: „Dann nehmen wir uns fünf Wochen und genießen gemächlich Italien." Tatsächlich bereisten wir über Ostern zu fünft Rom und Neapel mit Pompeji. Während ich mir heimlich meinen Raffael im Vatikan ansah, („gib mir noch zwei Jahre Zeit bis zur Entscheidung" sagte ich zu meinem Fresko-Ebenbild), stellte sie sich im Raphael vor und meldete sich zu einem Praktikum fürs kommende Jahr an.

Annele konnte zuhören und interessierte sich für mich. Eifersüchtig wurde ich, was ich bislang überhaupt nicht kannte, wenn sie mit der gleichen Zuwendung auch andere Leben ausforschte. Durch ihre nimmersatte Neugier und durch ihre Liebe half sie dazu, dass ich mich mehr liebte. Annele nannte mich Melchi. Und nur sie durfte das sagen.

Obwohl sie von der Physik außerhalb der Kochkunst wenig verstand, ließ sie sich viel erklären, was mir wieder half, den Stoff bei Übungen an jüngere Studenten weiter zu geben. Annele wollte nicht ständig mit mir die Zeit verbringen, sie fühlte sich in der Clique, in ihrer und meiner Familie, wohl und erfreute durch ihr Lachen, durch ihr Kochen und Backen („Lasagne für 27 hungrige Studenten, Spinatnudeln mit gedünstetem Seewolf für zwei Verliebte") ihre und meine Freunde.

Ein Engel war sie, verstand sich gleich prächtig mit meinen Eltern, vor allem mit meinem Vater Matthias. Dann die Religion: Calvinistin wie meine Mutter. Beide hatten Spaß daran, aus dem Katechismus zu zitieren.

Annele konnte schreiben, doch mit ihren bemerkenswerten Händen schrieb sie nicht, keinen Brief, kein Zettelchen, keine Zeile. Rezepte merkte sie sich.

Eines Tages zeigte sie mir ihren Organspenderausweis: „Es könnte sein, dass ich nicht alt werde. Und ich finde den Gedanken wunderbar, dass mein Herz in einem Schwarzen schlägt, meine Nieren in einer alten Frau und in einem jungen Chinesen arbeiten, durch meine Hornhaut ein Blinder wieder sehen lernt und sogar meine Lungen noch atmen." Ich wusste gar nicht, was ich sagen soll und dachte an meinen Finger, der schon begraben war. Nur der Satz: „Du willst tot sein, und gar nicht begraben werden" fiel mir ein. „Nein, ich will leben, leben, leben und dich lieben." Jetzt war sie wieder fröhlich, liebte und lebte.

Ach, wenn ich nur noch einmal deine Hände fassen könnte. Sie waren warm und braun und bildeten einen wunderbaren Kontrast zu meinen hellen Händen. Standen wir uns gegenüber, und legten die Handflächen aneinander, flossen die Finger ineinander. Das Wunderwerk deiner langen Finger, Annele. Streicheln und massieren konnten sie und Origami-Kunstwerke zaubern: Kein Papierflieger schwebte weiter als deiner. „Meine Eva" nannte ich sie auch, weil ich mir bald mit ihr Kinder wünschte.

Eva kommt aus dem Hebräischen und bedeutet Leben.

Von Herbst 82 an aß Annele kaum mehr. Sie fühlte sich zu dick, obwohl ich ihr ständig beteuerte, wie sehr sie mir gefalle. Höchstens 50 Kilo gönnte sie sich, hungerte zwanzig Pfund herunter, hungerte dann weiter. Manches aß sie, um es danach heimlich auszuspeien. Lag es an mir?

Annele verschenkt ihr Leben an viele

Schließlich ließ sie sich in eine Nervenklinik für Jugendliche einweisen. Und kam, o Wunder, nach neuneinhalb Wochen, sichtlich erholt, zurück. Jetzt konnte sie sich erinnern, ohne Hass an ihren Vater, von dem sie Schläge bezogen hatte, und auch an einen Priester, der ihr viel zu nahe gekommen war. Jetzt erzählte sie auch mir davon.

Du, Herr, kennst allein die Nöte unglücklicher Kinder. Befreie die Unschuldigen aus Gewalt und Missbrauch. Wehre durch deine heiligen Engel den Priestern, die sich an Kindern vergreifen.

Sie aß mit Freuden, sah wieder blendend aus, machte ihr Praktikum im berühmten Raphel-Hotel in Rom. Obwohl es nur drei Monate dauerte, besuchte ich sie zweimal vor Sehnsucht. Glücklicherweise schrieb sie jetzt auch Briefe, nicht viele, obgleich sie täglich einige Zeilen von mir bekam.

Annele liebten wir alle.

Verlobung zu Michaelis, am 29. September 1983. Michaelis galt in der Familie meines Vaters als das glücksbringende Datum. Die Verlobten sollten in den Nächten um Michaelis ihre Träume beachten, die sich erfüllen würden. Ich träumte von einem Segelschiff, das auseinander brach.

Das Physikstudium neigte sich dem Ende zu. Mit einem Freund erarbeitete ich eine Diplomarbeit über künftige Antriebssysteme bei Raumfahrten. Wir planten die Hochzeit.

Nun hat es das Schicksal, und der das Schicksal schickt, anders bestimmt.

Warum wollte ich an diesem Abend ihren Geburtstag mit ihr allein feiern? Am Albis-Pass, unweit von Zürich, kannte ich ein Lokal, in dem ich Plätze für zwei bestellt hatte. Sie wollte die Freunde, mit denen wir Tee tranken, nicht verlassen. Der Motor sprang nicht an. Charles verlieh sein Auto, ihre Mutter rief an: „Kommt herüber." Alle Stimmen und Zeichen, die gegen unsere Abfahrt sprachen, beachtete ich nicht.

An ihrem 23. Geburtstag, am 4.Oktober 1984, um Mitternacht, verlor ich Annele durch einen Verkehrsunfall, durch mein Verschulden: Sie war im Wagen eingeschlafen, hatte sich ungesichert auf die Rückbank gelegt. Ich sah zu ihr nach hinten, genoss das schöne Bild – einen Augenblick zu lange. Wenn sie schlief, hat es mich immer bewegt. Ein Anblick, der glücklich machte. Würde ich sie lieben können ein Leben lang?

Ich frage nicht mehr: Warum, Herr? In all meinen Gebeten hast du darauf nicht geantwortet. Doch immer hast du mir gesagt, dass du alles zum Guten führst.

Der Absturz am Albis-Pass war nicht mehr zu vermeiden.

Annele lebte und war doch so schwer verletzt, dass sie nie mehr erwachte. Hirntod. Ich selbst wurde im Wagen, der einen Abhang hinab kugelte, bewahrt und erlitt nicht einmal Brüche. Wie gerne wäre ich gestorben, wenn nur sie lebte!

Am dritten Tag nach dem Unfall entschieden ihre Eltern: Wir lassen die Apparate abschalten und geben die Organe frei zur Transplantation. Auf dem Krankenbett, an dem ich mich von ihr verabschiedete, lag sie so entspannt und friedlich und schön, wie sie im Auto eingeschlafen war. Noch einmal streichelte ich ihre warmen Hände. Der Mund war weich und warm und rot, doch er antwortete nicht mehr.

Bei der Entnahme von Herz und Nieren, Leber, Lunge und Hornhaut der Augen, die sie anderen spendete, stellte sich heraus, dass sie in der vierten Woche schwanger war. Ein Entsetzen, auch für die Ärzte, denn das Kind hätte bei Aufrechterhaltung der Lebensfunktionen der Mutter eine dreißigprozentige Lebenschance gehabt.

Gesänge trösten

Am 10. Oktober wurde sie begraben. In Bern. Alle Afrikaner aus dem Umland trauerten mit. Sie kamen in farbigen Gewändern, mit Trauerschleiern und in feinen Anzügen. Schon während des Gottesdienstes, noch viel mehr aber auf dem Friedhof wurde dauernd gesungen: „O Haupt voll Blut und Wunden“ und andere Choralmelodien, die ich kannte, aber vor allem afrikanische Gesänge. Dazwischen das laute Schreien der Klageweiber und von Mutter Monika. Vater Tonga wippte mit seinem Körper. Im Sarg lag sie wie eine Mumie, eingehüllt in Rindenstoff.

Aus der Rinde eines besonderen Baumes wird dieser Stoff durch ein Gerbverfahren gewonnen. Am Victoriasee werden die Toten in diesem Stoff ohne Sarg in die Erde gelegt.

Als der Sargdeckel zugeschraubt wurde, war ihr Gesicht immer noch durch eine Glasscheibe zu sehen: eine afrikanische Form des Sarges. Die Eltern hatten der Organentnahme unter der Bedingung zugestimmt, dass Anneles Gesicht nicht entstellt werden dürfe. Sie waren so stolz auf ihr schönes Mädchen gewesen. Und der Stolz überwog die Trauer. Danklieder wurden gesungen. Hiobs Trostwort „Der Herr hat’s gegeben, der Herr hat’s genommen, gelobt sei de Name des Herrn“ durchzog als Grundstimmung den gefürchteten Beerdigungstag.

Unter Gesängen wurde das Grab von allen Anwesenden zugeschaufelt, ein selbstgefertigtes Holzkreuz zusammengenagelt und aufgestellt. Am Abend traf man sich wieder am Grab. Sieben Tage lang sangen sie, aßen und tranken abends am Grab.

Am Ende dieser Woche war ich zur „Grufunscha Matanga“ eingeladen, normalerweise eine Familienzusammenkunft zur Erbteilung.

Mir wurde die Pflicht auferlegt, zusammen mit Anneles Brüdern und ihrer Schwester Sabina einmal für die Eltern zu sorgen, wenn sie alt wären. Anneles Besitz wurde verteilt, ihre Kleider, ihr Schmuck, ihre vielen Schuhe und Taschen, sie liebte Leder. Den Abend über wich ich dem Gesicht ihres Bruders Mura aus. Da war Hass, tiefes Gekränktsein, kein Handschlag. Mura musste ich fürchten. Würde er den Tod seiner Schwester rächen wollen? Mutter Monika war bei allem Schmerz getröstet: „Ihr habt euch so geliebt. Was bin ich Gott dankbar, dass du nicht auch gestorben bist, habe ich zwei Kinder verloren, ist mir doch mein Sohn Martin geblieben.“ Tonga trauerte leise, tief innen und sein Leben lang.

In die Familie Hornsiebel-Asange war ich durch den Tod hineingeboren worden, erlebte dennoch bald Freuden mit: Silberhochzeit wurde gefeiert, trotz der Trauer, mit Gästen aus Afrika und vielen Verwandten. Die Bitterkeit des ersten Weihnachtsfestes ohne Annele wurde besungen mit Trauerliedern, aber auch mit Festliedern, Trommeln und Klirren auf das Christkind und auf Anneles und Angelas Ankunft im Paradies. Anneles und mein Kind bekam einen Namen,

Angela heißt Engel,

und wurde ebenso wenig vergessen wie sie.

Dumpfe Trauer verfolgte mich. War ich allein, oder auch mitten in einer Vorlesung, im Familienkreis in Bern, oder in einer Kirche, konnte ich in Tränen ausbrechen, ich schämte mich, dass ich sie, ja dass ich zwei zu Tode gefahren hatte, überlegte, mir das Leben zu nehmen, konnte mit dieser Schmach nicht leben. Mutter Marthe nahm mir zusammen mit den drei Schwestern das Versprechen ab, dass ich mir nichts antue. Mit einem „Wir wollen dein heiliges Indianerehrenwort“ erinnerte Sanna an heitere Kindheitsspiele und wollte auch eine Zukunft mit ihrem Bruder. Ich gab das Ehrenwort. Es half und hielt mich.

Am Tag nach diesem Versprechen kam ein Strick im Postpaket. Mit der Aufforderung in Englisch: DO IT. Tu es! Wer hatte ihn geschickt? Mura? Das Päckchen war in Rom aufgegeben worden.

Mura

Nun musste mir wieder Sanna helfen: „Mach ein Abschleppseil daraus. Bestimmt kannst du jemanden aus einer Notlage retten. Do it.“ Wie kamst du darauf, Sanna? „Bete für deinen Widersacher“ lautete Mutters Strick-Rat. Tat ich auch. Und merkte, Leute, für die ich betete, schloss ich in mein Herz. Auch Mura, meinen Bruder.

Tatsächlich musste ich mit dem Wagen, der in der Unglücksnacht nicht angesprungen war, und später ohne irgendeine Reparatur wieder einwandfrei fuhr, in einer Winternacht Mura abschleppen. Mit dem Strick, der es aushielt. Auf einsamer Strecke zwischen Muri und Mettmen am Lindenberg.

Von da an hielt Mura Freundschaft. Eine ausgesprochene Versöhnung gab es zwei Jahre danach bei der Taufe seiner Zwillinge: Corune und Manuel bekamen als Zweitnamen Marianne und Martin.

Über den Strick sprachen wir erst, als ich ihn 20 Jahre später in seinem Haus in Cannobio am Lago Maggiore besuchte. Er wollte noch etwas „loswerden“, bevor ich den Segen für Haus und Familie „domo et familiae“ sprach. Aus lauter Hass auf den „Mörder“ habe er einen entfernten Vetter, der als Straßenkehrer in Rom zwischen Engelsburg und Vatikan arbeitete, gebeten, „dem Schweizer den richtigen Weg zu zeigen“. Wie froh er sei, dass ich es nicht tat. Wie er damals am liebsten in den Boden versunken wäre, als er das Abschleppseil mit dem gewissen Knoten erkannte. Wie er dann im Wagen immer glücklicher wurde, schließlich sei er zu einer entscheidenden Vorstellung unterwegs gewesen, deren Erfolg er jetzt seinen Wohlstand verdanke. Mura war gesegnet mit sechs Kindern, war reich und gottesfürchtig, gebefreudig und demütig, seine Corune das Abbild von Annele.

Ermittlungen der Polizei konnten mir keine Schuld nachweisen. Kein Alkohol im Blut, ich hatte nur von Anneles Glas genippt, das Auto war in Ordnung, es blieb jedoch der Vorwurf der fahrlässigen Tötung. Urteil: Geldstrafe und ein Monat Arbeit in einem Pflegeheim.

Ein geplagtes Gewissen blieb mir der Familie gegenüber. Ich war als Sohn adoptiert und brachte keine Enkel, ich hatte Verpflichtungen den Eltern gegenüber und konnte sie außer einigen Besuchen nicht erfüllen. Ich begann sie jedoch zu lieben wie mein eigenes Blut. Sie waren zu „meinen afrikanischen Verwandten“ geworden.

Pepperli, den Bischof, der mich gefirmt hatte, musste ich noch einmal konsultieren. Er kannte ja Afrika. „Zeige Reue und Liebe. Bewahre ein immerwährendes Gedächtnis an die Braut. Vergiss das Kind nicht." Ich solle auch wiederkommen.

Er fragte beim nächsten Besuch nach Studium und Berufsplänen. Ohne dass er drängte, ohne dass ich mich verstellen musste, ohne zu lügen, antwortete ich: „So Gott will, beginne ich im Herbst mit der Theologie."

Der Wunsch, Pfarrer zu werden, hatte gesiegt. Das Vorbild des Großvaters, intensive Gebete, Dankbarkeit über Vergebung und Erhaltung des eigenen Lebens, Pepperlis Seelsorge, die Einsicht, dass ich nicht nur als Physiker der Welt etwas geben kann, aber vor allem ein Locken, das ich von allerhöchster Seite her vernahm, haben gewirkt. Noch trauerte ich, doch ich war in der Lage, das Physikdiplom zu machen und das Neue zu beginnen.

Am 3. Juni 1985 hätte Angela geboren werden können. Die Familie traf sich am Grab. Wieder wurde gesungen und ein kleines Kreuz zu Anneles Denkmal dazugestellt.

Du hilfst uns, nicht nur zu trauern, sondern dankbar zu sein, dass wir sie gehabt haben. Jede Not kannst du verwandeln in Verstehen und Reife, in Trost und tiefen Glauben.

Als Anneles und Muras Mutter Monika 2010 starb, wurde ich in der Anzeige unter den trauernden Kindern als erster genannt. Die Familie war inzwischen stolz auf ihren Angelo, so nannten sie mich seit der Priesterweihe.

Durch die beiden Familien, denen ich durch Herkunft und Schicksal eng verbunden bin, wuchs meine Menschenliebe. Sie förderten mich. Ihnen zuliebe wollte ich ein Lebenswerk schaffen. Sie ermöglichten mir, zu trauern und wieder froh zu werden.

Tübingen

Und es wuchs die Gottesliebe. Er hatte mir Mädchenliebe geschenkt und wieder genommen. Doch seine Liebe blieb.

Wenn ich mich zu Bette lege, denke ich an dich,
wenn ich wachliege, sinne ich über dich nach.

Beim Händefalten fühlte ich mich von ihm angerührt. Das wohlige Zubettgehenkönnen empfand ich als besonderen Liebesbeweis, dazu Essen und Verdauen, Körperkraft und Bewegung, Morgendämmerungsstunden mit dem raschen Verschwinden der Milchstraße, Libellenflug und Nachtigallensingen, Alpenglühen und große Sommerhitze, Eiszapfenkälte und feuchten, kalten, dichten Nebel, Hochsteigen mit Flugzeugen, Abfahren mit den Skiern, Jodeln und Hundegebell, beides meiner Kehle angeboren, das Brüllen der Wasser und der Rinder, Lawinen und Feuer, das Bezwingen von Abgründen. In all dem spürte ich Liebeserweise von allerhöchster Seite.

Wie in Trance beendete ich mein Physikstudium. Die Diplomarbeit war gut, die Klausuren habe ich gerade geschafft.

Nach Anneles Tod trank ich lange keinen Alkohol. Der Schluck aus ihrem letzten Glas sollte auf längere Zeit der letzte Wein sein. Erst bei der Messe fing ich wieder an, einen Schluck zu trinken, Wein, verwandelt in Christi Blut, verändert in der Substanz, bleibend in der Erscheinungsform des Rebensaftes, und bei Jennifer.

Nun kam der Tag, an dem ich das Theologiestudium begann, in Tübingen. Des Lebens Ruf ließ mir keine Pause. Von der Schule wusste ich, dass Religion langweilig oder spannend sein kann, einschläfernd oder die Sinne anregend, zu Streitlust oder Diskussionsmüdigkeit führend. Ich nahm mir vor, ein schnelles, spannendes Studium zu absolvieren, dabei keinen Streit vermeidend, war überzeugt, dass die Wissenschaft von Gott zusammen mit den Naturwissenschaften zu neuen Erkenntnissen führen wird.

Nach Annele konnte ich mir keine Freundin mehr vorstellen.

Kaum war ich in Tübingen eingezogen, kam das Angebot einer Doktorarbeit von den Physikern: „Dich brauchen wir. Die Welt braucht keine Phantasten, sondern Realisten. Du vergeudest deine Talente.“ Der Kampf im Inneren war fürchterlich: Sollte ich sechs Jahre umsonst studiert haben?

„Geh deinen Weg ruhig und gelassen.“ So oft ich mich prüfte:

Himmlischer Vater, durch Jesus sende deinen Heiligen Geist, prüfe und erleuchte mich, was ich tun oder ändern soll...

wurde mir klar: Ich bleibe in Tübingen und bei der Theologie.

Nach dem ersten Semester mit Hebräisch und Griechisch musste ich noch eins entscheiden: Könnte nicht ein evangelischer Pfarrer aus mir werden? Bischof Pepperli hatte ich nicht den Zölibat, sondern das Studium der Theologie „versprochen“. Als Familienvater ein großes Pfarrhaus zu bewohnen, kannte ich von den Großeltern. „Papa Martin sieht nach seinen Kindern...“ Die Vision aus Rom, sechs Jahre zurückliegend, fragte nach einer Deutung. Es zog es mich viel ins Evangelische Stift.

Und Hölderlin, der in einem Turm am Neckar jahrzehntelang dahindämmerte, schwebte mir im Kopf herum. Immer wieder einer seiner letzten Vierzeiler:

Die Linien des Lebens sind verschieden
Wie Wege sind und wie der Berge Grenzen,
Was hier wir sind, wird dort ein Gott ergänzen
Mit Harmonie und ewgem Lohn und Frieden.

Michaeliträume

Aber auch Bengel, unermüdlicher protestantischer Bibelforscher, Bloch und Hegel, die Philosophen, Hauff und Hesse, die schwäbischen Dichter gaben hundert Anregungen:

...Wir sollen heiter Raum um Raum durchschreiten,
An keinem wie an einer Heimat hängen,
Der Weltgeist will nicht fesseln uns und engen,
Er will uns Stuf um Stufe heben, weiten...

dichtete Hesse, der als 18-Jähriger in Tübingen eine Buchhändlerlehre begann.

Zu Michaelis 1985 erschienen mir Annele und Angela im Traum, unsere Hände spielten miteinander, ihre wunderwarmen Hände. Sie flüsterte wie in Liebesstunden: „Es hat so sein müssen. Gehe deinen Weg mit neuer Kraft.“ Das Kind lächelte, sagte aber nichts. Drei Jahre träumte ich um Michaelis von Annele und Angela. Ihre Abschiedsworte im Michaelistraum 1988: „Wir können uns lange nicht sehen. Du findest überall Wärme. Die Welt braucht auch dich als Backofen. Im Meer der Liebe finden wir uns wieder.“

Dass mir meine Engel im Traum erschienen waren, tröstete unendlich.

Mit Joachim, Hans-Ulrich und Gustav gründete ich das Silcherquartett, wir sangen inbrünstig und vierstimmig „Ännchen von Tharau“,

„Im schönsten Wiesengrunde“, „Ich hat einen Kameraden“, „So nimm denn meine Hände“, „Morgen muss ich fort von Hier“ und „Ich weiß nicht, was soll es bedeuten“. Ich war der zweite Tenor. Das Lied „Hab oft im Kreise der Lieben“ gehört zu meinen Überzeugungstexten:

Sollst uns nicht lange klagen, was alles dir wehe tut,
nur frisch, nur frisch gesungen, und alles wird wieder gut.

Nachdem wir etwa 30 Lieder frei und zu jeder Tages- und Nachtzeit vortragen, ja vorspielen konnten, nannten wir uns die „Neue Akademische Liedertafel“. Die Kameraden hatten Freundinnen, ich hatte Bewerberinnen, viele steckten mir ihre Telefonnummer zu, doch Musik und Theologie blieben die einzigen Freundinnen.

Sollte ich katholisch bleiben oder evangelischer Pfarrer werden? Waren die evangelischen Kirchen der Schweiz nicht Sekten? Wohl beinahe eine Staatskirche, selbstbewusst und reich, doch bei schwindendem Einfluss keine Weltkirche. Natürlich schwand auch der Einfluss der katholischen Kirche in der Schweiz, andererseits wuchs sie in asiatischen Ländern. In Korea wuchs auch die evangelische Kirche, dort aber nicht die Calvinisten, sondern die Baptisten. Eine andere Sekte?

Nun war ich 27, wollte mich entscheiden. Das Weltsystem der katholischen Kirche blieb faszinierend: Gründung durch Christus, der Petrus einen Auftrag gibt. Ausbreitung durch Paulus, durch seine Reisen und seine Briefe, Ankunft in Rom. Weitere Schwerpunkte in Jerusalem, Antiochia und Byzanz. Kampf zwischen Rom und Byzanz um die Vorherrschaft. Kampf gegen den Islam. Die Theologen versuchen, die wissenschaftlichen Erkenntnisse und die philosophischen Gedankengebäude auszuschließen oder zu integrieren. Einheit durch das Petrusamt. Trotz aller Spaltungen hat sich die katholische Kirche als eine Weltkirche erhalten. Warum sollte nicht auch in Zukunft möglich sein, die Erkenntnisse der Reformation und geistliche Impulse anderer Religionen zu integrieren wie auch die neuesten naturwissenschaftlichen Ergebnisse?

Zu meiner Grundeinsicht gehörten: Evolution und unendliches Weltall, Urknall und tiefe Verwandtschaft aller Geschöpfe, ein Herrgott.

Ich entschied mich, katholisch zu bleiben, wurde mir mit meinem Vater und Bischof Pepperli einig in der Formulierung: „Es ist die richtige Religion für unruhige Kosmopoliten.“ Ich war aus Todesnähe und großer Trauer wieder aufgestanden und sah bildhaft vor mir: Diese Kirche wartet auf dich. Sie macht dir nicht nur Platz, sondern stellt einen Stuhl für dich hin. Mir schwindelte bei dem Gedanken, ein Bischofssitz könnte gemeint sein.

Jennifer und Weltethos

Die Gattin eines württembergischen Bankvorstehers, Jennifer, hörte theologische Vorlesungen, studierte aber auch Kunst und Medizin, hatte zwei Kinderchen, Ammen und eine Haushälterin, war kaum älter als ich, bezirzte mich mit ihrer Bildung, mit frechen Fragen, und verführte mich, zunächst zu „Veschper mit Moscht“: „Wo in unserer Bibel steht, dass Sie keinen Most trinken dürfen?“

Obwohl wir uns immer siezten, wurden wir ein Paar. Ich würde mich heute noch schämen, wenn es nicht Liebe gewesen wäre. Für ein halbes Jahr hatte sie mein Herz und meinen Körper. Heimlichtuerin war sie vor ihrer Familie, ich reduzierte völlig den Kontakt zu meinen Familien, dabei gab es Fortschritte im Studium, aber völlige Vernachlässigung des Gebetslebens.

Als uns beiden klar war, dass unsere Beziehung keine Zukunft haben kann, bot mir Jennifer an, der Vater ihres dritten Kindes zu werden, ohne Verpflichtung: „Hier haben Sie bei Ihren Berufszielen die einzige Möglichkeit, Ihr Leben und Ihre Anlagen weiterzugeben.“ Sie erzählte, dass bereits ihre Tochter von einem anderen wahnsinnig begabten Mann sei, einem für den Nobelpreis nominierten Chemiker, ihr Mann es nicht wisse, sie ihn aber liebe und todsicher bei ihm bleiben wolle.

„Wissen Sie, wir Frauen wählen die Männer, Ihr Männer werbt wie die Löwen in der Savanne. Doch wir sagen ja oder nein... Spüren Sie nicht ein körperliches Echo bei meinem Herzenswunsch? Fühlen Sie nicht, dass unsere Anlagen zusammen passen? Riechen Sie nicht meine Lust? Die Natur, die so verschwenderisch ist, möchte uns zusammenführen, zu einem Elternpaar, das ein einmaliges Wesen hervorbringt. Sagen Sie ja.“

Was sagt dein Gebot? Du sollst nicht ehebrechen.

„Den ganzen Ehebruch nehme ich auf mich. Sie bleiben ohne Schuld und ohne Verpflichtung, Eminenz.“

Der künftige Kardinal sagte zitternd nein.

Für das Wochenende darauf hatte sie eine Reise nach Venedig gebucht für zwei. Abschiedsreise. Sie verstand zu zelebrieren.

Das Hotel des Bains, in dem Thomas Mann den „Tod in Venedig" empfunden und geschrieben hatte, sollte Höhepunkt und Finish werden. Intensivstes Erleben, den Abschied vor Augen. Die letzte Liebe meiner jungen Jahre war eine für beide Seiten verbotene Liebe. Doch ich konnte keine Heimlichkeiten durchhalten, ich konnte meinen Lebensentwurf, der sich durch schmerzhafte Verluste entwickelt hatte, nicht verleugnen. Mit großem gegenseitigen Respekt sagten wir uns am Ende der Reise auf dem Campanile Adieu und reisten getrennt ins Schwabenland.

Die überwundene Versuchung, nein: diese wunderschöne letzte Liebe, gab dem Studium noch einmal eine planetarische Beschleunigung – ebenso Hans Küng, Professor für ökumenische Theologie.

Hans Küng

Hans Küng war Schweizer, Theoretiker der Weltkirche, der Weltreligionen, des Weltfriedens und des Weltethos: Ihm war die Lehrbefugnis von der katholischen Kirche entzogen worden, doch er behielt den Lehrstuhl in seinem Fach, rechtlich nicht der Kirche, sondern dem Senat der Universität unterstellt. Mit Spannung erlebte ich die Entstehung des Buches „Freud und die Zukunft der Religion" mit, durfte mit ihm nach Istanbul fliegen, und die Aufnahmen zu seinem Islamfilm als Kabelträger miterleben. Mit Blick auf die Europa und Asien verbindenden Brücke und schließlich im Hubschrauber über dem Bosporus sprach er seine Thesen aus:

„...Religionen, die nicht trennen und spalten, sondern verbinden und versöhnen. Unsere Zeit braucht Brückenbauer, die bei allen Gegensätzen und Konfrontationen das Gemeinsame sehen, vor allem in den ethischen Werten. Wer von uns könnte nicht endlos klagen über all das Leid und Elend dieser Welt. Aber wer will bestreiten, dass nicht immer wieder Menschen im Großen und im Kleinen diese zerrissene Welt zum Besseren verändert haben? Gerade ihnen möchte ich Mut machen, nicht mit einer verstiegenen Utopie, sondern mit einer realistischen Vision. Für mich steht fest: Kein Frieden unter den Nationen ohne Frieden unter den Religionen. Kein Friede unter den Religionen ohne Dialog unter den Religionen. Kein Dialog zwischen den Religionen ohne globale ethische Maßstäbe. Kein Überleben unseres Globus ohne globales Ethos, ein Weltethos."

Begleitende Journalisten fragten Küng, ob er sich nicht als Papst bewerben wolle. „Ich bin ein Störenfried, der seinen Platz als Lehrer der Heiligen Schrift gefunden hat. Vielleicht kann ich alt werden, aber nicht Papst. Es genügt, wenn Menschen von meinen Visionen angesteckt werden, die man nicht überhören kann. Die Zeit für einen Papst aus Nordeuropa ist noch nicht reif. Ich hoffe immer, ich hoffe auf den nächsten und den übernächsten Diener auf Petri Stuhl. Übrigens kann man sich als Papst nicht bewerben. Noch nicht. Die katholische Kirche ist keine demokratische Einrichtung."

Am Ende des Studiums konnte ich das Neue Testament auf griechisch so gut wie auswendig. Um Christus noch näher zu sein, lernte ich in der Sprache, die er von seiner Mutter gelernt hatte, in aramäisch, die Bergpredigt mit dem Vaterunser. Zwölf Stunden am Tag zu lernen, allein und im Team, bereitete mir keine Mühe. Es blieben ja acht Stunden Schlaf, und weitere vier Stunden, Entspannendes zu lesen, zu essen, einen Tee mit Freunden zu nehmen und zu singen.

Sechs ganze Monate lebte ich in diesem strengen Arbeitsrhythmus, bestand das Examen im Sommer 1989 zufriedenstellend.

Diese Tageseinteilung behielt ich im Grunde 45 Jahre lang. Um nicht zum Workaholic zu werden, lernte ich das Drehen der Derwische und legte mir auf, eine Stunde täglich in frischer Luft zu sein. Bergsteigen und Skifahren genoss ich an freien Tagen.

Kaplan wurde ich in Schaffhausen. Diakonatsweihe am Palmsonntag 1990. Der Taufspruch, von Großvater Kobele ausgesucht, sollte jetzt Christus, die Gemeinde und mich verbinden: „Hosianna dem Sohne Davids! Gelobt sei, der da kommt in dem Namen des Herrn! Hosianna in der Höhe!" (Matthäus 21,9).

Ich durfte nun taufen und predigen, beerdigen und Hochzeiten halten. In Schaffhausen wohnte ich im Bürgerheim unter den alten Menschen, hatte die Seelsorge an den Heimbewohnern. Die meisten Menschen lebten auf den Tod zu. Menschen mit Glauben hatten mehr Leuchten im Gesicht als andere.

Lotte

Am Ostermontag 1990 heiratete Georg. Unter schwierigsten Umständen war die Frau, die er in Prag kennen gelernt hatte, aus der DDR herausgekommen. Nur Eltern und Großeltern durften noch 1989 an der Verlobung teilnehmen. Die Hochzeit war ein Fest mit zweihundert

Gästen, jetzt mit vielen aus dem Erfurter Land, voller Freude über die neue Freiheit. Lotte Lindigkeit stammte aus Stotternheim, nördlich von Erfurt, ein Dorf, das alle fünfhundert Jahre etwas besonderes hervorbringt, 1505 den Schrei Luthers „Hilf, heilige Anna, ich will ein Mönch werden“, und jetzt Lotte.

Im sozialistischen Einheitsstaat hat sie sich durch Westfernsehen, Wettbewerb und Wetterstudium, durch Charme und Hartnäckigkeit zu einer Persönlichkeit entwickelt, die jeder Eidgenosse gern zu seiner Hausfrau macht. Lotte behielt in der liberalen Schweiz ihre Neugierde, ihren sympathischen Thüringer Tonfall und die Kenntnis von mindestens hundert Goethegedichten. Auch was das Leben der klassischen und romantischen Dichter anging, kannte sie Details und konnte vor allem spannend erzählen: „Gelernt hab ich's in der Christenlehre.“

Bei der Hochzeit ahnte niemand, dass „Schwester Lotte“ die wichtigste Gesprächspartnerin eines Bischofs von Rom werden sollte.

Kirchenrecht in Rom

Schon im Studium interessierte mich das Kirchenrecht. Für die jungen Kapläne, die nicht in Rom zu studieren konnten, bestand die Möglichkeit an der Gregoriana, der päpstlichen Universität, im Sommer 1990 einen Zweimonatskurs zu absolvieren. Neben dem Kirchenrecht sollte vor allem das Gefühl für die Einmaligkeit der Weltkirche gefördert werden. Es gab Kurse in lateinischer, italienischer, englischer, spanischer, deutscher und französischer Sprache. Obwohl ich es nicht fließend sprach, wählte ich den Kurs auf Englisch.

Hier wurde wieder bestätigt, was mich an der katholischen Kirche anzog: Sie ist die Institution des Weltbürgertums. Ich fühlte mich in meine Schule zurückversetzt: Männer aller Hautfarben, Asketen und scheinbare Lebemänner, Satt-Zufriedene und unruhig Suchende waren versammelt. Afrikaner und Amerikaner vor allem, Australier und ausgesprochen viele Iren. Der Sommerkurs war mit Besuchen in den vier Hauptkirchen Roms, mit wöchentlicher Beichte und einem Generalablass verbunden.

Der Kursleiter lebte ganz in der Geschichte und Tradition. Doch am Ende der acht Wochen hatte Professor Luigi Magnoli einen Blick in die Zukunft gewagt: In der Kurie werde überlegt, den Juden gegenüber die Hand weiter auszustrecken, Galileos Verurteilung zurückzunehmen und mit dem Lutherischen Weltbund eine Erklärung zur Rechtfertigungslehre auszuarbeiten. An eine Aufhebung des Zölibats oder an die Weihe für Frauen sei nicht gedacht, hier herrsche Diskussionsverbot. Ich stand auf, wie von fremder Hand gleitet und hörte mich sagen:

„Die katholische Kirche, wie sie mir vorschwebt, kennt kein Diskussionsverbot. Auf keinem Gebiet. Der Leib Christi, den wir darstellen, geht der Welt voran, ist Licht in der Welt. Wir wollen der Welt zeigen, dass von der Schöpfung und von Christus her Mann und Frau auf gleicher Stufe bei unterschiedlichen Aufgaben stehen. Wir leben die Aussöhnung zwischen den Religionen. Teile und Herrsche hat auch lange das Denken in der Kirche bestimmt. Es muss aber heißen: Versöhne und diene. Suscipite invicem."

„Dienet einander." Damit war der Leitspruch für mein Leben vorgegeben.

Es war auch jetzt keine Diskussion geplant. So blieb mein Votum im Raum stehen. Es stand, durch die trockene Luft im Saal etwas entwässert, immer noch dort, als ich drei Tage nach dem Konklave den Raum wieder betrat, um die Worte von 1990 anzusehen und als Leitlinie aufzunehmen. An jenem 13. November 2017 war die erste Gelegenheit nach der Wahl, durchzuatmen, das Tagebuch herauszunehmen, jenes Votum nachzulesen, und mit „Vaticano. Cum Deo" (Im Vatikan. Mit Gott) ein neues Kapitel der Aufzeichnungen zu beginnen, die ich als Tagebuch nach den Gesprächen mit Pepperli angefangen hatte und im 14-jährigen Pontifikat nicht unterbrach.

Welches der Vorhaben würde sich in meinem Leben erfüllen?

Kaplan im Bürgerheim Schaffhausen

Gerd Weckherlin, Wecki, unser Kantor, ein Glücksfall. Wir hatten zusammen mit Stadtpfarrer Hans Glöckler das gleiche Ziel: die singende Gemeinde. Durch die große Zahl von hervorragenden Musikern und Solisten, Chören und Orchestern, die die Sonntagsmessen bereicherten, war der Gemeindegesang, auch durch den geringen Gottesdienstbesuch, kümmerlich. Wecki schaffte es, Choräle mehrstimmig zum Klingen zu bringen. Nicht nur mit seinen Chören übte er, sondern mit der Gemeinde, nur zehn Minuten vor dem Gottesdienst, regelmäßig und jeden Sonntag. Mit dem Ergebnis einer hörbaren Verbesserung des Gemeindegesanges. Dazu kam ein sichtbares Mehr an Besuchern. Mein Vater Matthias war nicht glücklich über meine Berufswahl gewesen. Nicht offen, doch hintergründig übte er Kritik. Er hatte sich seinen

Martin als Mondfahrer vorgestellt. Doch als er die singende Gemeinde erlebte, einen mehrstimmigen Gesang („Laudate omnes gentes“ lateinisch und deutsch: „Lobsingt ihr Völker alle“) einüben konnte, war er begeistert. Nach der Messe küsste er mich auf beide Wangen und bot sich an, Freizeiten als Kantor zu begleiten.

Ich liebte meine Kaplans-Gemeinde. „Papa Martin sieht nach seinen Kindern“ konnte wahr werden: Die Kranken wurden mir stets gemeldet, ich sah nach ihnen. Aus den Listen wusste ich täglich, wer Geburtstag hatte. Viele traf ich dann auch, zufällig oder gewollt, an oder um ihren Geburtstag, nicht nur die Senioren.

Zwischen fünf und sieben am Abend hatte ich „offenes Appartement“. Auch wenn ich nicht immer dabei war, versammelte sich „meine dritte Familie“, manchmal kamen fünf, manchmal fünfundzwanzig, manche fast täglich, manche einmal im Jahr.

Sogar die Menschen vom Fitnessstudio gegenüber tranken hier Tee oder Wasser oder ein Bier nach dem Training. Gestraffte Körper bringen Frische ins Haus. Das gefiel natürlich auch den alten Menschen im Bürgerheim. Eine bunte generationenübergreifende Gruppe jeden Tag.

Um sieben erklang ein Glockenschlag und die After-Work-Party war aus.

„Betrachte die jüngeren Frauen als deine Schwestern, die älteren sieh als deine Mutter an.“ Paulus' Rat an Timotheus half mir, die jungen Menschen ohne Scheu, aber auch ohne Begierden anzusehen.

Ich musste selbst den Körper bewegen, wurde zum Langstreckler am Rhein, liebte vor allem die Zehn-Kilometer-Strecke. Hier brütete ich viele Arbeitspläne aus, hier wurde der Kopf klar. Nach Sitzungen war es entspannend, im Stehen und Gehen zu arbeiten. Gehend durch den langen Flur des Bürgerheimes memorierte ich die Predigten. Im Laufe der Jahre gewöhnte ich mir an, dass etwas zum Lachen in der Predigt stecken sollte, dazu ein Bibelwort, das mindestens dreimal genannt wurde und etwas Lebendiges, also ein Beispiel aus der Natur oder aus der Lebensgeschichte eines Menschen.

Bald sollte ich die Stelle wechseln: 1992 Berufung nach Basel.

Basel am Rhein, Erasmus-Stadt

Basel ist die zweitgrößte Stadt der Schweiz, Pharmazie- und Geldmetropole. Die von Pius II. um 1460 gegründete Universität wurde durch Erasmus von Rotterdam Hauptsitz des Humanismus und später durch

Paracelsus, Jakob Burckhardt und Friedrich Nietzsche bekannt. Die Baseler rühmen ihren Maler Arnold Böcklin.

Nun hatte ich ein Pfarrhaus. Und eine Hausgenossin, „Fräulein Elisa". Eine andere Anrede duldete Elisabeth von Hohenstein, damals 77, nicht. Sie ordnete das Nötigste und kochte jeden Tag ein warmes Gericht: „Die Herren mochten immer am liebsten meine Rindsbrühe." Ich wurde zum Suppenesser und wollte auch Fräulein Elisas Gespräche nicht missen: Sie kannte die Gemeinde seit 33 Jahren, war Seelsorgerin in leichten Fällen, hatte Bischöfe und Prälaten bekocht, „nur noch keinen Papst, obwohl ich mit Erlaubnis Ihres verehrten Vorgängers Stadtpfarrer Freihalter dem Heiligen Vater unsern Hausschlüssel geschickt habe. Der kam zurück. Es sei derzeit keine pastorale Reise in die Kantone geplant." Die sieben Jahre mit Elisa waren ein Genuss. Sie starb beim Kauf von Suppenfleisch in der Rittergasse. Zum Begräbnis hatte sie sich „Sonne der Gerechtigkeit" gewünscht: „Aber stürmisch gesungen, dass man das Wehen des Heiligen Geistes spürt."

Schaue die Zertrennung an,
der kein Mensch sonst wehren kann,
sammle, großer Menschenhirt,
alles, was sich hat verirrt,
Erbarm dich, Herr.

In meinen „Pfarrhäusern" lebten nach Fräulein Elisa keine ständigen Haushälterinnen. Etwa viermal die Woche kam eine Köchin, die auch das Haus säuberte, wusch, bügelte und die Gewänder in Ordnung hielt. Jedes Mal macht es Freude, mir zur Messe beim Ankleiden helfen zu lassen, alte und neue liturgische Kleidung in den Farben des Kirchenjahres zu tragen. Die Ministranten und Mesner werden geschult, eine gewisse Vollkommenheit an den Tag zu legen, wie ich es bei Papa Conrad kennen gelernt habe.

Meine eigene Familie war immer kleiner geworden. Die Großeltern Kobele hatten beinahe gleichzeitig wie Philemon und Baucis das Zeitliche gesegnet und waren im Hochsommer 1988 heimgegangen. Im Pfarrhaus dachte ich oft an sie. Der Dank für die beiden fehlte nie in meinem Abendgebet.

Das offene Haus von fünf bis sieben behielt ich bei. Ich musste mich um nichts kümmern. „Pfarrschwestern" nannten sich Christl und Ruth, die abwechselnd mit Hilde und Regina Tee kochten und die Gespräche anregten. So war ich in der großen Stube des Pfarrhauses mein eigener Gast, konnte kommen und gehen wie die anderen zwischen fünf und sieben Uhr. Zur „Basler Familie“ gehörten bald Künstler, Architekten und Studenten, vor allem die Physiker. Sie fanden es schön, bei einem „Kollegen“ ihren Tee zu nehmen.

Die Münsterpfarrherrn hatten ein monatliches „Herrenfrühstück“, zu dem ich eingeladen wurde. Die Pfarrfrau war jeweils dabei, in besonderer Erinnerung ist mir Elisabeth Vorgrimler, bei der das Frühstück einem literarischen Salon glich. Sie hatte beim Treffen das Sagen, im Gegensatz zu ihrem Mann, dem stillsten im Schweizerland, den ich kenne, er soll aber ein guter Prediger gewesen sein. Bei Elisabeth sollte jeder immer etwas zum Vortragen mitbringen, das eine Buchseite nicht überschreiten durfte, vorgelesen und diskutiert wurde. Für das Gemeindeleben interessierte Elisabeth sich nicht. Bald nannten wir sie auch unsere „Rahel van Rheinsprung“ nach der Straße, in der Vorgrimlers wohnten.

Rahel Varnhagen, geb. Levin, Jüdin, hatte den berühmten literarischen Salon in Berlin Anfang des 19. Jahrhunderts.

Im eigenen Haus galt die Devise: Jesus kann jederzeit kommen. Die Wiederkunft Christi, ein zentrales Thema der christlichen Theologie, hat mich immer bewegt. Ich erwarte ihn. Der deutsche Physiker Carl Friedrich von Weizsäcker soll einmal einem Kollegen, der ihn gefragt hatte, ob er Atomphysiker bleiben darf, geantwortet haben: „Wenn Sie Christi Wiederkunft erwarten, dürfen Sie alles.“ Damit war wohl gemeint, er müsse vor dem Jüngsten Gericht sein Tun verantworten können.

So wird bis heute das Haus für „Jesus, den Gast“ nicht nur zu Weihnachten geschmückt, sondern zu allen Zeiten. Umgekehrt ist jeder Mann und jede Frau so willkommen wie er. Arm und Reich sollen gerne eintreten.

Albert Schweitzer hatte in seiner Leben-Jesu-Forschung erkannt, dass die „Naherwartung“ des Weltendes, die Jesus selbst gepredigt hatte, ein zentrales Motiv der Ausbreitung des neuen Glaubens war. War durch das Ausbleiben der Wiederkunft die Botschaft Jesu hinfällig? Sollte er nun den Glauben aufgeben? Mitnichten. Schweitzer sah seine Lebenszeit als die Gelegenheit, noch mehr Menschen durch gute Arbeit vom christlichen Glauben zu überzeugen – und wurde Arzt in Gabun, Westafrika.

Wie es alle Jahrhunderte vor mit taten, sah ich als meine Aufgabe an, die Botschaft Jesu von großem Gottvertrauen und Feindesliebe, von Gotteskindschaft und Leben als Dienst in das moderne Basel zu bringen.

In Deutschland brennen 1992 die Lichterketten gegen Ausländerhass und Gleichgültigkeit. In meiner Gemeinde merke ich, das es gegen Engagement für Fremde starke Reserven gibt. Doch mit Schülern meiner früheren Berner Internationalen Schule, die ich zu einer Projektwoche einlade, ist es möglich, ohne Druck ein positives Klima zu erwecken. Eine Woche lang sind kleine Kenianer, Indios, Eskimos, Japaner und Koreaner, Papuas und rothaarige Iren in den Kirchen, in Zeitungen, auch im Fernsehen zu erleben. In ihren Landessprachen und auf deutsch, einige sogar in Schwyzerdytsch, erzählen sie von ihren Heimatländern, von Bräuchen und Vorlieben. Sie kochen und servieren afrikanische Bohnen und Maisgerichte, koreanischen Fisch, mittelamerikanisches Bananengemüse und irisches Bierfleisch.

„Meine Familien" sind nicht nur durch das Kommen und Gehen im Pfarrhaus in ständiger Bewegung, auch durch die Ankunft von Nichten und Neffen in dieser Welt. Bei meiner afrikanischen Familie kommen Kinder von Anneles Brüdern dazu. In den Wochen nach den großen Festen Ostern, Pfingsten und Weihnachten gilt das Offene Haus den Bluts- und Schicksalsverwandten. Zum Glück kommen dabei immer Köche und Köchinnen mit, so dass ich auch dabei das Heft in der Küche aus der Hand geben kann.

1993 wird das Osloer Abkommen zwischen Israel und Palästina geschlossen. Zügig soll nun die Staatengründung Palästinas vorangehen. Durch die Ermordung Rabins wird dieser Prozess zurückgeworfen. Mit den glücklosen Präsidenten Netanjahu und Scharon kommt es zur jahrelangen „zweiten Intifada". Selbstmordattentate der Araber. Blutige Reaktionen der Israelis. Erst im Jahre 2007 schafft es eine neue Generation von Politikern, die Vertrauensbasis herzustellen, die den Friedensprozess vorankommen lässt.

Eine gute Nachricht kommt 1993 aus Südafrika: Die Apartheid wird abgeschafft. Schwarz und Weiß beginnen eine gemeinsame Zukunft. Nelson Mandela wird nach langer Gefangenschaft Präsident des Landes.

Wartburgschlüssel

Obwohl die Mauer längst gefallen war, sah ich zum ersten Mal das andere Deutschland, ein Land mit tausend Kränen, die Restaurierung der Dächer stand überall im Vordergrund. Wieso faszinierte mich die Wartburg so sehr? Eine Festung auf einem Berge, wie Hunderte andere zwischen Sizilien und dem Rhein.

Es muss die Geschichte sein, die Gäste und Bewohner, die mich inspirierten: Elisabeth, die Mutter der karitativen Bewegung, Walther von der Vogelweide und die Minnesänger, Luther als Übersetzer der Bibel ins Deutsche, die Studenten, die dort die deutsche Einheit forderten. Kurze Besuche auf der Wartburg, aber auch längere Aufenthalte regten mich immer an zu Nachdenken über die Werte Europas an: Nächstenliebe, Bildung, Völkerfreundschaft, Bescheidenheit, Aufklärung, Gottvertrauen. Das Projekt „Ökumenisches Wartburgfest. Das christliche Abendland erhalten“ dachte ich mir bei einem Wartburgaufenthalt aus: Mit dem Bischof von Erfurt lud ich von 2006 an als Bischof von Augsburg jedes Jahr Politiker, Theologen Künstler und jeweils eine weitere Berufsgruppe ein: mal die Historiker, mal die Autobauer, mal die Piloten, mal Wirte und Hoteliers. Sie sollten ihre Gedanken und Sorgen, ihre Pläne und Visionen austauschen und natürlich die Sicht der Kirchen kennen lernen. Obwohl es in katholischer Trägerschaft blieb, sorgten wir durch die Gäste für Ökumene und Kirchenfreundschaft, interkonfessionell und interreligiös.

Für die Idee bekam ich 2010 vom Burghauptmann einen Schlüssel mit dem Recht, „jederzeit die Wartburg unbegrenzt zu nutzen“.

Pater Konrad

Das war weit nach vorne geschaut. Aus dem Jahr 1993 habe ich mir den Bericht eines Studienkollegen aufgehoben, der wie ich Theologie und Physik studiert hat, ins Kloster ging und nun Physik und Mathematik unterrichtet. Konrad Leonhäusser lebt im Kloster Engelberg. Die Benediktinerabtei liegt in über tausend Meter Höhe und hat den Charakter eines geistlichen Kleinstaates. Ringsherum thronen die Dreitausender. Allein der Gedanke, wie schön von dort aus die Sterne zu sehen sind, leuchtender als beim päpstlichen Observatorium Castel Gandolfo, erfüllt mich mit Freude. Eure herrlichen Räume, eure reiche Bibliothek, euer einmaliger Kirchenschatz. Und euer Himmelsblick!

Als Mönch und Pädagoge stehe ich im Spannungsfeld zwischen religiöser Betrachtung (vita contemplativa) und der Tätigkeit in der Außenwelt (vita activa). Wir Benediktiner sind sehr weltzugewandt, weil wir uns der Schöpfung zugewandt haben. Wir sind modern. Viele wissenschaftliche Erkenntnisse stammen aus Klöstern. Warum der Rückzug ins Mönchtum? Geld, Macht, Luxus und das Sexuelle dominieren die Welt dermaßen, dass ein Rückzug daraus nichts Schwieriges oder Schlimmes sein kann – im Gegenteil. Wir verzichten auf vieles zugunsten von etwas Besserem. Unser Weg ist vernünftig. Wir werden frei, damit wir uns zur Verfügung stellen können.

Wenn man sich keine Zeit nimmt für die Betrachtung, für die Lektüre, ist man bald ausgebrannt. Man muss sich Zeit nehmen, um nachzudenken, um sich Rechenschaft zu geben, was man will und tut; Zeit, um sich selbst zu finden.

Ich fasse das Religiöse als einen Teil der Realität auf. Ohne Religion ist es für einen Menschen schwierig, einen Sinn in seinem Leben zu sehen. Es gibt viele Dinge im Leben, die man nur schwer ohne religiösen Rückhalt bewältigen kann, zum Beispiel Krankheit, Enttäuschungen, die Erfahrung von Unrecht und Ohnmacht, die viele Leute verbittert oder aggressiv macht. Das Religiöse gibt mir einen Halt, der stärker ist als alles andere. Vor Prüfungen sage ich meinen Schülern: „Wenn ihr seriös gearbeitet habt und mit gutem Gewissen kommt, könnt ihr ohne Weiteres auf die Hilfe Gottes zählen. Ihr habt einen Schutzengel, der soll euch helfen, probiert es aus."

Ich bin Experimentalphysiker und sage immer: „Wirklichkeiten kann man ausprobieren. Die Schöpfung ist kontinuierlich, und es gibt keinen Bruch zwischen der Physik und dem Religiösen. Was wirklich ist, ist da, und das kann man ausprobieren und erfahren, und es funktioniert."

Damit jemand ein tüchtiger Mensch wird, braucht er nicht nur Gottvertrauen, sondern menschliche Tugenden wie Wille, Beherrschung, Sorgfalt. Daran arbeiten wir mit den Schülern.

Unsere Jungen bringen auch Probleme und Nöte mit – Schwierigkeiten mit der Familie, Liebeskummer, Identitätskrisen. In manchen Fällen lösen sich diese Schwierigkeiten von selbst. Es ist die Atmosphäre im Haus, die das bewirkt. Die Schüler fühlen sich hier frei und unbelastet von dem, was sie bedrückte, und können ihre Probleme oft selber angehen und verarbeiten. Sie könne aber auch jederzeit mit den weltlichen und geistlichen Lehrern sprechen, und sie nutzen die Gelegenheit auch.

Mich interessieren sehr viele Dinge, und langweilig ist es in meinem Leben nie gewesen.

Nachdenken über die Schweiz

Mein Bruder und Studienkollege Konrad ist im Kloster alt geworden. Natürlich unterrichtet der 80-Jährige nicht mehr, doch er hat drei Aufgaben: Wie kein anderer führt er durch Kirche und Bibliothek. In klaren

Nächten zeigt er die Sterne und bietet Kurse an: Wer 20 Sternbilder zeigen, den Lauf der Planeten erklären und verbindende Worte zwischen Glaube und Physik formulieren, dazu den 8. Psalm rezitieren kann, bekommt den „Sternenführerschein des Klosters Engelberg". Konrad predigt gerne und zelebriert Messen. Er ist geweihter Priester und vertritt in deutsch- und italienischsprachigen Gemeinden. Obwohl er in Gedanken nicht nur zu den Sternen reist, sondern „über den Sternen bei Gott zuhause ist", hat Konrad die Schweiz nur dreimal verlassen, als er Rom, Jerusalem und seine Schwester in Nürnberg besuchte. „Die Welt kommt nach Engelberg". Und die nach Engelberg kommen, wollen eine Führung von Pater Konrad.

Engelberg ein kleines Fürstentum, die Schweiz eine ganze Welt für sich. Wer einmal das Alpenglühen auf den Gipfeln von Eiger, Mönch und Jungfrau gesehen hat oder die blühenden Kirschbäume überm Wiesenschaumkraut im Schwarzbubenland, wer auf dem Rigi überm Wolkenmeer die Gipfelinseln in der Sonne sah oder von wo auch immer das Matterhorn bewunderte: Allein die Natur der Schweiz kann ein ganzes Leben lang begeistern.

„Zwei Lesestunden eines langen Lebens könnten jeden Tag unseren Dichtern gehören: Gotthelf, Mayer, Dürrenmatt, Frisch und dreißig anderen. Nicht alle gehören zur Weltliteratur, doch Gefühle und Erlebnisse der ganzen Menschheit haben sie in Worte gefasst." Sagt Konrad.

Eines vermisst mein Klosterbruder an seinen geliebten Schweizern: „An den Tod denken sie nicht gern. Er ist eigentlich überflüssig und stört. Obwohl die Eidgenossen das Geld zum Bau von Pyramiden hätten, ist die Friedhofskultur bescheiden, oft kleinlich und passt so gar nicht zum Lebensstil. Da der Tod zum Leben gehört, wie oft zu hören ist, muss am Lebensstil noch etwas unvollständig sein. Auch eine christliche Friedhofskultur mit der Hoffnung der ewigen Herrlichkeit könnte herrlicher sein."

Zurück zum Jahre 1993: Ich hatte 33 Beerdigungen zu halten, aber nur elf Taufen, sechs Hochzeiten. Sollten wir ein aussterbendes Volk sein? Dienstleister für die ganze Welt ist die Schweiz, ein Drittel (330 Promille) der weltweiten Sparkonten bei einem Land mit nur 1,3 Promille der Weltbevölkerung: Wir könnten uns auch bei der geringen Arbeitslosigkeit und bei diesem Wohlstand viel mehr Kinder leisten.

Als ich dies in einer Predigt, natürlich weder bei Taufe, Hochzeit oder Beerdigung, sondern bei einer im Rundfunk übertragenen Sonntagspredigt ansprach, kamen Briefe mit der Mahnung, nicht etwas zu fordern, was man selber nicht bietet: „Pfarrer Eggli, gehen Sie voran. Wir wollen Sie wieder hören, wenn Sie der Welt ein Kind geschenkt haben." Etwas ratlos übergab ich die Einsendungen an unseren Bischof in Solothurn. Es gab jedoch nie ein Gespräch darüber. Vergessen, verdrängt?

Ich nahm mir jedoch vor, sollte ich einmal in dieser Kirche etwas zu entscheiden haben, müssen wir uns vor Gott prüfen, ob er den Zölibat, die erzwungene Kinderlosigkeit nicht begrenzt hat. Er klingt im Neuen Testament an: „Um des Himmelreichs Willen sind einige verschnitten" (Jesus in Matthäus 19,12). Unverheiratete haben eine größere Freiheit gegenüber anderen im kirchlichen Dienst, so Paulus. Kann man so den Zwang für die Priester begründen, ehelos bleiben zu müssen?

Durch die hierarchische Struktur der katholischen Weltkirche gibt es nur wenige wirkliche Entscheidungsträger. Im Grunde haben nur Bischöfe und der Papst Wahlmöglichkeiten. Würde ich einmal in der Kirche etwas zu entscheiden haben?

Keusch, ohne Begehren zu leben ist ein Charisma, ein Geschenk der Gnade Gottes. Ich war gerne Single und empfand es als Gnade, Priester sein zu können.

Das Priesteramt ist ein Charisma. Tatsächlich fallen die beiden Gnadengeschenke manchmal zusammen: die Begabung zum Seelsorger und die Leichtigkeit des ehelosen Daseins. Doch nicht immer.

In einer Matura-Klasse hatte ich drei junge Männer, die, geschätzt von ihren Lehrern, beliebt bei Männlein und Weiblein, treu in ihren Freundschaften und verlässlich unter Kameraden waren. Einer hatte gezeigt, dass er zur Lebenshingabe bereit war: Er rettete ein Kind aus dem tosenden Rheinfall bei Schaffhausen. Doch keiner, keiner der drei fähigen Männer, die es sich ernstlich überlegt hatten, konnte sich zum Priesterberuf entscheiden.

Francis in Boston

Der Erzbischof von Boston, Francis O'Neill, hatte den Sommerkurs für Kirchenrecht an der Gregoriana mitgemacht. Ich blieb mit ihm in Verbindung. Er lud mich ein, „seine Schweiz" kennen zu lernen: Boston ist Metropole des Geldes und des Handels, Stadt der Erfindungen (Telefon, Mikrowelle, Fischstäbchen). Eine rote Ziegellinie auf dem Bürgersteig zeigt als FREEDOM TRAIL im Vorübergehen die Highlights der Stadtgeschichte. Ich lernte eine Weltstadt kennen, in der alle Völker und Hautfarben friedlich zusammen leben: russische Juden und portugiesische Fischer, Araber und Inder, selbstbewusste Schwarze. Das Kindermuseum ist das älteste seiner Art weltweit. Die Stadt nahm mich ein. Sofort war Urlaub. Ich wollte einmal an einem 19. April wieder kommen, um den ältesten Stadtmarathon der Welt mitzumachen.

Doch keiner sah so bedrückt aus in der lebensfrohen Stadt wie mein Freund Francis. Er sprach über das Problem, das er auf sich zukommen sah: Vorwürfe gegen seine Priester wegen der Vergehen gegenüber schutzbefohlenen Mädchen und Jungen. Er schloss die Augen: „Du kennst die amerikanischen Strafen bei Vergehen gegen Leib und Seele. Horrende Summen Millionen Dollars. Wenn nur ein Dutzend zugunsten der Opfer entschieden werden, sind wir pleite. Zur Zeit haben wir 83 Verfahren. Dazu der Schaden für die Kirche. Ich bin so ratlos." Er selbst war clean, kein Vorwurf, kein schlechtes Gewissen, immer körperliche Distanz.

Er schluchzte: „Am liebsten würde ich hier in der Wirtschaft neu anfangen. Schau, ich habe Volkswirtschaft studiert, hatte Jobs im Öl- und Geldgeschäft... In einer dunklen Stunde, nachdem mich Mezzo Petrols gefeuert hatte, las ich beim Verfasser des ‚Kleinen Prinzen', Saint Exupery, in seinem ‚Brief an einen General'." Francis schlug die Stelle in einem Büchlein auf dem Schreibtisch schnell auf: „Es gibt nur ein Problem, ein einziges in der Welt: Wie kann man den Menschen einen geistigen Sinn, eine geistige Unruhe wiedergeben; etwas auf sie herabrieseln lassen, was einem gregorianischen Gesang gleicht? Hätte ich den Glauben, stünde es fest, das ich, sobald diese Zeit des Krieges vorüber ist, nur noch Solesmes (ein Benediktinerkloster) ertragen könnte. Man kann nicht mehr leben von Eisschränken, von Politik, von Bilanzen und Kreuzworträtseln. Man kann es nicht mehr. Man kann nicht mehr leben ohne Poesie, ohne Farbe, ohne Liebe. Wenn man bloß ein Dorflied aus dem 15. Jahrhundert hört, ermisst man den ganzen Abstieg. Es gilt wieder zu entdecken, dass es ein Leben des Geistes gibt, das noch höher steht als das Leben der Vernunft, und das allein den Menschen zu befriedigen vermag."

Francis schwieg eine Weile: „Exupery, der so viele Zweifel hatte, machte mich zum Seminaristen. Fünf Jahre später war ich Priester, weitere zehn Jahre danach Bischof, bald Kardinal. Jetzt ratlos. Eigentlich bin ich ein Mann der Wirtschaft. Als Christ ganz oben in einem der Türme, Manager bei Ford, das wär's eigentlich. Doch ich bin in der Kirche ganz oben und fahre einen gemeinen Ford."

11.9.1994

Morgenflug nach New York. Es war der 11. September 1994. Wieso stellte Francis dem kleinen Stadtpfarrer aus Basel Minister und Geldleute vor? Wieso führte er mich auf das World Trade Center?

Mit den vier Morgenflügen genau sieben Jahre später, die zum Absturz gebracht wurden, hatte der El-Qaida-Terrorismus seinen Höhepunkt erreicht. Wir im Flugzeug erlebten einen wunderschönen Spätsommermorgen, erste Herbstfärbung, Indian Summer. Wir wurden verschont. Unser Frühstück in den Welthandelstürmen ging nicht in Feuer und Tod auf.

An jenem 11. September trafen sich zum Gebetsfrühstück der Senator von Massachusetts, der Bürgermeister von New York, zwei Sekretärinnen der Wallstreet und 25 andere. Man erzählte sich seine Freuden und seine Sorgen beim Frühstück, fast alle kamen zu Wort. Beim freien Gebet nahmen die meisten teil. Für die „Gemeinden unseres Heilands in Basel und ihren Vater Martin“ kam die Fürbitte einer Frau.

In diesem Urlaub lernte ich, dass Amerika neben Brasilien das Land mit den meisten Katholiken weltweit ist, doch noch nie ein Amerikaner Papst war. Viele Gemeinden haben Strukturen, die an baptistische Freikirchen erinnern: Erwachsenentaufe, Zungenreden. In Gemeinden mit Farbigen wird getanzt. Spirituals strahlen Glaubensbegeisterung aus. Doch die Messe erkenne ich überall wieder:

In allen Sprachen das Kyrie, das Gloria, das Credo, die Lesungen, fast überall eine ausführliche Predigt. Mit Halleluja- und Amenrufen kommt Leben und Lautstärke in die Messen.

Ich fand Freude daran, Gemeinden zu besuchen.

Francis habe ich erst im Kardinalskollegium wieder gesehen. Er hat die Prozesse durchgestanden und musste dreißig Priester entlassen. „Seitdem schicke ich auch Frauen in die Gemeinden. Noch keine hat Kinder verführt.“

Wir hatten damals einen Bischof in den Vereinigten Staaten, der mit Kenntnis des Papstes ein Experiment durchführt: Seine Katholische Diözese Detroit hieß offiziell „Die Rumänisch-Katholische Kirche in den Vereinigten Staaten“, obwohl nur wenige Rumänen darin lebten, doch die Priester waren großteils verheiratet. Frauen und Kinder lebten mit ihnen. Berufs- und Privatleben waren weitgehend getrennt. Es bestanden Absprachen mit den Medien, diesem Experiment in Ruhe eine Schonfrist zu geben.

Grundsätzlich bin ich gegen solche Absprachen. Es muss Offenheit herrschen. Jetzt, da die „Rumänen“ als Vorbild der katholischen Weltkirche gelten, kann ich zeitweilige Geheimhaltung von Experimenten in der Kirche gutheißen.

Zurück in Basel wurde ich zum Dekan gewählt – ein Verwaltungsamt. Vom Regionaldekan bekam ich den Auftrag, mich um die Kapläne in den beiden Basler Halbkantonen zu kümmern: Sie sollten sich häufig treffen: „Lasset die Kapläne zu sich kommen.“

Bei Pharmakon-Geiger war es möglich, Kurse mitzumachen. Auf der Ebene der Führungskräfte wurde ich eingeladen, über Zeitmanagement, Personalführung, Verschlankung der Verwaltung, Konzentrierung der Primäraufgaben, Darstellung in den Medien zu üben. Es war für die Pharmafirma ein Novum, Teilnehmer aus nichtprofitablen Organisationen mit dabei zu haben, andererseits sollte die Kirche die Strukturen der Wirtschaft gut kennen: Prüfet alles, das Gute behaltet.

Durch die Verbindungen in der Weltkirche war es mir nun möglich, jedes Jahr ein anderes Land zu besuchen, die Gemeinden kennen zu lernen, Urlaubsvertretungen zu übernehmen und Freundschaften zu schließen.

Augustins Gruppentext

Ob ich da war oder nicht, täglich um fünf fanden sich im Pfarrhaus Menschen ein, um zu reden und zu lachen, zu diskutieren und voneinander zu lernen, auf jeden Fall voneinander zu wissen. Ein Gästebuch wurde angelegt. Viele Tausende haben sich im Laufe der Basler Jahre eingetragen, mit ihren Namen und mit Freud und Leid.

Obwohl ich Kirchenvater Augustinus (354 – 430) im Studium gelesen hatte, stand ich ihm nicht sehr nah. Seine Studien und seine Suche, seine Bekehrung geschahen auf der philosophischen Ebene. Die Bekenntnisse sind eine einzige Beichte. Er suchte die Wahrheit im Wort und im Begriff. Mein Weg war naturwissenschaftlich gefärbt: Versuch und Irrtum. Nicht alle Fehler gelten als Sünde, auch nicht alle Freuden.

Doch jetzt interessierte mich Augustins „gemeinsames Leben“. Mit dreißig Jahren fing er konsequent damit an und hatte immer Freunde um sich. Ausgerechnet in seinen „Bekenntnissen“ findet sich ein Text, der unser Leben im Pfarrhaus beschreibt:

„Miteinander reden und lachen,
sich gegenseitig Gefälligkeiten erweisen,
zusammen schöne Bücher lesen,
sich necken, dabei aber auch sich Achtung erweisen,
mitunter sich auch streiten, ohne Hass,
so wie man es wohl einmal mit sich selbst tut.
Manchmal auch in den Meinungen auseinander gehen
und damit die Eintracht würzen.
Einander belehren und voneinander lernen.
Die Abwesenden schmerzlich vermissen,
die Ankommenden freudig begrüßen.
Lauter Zeichen der Liebe und Gegenliebe geben,
die aus dem Herzen kommen.
Sich äußern in Miene, Wort und tausend freundlichen Gesten,
und wie Zündstoff den Geist in Gemeinsamkeit entflammen,
so dass aus den Vielen eine Einheit wird."

Trotz oder auch wegen der von Kriegen heimgesuchten Gebiete im früheren Jugoslawien machte ich Urlaub in Kroatien: Ein fast menschenleeres Paradies an den Stränden. Die Hoffnung wollte ich stärken, dass in einem Jahr alles wieder anders sein wird. Kroatien ist katholisch. Dies war mit ein Grund für Streit mit den orthodoxen Serben und mit den moslemischen Bosniern. Auf dem Lande herrscht Trennung der Volksgruppen und Feindschaft, in der Hauptstadt Zagreb lebt man schon wieder zusammen, macht Frieden und Geschäfte.

Lottes und Georgs Tochter Julia wird geboren. Und auch ich bekomme ein Kind. Es war der 17. Mai 1996, als ein wimmerndes Paket vor der Tür liegt. Morgens um fünf läutet es heftig. Ein Paket mit Zettelchen, fünf Zeilen:

„Johanna,
geboren 4. Mai
katholisch nicht getauft
Vater Musikstudent
Süchtige Mutter hat nichts"

Was tun, wohin? Zuerst zu Lotte, sie hatte Milch, konnte auch zwei ernähren. Bereits am Nachmittag bekam das Kind neue Eltern: Micha und Nanu konnten keine Kinder bekommen. Johanna Pamina wurde wie Moses von der Amme gesäugt und tagsüber versorgt, um nachts bei ihren neuen Eltern zu wohnen. Johanna Pamina war geboren, um Menschen glücklich zu machen. Sie sang mit neun Jahren schon in der Kirche. Sie sang und sang und tanzte und war fröhlich und wurde Musicalsängerin. Jetzt ist sie 39, Sprechstundenhilfe, und hat selbst zwei singende Kinder.

Die Sonne als Therapie für Mutter

Mutters Winterdepression bekamen wir in den Griff. Sie verbrachte von 1992 an immer den Herbst von Anfang November bis Mitte Dezember am See Genezareth. Benediktiner hatten dort an der „Brotvermehrungskirche" ein Kloster mit Gästezimmern. Von Pater Anselm, gebürtig aus Castrop-Rauxel, wusste ich, dass er in seinem romanischen Stammkloster Maria Laach beinahe das ganze Jahr über an Depressionen litt. Die südliche Sonne half ihm, und er wurde die „Dauerausleihe nach Israel". Dieser Seelsorger für Pilger gab den Menschen Kraft, half, ihre Sorgen abzuwerfen. Mutter Marthe nannte ihre Winterkur auch „Sechs Wochen Anselm".

Sie malte, schrieb Kurzgeschichten und „hatte zu beten". Ihre Erinnerungen hat sie unter dem Titel „Martl spielt die zweite Geige" für ihre Kinder aufgeschrieben, dreißig in sich abgeschlossene Geschichten von ihrer Geburt bis zur Geburt ihrer Jüngsten, Lore, 1962. Warum nicht weiter, Mutter? „Erstens wisst ihr alles, was seitdem geschah, zweitens waren meine interessanten Jahre zu Ende." Die Bitte, in der Ruhe des Heiligen Landes eine Familienchronik mit Ahnenforschung zu beginnen, schlug sie aus: „Männersache – Männerstolz!"

Schließlich hat Vater Matthias damit angefangen: Außer unserem berühmten Dichter und Verleger Gessner sind unter den Vorfahren Holzschnitzer, Lehrer, Flussschiffer, Brückenbauer, Bauern, Kantonsbeamte, Schuster, Händler, Tagelöhner und Schneider. In den Nebenlinien gab es Verwandtschaft zu Zwingli, zur Malerin Angelika Kauffmann und Gottlieb Duttweiler, der die MIGROS-Kette gründete.

Es gibt offenbar Plätze auf Gottes Erdboden, die heilend wirken, aufrichtend und korrigierend. Kaum messbare Strahlungsverhältnisse dürften dabei eine Rolle spielen, aber auch die Überlieferung und das traditionelle Zutrauen.

Natürlich ist es vor allem das Licht der Sonne, das am See Genezareth die gesundheitliche Situation positiv beeinflusst. Dazu kommt die Erinnerung, dass hier der Gottessohn lehrte und heilte, und die Sehnsucht, in irgendeiner Weise von ihm angerührt zu werden. Vom „Berg der Seligkeiten“ mit der italienischen Rundkirche bietet sich ein weiter Blick über den See, das „Herz des Landes“. Alles strahlt Frieden aus, obwohl auch dort die Kanonen zu hören waren, wenn auf dem Golan geschossen wurde oder an der Grenze zum Libanon.

Der unglücklich regierende und jung verstorbene Pharao Echnaton hat um 1340 vor Christus einen unvergleichlich schönen Sonnengesang geschrieben, der Mutter Marthes Morgengebet wurde:

Du lässest wachsen die Frucht im Leibe der Frauen,
du erweckst den Samen des Mannes.
Du gibst Luft dem Küken in seiner Schale
und gibst ihm die Kraft, die Hüllen zu sprengen.
Alle stillst du, Amme der Ungeborenen.
Atem gibst du,
all dein Werk zu beleben,
wenn es hervortritt aus dem dunklen Schoße.

Du hast die Erde geschaffen nach deinem Belieben.
Allen Lebendigen gibst du Speise für immer.
Du erteilst das Maß der Lebenszeit einem jeden.
Anfang und Untergang schaffst du, lebende Sonne.
Dunkel vergehst du und strahlend kehrst du wieder.
Du bist das Pochen in meinem Herzen.
Alles, was wir in deinem Lichte schauen,
wird vergehen,
du aber lebst und blühst für ewig.

Die Sonne hat zur Erde die lebensfördernde Entfernung von 150 Millionen Kilometer. Doch noch Hunderte von Faktoren und Konstanten müssen zusammenstimmen, damit auf der Erde Leben entstehen und bleiben konnte: Atmosphäre mit nicht zuviel Sauerstoff, Temperatur, Wasserhaushalt, Humusdecke, Oberflächenspannung des Wassers, Schwerkraft. Der Mond sorgt als Stabilisator für regelmäßige Jahreszeiten und gebietet schweren Stürmen Einhalt. Bis hinein in die atomaren Strukturen der Materie stimmt alles zusammen. Wie jeder Organismus ist auch die Gesamterde Wachstums- und Alterungsprozessen unterworfen, kennt also Anfang und Ende, kalte und heiße Zeiten.

Sollte ich in der Wüste verdursten?

November 1996 begleitete ich Mutter für zwei Wochen bei ihrer „fröhlichen Kur", wie sie ihre Galiläawochen auch nannte. Während sie sonst die meiste Zeit am See Genezareth verbrachte, wanderte, Geschichtswerke las, ihre Geschichten und viele Briefe schrieb, machten wir zusammen eine Rundreise durch Israel, Palästina und Jordanien:

Zum ersten Mal sah ich Bethlehem, das mir nach der Schweiz und Rom zur Heimat geworden ist. Die Stadt war christlich geprägt, und das Zusammenleben mit den Moslems damals kein Problem. Israelisch waren vor allem die Soldaten, die das Rahel-Grab bewachten und den Touristen den Anschein von Sicherheit vermittelten. Und es zog mich an. Bethlehem heißt „Haus des Brotes".

Unvergessen bleibt die erste Übernachtung im Paradise-Hotel. Als ob wir Ehrengäste wären, wurde uns Hungrigen bald nach dem Einquartieren auf das Zimmer eine Flasche Wein, Wasser, Früchte, noch warmes Brot, Butter und Käse gebracht: „Ihre Vorspeise". Ich esse täglich und gerne Brot, doch so gut mundete es nie mehr und nirgends. Hani, der Sohn des Hauses kümmerte sich um uns persönlich, obwohl auch Gruppen einquartiert waren. Tochter Miriam stand am nächsten Tag als Fremdenführerin bereit. Heute, zwei Generationen später hat die Familie Zerstörungen des Hauses und Jahre ohne Einkommen hinter sich, doch sie haben alles wieder aufgebaut und jetzt auch Gäste aus der Schweiz. Ich fragte vor einem Jahr den Senior, der damals der Junior war, ob er noch wisse, warum wir damals zuvorkommend behandelt wurden, er sei ja unser persönlicher Zimmerkellner gewesen.

Er erinnerte sich: Wir seien die ersten Gäste aus der Schweiz gewesen und galten als Kundschafter. Schweizer in ihrem Bedürfnis nach Sicherheit hätten sonst grundsätzlich in der Neustadt Jerusalems, möglichst im „King David" übernachtet.

Bis heute ist das Paradise-Hotel das Quartier für meine Gäste. Auch sie bekommen zur Begrüßung Wein und frisches Fladenbrot, Käse und Obst aufs Zimmer. Und immer wieder wird bestätigt: das beste Brot.

Mutter hatte den Exodus-Roman von Leon Uris dabei. So sollte ich einige Ausflüge alleine unternehmen. Das Tote Meer kannte sie schon. Ein Taxi nach En Gedi war für den 9. November morgens um sechs Uhr bestellt. Ich wanderte das Wadi hoch, erfrischte mich im Wasserfall, betete dankbar und bedürfnislos Davids Wüsten-Psalm 63:

Es dürstet meine Seele nach dir,
mein ganzer Mensch verlangt nach dir
aus trockenem dürrem Land, wo kein Wasser ist.

Die Worte gefielen mir. Ich stellte mir vor, wie David mit seinen Tieren Mangel hatte, und doch immer wieder durchkam, wie er die Bedrohungen des Tages und der Nächte mit ihnen durchmachte, wie die Psalmen entstanden und er sich eine Leier baute.

Diesen 9. November 1996 vergesse ich mein Leben lang nicht. Mein Plan war, nüchtern zu bleiben, um neun Uhr am Auto zurück zu sein und dann, richtig hungrig und durstig, erst zu frühstücken. Ich verlief mich, kam ab vom Wadi, wo Wasser geflossen wäre, wurde hungrig, matt, sehr durstig, verzweifelte. Wasser, Wasser! Ich versuchte zu schreien. Es verhallte. Ein Rudel Steinböcke kam vorbei, interessierte sich aber nicht für mich, in der Ferne schlich ein Leopard, doch er suchte nach kleinerer Beute. Nicht nur der Mund, sondern der ganze Mensch war am frühen Nachmittag ausgedorrt. Obgleich November, schien die Sonne mit voller Wucht den ganzen Tag. Gegen fünf würde sie untergehen.

Im Schatten eines Felsens kam ich um drei am Nachmittag zur Ruhe, die Angst wich völlig. Wenn Gott mich hier sterben ließe, hätte ich ein wunderbares, reiches und erfülltes Leben gehabt. Mit 37 hatte ich viel erleben und geben können. Sollte ich bald bei Annele im Paradiese sein? 37 war vielleicht auch der Herr im Sterben. Es konnte sein, dass ich auf den Tag so alt war, wie der Herr bei der Kreuzigung. So viel Ehre für den kleinen Martin aus Bern?

Raben nährten mich nicht, wie Elia es in der Wüste erlebt hatte, sondern gegen fünf, es wurde gerade dunkel und ich war eingeschlafen, kam ein Hirte mit Ziegen des Wegs. Mahmet wurde mein Retter und Heiland: In weniger als einer Stunde lieferte er mich beim Taxi an der Hauptstraße ab, das neun Stunden gewartet hatte: „Ich wusste ja, dass du wieder kommst."

Durch den einen Wüstentag verstehe ich so vieles besser aus der Heiligen Schrift: Todesangst und Vertrauen im Sterben, das Schreien nach den Fleischtöpfen Ägyptens.

Und ein Wort aus dem 63. Psalm ist mir seitdem zum Abendgebet geworden:

Wenn ich mich zu Bette lege, so denke ich an dich.
Wenn ich wach liege, sinne ich über dich nach.
Meine Seele hängt an dir.
Deine rechte Hand hält mich.

Ohne Mutters Winterdepression hätte ich die Wüste vielleicht in einer Gruppe erlebt, aber nicht diesen Durst, diese Angst, dieses Mich-Fügen, diese Rettung.

Mutter in Bethlehem hatte sich keine Sorgen gemacht: „Du hast bestimmt das Tote Meer genossen."

Nach einem Ruhetag fuhren wir dann miteinander zur Herodesfestung Massada und zur Badestelle En Gedi mit den heißen Schwefelquellen. Auch in der Hitze des Tages taten die heißen Quellen wohl. Tiefenentspannung. So hatte „Herodes der Große" Entlastung gesucht. Die alten Männer, mit denen ich die Pools teilte, hatten markante Gesichter, ihre Sprache verstand ich nicht, sie beachteten mich nicht. Die ganze Badeanlage war nicht alt, vielleicht zehn Jahre, aber durch Salz und Schwefel ziemlich mitgenommen. Bei diesen Männern fühlte ich mich um 2000 Jahre zurückversetzt: Ich badete mit Herodes und seinen Getreuen.

Zeitreisen zur Zeitenwende

Im aramäischen Viertel Jerusalems besuchten wir eine Vesper. Dieser Gottesdienst am Nachmittag um vier wird in der aramäischen Sprache Jesu gehalten: wieder eine Zeitreise in die Zeitenwende.

Auferstehungskirche wird die Grabeskirche auch genannt. Unter zwei Kuppeln des einen Gotteshauses finden sich die Orte der Kreuzigung und des Grabes Christi. Dass Sterben und Auferstehung nahe beieinander liegen, ist hier Architektur geworden. Da wir im Gästehaus der griechisch-katholischen Gemeinde wohnten, war es möglich, schon bei Sonnenaufgang in der Grabeskirche das Felsengrab Jesu zu betrachten und in Ruhe zu beten:

Wenn alle untreu werden,
so bleib ich dir doch treu,
dass Dankbarkeit auf Erden
nicht ausgestorben sei.

Für mich umfing dich Leiden,
vergingst für mich in Schmerz.
Drum geb ich dir mit Freuden
Auf ewig dieses Herz.

Immer wieder lädt Jerusalems Erde ein, hinunter oder hinauf zu steigen: hinunter in das Gewölbe der Grabeskirche, in dem Helena das Kreuz Christi gefunden hat. Hinunter ins Kidrontal, von dort hinunter ins Mariengrab. Oder zum Gang durch Hiskias Wasserkanal, durch den Jerusalem in Zeiten der Gefahr heimlich versorgt werden konnte. Hinauf aufs Dach der Grabeskirche, auf den Turm der Erlöserkirche.

Für eine der Höhen brauchte ich eine Sondergenehmigung. Wo Jesus versucht wurde, wollte ich stehen. Der Chef des Paradisehotels in Bethlehem hat sie mir besorgt.

Auf der Zinne des Versuchers

Ich wollte auf der Zinne des Tempels stehen, wo der Satan den Herrn versuchte: „Springe hinab, und eine Legion Engel wird dich behüten." Die Versuchung des Herrn wollte ich nachempfinden. Von den „Ställen Salomos" am Tempelplatz aus war die Zinne, eine Ecke auf der gewaltigen Mauer, leicht zu erreichen, der Zugang normalerweise verschlossen. Ein Empfehlungsschreiben und etwas Trinkgeld öffneten diese Türe für Mutter Marthe und mich. Oben angekommen zogen wir unsere Schuhe aus:

Reger Autoverkehr drunten. Busse entließen am Misttor die Gruppen zur Klagemauer. Ein gewaltiger Anlick auf der anderen Seite: Tief unter uns das Kidrontal mit den aus Fels gehauenen Gräbern Absaloms und des Zacharias, dahinter der Ölberg mit seinen Friedhöfen und markanten Türmen. Auf der anderen Seite die Altstadt und die „Zierde der Welt", die goldene Kuppel des Felsendoms, nah und fast in Augenhöhe die silberne Kuppel der El-Aqsa-Moschee. Meine Versuchung wäre nicht gewesen, hinab zu springen, sondern die Erhabenheit des Panoramas behalten zu wollen.

„Du sollst deinen Herrn nicht versuchen." Damit hast du widerstanden. Du kennst meine Schwächen, die Einfallswinkel für den Versucher. Mache diese Seiten meines Lebens zu den starken Seiten, dir zum Lob, den Menschen zum Segen.

Mutter erzählte: „Mein Sohn, als du endlich auf der Welt warst, und ich meine schwerste Geburt hinter mir hatte, fragte ich mich: Was wird aus dem Jungen einmal werden? Vom vierten Monat an hast du mich wie ein Priester angesehen, doch ich sagte es niemandem. Dein Blick war ernst und doch heiter, konzentriert und doch entspannt. Andere haben ausgedrückt, was sie bei dir empfanden: Du hilfst ihnen, sich selber zu sehen. Ich stelle mir vor, dass dich diese Gaben und was du damit gibst, viel Kraft kostet."

„Oh!" sagte ich, und nach einer längeren Pause, in der dunkelblaue Wolken das Licht der Sonne auf den Felsendom, auf den Ölberg, auf Mutters liebes Gesicht und in Täler lenkten: „So oder so kann es sein: Bin ich zu sehr bei mir während eines Gesprächs, kostet es Kraft. Es ist wie das Loch in einem Ballon. Bin ich aber beim Gegenüber und mache mich selbst durchlässig als Verbindung von Gott zu meinem Gesprächspartner, dann gehe ich frisch aus dem Gespräch. Der Ballon bleibt voll. Man muss viel beten."

„Was du sagst, ist mir nicht neu", antwortete Mutter. „Ich erlebe das genauso. Man muss viel beten. Wie deutest du es als Physiker?" – „Es ist nichts speziell christliches, obwohl Christus es auch erlebt hat. Lebendiges Wasser nennt er Menschen, die eine Brücke zwischen Gott und den Menschen bilden können. Es sind energetische Vorgänge, messbar als feine Ströme."

„Wo du bist, kannst du ein Segen sein, die Menschen um dich her aufrichten". Dann fragte sie unvermittelt: „Was willst du noch werden?" – „Ich werde in fünfundzwanzig Jahren Papst sein."

„Bitte in fünfzehn, ich möchte es erleben."

Wir lachten. Sie umarmte mich: „Mein Sohn, ich freue mich im Himmel darüber. Aber sei ein guter Papst, bleibe Mitmensch, bleibe modern, bleibe mutig." Nie mehr später sprach ich mit Mutter über mein Ziel, doch ihre Worte auf der Versucher-Zinne des Tempels merkte ich mir.

Mutter wollte in Bethlehem bleiben, als ich meinen Ausflug zu den Palästinensern machte. Miriam begleitete mich. Im Gazastreifen, dem früheren Land der Philister, sprach ich mit Leuten in Flüchtlingslagern und in israelischen Siedlungen, mit reichen Geschäftsleuten, deren Kinder reiten und reisen konnten, und mit einer Schweizerin, die dort verheiratet ist: „Meine Heimat ist, wo meine Kinder sind. Wir leben ohne Hass, aber mit Besorgnis, weil es keine endgültigen Verträge mit Israelis gibt. Sie können uns jederzeit wieder alle Rechte nehmen. Es gäbe junge, fähige Politiker, doch Arafat lässt sie nicht hochkommen.“ Endlich 2007 konnte der Staat gegründet werden.

Schmerzen beim schönsten Sternenhimmel in der Wüste

Welcher Teufel ritt mich, in Jordanien ein Kamelrennen mitmachen zu wollen? Mit Höhepunkten begann die andere Jordanseite, mit einem tiefen Fall schien sie beendet zu sein: Gleich nach der Besichtigung des römischen Theaters in Amman ging es eilig nach Petra. Wir wollten dort den Sonnenuntergang erleben. Von halber Höhe im Dorf Wadi Musa versank blutrot, ein prächtiges Abendrot hinterlassend, die Sonne hinter den Bergkegeln von Petra und färbte am nächsten Morgen das Schatzhaus des Pharao rosarot.

Sechs Stunden waren wir bergauf und bergab im engen Tal der Nabatäerstadt unterwegs, auch auf den Höhen eines Opferaltars. Mutter hatte damit die anstrengendste Unternehmung seit langem und nahm danach wieder einen Ruhetag. Ich bestieg den Aaronberg, wo Moses Bruder sein Grab hat. In solchen Stunden bin ich im dauernden Gespräch mit meinem Herrgott:

Aaron hast du groß werden lassen, obgleich er die Kinder Israel zum goldenen Kalb angestiftet hat. Andere mussten sterben wegen dieses Frevels... Der große Sünder David war ein Mann nach deinem Herzen, doch viele Gottsucher lässt du ruhmlos untergehen... Nicht verdient habe ich es, dass ich frei von allen Lasten auf den Spuren der Väter gehen darf... Durch wen sprichst du heute zu deinen Kindern?... Abraham hast du zum Vater vieler Völker werden lassen. Gib doch den Kindern Abrahams Frieden, gute Nachbarschaft, Versöhnung... Lass sie zum Vorbild werden für andere zerstrittene Völker... Hättest du mich anders geführt, könnte ich jetzt mit Annele deine Schönheiten betrachten... Zeige ihr deine Schönheit selbst...

Mit Mutter verstand ich mich ohne Worte. Oft dachten wir beide dasselbe im selben Augenblick. Sie interessierte sich für einzelne Beobachtungen, wenn ich von einer Tour zurück kam. Ich sollte ihr die Farben schildern, die Ausblicke und wem ich begegnete.

Ich erzählte ihr auch von meinem Altarbau oben: Sieben flache Steine hatte ich beim Aarongrab aufeinandergelegt, dass mein Altärchen wie ein Gipfelchen aussah. Ich versprach Gott, in dreißig Jahren wiederzukommen, wenn er mir Leben und Gesundheit erhält.

Wollte er mir nicht an diesem erhabenen Ort ein Zeichen geben? Ich erwartete keinen Blick in die Zukunft, sondern ein Symbol seines Beistandes. Eine Stimme vom Himmel kam nicht, aber das Bedürfnis, „ihn die Bibel aufschlagen zu lassen". Mit einem trocken Halm und der Bitte um ein Wort schlug ich die Schrift bei Psalm 71 mit der Überschrift „Bitte um Gottes Hilfe im Alter" auf:

„Du hast mich aus meiner Mutter Leibe gezogen.
Ich bin für viele wie ein Zeichen,
doch du bist meine starke Zuversicht.
Meine Lippen und meine Seele, die du erlöst hast,
wollen dir singen das Leben lang.
Ich gehe einher in der Kraft Gottes des Herrn und
preise deine Gerechtigkeit allein.
Du lässest mich erfahren viele und große Angst
und machst mich wieder lebendig.
Auch im Alter, Gott, verlass mich nicht."

Das war mir Zeichen genug. In dreißig Jahren wollte ich den Psalm hier wieder beten. Wer würde mich begleiten?

Im Wadi Rum nahm ich an einem Kamelrennen teil, vor den malerischen Felsriesen, die aus dem Sand herausragen. Ich fühlte mich gleich nicht wohl auf dem ungewohnten Sattel. Sonst werden Touristen gemächlich geführt, die Tiere nicht losgelassen. Kamelrennen kannte ich nur vom Film „Lawrence von Arabien". Mit dem Hinweis, es könne nichts passieren, und der Aussicht eines Teppichs für den Sieger wurden wir mit einem Stöckchen und „Jala, Jala"-Rufen (Schnell, schnell!) ausgestattet. Schon geht es los: eine Strecke von 500 Metern und zurück. Ich bin gut dabei, nehme den Bogen elegant, rutsche aber auf der Zielgeraden immer mehr rechts ab. Da ist es geschehen.

Von Mannshöhe werde ich auf die Wüste geschleudert, direkt auf Oberarm und Schulter. Die hinter mir reitenden Kamele überspringen mich geschickt. Dann ist alles still, ich orientiere mich, alles noch dran, alles beweglich, nichts gebrochen. Doch nach einer Viertelstunde, ich bin inzwischen im Zelt, kommen die pochenden Schmerzen in den schwellenden Arm, ziehen in die Schulter, dann auch in Hals und Kopf. Sie tosen beim romantischen Barbecue der Beduinen und steigern sich im Wüstenzeit ins Unermessliche. Vor Beginn der Nachtruhe kommt der Arzt mit einem starken Schmerzmittel. Ich kann nicht schlafen, stehe auf, schleppe mich ruhelos umher. Mutter schläft selig im Nachbarzelt.

Doch in dieser Nacht sehe ich den Sternenhimmel wie Vater Abraham. Absolut dunkel, nirgends Lichtschmutz, samtschwarzer Himmel, darin die Sterne wie Edelsteine: Die Milchstraße als unregelmäßiges Band über die Himmelsmitte laufend. Orion erscheint als Tröster gegen Mitternacht im Osten. In seinem großen Viereck leuchten nicht nur die drei Gürtelsterne und sein Schwert, der Orionnebel, sondern Dutzende andere sind zu erkennen. Unter dem Himmelsjäger hell flimmernd Sirius. Als großes Kreuz geht am Westhimmel der Schwan unter. Unter diesem herrlichen Himmel Gott auch für das Leid lobend (*„Der Körper vibriert im Schmerz, über mir vibrieren die Sterne. Gott vibriert im Atom“*) verwimmert der Schmerz. Zum ersten Mal im Leben bemerke ich bewusst Auf- und Untergehen von Sternen. Immer wieder blicke ich auf Rigel im Orion. Sein Licht ist 1300 Jahre bis zur Erde unterwegs. Ich überlege, was damals im Jahre 696 war, wo meine Vorfahren lebten und wie sie sich in den Nächten wärmten. Auf keine dieser Fragen gibt es eine Antwort. Und doch ist einer, der nicht nur die Antworten kennt, sondern alles eingerichtet hat, auch des Menschen Schmerz und Lust. Schon bin ich dankbar für das Kamelrennen und vor allem für den Sturz. Sonst hätte ich diese einmalige Sternennacht verschlafen.

Spätere Untersuchungen diagnostizierten eine Bänderdehnung und kleine Muskelrisse, nichts Ernstes, trotzdem spüre ich manchmal Arm und Schulter bei wichtigen Entscheidungen oder in Sternennächten bis heute.

„Zwei Dinge erfüllen das Gemüt mit immer neuer und zunehmender Bewunderung und Ehrfurcht, je mehr sich das Nachdenken damit beschäftigt: der gestirnte Himmel über mir und das moralische Gesetz in mir.“ Die Worte des deutschen Philosophen Kant gehören zu meinem „dritten Testament“, zu den Weisheiten, die ich oft in meinem Herzen bewege. In der jordanischen Sternennacht fragte ich mich: „Was steht eigentlich dagegen, dass Menschen Frieden schließen? Die Tatsache, dass der Mensch dem Menschen ein Wolf ist. Die menschliche Natur, jedenfalls meine, kennt den Frieden nicht. Wir wollen Macht, wir wollen siegen. Friede ist eine Sache der Vernunft. Doch der Mensch ist nicht in erster Linie vernünftig, sondern religiös. Also muss die Religion die Vernunft prägen.“

Bei der Königin zum Tee

Bei „Miss Moneypenny“ Susan Agricola in Neuchàtel hatte ich die Reise gebucht. Die Reisespezialistin für den Nahen Osten hatte eine Diplomarbeit über Infrastruktur und Tourismus in Jordanien geschrieben und war dabei auch mit dem Königshaus in Verbindung gekommen. Wieder als möglicher Multiplikator, der ich nie vorgegeben hatte zu sein, war ich durch ihre Vermittlung zum Tee bei Königin Noor, dem „Licht Husseins“ eingeladen, natürlich mit Mama. Königin Noor war zuversichtlich über künftige intensive Beziehungen mit der Schweiz. Hier gebe es doch die Ingenieure, die verstünden, Tunnels zu graben, und geschichtsinteressierte gebildete Menschen. Von diesen könnte jeder hunderste, verteilt auf zehn Jahre, Jordanien besuchen, das seien 3.500 im Jahr.

Man sei im Gespräch mit Schweizer Baufirmen wegen des Kanals Totes Meer-Rotes Meer, der bei Aqaba durch 39 Kilometer Gebirge gebohrt werden müsse. Sie sei auch schon in Zermatt und in Davos gewesen, und in der Bahnhofstraße in Zürich. Dann fragte sie mich, und war wirklich interessiert, wie man eine Brücke zwischen dem christlichen und islamischen Glauben finden könne. „Königliche Hoheit“, sagte ich, „die Brücken sind da: Abraham und Maria, Jesus und Gott selbst. Von allen wird in Bibel und Koran erzählt. Jesus kennen die Moslems als den Propheten Isa. Gott heißt Allah bei den Moslems wie bei den arabischen Christen. Gott ist immer größer als unsere Vorstellungen von ihm. Er selbst ist die Brücke.“ – „Sie hätten kein Problem, mit den Moslems Gottesdienst zu feiern?“ – „Ich nicht.“ „Ich will mich mehr um diese Fragen kümmern“, sagte sie nach einer Weile und verabschiedete uns mit einem offenen Lächeln.

Ich fragte sie noch, ob ich von unserem Gespräch auch in der Schweiz erzählen dürfe. Sie nickte.

Auffrischung mit jordanischem Blut

Beinahe wäre Mutter in Jordanien geblieben. Sie erlitt in der letzten ammanischen Nacht im Ambassador-Hotel schwere Darmblutungen. Nach einer gründlichen Untersuchung („Es ist kein Krebs“) im Militärhospital und Auffrischung mit jordanischem Blut konnte sie nach drei Tagen ihre fröhliche Kur am See Genezareth fortsetzen und wollte nicht zur Beobachtung in die Schweiz: „Nein, das genügt nach der Rückkehr. Mach mir einen Termin am 20. Dezember."

Mutter überlebte diese Krise neun Jahre.

Als Mutter noch „drei Wochen Anselm" am See Genezareth vor sich hatte, quartierte ich mich bei den Franziskanern ein, durchstreifte die Hirtenfelder und fuhr noch einmal hinunter zum Toten Meer nach Qumran.

Franziskaner, die kleinen Brüder Christi, von Franz von Assisi gegründet, betreuen viele Heiligtümer in Israel und Palästina. Die meisten „heiligen Stätten" werden jedoch von griechisch-orthodoxen Mönchen gepflegt.

Arm und Schulter schmerzten wieder, ich wollte draußen bei den Hirten östlich von Bethlehem eine Nacht verbringen. Es wurde kalt, viel kälter als im Wadi in Jordanien, und deshalb nur eine halbe Nacht. Doch innerhalb der vier Stunden mit den Hirten Ali und Achmed sah, nein spürte ich wieder, wie das Himmelsgewölbe sich bewegte, Sterne aufstiegen und andere sich im Dunst über Bethlehem verabschiedeten.

Der winzige Wagen des Siebengestirns rollte immer mehr zur Himmelsmitte. Ich stellte mir vor, wie wir gleichzeitig mit dem Rollen der Erde nach Osten zu, doch ohne Veränderungen am Himmel, mit über hunderttausend Stundenkilometer durch das All um die Sonne rasen und dabei, angezogen von den Kräften der Erdinneren, scheinbaren Stillstand verspüren. Und ich summte, auch um warm zu bleiben, die Ouvertüre aus Haydns „Schöpfung", wie sie mein Vater oft vor sich hingepfiffen hatte.

Wenn ich sehe, die Himmel, deiner Finger Werk,
den Mond und die Sterne, die du bereitet hast:
Was ist der Mensch, dass du seiner gedenkst,
und des Menschen Kind, dass du dich seiner annimmst?
Du hast ihn wenig niedriger gemacht als Gott,
mit Ehre und Herrlichkeit hast du ihn gekrönt.
Alles hast du unter seine Füße getan. (Psalm 8)

Dies hatte David vielleicht schon als Hirtenjunge hier gedichtet, jedenfalls das Gefühl von Winzigkeit unterm Himmel und gleichzeitiger Kraft und Größe, mitgenommen, bevor er es den Schreibern im Königspalast diktierte. Ich fühlte mich gekrönt und geehrt, dies nachzufühlen. Und in den Nachthimmel von Bethlehem hinein sang ich das Gloria.

„Gloria in excelsis Deo. Et in Terra pax hominibus bonae voluntatis. – Ehre sei Gott in der Höhe und Friede auf Erden den Menschen seines Wohlgefallens." Der Gesang der himmlischen Heerscharen aus der Weihnachtsgeschichte Lukas 2 ist zum Bestandteil jeder katholischen Messe und der meisten Gottesdienste in anderen Konfessionen geworden.

Qumrans schöner Psalm

Aus den Psalmen von Qumran ist mir dieser sehr vertraut geworden, den ich mir auch auf hebräisch abgeschrieben habe. Ihn und den Beginn der Schöpfungsgeschichte kenne ich auswendig in der Sprache des alten Bundes:

Was ich mit meinem Geist begriff,
will ich singen.
All mein Lied gilt Gottes Herrlichkeit.
Wenn der Tag kommt und die Nacht,
will ich bei Gott stehen.
Wenn der Abend anbricht und der Morgen,
will ich seine Gesetze aussprechen.
Wo sie Grenzen setzen, sei meine Grenze,
und niemals will ich sie überschreiten.

Wenn ich beginne, Hand und Fuß zu regen,
preise ich ihn.
Wenn ich hinaus gehe oder heim komme,
wenn ich mich setze, wenn ich aufstehe,
oder auf meinem Lager liege,
denke ich an ihn.

Ehe ich meine Hand hebe, mich zu sättigen
mit den Köstlichkeiten der Erde,
wenn Schrecken herein bricht
und Furcht mich ergreift,
wenn ich im Elend bin ohne Trost,
will ich seine Wunder bekennen.
Wenn die Not beginnt,
singe ich ihm ein Loblied.

Alles, was wir erkennen,
erkennen wir durch dich,
und alles, was geschieht,
geschieht durch deinen Willen.

Von Frühjahr 1947 an wurden nach einem regenreichen Winter in Tonkrügen, die in Höhlen beim Kloster versteckt waren, beschriebene Pergamente gefunden, die alle Schriften des Alten Testaments mit Ausnahme des Estherbuches enthalten, dazu die Klosterregel, Psalmen und polemische Schriften gegen die Kinder der Finsternis.

Die Originale, die alle aus der Zeitenwende stammen, liegen heute in den Museen der Welt, vor allem aber in Jerusalem. In Qumran selbst sind die rituellen Bäder, die Schreibtische, Tintenfässer und Zisternen zu besichtigen, natürlich nur als Ruinen. Heute weiß man, dass in Qumran (sprich K**u**mran), einer Siedlung am Toten Meer ein Kloster mit fleißigen und frommen Juden bestand, die sich als die Kinder des Lichts fühlten, die Bibel (Altes Testament) studierten, abschrieben, und sich auf den Endkampf der Lichtkinder gegen die Söhne der Finsternis vorbereiteten. Häufige Waschungen sollten eine Reinigung des Herzens erwirken.

Stolze Asketen

Man blickt auf das Tote Meer, das Salzmeer, das Asphaltmeer oder das Meer Lots. Neben diesen vielen Namen trägt es auch diesen: das Meer, das seine Farbe ändert. Es schimmert wasserblau, schwarzblau, grau, türkis, grün, auch lachsfarben.

Ich musste nur die Augen schließen, um mir vorzustellen, wie in Qumran die Wüste erklang von Gesängen, von Befehlen und von Strafpredigten. Eine konzentrierte Schar von Männern schaffte es, durch Einteilung des gesparten Wassers dem Boden Blüten und Früchte zu entlocken und nach langer Trockenzeit Wasser zu den täglichen Tauchbädern zu haben. Stolze Asketen lebten hier einige Jahrzehnte, bis sie von den Römern ausgelöscht wurden.

In Qumran begann ich, Lotte zu berichten, was mich bewegte, schmerzte und freute. Ich sandte es ihr als Telefax, später waren es Mails. Natürlich begannen alle meine Berichte mit der Schilderung des Wetters. Georg wars recht. Er konnte oder wollte seiner Frau wenig geistige Nahrung bieten. Sie hatten trotzdem viel gemeinsames: Mindestens einmal im Monat gingen sie tanzen. Sie verreisten und wurden Ostasienexperten. Sie kümmerten sich liebevoll um ihre Kinder. Georg und Lotte führten eine glückliche Ehe und was Lotte fehlte, konnte ich ihr zum Teil geben. Sie ist nie mit mir gereist, leider.

Nach so vielen Eindrücken aus dem Ursprungsgegenden des christlichen Glaubens war in Basel die Vorweihnachtszeit angebrochen. Die Fragen hier hießen: Wie viel kostet es? Welche Noten hast du? Was schenken wir zu Weihnachten?

Ich war später immer wieder in den Ländern der biblischen Geschichten, am milden See Genezareth, im heißen wie im schneebedeckten, kalten Jerusalem, in der Gluthitze des Jordangrabens, erlebte oft eine Fata Morgana. Die Bergpredigt ließ ich mir von jungen Leuten auf dem Tabor vorlesen, die Leidensgeschichte im Garten des Gartengrabes. Auf Wanderungen in Samaria erlebte ich Hass der Bewohner gegen die Besatzer, mit vielen Flüchen gespickt, und spürte, dass einer kommen müsste, der die Menschen erlöst.

Die Ruinen in Cäsarea und Bet Schean, in Jericho und Arad wurden vorm inneren Auge wieder zu Tempeln, Theatern und Gebäuden mit Leben und Rufen und Lust und Leiden. Und immer wieder sah ich ihn, wie er von Dorf zu Dorf geht, redet und die Hände auflegt, Güte schenkt und bei den Menschen Güte fordert, und seinen schönsten Schatz austeilt: „Kinder des Allerhöchsten seid ihr."

Die wesentliche Erkenntnis im Lande dort: Glaube ist etwas in dieser Welt, nicht auf einem anderen Stern. Jesus hat einfach gesprochen, die Menschen haben ihn verstanden. Die Schwelle war niedrig, er hat die Menschen geliebt, ihre Verschiedenheit akzeptiert. Oft hat er gesagt: Dreht euch um, das Heil ist schon da.

Trotzdem meine ich, dass man nicht vor Ort gewesen sein muss, um Jesus zu verstehen oder den persönlichen Glauben zu formen.

In der Gelassenheit des Jahresurlaubs dachte ich oft nach über die katholische Kirche: Der Papst hatte den Höhepunkt seiner Kraft überschritten. Beinahe 20 Jahre war Jonathan im Amt und hatte Aufsehen erregt durch die vielen pastoralen Reisen, durch sein Charisma, seine Liebe zur Gottesmutter, seine Kenntnis vieler Sprachen. Er war der richtige Papst gewesen. Doch mit ihm war die Leitung der Kirche alt geworden. Sie erinnerte an die Nomenklatura der Kommunisten vor Gorbatschow.

Andererseits schreckte Jonathan durch eine restriktive Moral ab, die er durch Sendschreiben und Enzykliken durchzusetzen versuchte. Im Grunde ohne Erfolg. Zumindest in den nordeuropäischen Ländern fühlten, glaubten und lebten die Menschen nach ihrer eigenen Facon. Vorbei die Zeiten, in denen man sich sicher darin wiegte, zu glauben, was die Kirche glaubt, und nach ihren Vorschriften zu leben.

Dennoch hingen die Menschen an der Kirche. Austrittsbewegungen gab es allerdings in allen Ländern. Großstädte hatten nur noch die Hälfte Kirchenmitglieder. Aber es war die Hälfte, es blieben nicht nur 5 oder 25, es waren 50 Prozent Mitglieder.

Umfragen ließen darauf schließen, dass sich die meisten aufgeklärten Menschen ihren Glauben selber zimmern aus verschiedenen Bruchstücken, zu denen auch Seelenwanderung oder Astrologie gehörte, aber sie hingen an der Kirche, in die hinein sie getauft waren.

Wenn Mutter wieder zuhause war, verschwand bald nach Weihnachten ihr Schwung von der Sonne Genezareths. Immer öfter begab sie sich in die Obhut ihrer Tochter Lore. Vater ging mit. Er hätte eine Chorleitung gebraucht oder eine andere Aufgabe. Eine Freizeit mit meiner Baseler Gemeinde einmal im Jahr war zu wenig für ihn. Marthe und Matthias machten den Eindruck eines ausgebrannten Paares.

Eltern entdecken ihre Liebe neu

Wer wen überredet hat mitzukommen, weiß ich nicht, doch die Eltern wurden wieder munterer, nachdem sie das Seminar „Mars und Venus im Alter“ besucht hatten. Sie fühlten sich nicht alt, doch als Zielgruppe waren „Paare fünfzig plus“ eingeladen. Was jungen Paaren an Empfehlung gut tut, sollte an ihnen auch nicht Wirkung verfehlen: Sie buchten Wochenenden in Wellness-Hotels, ließen sich massieren, besuchten die Sauna, was Mutter bisher immer abgelehnt hatte, schwammen kurz in eiskalten Flüssen, führten dienstags um 20 Uhr das Ritual der Zuhörstunde ein: Er erzählt, sie hört eine Stunde ohne Zwischenfragen zu, dann umgekehrt. Wir lernen noch ganz neue Seiten am anderen kennen. Vater ließ sein Rad richten, mit dem wir Mallorca durchkreuzt hatten. Mutter bekam ein neues Velo. Und an vierzig Tagen im Jahr waren sie vor allem auf Radwegen unterwegs. Vater malte, Mutter las ihm vor. So viel Kommunikation der Eltern hatten wir Kinder in all den Jahren nicht erlebt.

Ich selbst war nicht ausgefüllt. Doch wenn ich ausgefüllt war, war ich angestrengt. Ich hatte körperliche Bedürfnisse. Wie lange hatte mich kein Mensch mehr richtig angefasst. Ich ging also viel schwimmen, mindestens einmal monatlich in die Sauna, kaufte Skier für den Winter und ließ mich einmal in der Woche massieren. So gings besser.

„Katholisch in Basel“ kreierten wir als Projekt. Es kam nicht an und war ein Fehler. Wir kamen drauf, als Jörg Zink, ein bekannter Stuttgarter Pfarrer, uns einen Motivationsabend geben sollte. Seit dem zweiten Weltkrieg hielt er die Aufrechterhaltung der Konfessionsgrenzen für falsch. „Katholisch in Basel“ verschwand in der Versenkung. Zwei Jahre später erstand es ökumenisch als „Basel glaubt an Gott“ wieder. „Die Kirche denkt an Sie“ hieß eine Telefonaktion in der dunklen Jahreszeit. Wir bildeten junge Menschen, die bewusst gläubig waren, zu unseren Telefonengeln aus. Sie hatten ausgezeichnete Stimmen und konnten durchs Telefon Wärme, Frische und Zuversicht vermitteln. „Jahreslauf und Lebenslauf“ hieß das Programm für Kindergärten, Schulen und Erwachsenenbildung mit wirklich humorvollen Kurzfilmen. Sie sollten einladen zu Taufe und kirchlicher Trauung, zu Gottesdienst und persönlichem Gebet, sie erklärten die christlichen Feste.

Das katholische Polen, das im Gegensatz zu anderen Ländern des Ostblocks ein durch und durch katholisches Land geblieben war, konnte ich im Mai 1996 besuchen: Geschäftsleute besuchten nach Feierabend kurz die Kirche, knieten vor dem Altar nieder und beteten. Viele Kinder waren in den Gotteshäusern zu sehen. Und man war stolz auf den Papst. Seine Eltern bekamen in Tschenstochau ein Denkmal.

Breslau, Krakau, Warschau, Danzig, Posen, Thorn: Überall sind die Städte gut erhalten oder nach den Zerstörungen des 2. Weltkrieges wieder aufgebaut.

Dazu die schönen Landschaften. Bei Bialystock spielten und jagten Bären in freier Natur.

Liebe, Bewegung und Wert des Einzelnen

Zweimal wurde ich in Basel zu Talkshows eingeladen. Einmal zum Thema Wurzeln. Was verdanken wir den Eltern? Vater und Mutter waren dabei. Zum ersten Mal erzählten sie, wie stolz sie auf alle ihre Kinder sind: Sie erzählten von deren starken Seiten und dass sie sich unheimlich glücklich fühlen, inzwischen zwölf Menschen das Leben ermöglicht zu haben: „Alle stecken sie im Lebenskampf.“

„Unsere fünf Kinder sind alle selbständig, brauchen uns nicht mehr, umso mehr ihren Schutzengel“, sagte Vater. Ein religiöses Wort in der Öffentlichkeit hatte ich ihn nie sagen hören.

Ich wurde gefragt, wo ich meine Wurzeln hätte: Natürlich nannte ich die Geborgenheit der Familie, das Teilen unter Geschwistern und die Treue in all den Jahren bei Vater und Mutter, sagte aber auch: „Die Wurzeln gehen tiefer. Ich hatte Vorfahren in Afrika, in der Steinzeit, in der Broncezeit, in der Zeit des Kaisers Augustus und damals, als die Schweiz gegründet wurde. Ich kenne keinen, und würde sie doch so gerne kennen. Die Wurzeln gehen ja noch weiter zurück: Aus Materie, die in anderen Sonnen ausgebrütet wurde sind wir alle zusammengestellt. Auch in den Elementen Eisen und Calcium, also in der scheinbar unbelebten Natur, sind meine Wurzeln. Wir sind Sternenstaub. Wahrscheinlich ist alles Leben schon im Wasserstoff angelegt."

Die andere Talkshow ging über die Werte, die wir in den Schulen weitergeben. Hier vertrat ich drei: „Liebe, Bewegung und großer Wert eines jeden Einzelnen."

Bei Bewegung stutzten einige. Das sei doch Sache des Sports.

Martinsumzug in Basel

Lotte hatte erzählt, dass sie als Kinder am Martinstag immer nach Erfurt gekommen seien, um von den verschieden Plätzen der Stadt loszulaufen und in großer Zahl am Domplatz eine Predigt und die Martinsgeschichte zu hören.

Genau das führte ich in Basel ein. Ich war ja Sprecher von „Jahreslauf und Lebenslauf". Man erwartete eine Idee. Der Petersplatz bot sich an. Damit Martin auch nach dem Mantelteilen etwas zu verteilen hat, regte ich die Martinsstiftung an, deren Erträge den Armen der Stadt und den Armen der Stadt Martin in der Slowakei zugute kamen.

Lotte litt: Ihr Mann fuhr ständig auf Messen. Die Vertrautheit des Gesprächs, die wir miteinander fanden, half ihr „alles zu ertragen". Aus seinem Betrieb zog sie sich zurück, vereinbarte mit ihrem Mann, dass er höchstens fünfzehn Jahre im Panzergeschäft bleibt, und bekam eine interessante Stelle in ihrem Beruf: die Wetteransage nach den Achtuhrnachrichten bei Schweizer Fernsehen mit ihrem Mädchennamen Lotti Lindigkeit. Als „Lolli, das deutsche Wetter", ist sie noch bekannt. Sie hatte zweimal dafür einen Sechsjahresvertrag.

Jahrtausendwende

Versetzung nach Solothurn im Jahre 1998. Zuständig für die Domgemeinde sollte ich Bischof Carl helfen, ihm Predigten schreiben und die Jugendarbeit der Diözese organisieren. Ich besuchte alle Dekanatsverbände, gab Kurse für Meditation, ermutigte zum Singen und zum persönlichen Gebet.

Nach kurzer Zeit ernannte Carl mich zum Regionaldekan. In diesem Jahr ohne Urlaub kam ich viel auf Reisen und war Zeremonienmeister bei der Schweizer Bischofskonferenz. Die katholische Kirche hatte von außen gesehen keine Probleme, nur die Jugend blieb in Distanz.

Die Jahre in Solothurn mit Nähe und Vertrauen zu einem Bischof, der wirklich ein Vater all seiner Kinder ist, haben mich entscheidend geprägt. Ich war bei seinen Entscheidungen nach meiner Meinung gefragt worden. Er ließ mir Zeit für Gebet und Recherche, wie er es nannte, wenn es um Hintergrundinformationen ging.

Bis heute frage ich mich manchmal: Was sagt jetzt Bischof Carl?

Die Bombardierung Serbiens im April 1999 ließ Krieg auch nach Europa zurückkehren. Auch in der Schweiz hatten Menschen Angst. Sollten bald Flüchtlinge kommen?

Der Film „Titanic“ bleibt ein Symbol der Jahrtausendwende. Die Menschen sind auf der Suche nach neuen Rekorden und nach Liebe ständig unterwegs. Grausam und schnell kann das Ende kommen. Dass die beiden Liebenden sich an der Uhr wiedertreffen wollten, berührt mich noch heute.

Wohin zur Sonnenfinsternis am 11. August? Ich hatte Einladungen nach Karlsruhe, nach Augsburg, nach München und an den Plattensee. Mit den Eltern, mit Gertrud und ihrer Familie trafen wir uns auf einem Weinberg bei Rastatt. Lisa las Ausschnitte aus Adalbert Stifters Bericht von der Sonnenfinsternis über Wien am 8. Juli 1842, wo er überwältigt ist, obwohl er alles wusste, wie es sich entwickelt. In diesem Ereignis „hat Gott gesprochen, und wir haben ihn verstanden“.

Auch wir waren bis ins tiefste angesprochen: Zunächst hatten wir großes Glück, denn der Tag war regnerisch und schenkte nur an wenigen Orten Wolkenlöcher. Stuttgart und Ulm wurden enttäuscht. In München und Augsburg gab es einige Durchblicke. Klarer Himmel bei uns. Der Mond kommt immer von rechts. Langsam, im Verlauf einer Stunde schiebt er sich vor die Sonnenscheibe. Verdunkelung erst in den letzten Minuten. Diamantringfinsternis: nur noch ein heller Punkt. Dann kann man die Finsternisbrille abnehmen: Die schwarze Sonne mit der weißen Corona steht als Zeichen am Himmel. Finsterniswind, die Vögelein schweigen. Eine andere Dimension des Daseins. Im Fernglas kleine rote Feuerpunkte und Bögen, die Protuberanzen.

Nach zwei Minuten und zehn Sekunden wird das blendende Licht wieder angeknipst. Zwei Sonnenpunkte brennen in die Augen. Jetzt muss wieder die Schutzbrille auf die Nase, ein Sonnenfädchen wird zur Sichel und in einer Stunde zum vollen Himmelslicht. Nur wenige Menschen erleben in ihrem kurzen Erdendasein eine totale Sonnenfinsternis.

Jahrtausendwende: Nicht nur im Regionalradio, sondern beim Sender Beromünster durfte ich von 10 vor 12 bis 5 vor 12 die nächtliche Ansprache halten: Ich erzählte von der Sonnenfinsternis, von der Bergtour am Tag danach, die verregnet war und doch ein Sonnen- und Wolkenerlebnis mit herrlichen Durchblicken bot. Zitierte Luther (Und wenn morgen die Welt unterginge, würde ich heute ein Apfelbäumchen pflanzen) und schloss mit dieser Gewissheit: „Es ist fünf vor zwölf, und so Gott will, wird es auch ein fünf nach zwölf geben. In jeder Hinsicht.

Ihr glücklichen Augen, was je ihr gesehn,
Es sei wie es wolle, es war doch so schön."

Ich merkte in diesen Minuten: Die Kirche ist die Institution der Hoffnung. Gleich zu Beginn des Jahres 2000 legt Papst Jonathan das umfassende Schuldbekenntnis „Mea culpa" (Meine Schuld, meine Schuld, meine übergroße Schuld) ab, in dem er Gott und die Welt um Vergebung der Sünden der Kirche Kreuzzüge, Hexenverbrennungen und Zwangstaufen bittet. Die Welt ist dankbar für dieses Wort. In Moskau wird Putin, der schon Übergangspräsident war, zum neuen russischen Staatspräsidenten gewählt. Die Concorde stürzt bei Paris ab, und zwar genau die, mit der auch ich meinen ersten Amerikaflug gemacht hatte. Da ich meinen Plan, zum Mond zu fliegen, mit der Annahme meiner Berufung zum Priester begraben hatte, wollte ich mir damals diesen teuren Flug leisten, hatte ihn genossen. Wie oft bin ich bewahrt worden, auf Straßen, in der Luft, schon als Kind.

Am Ende des Jahres wird George W. Bush als amerikanischer Präsident gewählt. Obwohl sein Gegner Al Gore mehr einzelne Stimmen hat als der Sohn des früheren Präsidenten, ermöglichen amerikanisches Wahlrecht und ein Gericht dieses Ergebnis. Bush wird ein umstrittener, entschlossener und Kriege führender Präsident sein.

Ich bin zerrissen: Einerseits glücklich in meinem Beruf, stehe zu meinem asketischen Leben, andererseits will ich, wenn es nicht Gott tut, das singuläre Leben keinem jungen Mann zumuten, werbe nur halbherzig für Priesterkandidaten, und sehe, dass gute Leute kurz vor dem Studienende oder als Kapläne abspringen.

Die Entscheidung fällt meist Mitte zwanzig. Hat nicht die orthodoxe Kirche das Modell, dass man sich bis Ende zwanzig entscheiden muss, als Geistlicher entweder den Weg des Popen zu gehen, der Familie hat, oder den Weg des Zölibatären, mit der Möglichkeit, Bischof zu werden? Seit tausend Jahren leben Orthodoxe gut mit dieser Regelung.

Psychogramm der Priester

Obwohl bereits 1989 zum ersten Mal erschienen, lese ich jetzt erst (2000) Eugen Drewermanns „Kleriker. Psychogramm eines Ideals". Das Buch sei „niemandem zu empfehlen, der innere Turbulenzen scheut", hatte eine Rezensentin geschrieben, und mich bisher abgehalten, denn ich war zufrieden, hatte genug zu tun, fühlte mich am richtigen Platz, bekam freundliches Echo, litt an meiner Kirche und gewann Verständnis für die, die ihr den Rücken kehrten. Umso wichtiger war es, die Kirche auch mit ihren Schattenseiten zu lieben. Doch ich scheute Turbulenzen. Nun, da ich immer wieder auf das Buch angesprochen wurde und andere Zölibatäre wirklich leiden sah, musste ich es lesen.

„Wer die Sexualität beschneidet, vergiftet nicht nur die Quelle seiner Triebe, er verstört zugleich auch noch die Klarheit seines Denkens, die Reinheit seines Fühlens und die Sensibilität seiner Sehnsucht" schreibt Drewermann in dem kleinen Kapitel „Weil sie niemanden lieben, glauben sie schon, sie liebten Gott".

Man könne den Grad der seelischen Reife eines Klerikers daran erkennen, wie er mit Frauen umgeht: „Die Angst, Verkrampftheit, Scheinsouveränität... oder umgekehrt Herzlichkeit, Offenheit, Empfänglichkeit, das Gespür für den anderen." Das bestätigte mich und meine Entscheidung. Ehrlichen Herzens, ohne Begierde, unverkrampft und ohne Neid kann ich mit Frauen reden, mit Liebenden fühlen und mich freuen. Ich kenne die Liebe und habe mich bewusst und mit Schmerzen für meinen Weg entschieden.

Drewermanns Buch, das verborgene Wünsche bei der Berufswahl zum Priester aufzeigt, müsste jeder durchgearbeitet haben, der vor dieser Lebensentscheidung steht.

Im September 2001 besuchte ich wieder Amerika: New York, New Orleans, Orlando, San Diego, San Francisco waren geplant. Mit „Ich habe da meine Ahnungen, dass du einmal im Kreis der Pupurträger stehen könntest“, hatte mir der Erzbischof von Boston Francis O'Neill bei seinen Kardinalskollegen Audienzen besorgt. Weiter als bis New Orleans kam ich nicht. Ich war auf dem Flug in die Südstaaten, als die von den El-Qaida-Leuten gekaperten Flugzeuge am Vormittag des 11. September in die Welthandelstürme, ins Pentagon und auf eine Wiese krachten. Es hätte genau so mein Flieger sein können.

James Michael, Kardinal in New Orleans, hatte es kommen sehen: „Unter den Benachteiligten der Weltwirtschaft ist eine kritische Masse gewaltbereiter Menschen herangewachsen, die nicht nur zum Protest fähig sind, sondern auch zu brutalen Anschlägen. Wenn ein Mensch bereit ist, zu sterben und aus Überzeugung zu morden, wird er immer Möglichkeiten finden, andere mit in den Tod zu reißen. Man kann nicht alle Strände der Welt überwachen, man kann die Kinos nicht kontrollieren, die Restaurants nicht, die Kaufhäuser, die Fußballstadien, die Kirchen, die Parks, die Schwimmbäder nicht. Natürlich muss ein Staat stark sein und darf sich nicht erpressen lassen. Gleichzeitig braucht ein Gemeinwesen eine weiche Seite, wo es Sensibilität zeigt, und willens ist, den Feind nicht nur zu bekämpfen, sondern mit ihm zusammen zu arbeiten zum Wohl der Armen und mit dem Ziel des Friedens.“

In New Orleans blieb ich zehn Tage, bis wieder ein normale Flugverkehr möglich war. Nie vorher und nie nachher ist so deutlich geworden, dass es nicht nur für einzelne, sondern für die Erde ein plötzliches Ende geben kann. Terroristen können zwar nicht den Erdball in die Luft sprengen, doch sie können alles lahm legen, Krankheiten verbreiten, Atombomben auslösen. Da die westliche Welt durch Bewaffnung des Irak im Krieg gegen den Iran, andererseits durch ihre Zins-, Wirtschafts- und Militärpolitik nicht unschuldig ist am Emporkommen derer, die sich nicht scheuen, ihr Leben zu opfern, müssen wir mit diesen Menschen Kontakt suchen. Wir dürfen unsere Schatten nicht verleugnen.

James Michael überzeugte mich später auch davon, dass wir als Kirche eine Aufgabe haben, die Übervölkerung unserer Erde nicht noch zu fördern: „Ich bin ein radikaler Gegner der Abtreibung. Und ein radikaler Befürworter der Verhütung, der Aidsprophylaxe und der Aufklärung. Nicht die Kirche kann bei der Aufklärung und Sexualmoral ein

Monopol haben, sondern muss zusammenarbeiten mit der Medizin, mit den Gesetzgebern der Staaten und mit guten Werbeagenturen. Hier ist Sachlichkeit, Erfahrung und Erfolg gefragt. Ich habe den Papst von unseren Aktionen berichtet. Wir gehen mit unseren humorvollen Kurzfilmen zu Verhütung und Aidsprophylaxe in die Slums und in die Unis, in die Colleges und lassen sie als Vorfilme in Kinos laufen."

Wieder in der Schweiz ging das Leben weiter, als ob nichts geschehen wäre. Doch nicht nur für die unmittelbaren Opfer der Anschläge vom 11.9. war nichts mehr so wie vorher.

Weihnachten 2001 ernannte mich der Papst zum Weihbischof in Solothurn.

Kann ein Katholik Luther lieben?

Ohne Anlass mache ich 2002 zu meinem Lutherjahr, besuche die Orte seines Lebens: Geboren und gestorben ist er in Eisleben im anhaltinischen Bergbaugebiet. Magdeburg wird für ein knappes Jahr Schulort des kleinen Martin: Hier ist mir in einer Kapelle im Dom immer noch das liebevolle Kaiserpaar vor Augen, wie sie jedes für sich würdig dasitzen, und doch einander zugewandt sind. Wittenberg, obwohl Großstadt, ist im Zentrum nur eine lange Straße. Keine Spur von deutschem Rom. „Se missn komm, wenn wir im Juni Luthers Hochzeit feiern. Da is unsere Stadt volle."

Ich war auch auf der Coburg, seinem „Reichstag der Raben" und in Augsburg. Dort gefiel es mir sehr gut. Als ich später den Ruf an den Lech bekam, erinnerte ich mich zuerst an den berühmten Pflaumenkuchen („Datschi") und an die Prachtstraße zwischen Rathaus und St. Ulrich und Afra. Dass e i n reicher Mann Bleibendes schaffen kann, zeigt die Fuggerei, ein von Mauern umgebenes Dorf innerhalb, damals außerhalb der Stadt. Heute noch zahlen die Bewohner als Jahres-Kaltmiete nicht einmal einen Euro. Ihnen ist jedoch das tägliche Gebet für den Stifter aufgetragen.

Ist es der Heilige Geist, der mich führte? Für das Bischofsamt in einer Stadt der Ökumene war ich durch die Lutherstudien aufs beste vorbereitet, denn die Protestanten in Bayern lernen nach dem lutherischen Katechismus.

Luther war ein Nestzertrümmerer und Grenzensprenger. Die Liebe zur Kirche und zum Papst ist bei ihm in Ablehnung und glühenden Hass umgeschlagen. Es zählten Christus, der persönliche Glaube, das

Gewissen, die Heilige Schrift, auch die Vernunft. Durch vielerlei Umstände ging seine Bewegung nicht unter, sondern wurde von Städten und Fürstentümern getragen, so dass evangelische Landeskirchen eingerichtet wurden: eine Situation, die zur damaligen Zeit von Reichstagen und Konzilien nicht zu entscheiden war, sondern dem Urteil der Zeit (oder dem Urteil Gottes?) überlassen wurde. Die Zeit hat nun 500 Jahre beide Formen des Christentums erhalten. Katholische Weltkirche und die Protestanten in Landeskirchen und Freikirchen und kleinen „Denominations“ wie Adventisten und Neuapostolische. Auch die Altkatholiken rechne ich zu den Protestanten, obwohl sie in all ihren Formen die größte Nähe zur Weltkirche erhalten haben.

Den meisten Katholiken fällt es schwer, Luther zu verstehen oder gar zu akzeptieren. Ich kann das Prinzip der „unendlichen Menschenliebe“ auch bei ihm anwenden.

Mensch, werde wesentlich

Ich habe Luther lieb und merke, wie er getrieben und gezogen war von vielen Motiven: Angst vor ewiger Verdammnis, von Christusliebe und Opferbereitschaft, Zorn gegen die Römische Kurie und ihre ausführenden Organe, Notwendigkeit, die Kirche als Organisation zu erhalten. Er wollte Gott und seinem Vater gehorsam sein: Schließlich suchte er Bildung bei Pfarrern wie beim Volk. Wenn man bedenkt, dass er den Druck seines Vaters Hans bis zur Hochzeit nicht loswurde, und sich mit schuldig wusste für den Tod von Tausenden im Bauernkrieg, wundert man sich, wie er alles ausgehalten hat. Er war ja ein Mensch des Mittelalters: Überall, in jedem Zipperlein, sah er ein Werk des Teufels. Gegen Ende seines Lebens überschüttete er die Juden mit seinen Verfolgungsgedanken. Man kann Hunderte von Seiten aus Luthers Werken zusammenstellen, in denen ein hasserfüllter, vom Teufel verfolgter Mensch zu erkennen ist. Daneben, und dafür liebe ich ihn, hat er seine liebevollen, zarten, von Gottes Friedensgeist erfüllte Seiten. Die Spannung, in der er als Mensch und Christ stand, steht zu Beginn der Programmschrift von 1520 „Von der Freiheit eines Christenmenschen“. Die Antithesen darin lauten: „Ein Christenmensch ist ein freier Herr aller Dinge und niemand untertan. Ein Christenmensch ist ein dienstbarer Knecht und jedermann untertan durch die Liebe.“

Wie konnte er so Schönes hinterlassen wie seinen Katechismus? Einige seiner Texte gehören zu meinem dritten Testament: Die Auslegungen zu den Glaubensartikeln, die Lieder „Vom Himmel hoch da komm ich her“ mit seinen süßen Engelsworten und „Ein feste Burg ist unser Gott“ mit seiner trotzigen Sprache.

„Ich glaube, dass ich nicht aus eigene Vernunft noch Kraft
an Jesus Christus, meinen Herrn, glauben
oder zu ihm kommen kann, sondern
der Heilige Geist hat mich
durch das Evangelium berufen,
mit seinen Gaben erleuchtet,
im rechten Glauben geheiligt und erhalten...“
(Luthers Auslegung zum Glauben an den Heiligen Geist im „Kleinen Katechismus“)

Außer Luther las ich in folgenden Jahr einen anderen Grenzgänger zwischen evangelischer und katholischer Kirche: Angelus Silesius (schlesischer Bote). 1624 evangelisch in Breslau getauft, in Leiden, Padua und Straßburg theologisch gebildet, trat er als Leibarzt eines schlesischen Herzogs zum Katholizismus über und wurde zu einem Verfechter der katholischen Reformation. Heute werden seine Sprüche des „cherubinischen Wandersmannes“ von allen wegen ihres expressiven Gottesbewusstseins gerne gelesen und bedacht:

Ich trage Gottes Bild. Wenn er sich will besehn,
so kann es nur in mir, und wer mir gleicht, geschehn.

Blüh auf, gefrorener Christ, der Mai ist vor der Tür.
Du bleibest ewig tot, blühst du nicht jetzt und hier.

Ich überlegte, ob ich eine Doktorarbeit über diesen „schlesischen Boten“ Johann Scheffler beginnen sollte, sammelte Material, sprach bei Professor Bauersilk vor, bekam Ermutigung, konsultierte dann Bischof Carl und die Freunde in der Bischofskonferenz. Carol Wilken brachte es auf den Punkt: „Du wirst Kardinal mit und ohne Doktor. Ich denke, deine Stärke liegt nicht in der Studierstube, sondern im persönlichen Kontakt. Das ist dein Wesen“, und zitierte dann Silesius:

„Mensch, werde wesentlich. Denn wann die Welt vergeht,
so fällt der Zufall weg, das Wesen, das besteht.

Die Menschen brauchen deine Präsenz, nicht deinen Titel. Stell dir vor, du sitzt dreitausend Stunden vor den Büchern statt bei den Menschen." Das Argument gefiel mir nicht, trotzdem hat es mich auf meinen Weg zurückgebracht: Seelsorger sein.

„Verbotene Kirchengemeinschaft" wird ein „Unwort" des Jahres 2003. Nach dem Ökumenischen Kirchentag in Berlin waren zwei Priester wegen dieses Vergehens, der Teilnahme an einer ökumenischen Messfeier, vorläufig suspendiert worden.

Katholische Kirche, vor allem katholische Kirchenleitung hat die Aufgabe, katholisch zu sein, die Überzeugungen der Weltkirche zu transportieren. „Hauptsache, der Papst ist katholisch", so hat einer einmal humorvoll formuliert. Darauf sind wir verpflichtet. Der einzige Papst, der dies nicht in den Vordergrund gestellt hat, war Johannes XXIII. Er gilt als der Papst mit den wichtigsten Botschaften des letzten Jahrhunderts.

Katholikentag 2004

Den Palmsonntag 2004 verbrachte ich mit einer Gruppe aus Solothurn in Venedig, nahm an der festlichen Messe im Markusdom teil. Patriarch Scuola zelebrierte. Vor der Austeilung ließ er in verschiedenen Sprachen, auch auf deutsch bekannt geben: „Alle getauften Christen sind zur Kommunion eingeladen." Ohne weitere Erklärung, ohne Begründung. Im päpstlichen Lehrschreiben des gleichen Jahres waren solche Einladungen verboten. Gemeindeglieder sollten dafür ihre Priester anzeigen.

Mitte Juni lud Ulm zum Katholikentag ein. Das gewaltige Münster hat den höchsten Kirchturm der Welt. In Erinnerung bleibt ein Gottesdienst, der eigentlich auf dem Platz stattfinden sollte. Doch ein Gewitter zwingt die Menschen, ins Innere der Gottesburg zu flüchten. Alle Türen werden geöffnet. Unter dem Geläut der zehn Glocken, unter Blitz und gewaltigem Donnern drängen sich die nass gewordenen in die Bänke und stehen ganz dicht, wo in den nördlichen zwei Schiffen kein Gestühl steht. Aus Hiob wird gelesen:

Wo warst du, als ich die Erde gründete?
Sage mirs, wenn du so klug bist.
Wer hat das Meer mit Toren verschlossen,
als es herausbrach wie aus dem Mutterschoß,

als ich's mit Wolken kleidete
und in Dunkel einwickelte wie in Windeln...?
Haben sich dir des Todes Tore je aufgetan,
oder hast du gesehen die Tore der Finsternis...?
Hiob antwortete: Ich bin zu gering,
was soll ich antworten?

Das Gottvertrauen Hiobs übertrug sich auf die Münstergäste in jener Nacht.

Im Rahmen des Katholikentags hatte ich „Bibelarbeit in Blaubeuren". Neben dem Blautopf, wo ein ganzer Fluss in einem Schwall aus der Schwäbischen Alb entspringt, im Hof des Klosters bin ich dreimal am frühen Morgen zu Auslegungen der Abrahamgeschichten eingeladen. „Du sollst ein Segen sein – Gehe in das Land, das ich dir zeigen werde – Und es begruben ihn seine Söhne Isaak und Ismael." Bei diesen drei Themen sah ich einen Auftrag für ein Miteinander von Christen, Juden und Moslems, und schloss jedes Mal mit diesem Gebet:

Was im Himmel und auf Erden ist,
preist dich.
Du bist allmächtig und allwissend,
dein ist alle Herrschaft.
Du verleihst Leben und Tod. Du bist der erste und der letzte,
der Sichtbare und Verborgene,
und kennst alle Dinge.
So erkenne auch uns:
Lass uns deine Wege sehen und gehen.
Forme das innerste Wesen unseres Herzens,
dass unser Wille dem deinen gleiche.
Durch Christus, deinen Sohn, unsern Herrn.

Juden und Moslems, die dabei waren, bekannten, dass sie genau so beten, und fragten, wieso ich Christus am Schluss nennen müsse. Nun, das ist mein Bekenntnis.

Mutter Marthe verlässt uns

Mutter stirbt. Im Herbst nahm sie noch ihre sechs Wochen Anselm. Ein Abschied für beide. Pater Anselm wurde zurück beordert ins Mutterkloster Maria Laach und sollte später eine Arbeit in Kairo beginnen. Mutter ahnte, dass es auch für sie das letzte Mal wäre. Sie ließ sich noch einmal die „heiligen Stätten“ zeigen und erlebte Regen über Jericho, Schnee in Jerusalem und Bethlehem, Regenbogen über Hebron, Sandsturm in der Wüste Negev und das sanfte Säuseln in der Wüste Juda. „Ich kehre heim mit dem Wissen, dass ich unendlich geliebt bin.“

Am Weihnachtsfest 2005 segnete sie ihre Kinder:

„Sanna, meine große Tochter, meine kleine Schwester. Du hast meine Kinder mit erzogen. Viel haben sie von dir. Langes Leben und Frieden sollst du haben. Deine Worte sollen gehört werden, deine Einsichten diskutiert.

Georg. Mein Schokoladensohn. Mache die Menschen glücklich mit Schokolade. Ich sehe dich wandern und in fremder Erde liegen. Ich sehe dein Strahlen und deine Liebe. Und ich sehe Tote an deiner Seite, junge Tote. Du stehst bei ihnen und weinst.

Martin. Wohin fliegst du? Warum bleibst du nicht in der Schweiz? Ist dir unsere Familie nicht genug? Ist Annele nicht da? Ah, da ist sie ja. Wer ist der Engel neben ihr? Jetzt dieser Glanz bei dir mein Sohn. Du hast keine Kinder und doch stehen bei dir die meisten Kinder, in allen Farben dieser Welt.

Gertrud, meine Kämpferin. Woher nimmst du soviel Kraft? Ich wurde schon schlapp nach hundert Metern, langsam wurde ich. Du läufst und läufst, deine Kinder sind voller Kraft und Mut.

Lore, mein Hannelörchen. Mein Sonnenschein bist du, Mädchen.

Ihr steht alle auf der Höhe und ich bin unten angekommen. Doch es geht weiter. Es geht jetzt in die Sause. Speck und Wein und Brot. Die Eltern warten auf mich.“

Wir mussten ihr Wanderlieder singen und „Kein schöner Land in dieser Zeit“. Sie richtete sich auf: „Ich soll mit auf der Geige spielen. Gebt sie her.“ Wir legten ihr das Instrument auf die Decke. Dann summte sie „O Welt, ich muss dich lassen...“ und fiel in den Todesschlaf.

Am 6. Januar 2006, meinem 47. Geburtstag, ist sie heimgegangen. Wir haben sie in Bern beerdigt.

Verwaist

Vater trauerte. Er suchte Mutter und fand sie nicht. Irrte allein durch Bern und hoffte, sie würde aus einem Geschäft herauskommen und mit ihm nach Hause gehen. Die Geschwister nahmen ihn wochenweise bei sich auf, bei mir in Solothurn verbrachte er eigentlich widerwillig den Juli, bis er sagte: „Ich bin vor keiner Aufgabe in meinem Leben geflohen. Diese tausend Schmerzen des Alleinseins kann mir niemand abnehmen. Ich lerne das Leben als ein Single."

Auf dem Friedhof hat er mehrere Witwen kennen gelernt, mit denen er Geselligkeit pflegte. Er baute noch für drei Jahre einen Chor auf, in dem nicht nur Damen über sechzig mitsangen, sondern auch einige frühere Schüler. Dem Ganzen gab Schwung eine wunderbare Pianistin, Diana Kowitzka, mit der Vater schließlich mehrmals im Jahr verreiste. „Ich kann nicht mehr gutmachen, dass ich mit Mutter kaum reiste. Doch mit Diana genieße ich es. Martl wird mir doch nicht böse sein." Seine Kinder waren ihm jedenfalls nicht böse.

Vater starb im Meer vor Lanzarote im Juni 2008. Diana pflegte das Grab unserer Eltern. Und wir haben sie, die keine Kinder hatte, in unserer Familie als „Nostra Primadiana" adoptiert, was man mit „unsere Diana Nummer eins" übersetzen könnte. Zehn Jahre bereicherte sie mit Musik unsere Treffen. Danke, Diana. Du hast unserem Vater Leben, Licht und Freude und Liebe im Alter gegeben.

Diana liegt in ihrem Familiengrab in Warschau.

Das besondere Himmelsereignis war die Sonnenfinsternis, die ich Ende März 2006 an der türkischen Südküste mit erlebte. „Antalya lädt Europa ein" hieß es damals. Es kamen neunzigtausend. Das Ereignis und die große Gastfreundschaft unter der schwarzen Sonne half dem biblischen Kleinasien, die Aufnahme in die EU zu beschleunigen.

Papstwahl

In seiner schweren Erkrankung tritt Papst Jonathan 2007 zurück. Kurz nach Pfingsten kommt das Konklave zusammen. Schweizer sind dabei. Als Papabili (mögliche Kandidaten) werden vor allem drei Kurienkardinäle und ein Deutscher genannt. Soll man nicht die großen Ortskirchen Brasiliens und der Vereinigten Staaten berücksichtigen? Forderungen, die Amtszeit auf 10 Jahre zu begrenzen, werden überhaupt an keiner entscheidenden Stelle diskutiert.

James Michael, der Kardinal von New Orleans wird gewählt, der erste schwarze Papst.

Ich kannte ihn gut. Bei meinem zweiten Amerikabesuch im November 2001 habe ich ihn unter dem Eindruck des katastrophalen Attentats als besonnenen Mann kennen gelernt.

Er war im September 2001 beim runden Tisch des Präsidenten dabei, der unter Schock gleich losschlagen wollte. James gehört zu den Bedächtigen, der dem Feind ins Gesicht sehen will, der „mit dem Mörder der Kinder einen Vertrag“ machen will. James kann sich in bestimmten Fällen die Todesstrafe vorstellen. Über den „gerechten Krieg als Thema katholischer Ethik“ hat er promoviert. Der neue Papst kennt die Grenzen des Einflusses der Kirchen sowohl in der Politik wie auch in den Entscheidungen der Menschen. Er verzweifelt nicht daran und fordert immer wieder: Wir dürfen bei unseren Hirtenbriefen die Menschen nicht als Unmündige ansehen. Zuerst müssen wir zeigen, dass wir sie lieben, dann, dass wir ihnen etwas zutrauen, dann, dass es in der Liebe eine breite Möglichkeit von Entscheidungen gibt.

James nannte sich Papst Josef, ein Name, den sich noch keiner gegeben hatte. Das erinnerte an den berühmten Satz von Johannes XXIII.: „Ich bin Josef, euer Bruder“ und daran, dass vor allem in den Kirchen des Mittelmeerraumes und Südamerikas der heilige Josef oft abgebildet ist als Beschützer und Erzieher. Mit dem Namen wollte James Väter ermutigen, Männer an ihre Gefühlswelt erinnern und Visionen wecken: „Josef in Ägypten und Josef, der Mann der Maria, waren Männer, die träumten und auf ihre Träume hörten. Ich werde euch an meinen Träumen teilhaben lassen.“

Die angereisten Kardinäle hielt er noch sieben Tage fest. Da sie ja auf unbestimmte zeit ihre Diözesen verlassen hatten, wollte er ihre Präsenz zum Gedankenaustauschen und Planen nutzen:

Und für die letzten drei Tage dieser Woche sollte aus den Kirchenkreisen der Papstwähler noch eine Frau nachkommen, um ein Jahrzehnt Kirche betend, planend und träumend, mit Glaube und Vernunft ins Auge zu nehmen.

So kamen Haushälterinnen und Lehrerinnen, eine Taxifahrerin, eine Bankbeamtin, Bibliothekarinnen, Parlamentsabgeordnete, zwei Polizistinnen und drei Soldatinnen, Professorinnen für Theologie, Biologie, Thermodynamik und Medizin, allesamt katholisch, doch der Kardinal aus Bombay lud eine hinduistische Ministerin ein, der Kardinal aus Mainz eine evangelische Dekanin aus Pirmasens und der Metropolit aus Jerusalem die moslemische dritte Bürgermeisterin aus Nazareth.

Nachdem alle dem Papst vorgestellt waren, durfte jede der achtzig erschienenen Frauen zehn Minuten reden. Nach jeweils 5 Statements gab es die Möglichkeit, kurze Stellungnahmen abzugeben, dann waren 20 Minuten Pause. Drei Tage hörte man auf die Frauen mit je acht Stunden Sitzung.

Nach diesem Feuerwerk von Ideen hörte man zunächst nichts von Umsetzung: Die Chance eines Neuanfangs mit den Frauen in der Kirche schien vertan.

Die Sensation des Jahres 2007

Ein apostolisches Schreiben aus Rom am Tag der Himmelfahrt Mariens, 15. August 2007, wird zum historischen Ereignis: „Vorläufig, bis zur Entscheidung eines Konzils sollen in den Ortsgemeinden der nördlichen Hemisphäre Personae Probatae (bewährte Personen) von den Bischöfen berufen werden, die im Auftrag der Kirche und des Ortsbischofs vorbereitet und geweiht werden, Gottes Wort zu verkündigen und die Sakramente zu verwalten.“ Im Klartext hieß es: Wo Pfarrer fehlen, sollen Männer und Frauen, die in einem dreieinhalbjährigen Kurs an den kirchlichen Fakultäten dazu vorbereitet werden, Gottesdienste gestalten, die Sakramente der Taufe, der Eheschließung, der Beichte und der Krankensalbung spenden dürfen. Priesterweihe und Firmung war weiterhin den Bischöfen vorbehalten und die Zelebrierung der Messe den Priestern. Die „bewährten Männer und Frauen“ sollten aber die Kommunion austeilen, zuvor die Gebete der Messe sprechen, lediglich die Wandlung nicht vollziehen dürfen.

Damit waren Frauen zum Diakonat zugelassen. Eine Sensation, begrenzt auf Länder mit zu geringem Pfarrernachwuchs. In Deutschland, in der Schweiz, in den Niederlanden, in Österreich, in Skandinavien, in den Vereinigten Staaten und Kanada fanden sich sehr rasch größere Ausbildungsgruppen aus allen Jahrgängen. Obwohl im Schreiben kein Alter genannt war, ging man davon aus, dass die Berufenen 40 Jahre alt sein sollten, sich im Gemeindeleben bewährt, Glauben, Anerkennung, Ausstrahlung und ein Sprachvermögen haben, also Eigenschaften, die auf spätere Akzeptanz schließen lassen konnten.

„Die Kirche“ – und damit übernahm der Papst im Wortlaut die bei der Konferenz nach seiner Wahl von einer Lehrerin aus Mailand, Maria Vanessa Magnola, gemachten Äußerungen –, „wird in Zukunft nicht mehr die entfernte Tante sein, bei deren Ableben man darüber sinniert, wie lange man nichts mehr von ihr gehört hatte, sondern die ewig junge Mutter, die mit Liebe und Zuwendung zeigt, wo es langgehen kann und die man vermisst, wenn man nur einen Tag nichts von ihr gehört hat."

Stiftung Brothaus in Bethlehem

Frederick Khuon, ein reicher Bankier denkt im Sommer 2007 an sein Ende. Er will mit fünfhundert Millionen Franken, die er kinderlos hinterlässt, „Großes erreichen und meinen guten Namen im Gedächtnis der Armen erhalten", wie er in einem Mail schreibt, das eines Morgens auf meinem Bildschirm zu lesen ist. Khuon lebt in Bern, über Gessner sind wir miteinander verwandt.

Ich besuche ihn. Natürlich könnte er sein Vermögen in der Verwandtschaft oder unter den Mitarbeitern verteilen. Die Angestellten sollen nicht leer ausgehen, der Bank gehe es gut, der Fortbestand ist geregelt. Das Geld ist sein Privatbesitz, mit Glück und ohne schlechtes Gewissen erworben, wenn auch moralische Grenzfälle dabei waren. Doch nun wolle er ein wirklich gutes Werk tun.

Ich brauchte nur zuzuhören.

Khuon war öfter in Bethlehem gewesen: „Das bedeutet doch Brothaus. Vetter, kannst du nicht dort eine Stiftung aufbauen, die täglich fünfzigtausend hungernde Kinder versorgt? Das müsste bei fünf Prozent Verzinsung möglich sein. Meine Bank würde das ermöglichen. Tag für Tag bekommst du sechsundsechzigtausend Franken."

Nachforschungen meines Kämmerers ergaben, dass Khuon unter anderem mit meinem Bruder das Geld mit Panzern und Schokolade verdient hatte. Von Staats wegen keine krummen Geschäfte, sondern von den Ministerien erlaubt und gefördert.

Ich sprach Georg an. Auch mein älterer Bruder war reich geworden und sofort bereit, ehrenamtlich in das Planungsgremium für das „Brothaus" einzusteigen. Innerhalb drei Jahren schafften es Georg, vier französische, libanesische und palästinensische Bankiers, dazu ein Wirtschaftsprofessor aus Zürich und ein pensionierter deutscher Thyssenchef, ein Unternehmen aufzubauen, das den Hunger in Somalia zum Fremdwort werden ließ. Der Hauptsitz wurde in Bethlehem eingerichtet.

Besuchergruppen machten eine Teepause in Bethlehems „Servicezentrum mit Tee und Tapas". Im Durchschnitt wurde eine Verpflegung, die uns einschließlich Personal, Abschreibung und Verpflegung drei

Dollar kostete, mit sieben Dollar berechnet. Das waren pro Tag viertausend Dollar und damit weitere fünftausend satte Mäuler. Unser Aktionsgebiet konnten wir in Afrika ausweiten und von Bethlehem aus, wo endlich wieder Moslems und Christen friedlich zusammen wohnten, den zwischen Christen und Moslems zerstrittenen und ausgebluteten Sudan erreichen. Im Brothaus arbeiten vor allem berentete Finanz- und Wirtschaftsleute, die meisten ehrenamtlich. Ständig sind Delegationen vor Ort in den Ländern, die vom „Brothaus“ unterstützt werden. Das Prinzip „Wir helfen euch, in fünf Jahren auf die Beine zu kommen“ hat bewirkt, dass die Hilfe zur Selbsthilfe in manchen Ländern wieder eingestellt werden konnte.

Khuon hat sein Werk noch vier Jahre wachsen sehen. Er ruht im Garten von „Davids Haus“. Natürlich weiß niemand, wo der große König in Bethlehem einst geboren wurde. Die Ausgrabung einer Leier neben dem Skelett eines eindeutig erwürgten Leoparden in einer Höhle half zur Namensgebung dieses Grundstücks, das bei der Auffindung aus zwei Hütten und zwei Hektar steinigen Landes bestand. Das Areal erhielt die Stiftung Brothaus für ihren Gründer als ewiges Grab. Inzwischen sind dort fünf weitere Wohltäter begraben, die dem Liebeswerk zur Ausdehnung seiner Aktionen nach Uganda verholfen haben.

Brothaus hat 2022 den Friedensnobelpreis erhalten.

Weltstadt der Ökumene

Wir hatten in Solothurn begonnen, Viri et Feminae Probatae (bewährte Frauen und Männer) zu berufen, für den Dienst in den Gemeinden weiterzubilden und ab Advent 2010 als Diakone zu weihen. Frauen würden den Titel „Katholische Seelsorgerin im ständigen Diakonat“ bekommen. Sollte ich bei ihrer Weihe nicht mehr in der Schweiz sein?

Der Papst ruft an und fragt ganz im Vertrauen, welche freie Cathedra (Bischofsstuhl) mich interessieren würde. Ich sei ihm im Traum erschienen, als er auf der Suche nach verlorenen Eselinnen war. Er denkt an Chur oder Augsburg, auch Erfurt komme in Betracht. Ich sage ihm, das solle er weiterhin seinen Träumen oder Gott überlassen. Im Dienst der Kirche bin ich verfügbar. Keine Präferenzen. Wenn ich’s aussuchen müsste, Augsburg. Mich ehrt die Anfrage. Ich bin gerne Weihbischof und bliebe gerne in Solothurn.

Augsburg sollte es werden. Einführung am Ulrichstag, 4. Juli 2008. Ulrich und Afra heißen die Stadtheiligen von Augsburg.

Diözese ist vor allem das bayrische Schwaben, am Bodensee mit Grenze zur Schweiz, katholisch geprägt, doch geschichtlich ist Augsburg die Stadt der Parität. Beim Religionsfrieden wurde bestimmt, dass nicht die Regel „Cuius Regio, Eius Religio“ (Wer regiert, bestimmt die Religion) zur Anwendung komme, sondern in paritätischer Weise lutherisch und katholisch gelebt, erzogen und gestorben werden könne. Bis heute gibt es einen katholischen und einen protestantischen Friedhof, an manchen Stellen zwei Kirchen nebeneinander, und konfessionell geprägte Schulen, die jedoch keine Konfessionsschulen mehr sind. In der lutherischen St. Anna-Kirche bildet den Westabschluss der Fuggerchor, eine katholische Privatkapelle, die von der evangelischen Gemeinde genutzt werden kann.

1999 war in Augsburg eine Vereinbarung über das Verständnis der Rechtfertigungslehre zwischen Rom und dem Lutherischen Weltbund unterzeichnet worden.

„Augsburg ist Weltstadt der Ökumene“ war der Tenor bei den Grußworten. Oberbürgermeisterin Beate Rudolfo schwärmte vom Ökumenischen Pfingsttreffen in Augsburg 1971. Sie hätte also schon vor 37 Jahren ein gemeinsames evangelisch-katholisches Abendmahl mitgefeiert. Regionalbischof Erno Aperti bedauerte, nicht mehr lange im Amt zu sein, weil er „gerne das Zusammenwachsen derer, die zusammengehören“ begleitet hätte. Die Bayrische Kultusministerin Monika Meckel-Straß erklärte, dass Kultus Gottesdienst und Kultur und Unterricht bedeuten könne, jedenfalls die Pflege von Traditionen einschließe, deren wichtigste in Bayern die Kirche sei. Allgemein wurde erwartet, dass ich ein verständliches, menschenfreundliches, ökumenisches und völkerverbindendes, kurz: ein modernes Christentum vertrete.

Auch daran wurde erinnert: 1999 war in Bayern ein früherer Ökumenereferent der evangelischen Landeskirche gestorben, Dr. Karl Vogel, ein Augsburger, der die Verbindung zu den Partnerkirchen in Brasilien, Neu-Guinea und Ungarn gepflegt hatte, aber auch die Kontakte zu Katholiken und Orthodoxen. Unter einem Nachruf des Landesbischofs war damals zu lesen: „Die Evangelisch-Katholische Kirche in Bayern.“ Ein gutes Zeichen, obwohl am nächsten Tag die korrigierte Fassung abgedruckt wurde: „Es trauert der Landesbischof der Evangelisch-Lutherischen Kirche.“

Zum Glück hat ein Bischof einen Fahrer: Mit Benno Luther, tatsächlich ein Luther-Nachkomme, aber als 20-Jähriger katholisch in Gera getauft, war ich mehr auf Achse als im Ordinariat. Von Neu-Ulm bis Nördlingen, von Lindau bis Landsberg. 180 Tage im Jahr unterwegs.

Durch die Firmung kam ich in alle Dekanate. Der Regionalsender „Sieben-Schwaben-Radio“ gab mir die Gelegenheit, täglich live ein Wort zum Tage zu sprechen, meistens übers Telefon, regelmäßig fünf vor sieben, neunzig Sekunden lang.

In die Bayerische Bischofskonferenz luden wir einmal jährlich auch den evangelischen Landesbischof und seine sechs Regionalbischöfe ein, unter denen auch zwei Frauen waren. Judith Henslowska, Fränkin, mit einem Prager Philosophen verheiratet, legte bei ihrer Amtseinführung Wert auf meinen Segen. Nun ist die Installation einer evangelischen bayerischen „Oberkirchenrätin im Kirchenkreis“ keine Bischofsweihe, doch ihre Aufgaben waren vergleichbar mit denen eines Weihbischofs. Sie wollte die Handauflegung ihres Augsburger Amtsbruders im Bischofsamt. Obwohl kein Kirchenrecht dies vorsieht, war ich dabei. Einige Jahre später war sie sehr beliebt bei den Ordination junger Pfarrerinnen und Pfarrer, schließlich hatte sie den Segen des späteren Papstes. Bayrische Lutheraner haben einen Sinn für die Sukzession.

Die apostolische Sukzession bedeutet die ununterbrochene Handauflegung bei der Priesterweihe, ein wichtiges Kennzeichen der Weitergabe katholischen Glaubens. So stellt man sich die nie unterbrochene Kette dieser Segnungshandlung von Jesus über Petrus und die anderen Apostel bis zu allen katholischen und anglikanischen Pfarrern heute vor. Luther und andere Protestanten haben auf diese „Äußerlichkeiten“ (Adiaphora) keinen Wert gelegt.

Augsburger Losungen

Ich habe in Augsburg die Jahrhunderte lang bewährte Idee einer evangelischen Freikirche aufgegriffen: Die Herrnhuter Brüdergemeine (tatsächlich ohne d), eine pietistische Gründung des Nikolaus Ludwig Graf von Zinzendorf (1700 bis 1760), gibt täglich Losungen, also ausgeloste Bibelworte zur Ermunterung seiner Gemeindeglieder, später ein Losungsbüchlein heraus, das 2008 seinen 280. Jahrgang hatte:

Ein alttestamentliches Bibelwort wird ausgelost. Ein Herausgeberkreis fügt als „Lehrtext“ ein neutestamentliches Wort und ein Gebet dazu. Das blaue Büchlein erscheint in 50 Sprachen.

Wir wollten das für die Katholiken der Diözese Augsburg einfacher haben: Als „Augsburger Losungen“ ein Bibelwort pro Tag, dazu ein Gebet. Die Auslosung fand in Augsburg immer am „Tag der Bekehrung des Apostels Paulus“, am 25. Januar, für die Worte des nächsten Jahres statt. Die Buben und Mädchen, die sich auf die Erstkommunion vorbereiteten, durften die 340 Bibelworte aus einem Tongefäß mit tausend Worten ziehen.

Gib das rechte Wort, das die Müden aufrichtet, Knoten löst und die Sünder zur Erkenntnis führt. Schicke, gnädiger Gott, einen Lichtstrahl aus deinem Reich für jeden Tag.

So betete ich damals mit den Kindern. Für die Feiertage suchte ich als Bischof passende Bibelworte aus. Die Augsburger Losungen hat mein Nachfolger weiter geführt. Heute schlagen die Menschen weltweit die Herrnhuter oder die Lateran-Losungen auf, die der Bischof von Rom herausgibt.

Wo würde ich meinen 50. Geburtstag feiern? Die Stadt Augsburg stellte ihren Goldenen Saal zur Verfügung. Ob ich nicht den Papst einladen wolle. Ich telefonierte etwa alle vier Monate nachts mit dem Pontifex.

Er stellt seinen Besuch für das Jahr 2018 in Aussicht, „doch", so sagt er halb im Scherz, „da wirst du, so Gott will, nicht mehr in Augsburg sein".

Beim nächsten Gespräch, er hatte seine Auguren forschen lassen, verlegte er die Besuchsabsicht auf das Jahr 2016: „Ich kann ja nicht Luther huldigen kommen, der 1518 in Augsburg war, ich komme, so Gott will, im Sommer 2016. Geplant ist der Besuch von Köln, Berlin, Hamburg, München und Augsburg. Ihr könntet doch in einer der Städte einen Katholikentag planen." – „Die deutschen Katholikentage sind inzwischen ökumenisch." – „Das weiß ich. Trotzdem komme ich. Ein Katholik mehr. Wie stehen Zahlen in Deutschland?"

Seit der Wende, der Wiedervereinigung 1990, hatte sich die Zahl der Katholiken mit der Zahl der Protestanten in etwa die Waage gehalten, mal auf diese, mal auf die andere Seite geneigt. Seit 2002 behielten die Katholiken die Mehrzahl, doch auch sie nahmen ab, in Domstädten wie Köln, Mainz und Freiburg wuchs dagegen ihre Zahl.

Panik im Goldenen Saal

Kein späterer Geburtstag wühlte so auf wie dieser am 6. Januar 2009: Die Domsingknaben mit den Sternsingern brachten das Morgenständchen und eine duftende Christrose. Diese bleichen Rosen duften ja kaum, doch sie hatten sich einen Spaß gemacht und das Stöckchen mit Moschusduft eines Rasierwassers aromatisiert. Ein Junge aus dem Tenor überreichte eine aus Kupfer selbstgefertigte Plakette: Servo Augustano Servamus (Dem Diener Augsburgs dienen wir). Ein Händel nachempfundener Triumphgesang konnte als Lob des Gottessohnes verstanden werden. Doch es galt mir, war zum Glück englisch, denn was ich bis dahin für Augsburg getan hatte, war wenig. Sie sagten jedoch: Es gab fünfhundert Jahre nicht die Gelegenheit, einen jungen Bischof zu feiern.

Am meisten freute mich das Geschenk einer Schulklasse: In einem Projekt des Kunst- und Religionsunterrichts in mehreren Klassen der Schule der Heiligen Teresa hatten sie die Apostelgeschichte in verschiedenen Schriftarten mit der Hand abgeschrieben und illustriert. Schmale Grecogesichter hatten die Apostel und Maria beim Pfingstbild. Jerusalem war als typischer Paul Klee, aber auch als Lyonel Feininger dabei. „Groß ist die Diana der Epheser" hätte Picasso malen können, während das Auseinanderbrechen des Schiffes vor Malta Rembrandt nachempfunden war. Das ganze Werk war kostbar gebunden, mit einem Rotgoldschnitt versehen und zählt bis heute zu meinen wertvollsten Büchern.

Ein Ständchen mit Ansprache des schwäbischen Regierungspräsidenten wurde jedoch jäh unterbrochen durch einen jungen Mann, der mit einer Donnerstimme die Sünden der Kirche hinaus- und in die Mikrophone des Bayrischen Rundfunks hineinschrie. Da niemand sich zuständig fühlte, hatte er neunzig Sekunden Zeit, die Kirche wegen der Hexenverfolgung, wegen der Inquisition, wegen der Zwangstaufen in Mittelamerika und wegen des Verbots der Empfängnisverhütung anzuklagen. Klaus Schmid, ein beherzter junger Pfarrer der Heiligkreuzkirche, verstand es, ihn mit festen Griff wegzuführen, dabei beruhigend auf ihn einzureden und jenseits der Mikrophone mit ihm zu diskutieren.

Auch ein Gegner der Kreuze in den Klassenzimmern schaffte es, die Feier im Goldenen Saal in eine andere Richtung zu lenken: Der pensionierte, hochengagierte Lehrer, der jahrelang Gerichte mit seinem Anliegen beschäftigt hatte, schenkte mir ein selbstgemaltes Madonnenbild („Herr Bischof, wollen Sie nicht auch, dass die Kinder sich damit identifizieren?"), redete sich aber dann so in Rage, das Kreuz sei zum Säbel geworden, dass auch jener Klaus Schmid bei ihm nichts ausrichten konnte, im Goldenen Saal Tische umgestürzt wurden und die in die Decke gemalten Musen der Gerechtigkeit, der Baukunst und des Bürgerfleißes Rotweinflecken behielten, ganz zu schweigen von den zerrissenen Kleidern der Gäste. Zum ersten Mal in meinem Leben erlebte ich Panik und Panikgeschrei.

Die Geburtstagsunruhen sollten aber ein Vorspiel sein zu Aktionen und Aggressionen, die ich in den Monaten danach erlebte: Die Liberale Partei Deutschlands hatte es geschafft, einen Gesetzesentwurf in den Bundestag einzubringen, der die Abschaffung der Kirchensteuer zum Ziel hatte. Obwohl der Entwurf die Arbeit der Kirchen würdigte und, um sie nicht ausbluten zu lassen, ihnen den Hauptteil der Kultursteuer, die alle entrichten sollten, zugestand, lief der Plan beinahe auf eine Halbierung der ohnehin schon in den letzten Jahren reduzierten Einnahmen der Kirchen hinaus.

Das Messer im Goldenen Saal

Das Gesetz, im alten Jahrtausend schon manchmal vorgeschlagen, war nicht mehr aufzuhalten. Es wurde nur entschärft. Alle Steuerzahler wurden ab 2010 mit sieben Prozent der Lohn- und Einkommensteuer als Kultursteuer belastet, der einzelne Steuerzahler konnte entscheiden, ob den Betrag eine Kirche oder der Staat für seine Kulturverpflichtungen bekommen sollte. In den Rang einer Kirche kamen dabei nicht nur die evangelische und die römisch-katholische Kirche, sondern auch die Adventisten, die neuapostolische Kirche, die Zeugen Jehovas, die Israelische Kultusgemeinde und der Verband des Moslems in Deutschland. Andere hatten den Antrag gestellt, wie die Deutschen Buddhisten, die Bahai, die Scientologen, die Christliche Wissenschaft, die WorldReligion, von der ich gleich erzählen werde. Die Kirchen konnten schließlich mit drei Viertel ihrer bisherigen Zuwendungen rechnen, eine Einbuße in vielfacher Milliardenhöhe.

Doch die Ausbildung der „bewährten Frauen und Männer" half auch hier. In den nächsten Jahren konnten Hunderte in das ständige Diakonat verpflichtet und geweiht werden, die oft ehrenamtlich, also ohne Bezüge Seelsorger wurden. Die Stelleninhaber mussten ab sofort mit 15 % Gehaltskürzung zurecht kommen, der Bischof mit 25 %.

Bei einem Empfang, den die Oberbürgerbürgermeisterin immer zum Jahresbeginn gab, stieß mir am Dreikönigstag 2010, also an meinem 51. Geburtstag, abends um 19 Uhr eine Polin wortlos ein langes Messer in den Bauch. Sie traf den Magen, ich verlor gleich das Bewusstsein und viel Blut, überlebte die Operation und konnte drei Wochen später zurück an den Schreibtisch und zu den Visitationen. Ort des Geschehens war wieder der Goldene Saal im Augsburger Rathaus. Zunächst konnte Olga entkommen. Doch Passanten fiel abends in der Fußgängerzone in München eine Frau auf, die vor sich hin brabbelte: „Ich hab es ihm gegeben, ich habe mein Werk getan." Bei der Vernehmung gestand sie die Tat. Sie wollte ein Zeichen des Protestes setzen, dass „keiner dieser Heiden mehr an Papst Jonathan denkt. In Polen ist er ein Heiliger, in Rom ist er vergessen."

Papst Jonathan stammte aus Polen uns saß auf dem Stuhl Petri von 1978 bis 2007, als er aus gesundheitlichen Gründen zurück trat.

Olga Krakowa aus Masuren wurde als schuldfähig eingestuft, bekam fünf Jahre Gefängnis, von denen sie drei in Aichach nahe Augsburg absitzen musste. Von meinen Besuchen bei ihr kann ich soviel erzählen: Sie hatte sich immer mehr in das Gefühl hinein gesteigert, ein Engel des Erzengels Michael zu sein, der die Seelen wägt und Jonathan an die Spitze einer himmlischen Legion gesetzt habe.

In langen Gesprächen erfuhr ich ihre Lebensgeschichte: In ihrer Heimatstadt Mikolajki/Nikolaiken war sie das Neujahrskind von 1981, eine erfolgreiche Schülerin, begeisterte Katholikin, lernte von Kindheit an Deutsch und wollte einmal Dolmetscherin werden. 2000 war ihr Schicksalsjahr. Viel zu jung und gutgläubig kam sie in die deutsche Hauptstadt, fiel durch ihre Unbekümmertheit Geschäftemachern in die Hände, die osteuropäische Mädchen deutschen Männern, aber auch Bordellen vermittelten. Sie wurde durch ihre süße Sprache, die sie heute noch auszeichnet, eine Lockvögelchen am Telefon und bei kontaktsuchenden Männern.

Schließlich erwählte sie sich selbst einen Mann aus Thüringen, einen erfolgreichen Installateur mit polnischen Vorfahren, der sie an ihren Großvater erinnerte. Bald nach der Hochzeit merkte sie, dass er ein junger Nazi war, sie schlug, wenn er getrunken hatte, und über ihren Glauben spottete. Der Engel, der sie war, glaubte, diesen Mann ertragen und bekehren zu können. Doch eines Nachts kam nicht er nach Hause, sondern zwei Gesinnungsgenossen, die sie vergewaltigten. Ihr eigener Ehemann hatte sie gegen viel Geld für einen Nacht „frei- und den beiden seinen Hausschlüssel gegeben".

Olga, meine Tochter

Scheinbar unbeschadet überstand Olga das Verbrechen, zog nachts noch aus, erstattete aber keine Anzeige. Sie besuchte tagsüber die Dolmetscherschule, doch im Schlaf kamen die bösen Geister: „Meine nächtlichen Besucher waren jetzt Traumgestalten, die mir Aufträge gaben: Zünde das Haus deiner ehemaligen Firma an... Finde deinen Exmann und die beiden Verbrecher und erstich sie von hinten..." Das alles erledigte sie auch in ihren Träumen. Das Dolmetscherexamen in Berlin hatte sie gut bestanden, sie war geschieden, der Exmann wegen Volksverhetzung inzwischen für zwei Jahre hinter Gittern.

Sie dachte, in einer anderen Stadt könne sie ein neues Leben ohne die bösen Geister beginnen. In Augsburg trat sie eine Stelle bei einer Import- und Exportfirma für Papier, Textilien und Leder an. Die Traumbesucher wurden jedoch intensiver und kamen auch tags, wenn sie die Augen schloss: „Rette das Ansehen von Papst Jonathan!" Entlassung bei „ExTex" wegen unkonzentrierter Arbeit. Die nicht bearbeiteten Geschichten ihres Lebens hatten sich zu religiösem Wahn gesteigert. Der Erzengel selbst hatte ihr befohlen: „Nimm dein spitzes Messer und stich beim Bischof zu!"

Schon beim ersten Besuch im Gefängnis hatte ich sie gern.

Es war der Mühen wert, ihr mit der Hilfe eines geduldigen Therapeuten zur Einsicht in ihr Schicksal zu verhelfen. Bald tat es ihr Leid, was sie getan hatte. Ich ermöglichte ihr, Reue zu zeigen, das Gefängnis als gerechte Strafe zu akzeptieren und die Therapie als Gelegenheit zu Heilung und Reifung anzunehmen.

Olga kannte nicht die Masurischen Geschichten von Siegfried Lenz. Ich brachte sie ihr nach Aichach mit und bat sie, beim nächsten Mal daraus vorzulesen. Nun konnte sie sowohl Schriftdeutsch sprechen, aber auch den Tonfall der Deutschen in ihrer polnischen Heimat, von denen einige trotz Vertreibung geblieben oder zurück gekehrt waren, war ihr nicht fremd. Sie las „So zärtlich war Suleyken" mit so viel Herz und Gespür für die kleinen, wichtigen Leute, dass ich vorschlug, sie möchte dies auch im Radio tun. Das „Sieben-Schwaben-Radio" nahm die Idee an. Sie hatte als Freigängerin für zehn Minuten (aufgezeichnete) Mitternachtslesung: Siegfried Lenz, russische Märchen, später die beliebten „Kurzkrimis aus der polnischen Metropole Warschau", die man ihr „aufs Schnäbelchen" schrieb.

Nach ihrer Entlassung arbeitete Olga einige Zeit als Reiseführerin, lernte dabei wieder einen Thüringer kennen, Fritz Heuser, einen Historiker der Universität Jena, mit dem sie nun wirklich glücklich wurde und zwei Kinder bekam.

Olga ist mir eine Tochter geworden. Das Messer von damals liegt mit der Pistole, die Papst Jonathan töten sollte, in einer Vitrine im Vatikanischen Museum neben dem Folterwerkzeug der Inquisition unter „Makabria“.

WorldReligion

Aus einer Seminararbeit der Universität Budapest kam die größte Bedrohung des katholischen Glaubens, die uns noch immer beschäftigt: „Erfinden Sie eine neue Religion“, war im Jahre 2008 Studenten im Soziologischen Seminar den studentischen Arbeitsgruppen aufgegeben worden.

Die sechs Männern und sechs Frauen aus sieben Nationen erzählen es heute so: Bei unserem dritten Arbeitstreffen waren wir uns einig, dass unsere Neugründung kompatibel mit allen Religionen sein müsse, die Frieden und Nächstenliebe im Programm haben, und auf der anderen Seite auch Skeptiker, Zweifler und Atheisten ansprechen sollte. „Schöne Rituale, klare Vorgaben, viel Freiheit, aber auch ein Unrechtsbewusstsein, Grenzen und Strafen, Lohn, Entwicklungsmöglichkeiten bis ins hohe Alter.“

Wahrgenommen haben wir die Bewegung erst, als sie zunächst in den Universitäten, dann von Bulgarien aus in Osteuropa, ab 2015 in Mitteleuropa Gemeinden gründete, Kirchen aufkaufte, Sozialsysteme wie Kindergärten, Seniorenbetreuung nutzte und in vielen Ländern als Kirche anerkannt wurde.

„WorldReligion“ ist vergleichbar mit einem demokratischen Staat, gegründet auf der Vernunft und auf dem Bedürfnis des Menschen nach Religion und Recht. Säulen heißen „Liebe, Freiheit, inneres Wachstum“.

Ein Planet wird friedlich

An meinen freien Abenden hatte ich eine Erzählung geschrieben: „Woda, ein Planet findet zum Frieden.“ Auf einem erdähnlichen Planeten um den Stern Merak (Hinterrad des Großen Wagens) lebten schimpansenähnliche, vernunftbegabte Allesfresser in zwei Völkern, Nufus und Wolofs, auf zwei Kontinenten mit zwei Sprachen, getrennt durch einen Ozean, den sie befahren und befischen. Sie waren alle wohl versorgt mit Nahrung auf der Entwicklungsstufe der Jäger, Sammler und frühen Wikinger.

Und sie konnten singen: Jagdgesänge, Liebeslieder, Triumphgeschrei. Mondanbetung war wichtig. Groß wie die Faust an der ausgestreckten Hand hing auf- und abnehmend der Mond Uru an ihrem Himmel. Sie ahnten, dass durch ihn die Stabilität der Jahreszeiten und des milden Wetters garantiert war. So erfanden sie mehrstimmige Gesänge für die weißen Nächte bei Vollmond, für die schwarzen Nächte bei Neumond, für den roten Fadenmond vor und nach Neumond. Der Mond war der Gott der Nufus, die Sonne Merak ihre Göttin. Doch hier begannen die Unterschiede. Das Volk Wolof verehrte die Sonne Marka als Gott und Ara, den Mond, als Göttin, dazu die Sterne als Gotteskinder.

Die Fellfarben und -frisuren der Nufus und Wolofs waren unterschiedlich, ebenso ihre Nasen, Augen und ihre Rituale.

Es war verboten, mit den Nachbarn überm Meer Kontakt aufzunehmen oder gar eine Liebesbeziehung anzufangen. Krieg war der einzige Kontakt. Das Meer zwischen ihnen wurde zwar durch Verschiebung der Kontinentalplatten immer breiter, doch ihre Schiffbautechnik aus Bambus und Palmblättern immer besser, ebenso ihre Waffen aus Feuerrädern, Steinwurfmaschinen, Speeren und Pfeilen.

Krieg erweckte ihre Lust und brachte Leckerbissen. Feinde wurden lustvoll zubereitet und verspeist. Die Nufus brieten die Wolofs am Spieß. Je länger er noch überm Feuer schrie, desto besser schmeckte ein Wol. Gelang es, ein krosses Stück aus seinem Bauchfett herauszuschneiden und er schrie auch danach noch, erzählte der Esser sein Leben lang davon.

Die Wolofs zerteilten ihre erbeuteten Feinde und legten sie in eine Mischung von Palmöl, Zitronensaft, einem Anisschnaps und Sumpfkräutern, aßen diese Stücke dann gerne roh im Mondlicht oder gegart in großer Runde.

Doch Arba, ein Nufumädchen, liebte Noll, einen jungen Wol, der als mutiger Ozeanschiffer das andere Ufer erforscht und seine Geliebte nach Hause gebracht hatte. Während man nie mit einem Feind etwas gesungen hatte, verstanden es die beiden, die schönsten Duette hervorzubringen.

Kurz: Nach dramatischen Rückholversuchen, Todesdrohungen, Tötung des Zwillingspärchen, das den beiden geboren wurde, und einer inszenierten, aber nicht vollzogenen Hinrichtung („Noll, du bist nicht mehr unser, sollst aber auch nicht Arba gehören. Wir durchstoßen dein Herz mit deinem eigenen Pfeil") dürfen die beiden auf einer Insel leben, sind Ausgestoßene. Spione von beiden Seiten erkunden das friedliche Familienleben und sind beeindruckt:

Die singenden Kinder von Arba und Noll verstehen es, die Feinde zu verzaubern, so dass sie aufhören, sich zu bekriegen und aufzufressen. Es vergehen jedoch achtzig Jahre nach dem ersten schüchternen Lied von Arba und Noll, bis auf der Insel der Verbannten, die den Namen „Das Fressen ist aus" bekommt, auf einen Fels der Friedensvertrag eingraviert wird. Doch was sind bei den Woda-Bewohnern achtzig Jahre bei einer Lebensdauer von vierhundert Jahren?

Dieses Märchen hatte ich Olga gewidmet. Die Friedberger Zeitung druckte es zuerst in Fortsetzungen ab. Bald folgte ein Büchlein, klein und mit Zeichnungen wie im Kleinen Prinzen, und als „Augsburger Bischofsmär" wurde es in einige Sprachen übersetzt.

Gerechtigkeit für Esau

30. Dezember 2009: Erster Besuch von Abu Arma.

Der Libanese, Sohn einer vornehmen islamischen Familie aus Beirut, studierte in Hamburg Weltwirtschaft. In Augsburg, wo seine Tante, Sirra Nasal, einige Jahre vorher den Friedenspreis bekommen hatte, suchte er mein Gespräch, weil er sich klar werden wollte, wie einige Rechnungen noch auszugleichen wären. Sein Name konnte bedeuten: „Vater von Waffen" oder „Vater von Harmagedon".

Harmagedon, Berg von Megiddo, ein Ort von Schlachten im Alten Testament, gilt auch nach der Offenbarung des Johannes 16,16 als der Platz des Gotteszornes.

Obwohl Kemal Abd El Rahim, so sein bürgerlicher Name, Weltbürger mit vielen Vorteilen war, reich und mehrsprachig, hatte er sich in die Geschichte seiner Familie und seines Volkes hinein vertieft und Ungerechtigkeiten ausgemacht, die er nachträglich beseitigen wollte. Drei Brüder seiner Großmutter waren als junge Männer in Bethlehem und Gaza Opfer der zweiten Intifada geworden. Den Märtyrergeschichten mit Opfern aus seiner Sippe bis zurück ins 16. Jahrhundert wollte er sein Lebensopfer dazufügen.

In Augsburg galt ich als „der Knotenlöser", da ich einigen zerstrittenen Familien zum Frieden und zwei befeindeten Gangs junger Türken und junger Italiener zu einem Vertrag verholfen hatte: Ich lud damals beide Gruppen ein und ließ die Capos ihre Plätze tauschen. Sie mussten dann eine Stunde lang auf der Seite des Gegners für den Gegner so heftig und derb wie möglich argumentieren und sich „selbst beschimpfen". Das hat den Mitgliedern, die zum Teil als anfeuernde Berater fungierten, soviel Spaß gemacht, dass der Spaß größer wurde als der Hass und beide Gruppen aufs Vergnügteste zusammen hinaus gingen und tags darauf einen Friedensvertrag machten.

Kemal meinte, das Werk Yassir Arafats zu Ende bringen zu müssen. Jener Palästinenserführer hatte es um die Jahrtausendwende nicht geschafft, die Israelis ins Meer zu werfen. Kemal wollte es schaffen, doch mit dem Besuch zeigte er auch, man möge ihn von seinem Vorhaben erlösen.

Ich wollte bei ihm selbst ansetzen und die aufgeladene Spannung in ihm selbst ernst nehmen und zu lösen versuchen. Also zuhören, aber nicht allein. Ich war ja kein Feind. Mit einigen jungen Israelis, einem Amerikaner, einem Franzosen und einem Italiener als weitere Hörer war er zufrieden.

„Gehen wir zu den Anfängen" schlug ich vor. Einen ganzen Tag erzählte er die Geschichte der Palästinenser, von deren Leid er persönlich nichts persönlich erlebt, das er aber so studiert hatte, dass er spürbar litt.

„S´ist ein Gesetz bei Geistern und Gespenstern, wo sie hereingewischt, da müssen sie hinaus", heißt es schon im Faust bei Goethe. Sowohl bei persönlichen wie bei geschichtlichen Problemen ist es wichtig, an den Ursprung zu gelangen, die damalige Fehlentwicklung zu erkennen und zu bearbeiten.

In Augsburg gibt es im Seitenaltar der Peterskirche unterm Perlachturm das bekannte Gemälde „Maria Knotenlöserin". Bei seiner Einführung als Bischof hatte Martin sich dieses Bild als Motto für sein Amt genommen, und wurde deshalb als Knotenlöser apostrophiert.

Am nächsten Tag arbeiteten wir die biblischen Konflikt-Geschichten durch: Von Abraham und Lot, deren Hirten immer wieder in Streit um Wasserrechte geraten waren, bis Abraham vorschlug: „Geht ihr zur Rechten, gehen wir zur Linken, geht ihr zur Linken, gehen wir zur Rechten." Wir schlüpften in die Rollen der Abrahamkinder Ismael und Isaak. Dann betrachteten wir Isaaks Kinder Jakob, den Betrüger, und Esau, dem das Erbe eigentlich zustand. Wir drangen mit David in die Stadt der Jebusiter ein, die später Davidsstadt oder Jerusalem heißen sollte oder El Kuds, die Heilige, bei den Arabern.

Mit Kemal und den jungen Leuten aus den verschiedenen Ländern suchte ich bei all den biblischen Konfliktsituationen Lösungen, die damals gefunden oder nicht gefunden wurden, die aber ein weiteres friedliches Zusammenleben ermöglicht haben oder hätten.

Abu Arma stimmte all den Lösungen zu, doch „für diesmal“ blieb er bei seinen Rachegedanken und bei der Absicht, lieber als Märtyrer zu sterben, als mit Israelis den herrschenden Waffenstillstand weiter zu festigen. Er könne nicht anders, schon als Dreijähriger habe er gelernt:

„Ruben, Juda, Isaschar, wir treiben euch heut nacht ins Meer,
Ephraim, Manasse, ihr sterbt bald im Wasser,
Sebulon und Benjamin, euer Leben ist dahin,
Asser, Gad und Naftali, gute Jahre habt ihr nie,
Dan und Simeon, ihr beiden, ihr sollt mehr als andre leiden,
Leviten, eitler Priesterorden, euch wolln wir zuletzt ermorden.“

Das sei seine Lebensaufgabe und er habe einen persönlichen Ruf in der Wüste erhalten, der letzte Märtyrer zu werden.

Wie ich manchmal Verzweifelte gebeten hatte, zu kommen, bevor sie sich das Leben nehmen wollten, bot ich ihm an, zu kommen, bevor er nicht weiter wisse als zu morden.

In den Augsburger Jahren beherbergte ich oft Gäste aus Südkorea. Sie luden mich in ihre Heimat ein. 2010 konnte ich das Land, das bis 2009 am 38. Breitengrad geteilt war, besuchen. Die Südkoreaner schafften es nach ihrer Wende, alle Menschen des Nordens als ihre Blutsverwandten zu betrachten, die Verarmten zu versorgen und gleichzeitig deren Wirtschaftskraft zu stärken.

Durch diese Versöhnung mitgerissen wurde die Ökonomie des ganzen asiatischen Raumes. Religionsfreiheit wurde eingeführt, gegenseitige Zollschranken aufgehoben, eine Grundsicherung allen Menschen angeboten. Das deutsche Wort „Suppenküche“ wurde zum Lehnwort für die Aktion: Asiens Kinder sollen nicht hungrig lernen.

Die Neue Zürcher Zeitung bot mir eine wöchentliche Kolumne an. Ich sei ein Nachfahre des Gründers, ein wichtiger Mann in Europa und Papstwähler. Mina Rösli ermutigte mich. Die Professorin für Anthropologie an der Universität Basel las nur die NZZ. „Wenn du dort nicht schreibst, lese ich dich nicht.“ Dieser Frau musste ich gehorchen. Obwohl sie ihre Bücher mit dem Laptop schrieb und die moderne Technik nutzte, war ihre Devise: „Zeitung, Bücher und Männer müssen Körper haben.“ Ich schrieb den Gastkommentar dann einmal im Monat.

Abschied von Monika, Anneles Mutter

Bereits schwerkrank versammelte Anneles Mutter zu ihrem 75. Geburtstag im September 2010 ihre Familie in Venedig. Nicht am Lido, sondern in einem familiären Hotel nahe der Rialtobrücke. Sie lud in die Oper ein. Wir sahen Nabucco, der biblisch-babylonischen Geschichte entlehnt, und sangen beim Gefangenenchor mit: „Va, pensiero, sull´alli dorate... (Flieg, Gedanke, auf goldenen Flügeln... grüße die Ufer des Jordan)."

Familie Hornsiebel-Asange war an Schönheit und Eleganz mit den bürgerlichen Familien Mailands oder Venedigs ebenbürtig: Wohlgeformte Menschen, gute Manieren, alle zweisprachig, mehrfarbig. Ich musste im Habit des Kardinals an die Lagune kommen. Es wurden Bilder gemacht, die an die Altarbilder in Venedigs großen Kirchen erinnerten, auf denen eine Madonna mit Kind in der oberen Hälfte thront, in der unteren sich die Musikanten tummeln und an den Seiten die Heiligen oder Stifter in Kardinalsrot knien oder den Betrachter angucken. Obwohl ich der einzige war, der unter den Erwachsenen ohne Partner erschien, war ich in dieser Familie aufgehoben. Unter allen herrschte so viel Wärme, Nähe und Vertrautheit, dass es möglich war, Katastrophen und Verluste miteinander zu tragen: Muras Martin waren Zwillinge tot geboren, Schwägerin Nina verlor ihre New Yorker Firma, Sebastians Ehe wurde geschieden. Und der Abschied von Monika wurde ganz bewusst begangen.

In San Marco konnten wir am Vorabend des Geburtstags eine Messe feiern, auf einem Schiff, das die Lagunenstadt umrundete, wurde diniert und getanzt.

„Großer Gott, wir loben dich..." sangen die Vier- und die Neunzigjährigen um Mitternacht:

...Sieh dein Volk in Gnaden an,
hilf uns, segne, Herr, dein Erbe.
Leit es auf der rechten Bahn,
dass der Feind es nicht verderbe.
Führe es durch diese Zeit,
nimm es auf in Ewigkeit.

Am Heiligen Abend 2010 ist Mutter Monika zu ihren Engeln gegangen.

„Die jungen Böcke" waren schon seit Jahren ein Weltproblem, eines von vielen: Junge Bälger, junge Männer, die, egal, ob sie etwas gelernt hatten oder nicht, arbeitslos waren. Viele hatten akademische Abschlüsse, andere hatten nichts gelernt, doch alle wollten ihre Kräfte messen, suchten Liebe und Lebenssinn.

Die Stiftung Brothaus, zu deren Beratungsgremium ich lebenslang gehöre, nahm sich des Problems ab 2010 an.

„Coltivare Creatura", Schöpfungspflege nannten wir die Einsätze, die mit Au-Pair-Maßnahmen vergleichen werden können. Gegen Grundsicherung und Taschengeld werden die Jungen zu Einsätzen geschickt, die im eigenen wie im fremden Land zu Landschaftspflege, Mülltrennung, Aufforstung, Altenpflege, zum Kennenlernen der anderen und zu einer sinnvollen Arbeit führten. Viele waren im Gastland nicht nur als Freunde, sondern als Schwiegersöhne gern gesehen.

Belebung des Toten Meeres

Am 10.10.2010 wurde der Große Graben eingeweiht, das Jahrhunderthoffnungsprojekt für den Nahen Osten oder Middle East, wie es aus amerikanischer Sicht heißt. Es war gelungen, eine Verbindung zwischen Rotem Meer und Totem Meer zu schaffen, eine großartige internationale Ingenieurleistung, die viele Zwecke erfüllt:

Das Tote Meer wird aufgefüllt und kann nicht austrocknen. Die Nutzung für Heilzwecke ist gewährleistet. Bromide und andere Salze können weiter abgebaut werden.

Das in die Senke fließende Meerwasser aus dem Golf von Aqaba wird zum Teil entsalzt und als Süßwasser Menschen, Tieren und Pflanzen zur Verfügung gestellt.

In Turbinen wird Energie gewonnen, die einerseits für die Wasserpumpe am Golf nötig ist, andererseits Israel und Jordanien, die Betreiberländer, mit Strom versorgt.

Mit dieser Energie wird auch Wasser in Sauerstoff und Wasserstoff gespalten und damit die Grundlage für die lange vernachlässigte Wasserstoff-Energie hergestellt.

Der Graben dient dem Frieden. Denn Wassermangel war immer auch ein Thema des Unfriedens zwischen Israel, Palästina, Jordanien und den Nachbarstaaten.

Zur Einweihung hatte ich eine persönliche Einladung des Haschemitischen Königshauses von Jordanien. Obwohl seit dem Tee bei Königin

Noor keine Verbindung bestanden hatte, war der Schweizer nicht vergessen. Es lag sicher mit daran, dass Eidgenössische Tunnelbauer am Projekt beteiligt waren.

Heute, als altem Mann, ist es mir beim Einschlafen ein gutes Gefühl, dass dieses Wasser fließt. Das Tote Meer hatte ich vor meiner Übersiedlung nach Bethlehem über zehnmal besucht, jedes Mal war es spürbar abgesunken, nie, wie etwa der See Genezareth, wieder gestiegen. Durch die hohe Verdunstung im Toten Meer muss dieses Wasser immer fließen. Wäre ich 1986 über dem Toten Meer verdurstet, hätte ich nicht diesen Freudentag der Einweihung 24 Jahre später mitmachen können. An dieses Fließen zu denken hilft beim Atmen und Verdauen.

Viele und große Angst habe ich durchlitten. Du hast mich herausgeführt und hilfst mir, anderen in ihren Ängsten beizustehen und ihre Freude zu teilen.

Auch über der Erde gab es eine Neuerung. China begann mit der bemannten Erforschung des Mondes. Gleichzeitig boten Chinesen und Japaner zusammen für gut trainierte und bestbetuchte Touristen Mitfahrgelegenheit an. Ich wurde erinnert an meinen Studententraum: mit einem Team zum Mond. Obwohl ich mir zugetraut hätte, die Trainings mitzumachen und belastbar zu sein für lange Schwerelosigkeit, obwohl ich den Mut aufgebracht hätte und mit dem Blick auf den blauen Planeten große Dinge hätte sagen können: Dazu war ich nicht berufen.

Im Laufe meines Lebens lernte ich noch zwei Männer und zwei Frauen kennen, die den Trabanten betreten hatten und von ihrem Gipfelerlebnis in bewegten Worten berichten konnten:

Die Erde von außen sei das Kraftvollste und Allerattraktivste gewesen, das sie jemals gesehen hatten; voller Schönheit, voller Virilität, voller Farben, immer in Bewegung durch Drehung und Wolkenspiel. Wer das erlebt habe, kenne nur noch ein Gefühl: Liebe und Verbundenheit mit allem Geschaffenen: mit Menschen, Tieren, Meeren, Wolken, Bergen, Wäldern.

Zwei weitere Entscheidungen gehören ins Jahr 2010: Das Klonen von Menschen wurde eingestellt. Reproduktionsmediziner aus allen Ländern hatten sich darauf geeinigt, nachdem bei den Versuchen zwar zehn gesunde geklonte Menschen geboren wurden, die sich offenbar normal entwickelten, andererseits immer wieder schwer Behinderte zur Welt kamen und eine Unzahl Schwangerschaften abgebrochen worden waren. Die „technische Frage“ war gelöst: Man kann Menschen wie Schafe und Rinder klonen. Doch die psychischen Folgen für den Spender und den jungen Klon kann niemand übersehen. Das therapeutische Klonen wurde jedoch weiter betrieben und von den meisten Gesetzgebern erlaubt.

Alle Staaten vernichten seit 2010 an in einem Moratorium bis 2040 ihr Atombombenpotential. Es ist noch nicht abgeschlossen. Die Vereinten Nationen hatten sich mit ihrer Abteilung PI (Police International) zu einer Weltpolizei entwickelt, die die Einhaltung des Weltethos beaufsichtigte, das man zum 1. September 2009, genau 70 Jahre nach dem Beginn des Zweiten Weltkrieges in 98 Staaten, also in mehr als der halben Welt annahm. Ein Lebensziel von Hans Küng (siehe Studium in Tübingen) war erreicht. Er konnte die Unterzeichnung mit 82 Jahren erleben. Es sind jetzt noch zehn Staaten, die dem Gesetzesnetz (LawNet) Weltethos nicht angehören.

Kardinal Martin

Bei der Vesper vor Peter und Paul, am 28. Juni 2011 beim Läuten um sieben, wurde meine Ernennung zum Kardinal publik. Der Papst hatte mich schon seit dem Weihnachtsfest dafür „in petto“, das heißt, er trug den Gedanken „in pectore“, im Herzen. Mit großer Erschütterung nahm ich die Nachricht und Berufung an. Mitglied im Leitungskreis der katholischen Weltkirche. „Eminenz“ als Auftrag: ein unübersehbarer Fühler hin zur Welt, der wir dienen. Ich weinte. Ich ließ mich zu meinem Beichtvater nach St. Gallen fahren und weinte. Warum erleben meine Eltern es nicht mit? Was musste alles geschehen, damit dies so weit kommt! Anneli und Angela, meine Engel, hattet ihr eure Hand für mich erhoben?

Mit „Eminenz“, das heißt „Hervorragender“, werden Kardinäle offiziell angeredet.

Zur Ernennungsfeier in Rom an Michaelis, 29. September, wurde ein Sonderzug eingesetzt für die Abordnung aus Augsburg. Vor allem Jugendliche begleiteten mich, aber auch die deutsche Außenministerin Paola Landmann, meine Patenkinder Julia und Ursula und eine Delegation aus Bern.

Ich selber hatte die Verantwortlichen des „LawNet Weltethos“ eingeladen, den Präfekten und den General. Geschlafen hatte ich in dieser Nacht wenig, geträumt schon: Von einer Kirche, die
im Kleinen Geborgenheit,
im Großen Gerechtigkeit,
im Rückblick Wahrhaftigkeit,
im Ewigen Heil
anbietet.

Die Rückkehr nach Augsburg begleitete die Überbringerin des Ordens der goldenen Rose. Mit dieser Auszeichnung hat der Papst die Stadt Augsburg geehrt.

Das Amt des Überbringers der goldenen Rose gehörte in der Geschichte zur Gruppe der Geheimkämmerer mit Schwert und Mantel. Dieses Amt wurde jedoch 1968 durch Papst Paolo abgeschafft, da die Auszeichnung nur selten verliehen wurde. Die letzte damit geehrte Königin war Helena von Savoyen 1937. Der Rosenorden, den Papst Josef mindestens einmal im Jahr an eine Königin, an eine Kathedrale oder an eine Stadt verleiht, besteht aus einem Rosenbund, in dessen größter Blüte Balsam und Moschus enthalten sind. Jedes Jahr ernennt der Papst seit 2007 eine neue Überbringerin des Rosenordens, meistens eine junge Frau aus einer jungen Kirche, die mehrere Sprachen beherrscht, als Belohnung für einen exzellenten Universitätsabschluss. Diese junge Katholikin tritt auch manchmal als Sprecherin des Papstes auf. Stipendium Rosarium wird die Auszeichnung genannt.

Rosina überbringt den Rosenorden

Rosina Lisnero hatte Papst Josef als die Rosenbotschafterin für Augsburg erlesen. Die junge Portugiesin aus eine Bäckerfamilie in Porto hatte ihr Lehrerstudium abgeschlossen, und bewarb sich für das Stipendium Rosarium „mit Portugiesisch, Italienisch und Deutsch und mit der Sprache der Musik“. Sie sah mit ihren dunklen Augen so in die Welt, als würde sie das Leben als Träumende wahrnehmen. Tizian hätte sie als Madonnenmodell gewählt.

Von der Kanzel des Domes, den vor ihr noch nie eine Frau betreten hatte, verlas Rosina die Urkunde des Vatikans. Als „Ökumenische Metropole“ erhielt Augsburg die Auszeichnung, als „Stadt des Religionsfriedens, der an dieser Quelle immer wieder neu genährt wird“. Danach setzte sich Rosina an den Flügel vor den Altarstufen und spielte etwas von Schumann.

In den Tagen darauf brachte die Nuntia, wie sie als Abgesandte des Vatikans auch genannt wurde, Grüße des Papstes in die Augsburger Schulen, musste die Bedeutung des Rosenordens erklären und warum sie als erste Frau in der katholischen Kirche eine so wichtige Rolle bekommen habe: „Papst Josef möchte umsetzen, was in der Schöpfung bestimmt ist und was Jesus gezeigt hat: Männer und Frauen haben den gleichen Wert. Ich bin eine kleine Botschafterin, doch ich kann mir vorstellen, das die ganz Jungen unter Euch noch eine katholische Bischöfin erleben werden."

Nie versäumte sie, auch vom Glanz des Glaubens zu reden, von der Menschenfreundlichkeit Christi und von der Freude, zur Kirche zu gehören.

Nach einer Woche verließ sie die Diözese, hinterließ einen Glanz, der dort wieder aufleuchtete, wo die Menschen von ihrem Besuch erzählten.

Leider kam sie nie zurück. Der Rosenbund, der zum Trockenstrauß geworden ist, steht in einer Vitrine des Doms als bleibende Erinnerung an die päpstliche Auszeichnung und an Rosina Lisneros madonnenhafte Schönheit.

Ich hatte mit 51 Jahren das Gefühl, die Welt zu kennen. Nicht nur durch eigene Anschauung, sondern durch Zuhören, durch Kontakte und durch Verarbeitung von Eindrücken. Damals schrieb ich eine Reihe von 23 Gedichten unter dem Titel „Welterkundung im fünf-vorwärts-vier-rückwärts-Schritt". Daraus:

No. 3

Bin
Finsternisexperte für
Liebestod,
Sonnenverschwinden,
Grabesdunkel,
gottverlassenen Menschensohn,
kaltes Dreimonatsdunkel auf Merkur
und jedes Aufhören mitten im Leben.

No. 4

Allerwärts hör ich mich ein,
kann hin mich träumen
auf jede Insel, in jeden Stein,
in jede Lebensstufe,
an jedes Ohr,
in alle Wüstenrufe.

Bin mitten dabei,
sei es nur für zwei oder drei
Buchseiten Lesezeit.

In diesen halben Stunden
bin ich dir verbunden,
gebe dir ohne weiteres
fünfzig Gramm Heiteres,
hundert Meter Gelassenheit
Wärme bis neunzig Fahrenheit.

Obwohl ich mich immer wie 33 fühle, ergraut der Schädel, ich brauche eine Brille. Im dritten Beispiel aus der Reihe „Welterkundung im fünf-vorwärts-vier-rückwärts-Schritt", einem Sonett, bedenke ich, dass ich die fünfzig überschritten habe, bestimmt weit mehr als die Hälfte meines Lebens. Die erste Zeile erinnert an ein Benn-Gedicht, das mir nach dem Rauswurf von Hanna Trost gegeben hat:

No.16

Durch viele Häuser gegangen
aus Stein und Stern, von Geist und Licht,
küsste blasse und rote Wangen,
eine Bleibe fand ich nicht.

Das Herz ist leiser geworden,
kein Aufwallen mehr, kein Aha,
kein Schaudern an heiligen Orten,
gleichgültige Ohren beim Blabla

und Dumdum. Wie bleibt ein Primat
mit fünfzig gelenkig im Geist
und jung im Gefühl? Welches Haus hat

lockende Töne und welches Licht weist
auf die Bleibe
ohne Leibe?

Wie macht ein Bischof Urlaub?

Nach meiner Ernennung zum Purpurhut nahm ich in den nächsten Monaten Kontakt zu allen Kardinälen auf, die ich noch nicht kannte. Da die Männer nur eine knappe Hälfte der Menschheit darstellen, baute ich auch Verbindungen zu Frauen in verschiedenen Kontinenten auf. Es waren naturgemäß Kirchenfrauen, Mitglieder in den Laienorganisationen der Ortskirchen, aber auch protestantische Synodalpräsidentinnen, Ministerinnen, Studentinnen und Arbeiterinnen.

Silvana aus Rio, mit der der Sohn von Max Hörli, ein Aargauer in Augsburg, ein blondes Mädchen hatte, war die Verbindungsfrau zu Brasilien, Heidi Johnson, ein früheres Au-Pair-Mädchen im Haushalt meiner Schwester Gertrud „my girl" in den Apachen.

Wir tauschten, vor allem durch elektronische Briefe, unsere Erlebnisse, die Gedanken zum Weltgeschehen und zur Entwicklung in den Ortskirchen aus.

Wie macht ein Bischof Urlaub? Mallorca, die Ferieninsel der Mitteleuropäer, war mir zu einem Schatz geworden. Helm Rieder, ein Alpinist aus Franken, organisierte von 2002 bis 2016 zu ganz verschiedenen Jahreszeiten eine oder zwei Wanderwochen auf der Insel und bat mich, mitzukommen und biblische Besinnungen am Strand und auf Gipfeln zu halten. Mit Veit und Christine Werner, die ihre Münchener Disco mit der Ruhe des Strandes von Porto Colom getauscht hatten, fand er jedes Jahr neue Strecken, verborgene Buchten, Aussichtspunkte an Felswänden und hoch überm Meer. Wir erlebten Sonnenauf- und untergänge auf Klosterbergen, Hitze und Schnee, Stürme und Wasserfluten, Höhlen mit Konzerten und viel, viel Stille auf dem Erdquadrat, das durch Trinkgelage seine Bekanntheit erlangt hat. Fünfzehn Mal genoss ich diese Wander- und Badetage unter Menschen, die mich ohne Ansehen des Titels als Bergfreund ansahen. Denn „über tausend Meter ist man per du".

Mallorca kannte ich ja vom Rad aus. Vater und seine Kameraden hatten es mit durchfahren. Mehr sah ich beim Wandern und den längeren Aufenthalten. Dazu das „Titel-Gedicht“ aus der „Welterkundung“ des Fünfzigjährigen.

No. 22

In langsamem
Fünf-vorwärts-vier-rückwärts-Takt
geht es auf die
fünfundfünfzig
zu.

Bei guter Musik ist auch ein
Vier-rückwärts-drei-vorwärts-Takt
voller Leben.

Was heißt, bitteschön, filioque?

Seit zehn Jahren diskutieren Bischöfe der evangelischen Kirche, ob sie sich den Papst als Sprecher der Christenheit vorstellen können. Der Bayerische Landesbischof Fritz Hansen hatte die Diskussion im Jahre 2001 angestoßen: „Wenn wir die Einheit wollen, brauchen wir auch ein Amt der Einheit.“ Nun war Papst Josef durch seine Art, Dogmen nicht in den Vordergrund zu stellen, dagegen den Frieden, den Glauben, Freundschaft der Religionen und die Liebe bei allen Menschen zu fördern, so anerkannt und beliebt, dass er als Sprecher der westlichen Christenheit angesehen wurde. Stieß er auf Widerstand, traten Evangelische aus der Kirche aus. Hatte er Anerkennung, klatschten auch Nichtkatholiken Beifall. Nun ging er den Orthodoxen, den Ostkirchen entgegen:

Es gelang ihm, das *filioque* abzuschaffen, und zwei orthodoxe Riten in der römisch- katholischen, und von ihr abstammenden Kirchen zuzulassen, wenn auch nicht ausdrücklich zu empfehlen: die Taufe durch Untertauchen und die Kommunion, den Empfang des Abendmahls, von der Taufe an.

Filioque heißt „und dem Sohn“ und betrifft eine Zeile im christlichen (Nizänischen) Glaubensbekenntnis. In der westlichen Form heißt der dritte Artikel:

Wir glauben an den Heiligen Geist,
der Herr ist und lebendig macht,
der aus dem Vater *und dem Sohn* hervorgeht,
der mit dem Vater *und dem Sohn*
angebetet und verherrlicht wird,
der gesprochen hat durch die Propheten,
und die eine, heilige, katholische
und apostolische Kirche.
Wir bekennen die eine Taufe zur Vergebung der Sünden.
Wir erwarten die Auferstehung der Toten
und das Leben der kommenden Welt.

Bei den Orthodoxen gilt die ursprüngliche Form ohne das erste *und dem Sohn*. Unumstritten ist die Verherrlichung des Heiligen Geistes mit dem Vater und dem Sohn. Seit Jahrhunderten ringen Orthodoxe darum, dass diese Form in der ganzen Christenheit gelten soll. „Der Westen" hat 2010 zugestimmt.

Der Zusatz wurde erstmals in Spanien beim Konzil von Toledo 589 eingeführt, um sich gegen den Arianismus abzugrenzen, der die Ansicht vertrat, dass Jesus Christus weniger ist als Gott der Vater – der Zusatz sollte deutlich machen, dass Jesus Christus mit Gott dem Vater gleichberechtigt ist.

Durch seine „Schwerpunktjahre Orthodoxie 2008 bis 2012" schaffte Josef es auch, die Liebe zwischen Russen und Griechen neu zu erwärmen.

Zusammen mit der Basilica von San Marco in Venedig entschloss man sich zur symbolischen Tat „Markus versöhnt Ost und West": Die Originale der vier Bronce-Pferde aus der Schatzkammer der Markuskirche, deren Kopien auf der Galerie von Venedigs Hauptkirche stehen, wurden mehr als achthundert Jahre nach ihrem Raub, am Markustag, dem 25. April 2011, in einem feierlichen viertägigen Schiffscorso Istanbul, dem früheren Konstantinopel, zurückgegeben.

Diese Geste war mit weiteren Versöhnungshandlungen verbunden: Die Hagia Sophia, nach ihrer Umwidmung in eine Moschee unter Ata Türk schließlich zum Museum geworden, wurde wieder als Kirche geweiht, Religionsfreiheit in der Türkei eingeführt, ein großes Bedauern über den Völkermord an den Armeniern 1915 – 1920 ausgesprochen und damit der Weg der Türkei in die Europäische Gemeinschaft EU frei.

Ein Stern geht auf, das Weltverderben?

Die Planungen für das Heilige Jahr 2025 wurden mit Bitten an die Völkergemeinschaft verbunden. Die Ursprünge des Heiligen Jahres oder Jubeljahres gehen auf den Gedanken des Erlassjahres im Alten Israel zurück: Alle sieben mal sieben Jahre sollten Gefangene freigelassen werden, das Land neu verteilt und den Schuldnern ihre Schulden erlassen werden.

Papst Josef lud als Staatsoberhaupt des Kirchenstaates im Advent 2011 die Staatenlenker der Europäischen Gemeinschaft, der USA, Kanadas, Russlands Chinas, Japans und von 25 weiteren Staaten ein, um mit ihnen das Heilige Jahr als Erlassjahr für die verschuldeten Völker anzuregen.

Um die hohen Gäste einzustimmen hatte Josef bei der NASA einen Film mit Musik des Musical-Komponisten Gerhard Götz bestellt, einen Streifen, der mit Aufnahmen vom Mond und vom All aus Pracht und Schönheit unserer Erde präsentiert. Während die Harmonien der Musik sich noch steigern, werden die Armen gezeigt: Müllmenschen von Kairo, Straßenkinder in Mexico City und Abgemagerte in Bangladesh.

Für die Aktion „Jubeljahr 2025“ erbittet Josef „auch im Namen der Una Sancta“ um ein Promille aller Haushalte. Ein Tausendstel aller privaten und öffentlichen Finanzmittel wurde damit weltweit erbeten, von Arm und Reich.

Zum ersten Mal, es war abgesprochen, aber nicht vorher bekannt, hatte sich Josef offiziell zum Sprecher aller Christen machen lassen. Im alten Begriff für die eine Kirche Christi „Una Sancta“ (Eine Heilige) dienten zwei Worte aus dem dritten Artikel des Glaubensbekenntnisses „Credo Unam Sanctam Catholicam et Apostolicam Ecclesiam“ (Ich glaube an die Eine Heilige Katholische und Apostolische Kirche) als Name für die Weltchristenheit, wobei hier mit katholisch nicht römisch-katholisch, sondern „allgemein, weltumspannend“, gemeint ist.

In Bethlehem wird am 3. Mai 2012 mein Sekretär „Tychikus“ geboren.

Und ein Stern geht auf, der allerdings nicht dessen Geburt ankündigte, sondern die Erde bedrohte: Der Komet Henry & Mary, benannt nach seinen Entdeckern Henry Maxwell aus Puerto Rico und Mary Muller aus Brasilien. In der gleichen Nacht, fast zur gleichen Stunde, am 2. Februar 2012 morgens um zwei, sahen sie im Sternbild Luftpumpe einen Punkt, der bis dahin dort nicht hingehörte. Nach wenigen Nächten bereits war klar, es handelt sich um einen Kometen, der zu einem spektakulären Ereignis werden sollte: Er würde nicht die Sonne umrunden, wie die meisten Planeten, auch nicht den Jupiter, sondern die Erde. In großer Nähe einer halben Mondentfernung sollte er sogar am Taghimmel zu sehen sein und dann alle dreißig Jahre wiederkommen. Bei der Nähe zur Erde drohte aber eine tödliche Gefahr: Sollte er durch die Erdanziehungskräfte zerbrechen, denn einen Kometen müssen wir uns aus Staub und Eis vermengt wie einen riesigen schmutzigen Schneeball vorstellen, würden die Trümmer in dreißig Jahren auf die Erde stürzen und alles Leben durch hundert Meter hohe Flutwellen bedrohen und durch Aufwirbelung von Erdreich Verdunkelung und Kältetod über die Erde bringen.

An den Mai 2012 denkt die Erde mit Angst und Bangen zurück: Henry & Mary blieb Gott sei Dank einigermaßen kompakt, nur Randstücke wurden abgesprengt. Diese verließen im Juni, jeweils mit eigener Koma und eigenem Schweif wieder die Umlaufbahn unseres Planeten. Sie würden in dreißig Jahren wieder kommen, zum großen Teil in der Atmosphäre verglühen und als Stücke mit zehn Metern Durchmesser nur geringen Schaden anrichten. Der noch kompakte Kern würde 2042 allerdings neu der Belastungsprobe der Erdanziehung ausgesetzt werden und dann eventuell im Jahre 2072 das Leben bedrohen.

Euphorie und Endzeitstimmung

Der größte Komet seit Menschengedenken war von allen Orten der Welt gut zu sehen. Viele reisten nach Bethlehem, um „Weihnachten im Mai“ zu erleben. Es war ein kühler, regnerischer Mai, auch an Mittelmeer und Jordan, das Land grünte, eine Weizenernte wie nie zuvor war zu erwarten. Trotzdem empfanden die meisten Menschen Endzeitstimmung. Haben wir noch 60 Jahre oder 90 Jahre Zeit, wurde gefragt, als entschieden war, der Komet zerstört die Erde nach dreißig Jahren (noch) nicht.

In der Bilanz hat Henry & Mary das Leben wie nichts zuvor verändert. Nach dem 11.9.2001 hatte man gesagt: Nichts ist mehr so wie es war. Doch jetzt hatte der Schweifstern alle Gefühle von Erschaudern über Angst bis zu Freude und Liebe an sich gezogen. Mehr als Kriege und Politik, viel mehr als Börse und Wirtschaft rückte wieder die Gewalt der Natur und für viele Gott der Schöpfer und Erhalter in den Mittelpunkt allen Interesses, aber auch der verborgene, dunkle Gott, der das Leben jederzeit nehmen und zerstören kann.

Auch nach seinem Abschied interessierten sich die Menschen wie nie zuvor für Astronomie und die gewaltige Natur, für das Werden des Wetters und für die Welt im Kleinen, die Atome.

Der Komet hatte Spontanheilungen gebracht und Unzähligen den rechten Weg gezeigt, Todesängste und Verzweiflung fortgenommen und den Glauben an Gott eminent gesteigert. Natürlich machten sich das auch Sekten zunutze. Die WorldReligion hatte sich geteilt. Die abgespaltene stärkere Gruppe nannte sich Globina Svet (vom Slowenischen), was soviel wie „Tiefe der Welt“ bedeutet. Meistens sagte man nur „Globina“. Da klingt Globus oder global an und der Anspruch von Katholizität (Anspruch auf Weltgeltung). Die Globina-Leute hatten keinen Wahrheitsanspruch, sondern vermittelten die sympathische Einladung, mit auf die Suche nach Wahrheit zu gehen, dabei aber völlig „dem intelligenten Weltgeist zu vertrauen“. Sie bauten keine Zentren auf, im Mittelpunkt standen Rituale. Das Geld, das man ihnen gab, nahmen sie und bauten Schulen in Afghanistan, Nepal und Botswana.

Innerhalb weniger Jahre hatten sie einen Katechismus und ein Liederbuch mit 20 Basisliedern, die jährlich mit Hits ergänzt wurde, die kamen und gingen.

Es zeigte sich jetzt wieder, wie gut es war, dass ich Physik studiert hatte.

Schwerkraft, Anziehungskraft, Fliehkraft, das hatte ich Annele schon erklären müssen, nun fragte mich das Fernsehen nach dem Woher des Kometen. Ob ihn Gott geschickt habe.

Gott regiert die Welt nach seinen unabänderlichen Naturgesetzen. Es gilt aber auch gleichzeitig, dass jedes Lebewesen und jede Situation unmittelbar zu Gott ist.

Wir können diese Dialektik nicht lösen, sollen uns aber in jeder Situation seiner Nähe und seiner Hilfe bewusst sein. Durch das Gebet verbinden wir unseren Willen mit seinem, und nehmen das an, was er schickt oder durch die Naturgesetzte bestimmt hat. Kein Unglück, und sei es noch so schlimm, kann den Glauben an Gott nehmen.

Der Komet förderte natürlich die Zusammenarbeit der Weltmächte. Sie überlegten sich, ihr Atomwaffenpotential dem wiederkehrenden Koloss entgegenzuschleudern, um ihn aus der Bahn zu werfen oder zu sprengen.

Unvergessen sind die mondlosen Nächte, in denen der Schweifstern über Hamburg stand, über Berlin, über der Zugspitze. Er war beinahe mondhell und warf Schatten. Zu Lesungen der Schöpfungsgeschichte im Freien kamen Tausende.

Kein Lichtschmutz in Andechs

Interessant war, wie die Menschen mit ihrer Bereitschaft, Nachkommen zu zeugen, nach dem Kometenschock umgingen. Siehe da, in den reichen Ländern, die bisher einen Bevölkerungsschwund verkraften mussten, gab es wieder mehr Kinder als Begräbnisse. Man wollte seinen Kindern dreißig Jahre später etwas wirklich Großes zeigen können. Insgesamt nahm die Weltbevölkerung ab, weil das Motto „Bildung sichert Zukunft" in den Entwicklungsländern eingeschlagen und der Komet dort weniger Einfluss auf Nachkommen hatte.

Augsburger pilgern gerne. Der Komet, der die Menschen in die einsamen Gegenden gelockt hatte, hatte Nachwirkungen: Andechs am Ammersee, ein Klosterberg mit einer berühmten Brauerei, hatte es geschafft, das „Bethlehem Bayerns" genannt zu werden, da Kloster und Ort und die umliegenden Dörfer in allen Kometennächten keine Straßenbeleuchtung, keinen „Lichtschmutz" duldeten. In Pilgerzügen war Südbayern dorthin zusammengeströmt. Eine lebendige Krippe wurde präsentiert: Ein Stall, in dem in Abend- und Nachtstunden Maria, Josef und das Kind, Hirten und Könige agierten, darüber stand der Komet. Der Wallfahrtsort hat danach weiterhin seine Beleuchtung fast völlig reduziert und blieb Bayerns Bethlehem.

Patin Magda, Mutters duftende Schwester, stirbt zu Maria Himmelfahrt, am 15. August 2012. Aufs Grab pflanze ich ihr später einen englischen Rosenstock, der daran erinnert, dass sie die Frau war, die Wohlbefinden und Aromen verbreitete.

Mein Bruder Georg und Lotte ziehen im September 2012 nach Weimar. Zwischen der Regierungshauptstadt Berlin, der Geld- und Messestadt Frankfurt und den alten Größen Dresden und Leipzig hatte sich das kleine Weimar als die deutsche Kulturmetropole etabliert. Kultur hatten Großbetriebe als Basis für Werbung entdeckt. Automarken sponsorten nicht mehr nur den Spitzensport, sondern Oper und Schauspiel, Museen und junge Talente. Schulen überraschten mit gut gespielten Musicals. In den Cafes von Weimar traf sich die europäische Boheme.

Weimar, Prag, Breslau wurde der Begriff für das neue Kulturdreieck: Goethe, Mozart und Frederick Golko, ein polnischer Ausnahmetänzer, waren die meistgenannten Köpfe in den Städten. An allen Enden wurde hervorragende Kunst geboten.

Lotte hatte ihren Mann nach Thüringen gezogen. Georg, der aus dem Panzer- und Schokoladengeschäft ausgestiegen war, wollte den

Kulturbetrieb aufmischen. Er schaffte es, Gäste aus der Schweiz, Italien und Frankreich in das neue Kulturdreieck, aber auch zu Reisen nach Deutschland, Polen und Böhmen zu locken. Seine Reisen waren nicht billig, jedoch mit dem Eden-Siegel ausgestattet: „Sie zahlen zuhause und können dort auch Ihren Geldbeutel lassen." Er ließ seine Kunden verwöhnen. All-Inclusiv kannte man ja von Zielen im Süden. Er hatte von den Willkommtänzerinnen in Hawaii gelernt, dass der Gast ein Lächeln will bei der Ankunft und zu einem kleinen Geschenk nicht Nein sagt: In Weimar gabs „von der Vulpius" eine Rose aus Seide. Stoffblumen hatte Goethes Christiane in der Bertuchschen Fabrik nähen müssen. In Prag tanzten die schönsten Mädchen zur Begrüßung und in Breslau wurde man am ersten Abend zu einem Spaziergang bei romantischer Stadtbeleuchtung eingeladen und zu einem Gute-Nacht-Trunk. Für Georgs Eden-Gäste blieb auch der Champagner umsonst.

Lotte in Weimar

Mein erster Besuch „bei Georgs" in Weimar vertiefte eine wunderbare Freundschaft. Schwägerin Lotte war mir immer vertraut, wir tauschten oft Mails, doch wir hatten uns selten gesehen. In Weimar wurde sie mir ein Fels und ein Leuchtturm. Durch Leiden gereift – Vater Alzheimer, Mutter unglücklich („Warum habe ich nicht Medizin studiert?"), ein Bruder bisexuell veranlagt, bei ihr nach bleibender mütterlicher Geborgenheit suchend –, war sie eine glückliche, strahlende Frau von fünfzig Jahren. Dass ihre Julia eine Familie in Dresden gegründet hatte, machte sie glücklich. Jörg, unruhiger Sohn, Weltenbürger, Jazzpianist, hatte eine Tochter in Prag, um die sich Lotte rege kümmerte. Das Mädchen lernte „bei die Otta" nicht nur Deutsch, sondern auch beten.

Und diese vielbeschäftigte Lotte, die jetzt beim Mitteldeutschen Rundfunk das Wetter und das Leben in der Kindersendung „Kapiert? Ja" erklärte, fand Zeit für ihren Schwager.

Es ist ein Gerücht, dass mich Lottes Kaffee und Buttermandelrosinenhefekranz regelmäßig anzogen, aber falsch ist es auch nicht, denn es duftete zur Begrüßung diese köstliche Kombination: Cafe Coban, frisch gerösteter, frisch gemahlener Kaffee aus Guatemala mit geschäumter Sahne, und dieser Zopf, den ich in den süßen Kaffee eintauchen sollte.

Ich wälzte mit Lotte die Probleme der Diözese, später der Weltkirche, sie hörte mit den Augen zu, bei ihr fand ich die Lösungen, ohne dass sie viel sagte. Lotte, obgleich lutherisch, war der TÜV der Weltkirche. Lotte wurde nie zum Schweigen verpflichtet, doch sie wahrte das Beichtgeheimnis.

Besonders gern lief ich mit ihr durch den Park von Tieffurt und durch den Hain von Belvedere. An vielen Plätzen rezitierte sie passende Gedichte von Goethe, Schiller, Nietzsche, oder sie las aus Herders völkerverbindenden Aufsätzen. Natürlich beschäftigte uns auch Goethes Verhältnis zu seinen Lotten, Charlotte von Stein und Charlotte Kestner.

Dass sie nach Georgs Tod noch einmal heiratete, gönnte ich ihr von Herzen. Auch wenn ich mit Michel, ihrem zweiten Mann, ihrem Jugendfreund aus Stotternheim, kaum Kontakt aufnahm: Sie war mit ihm „wieder ganz" und Michel überließ ihre Augen und ihre Achtsamkeit wie Georg gern dem „Bruder aus Rom".

Willi Balthasar wurde aus Altersgründen als Kurienkardinal abberufen. Der Deutsche hatte das Sekretariat für die Einheit der Kirchen geleitet. Das Ökumenereferat war begehrt bei den Rothüten, da die Brüder an dieser Stelle die freiesten waren. Wie so oft, rief der Papst am 1. März 2014 morgens um sechs an. Hatte er geträumt?

„Verabschiede dich in Augsburg. Du wirst Römer. Dell´Erba." Er meinte das Einheitssekretariat.

Päpstlicher Rat zur Förderung der Einheit der Christen

Ich erbat mir Bedenkzeit. Josef redete weiter. Er habe geträumt, er suche am Jordan nach verlorenen Schafen, sofort sei ich dabei gewesen mit frischen Kräften und guten Ideen: Man müsse unbedingt einen Mann aus Bethlehem und einen Hirten aus Medina zum Suchen dazunehmen. Er selber habe sich vor Schwäche hinsetzen müssen und war hocherfreut, als wir mit beinah der ganzen Herde zurückkamen. Nur dreizehn von neunzig Tieren fehlten. Nach der Erzählung des Traumes meinte er, ich hätte nun genug Bedenkzeit gehabt.

Doch ich wollte eine Nacht drüber schlafen. Er war Michaeliszeit: Ich träume von Rom und erblicke von der Kuppel des Petersdomes aus nicht nur die Stadt, sondern werde weit, weit über sie erhoben, schaue über die Grenzen Italiens. Ein Sturm nimmt mir den Atem, ich erblickte die Alpen, Deutschland, über Frankreich den Atlantik, überm Kanal England. Dann in einer neuen Rundumsicht Bern, Basel, Augsburg, Wien, Prag, Moskau, Istanbul, Jerusalem und Kairo, Mekka und

Kairouan, Casablanca und Granada, Palma und Palermo, zuletzt Griechenland. Annele und Angela stehen neben mir auf der Kuppel. Ein Orkan fegt über die Heilige Stadt, doch wir stehen sicher und sehen uns an. Sie lächeln und sagen nichts. Zu dritt legen wir uns wie ein Segel in den Wind. Dass Segeln so selig sein kann.

Ich hatte nur eine Stunde in dieser Nacht geschlafen und wurde mit diesem Traum beschenkt. Wie sollte ich ihn deuten?

Ja, ich wollte nach Rom. Waren wir nicht beide Träumer, mein Bruder Josef und ich? Träumer, die nachts Religionsfrieden und Weltfrieden träumen und die Visionen tags umzusetzen versuchen. Hatte ich ihn nicht lieb wie mein eigenes Herz? Ich hatte ihn lieb wie mein Herz und meine Kirche.

1. Advent 2014: Nach feierlicher Einführung Bezug der Villa in der Via dell´Erba 1.

Es gelang, dieses Haus zu einem Begegnungszentrum der christlichen Kirchen zu machen. War ich in Rom, wollte ich nicht nur Kardinäle und Erzbischöfe sehen, die meine Kollegen in den 20 Ministerien des Papstes waren, den Kongregationen und päpstlichen Räten, sondern Menschen aus allen Berufen. Wenn ich eine Gruppe empfing, wollte ich von den Mitgliedern Meinungen, Einsichten, Wünsche und Sorgen hören.

Bea, Willebrand, Cassidy und Balthasar hießen die Vorgänger, die allesamt engagierte Ökumeniker gewesen waren. Der Jesuit Augustin Bea, für den das Einheitssekretariat geschaffen worden war, intensivierte den Kontakt zu Anglikanern und Orthodoxen, gab das Buch „Die Kirche und das jüdische Volk“ heraus und erhielt den Friedenspreis des deutschen Buchhandels.

Die Aufgabenbeschreibung des Rates:

* Initiativen ergreifen, um die Einheit der Christen wieder herzustellen
* Die Dekrete des Zweiten Vatikanischen Konzils, die Ökumene betreffend, in die Praxis umsetzen
* Kongresse zur Förderung der Einheit veranstalten, sie koordinieren und ihre Initiativen überwachen
* In enger Abstimmung mit dem Papst die Beziehungen mit den Brüdern und Schwestern der Kirchen und kirchlichen Gemeinschaften pflegen, die noch keine volle Gemeinschaft mit der katholischen Kirche haben
* Ernennung von Beobachtern der katholischen Kirche für die nicht von ihr veranstalteten Kongresse

Carlo und Nadja und Anna, Familie im Hause

Zur Aufgabe des Ökumene-Referats gehörten auch:

* Zusammenarbeit mit der Kongregation für die Glaubenslehre und mit der Kongregation für die Orientalischen Kirchen
* Herausgabe von drei Zeitschriften

Schon am Tag nach meinem Einzug in Rom bestieg ich frühmorgens um sieben die Rotunde der Kuppel des Petersdoms. Mein Traum, in dem ich von hier aus weit über die Stadt geschaut hatte, war lebendig vor mir. Was würde ich im wachen Zustand sehen?

Dunst liegt über den Dächern Roms, Tiber und Engelsburg bleiben farblos. Laut tobt der Straßenverkehr. Am schönsten sind die Einblicke in die vatikanischen Garten, die Pracht des Kirchenstaats. Sonnenaufgang über den Albaner Bergen. Nichts Unerwartetes. Das Alltägliche ist aber wunderschön. Und mir kann es nicht besser gehen. Doch ich bin allein. Wo sind meine Engel? Im Traum hatten doch Annele und Angela neben mir gestanden.

Carlo, ein Schweizer Gardist, Offizier, war mit auf die Laterne der Kuppel gestiegen. Es war mir nicht recht, doch wegschicken wollte ich ihn nicht, hatte er doch alle Türen des Morgens geöffnet. Ich fragte ihn, wo er herkomme.

„Aus Zwischenflüh, Eminenz, ein Dorf im Diemtigtal. Da gehts auf den Turnen." Es stellte sich heraus, das er am 3. Juni 1985 geboren war, der errechnete Geburtstag von Angela. Und er war der Sohn einer Cousine von Annele. So viele Zufälle, unglaublich, und doch stand der Zufall vor mir leibhaftig, und gab Antworten im Tonfall der Leute vom Thuner See. Sollte ich gerührt vor ihm jetzt losheulen? Nein. Ich bat Carlo, mich allein zu lassen, denn weinen wollte ich nicht vor dem Eidgenossen, lud ihn zum Abendessen ein und erzählte ihm dann unsere Verbindung.

Er kannte die Geschichte anders: Ich sei ein Casanova gewesen, hätte damals den Unfall absichtlich herbeigeführt, aus Verzweiflung. Auch als Pfarrer und Bischof sei ich ein Frauenheld und hätte die Unterstützung seiner Familie nicht. „Aber meine habt Ihr, Vater Martin."

Jetzt konnte nur Offenheit das Richtige sein: Ich erzählte ihm, jetzt doch unter Tränen, dass Annele meine große Liebe gewesen, dass ich ihr treu war und nichts anderes im Sinn hatte, als mit ihr eine Familie zu gründen, dass ich nach ihrem Tod noch eine Freundin hatte, und nach der Trennung meinen Gelübden folge. Ich bat Carlo, von unserer Begegnung auch in seinen Heimattälern zu erzählen.

Beim nächsten Besuch in der Heimat brachte er Speck mit und selbstgebackenes Brot, Eier, eine Flasche „Wurzelgeister“ von der Cholerenschlucht, ein Säckchen Kartoffeln, eine Kugel Butter, geräucherte Wurst, Käse, Honig und die Einladung zu einem Urlaub mit vielen Heiligen Messen im Diemtigtal, im Simmental und im Engstligental.

Carlo quittierte den Dienst als Gardist, wurde mein Hausverwalter und Chauffeur, mein Engel im Hause.

Im nächsten Sommer lernte er Olgas Schwester Nadja kennen: Die junge Polin, die mir in Augsburg das Messer in den Bauch gestoßen hatte, machte Ende August 2015 fünf Tag Urlaub in der heiligen Stadt mit Mann und Kindern, mit Schwester und Mama. Ein erlöstes Wiedersehen. Sie hatte ja „meinetwegen“ drei Jahre im Gefängnis gesessen. Täglich waren sie meine Gäste. Und mein Chauffeur war ihr Chauffeur.

Heiß wie die Tage waren, hat die Liebe bei Carlo und Nadja eingeschlagen. Wie ein Papst nach seiner Wahl blieb Nadja gleich in Rom. In mein Haus, bald „Villa Erba Martino“ genannt, konnte sie nach der Hochzeit einziehen, die an Anneles Todestag, am 4. Oktober 2015, gefeiert wurde. Am 20. Juni 2016 wurde in der Villa Anna geboren, Anna Carola Marianna Horbooder. Nie hätte ich mir träumen lassen, dass eine junge Familie im Kardinalshaus wohnen würde, ein Kind, das ich liebte, wie einer nur ein Enkelkind lieben kann. Bald trank es von meinem Becher, schlief auf meinem Arm und aß von meinem Teller.

Meine junge Familie zog später mit um in die päpstlichen Gemächer, Anna bekam eine Schwester und einen Bruder, Constanze Agnes und Hannes, die bald von Carlos Becher tranken und von seinem Tellerchen aßen. Durch Besuche und Essensgäste waren wir oft zwanzig Personen am Tisch. In dieser Runde wurde ich „Capo“ genannt.

Nadja: zwei Jahre jünger als Olga, ein Weltkind, das mühelos den Sprung von einem ruhigen Masurenstädtchen in den Westen schaffte. Wie Olga mit süßer Stimme und guter Einfühlung in neue Länder und Sprachen ausgestattet, hatte sie in Warschau Weltwirtschaft und Europäisches Recht studiert, Praktika bei Banken in Zürich und Frankfurt absolviert, zwei Jahre beim Weltwirtschaftsgipfel in Davos bedient. Nach Rom war sie mit ihrem Diplom und dem unbedingten Vorsatz gekommen, einen Mann kennen zu lernen, mit dem sie eine Familie gründen kann, der aber auch in Haushalt und bei der Erziehung mitwirkt.

Nadja war „mit Freuden katholisch“. Mit Schönheit, Eleganz, Sinn für schöne Räume, aber auch mit Demut ausgestattet, schmückte sie unser Haus ungemein. Sie galt als Gastgeberin, wenn aufgetischt wurde. Natürlich hatten Horbooders eine abgeschlossene Wohnung, doch wir nutzten einen gemeinsamen Balkon, in der Villa Erba ein gemeinsames Esszimmer. Im Vatikan ließen wir es einrichten.

Als das jüngste Kind im Haus drei war, nahm sie eine Stelle bei der Banca di Roma an. Köchin Silvia bekam mit ihrem Mann Silvio Erziehungsaufgaben.

Papa Josef depressiv

Zu Beginn des Jahres 2015 wurde Josef krank, sehr schwach, und von Depressionen geplagt. Obwohl wir viele unserer Ziele verwirklichen konnten und uns vom deutschen SPIEGEL bestätigt wurde, dass die katholische Kirche dabei sei, die Gegenwart zu überholen (war das nun Lob oder Tadel?), quälte Josef eine Lebererkrankung. In geplagten Stunden bedauerte er, von New Orleans weggegangen zu sein, dort hätte er jetzt ein angenehmes Alter, wie er das auch immer meinte.

Er wurde gedrängt, auf keinen Fall zu resignieren. Das hätte es noch nie gegeben, dass zwei Päpste nacheinander das Handtuch werfen. Ja, Josef war nicht mehr das „Licht aus Afrika", er nannte sich selbst den „glimmenden Docht" und täglich baten wir Gott, das Lebenslicht des Papstes wieder zum Leuchten zu bringen.

Hatte er sich zu viel vorgenommen? Heute sage ich: nein; doch die Kurie war nicht bereit, seine Öffnung der Kirche mit zu unterstützen. Vier Jahre vorher hatte er den europäischen Regierungschefs in Aussicht gestellt (warum eigentlich?), im Vatikan die Voraussetzungen für einen anerkannten demokratischen Staat zu schaffen. Doch es gab keine Gleichberechtigung der Frauen. Verfahren bei der Glaubenskongregation verliefen weiterhin nicht offen, ohne Anwälte, ohne nachprüfbare Begründung. Ein Konzil war angekündigt. Konkrete Planungen? Fehlanzeige. Kommt es 2020 oder 2026 oder 2050?

Gut angenommen wurden in den Gemeinden und Diözesen die „Bewährten Frauen und Männer", für die jedoch noch keine einheitliche weltweite Rechtsgrundlage bestand. In den von der Reformation geprägten Ländern Mittel- und Nordeuropas waren sie nicht mehr wegzudenken. In Polen dagegen nannte man die Sache eine Häresie und bot an, durch polnische Priester den Mangel auszugleichen. Die deutschen Bischöfe konnten das nicht annehmen. Ich liebte die Polen, ihre Priester und ihre Frömmigkeit, doch auch in der Diözese Augsburg konnte ich nur zwei polnische und zwei kroatische Priester beschäftigen, die genügend Sprachkenntnisse hatten und sich in die Lebensart der Schwaben neidlos und liebevoll einfühlen konnten.

Psalmen

In Stunden großer Spannung, aber auch in ruhigen Zeiten schrieb ich Gedichte in der Form der Psalmen, Gebete in Doppelzeilen, Dank und Flehen, Fürbitten und Rückschau. Lest:

Hände und Augen leite
nach der Weise: Einen Sohn wirst du gebären

Den Achtpfünder hast du gesund abgegeben,
mit fünf Gliedern, Reflexen und Sinnen, ohne Befund.

Großmütter umsorgten,
Mutter Martl gab Milch und süße Worte.

Langsam entdeckte er die Welt,
lernte schauen und händeln ohne Hast.

Lust in Augen und Händen wuchs er heran,
Schlamm liebte er, Bildchen und Vorwärtskommen,

Wassersuppe, Ball und Rad,
alles Runde, die optimale Form,

Eintauchen in Wärme,
Gebrauchtwerden.

Kombinieren machte Spaß,
noch rechnet ständig der Kopf.

Große göttliche Gedanken und nettes Niedriges
drängen herein.

Fordere die Hände. Die Lust der Augen leite:
Wegweiser zur ewigen Lust.

Mein Dichten trachtet um
der Schönen, des Friedens und der Liebe
Gestalt,
Erhalt- und Würdigung.

Beim Freitagsläuten um halb zwölf,
Christi Leidens gedenkend und seiner herrlichen Hände.

Woche für Woche gibst du
Licht und Kraft und Ruh.

Glockenläuten und Vogelsang
trösten in dumpfen Tagen.

In Geschichten und Träumen
flieg ich, werde geküsst, öffnen sich Türen.

Deine Melodien lösen Krusten der Jugendwunden.
Neues Grün an Fichtenspitzen zeigt Schöpfungsklugheit.

Abendsonne auf altem Holz erinnert an Fredos heiteren Abend,
Basel hast du als Stadt deiner Brünnlein gebaut.

Deine Knechte, die Hüter zarter Geheimnisse,
und Mägde predigen roten Mundes Erhörtes.

Dein Wille geschieht bei den Meinen,
bei Kirchens, in politics.

Bedürftig und allein

Allein schickst du mich auf dürftige Strecken,
hältst Haut hungrig, Mund trocken, die Himmel bedeckt zu viele Nächte.

Du entziehst mir das Weib, das ich liebe,
und hältst im Herzen kein Freudenwort bereit.

Ich habe mich ausgeteilt und dich gepriesen,
kalt und allein kriech ich nachts unter Decken.

Vor allem mit Tränen tröstest du,
das größere Leid anderer Menschenkinder macht nichts geringer. Sela.

Du hast mich leicht gemacht, oft schwebe ich,
wie ich in Träumen schwebte,

huschende und bleibende Bilder
malst du in kurzen Schlafstunden.

Töte, Herr, die Kinderseelen schänden, und verwandle
der Opfer bleierne Erinnerungen in Flügel, Schweres zu tragen.

Ich aber will von deiner Liebe singen, solange ich bin,
gib meiner Schwestern Kinder Stimmen dazu.

In den Heimattälern von Carlo

Als früherer Bischof der Stadt Augsburg, die einmal ausgezeichnet worden war, bekam ich 2015 ein Vorschlagsrecht für die Kandidaten des nächsten Rosenordens. Inzwischen hatten Dom und Stadt von Uppsala und Königin Sophia von Spanien die hoch begehrte päpstliche Auszeichnung erhalten. Papst Josef schaute bei diesem Orden auf die ganze Christenheit. Der Rosenorden sollte die Einheit und Schönheit des Glaubens ausdrücken.

Ich schlug vor, die Hagia Sophia und Emine auszuzeichnen. Die Rückgabe des „Museums" Hagia Sophia als Kirche an die orthodoxe Christenheit hatte bei vielen Bürgern Istanbuls Widerstand ausgelöst. Einige Monate mussten die Eingänge bewacht werden. Doch dann outete sich die Präsidentengattin der Türkei als Christin und bat, umgeben von allen moslemischen Geistlichen Istanbuls, im Namen der Liebe und aller Imame „um Religionsfrieden an der Brücke zwischen Asien und Europa, zwischen Christentum und Islam, zwischen den Jüngern Christi und den Getreuen des Propheten". Zuletzt bat sie ihre Familie, die sie wegen ihrer Konversion verstoßen hatten, um neue Liebe, und lud dazu ein, die Zeit der Kreuzzüge und der Fatwas (Todesurteile im Namen des Islam) für beendet zu erklären.

Diese Rede von Emine Magdalena Güldiz, der die Zerreißproben der zurückliegenden Jahre abgespürt werden konnte, hat umso mehr gewirkt, als sie eine Woche darauf erschossen wurde.

Am Abend nach der Versöhnungsfeier mit ihrer Familie hat ein entfernter Verwandter, der lange nicht überführt werden konnte, den Mord verübt. Emine sollte, so schlug ich vor, „obgleich nie Königen gewesen, zusammen mit der Kirche der Heiligen Weisheit den Orden posthum bekommen".

Eine Woche dauerte der Besuch in Carlos Heimattälern. Wie lange war ich nicht mehr länger in der Schweiz. Carlos Landsleute und Verwandte, die durch Annele auch meine Verwandten waren, hatten ein großartiges Programm mit täglichen Gottesdiensten, Dorfabenden, Wanderungen und einer Steinbockjagd vorbereitet. Duri Samuel, ein Senner und Jäger, führte mich an zwei Oktobernachmittagen auf die Höhen des Männlifluh, wo ein großes Rudel dieser edlen Tiere lebte. Ein Bock war zum Abschuss freigegeben, die Trophäe für mich bestimmt. Es stürmte am 13. Oktober. Den Steinböcken war es gleichgültig. Als zwei Böcke in hundert Meter Abstand uns gegenüber standen, erlegte Duri das größere Tier mit dem gewaltigen Hornpaar. Das stolze Tier hatte über 60 Kilo gewogen. Beim Ausweiden half ich. Wir tranken Palorma, den Schnaps aus Kräutern und Früchten.

Am nächsten Tag aßen wir in der Gemeinschaft des Dorfes die Beute nach der Abendmesse.

Die Trophäe brachte Carlo zu Weihnachten mit. Ausgekocht, gebleicht und auf ein schönes Brett montiert, schmückten die Hörner vom Männlifluh unsere Esszimmer.

Hanna ist wieder da, ermuntert Papst und Kardinäle

In den schwierigen Monaten von Papst Josefs Depressionen bildeten wir ein Gremium, die Rotunda Romana, die aus den Vorsitzenden der Kongregationen und Räte bestand, zwanzig Männer, aber auch fünf dazu gewählte Frauen, Juristinnen aus Bern und Brindisi, die Physikerin Hanna, eine römische Lehrerin, „die mit dem siebten Sinn" und Regina Helmer, eine Wiener Dozentin für orientalische Sprachen, die Boxerin gewesen war.

Der runde Tisch hatte keine Entscheidungsfunktion, sondern die von Davids Lautenspiel bei Saul: Durch die Frauen kam eine Stimmung von Lebensfreude und Lebensnähe in den Vatikan, dass nicht nur Josef aufgeheitert wurde, sondern die Kardinäle betonten: „Es ist eine Lust zu leben."

Ja, Hanna, die mich eines Morgens um fünf aus ihrem Leben herausgeblitzt hatte, war Kollegin in der Rotunda Romana geworden. Eine großartige Wissenschaftlerin, für die es nur eine Wirklichkeit gab, „in der Glaube und Wissenschaft ihren Platz haben, wie Fische und Meeressäuger im Ozean".

Sehr schnell stellte sich die Vertrautheit und der Witz im Gespräch wieder ein, die wir 35 Jahre früher miteinander hatten. Sie verstand es, durch ihr Fachwissen und ihr Talent, die Kosmologie Nichtphysikern zu vermitteln und durch ihre scheinbar unverbrauchte Weiblichkeit die Kardinäle zu ihren Freunden zu machen. Wir genossen es, ihr zuzuhören, wenn sie von den Weiten des Alls sprach, „die mit der Weite des Glaubens korrespondieren", oder davon, dass es auch für die Wissenschaft Prämissen gebe, die sich der Nachprüfbarkeit entziehen.

„Wir haben bei der Sonne Theta im Sternbild Schwan jetzt zwei erdgroßer Planeten berechnen können, die wie Venus und Erde ihre Sonne umkreisen. Doch wir werden nie herausfinden, ob sie Leben tragen."

„Was wäre, wenn du es sicher sagen könntest?"

„Es würde nur unsere Ungeduld steigern. Theta ist 60 Lichtjahre entfernt. Auch wenn wir Signale empfangen würden, könnte unsere Antwort erst nach weiteren 60 Jahren dort ankommen und deren Antwort erst nach 120 Jahren. Nein, wir geben uns zufrieden."

Regina war nicht einverstanden: „Wer sich zufrieden gibt, altert." Sie war 46, sah jünger aus, und hatte sich mit dem österreichischen Titel als Boxerin nicht zufrieden gegeben. Sie war Vizeweltmeisterin geworden, Mutter von zwölfjährigen Zwillingen und Akademische Rätin.

Hanna ließ sich gern herausfordern: „So denken wir Astronomen auch. Und suchen für Dich einen Planeten, der nur vier Lichtjahre entfernt ist. Oder möchtest du auf den Mars? Erste Gelegenheit im Jahre 2020."

Reginas Mondbotschaften

„Lieber im nächsten Jahr auf den Mond. Das könnte mein Body noch aushalten." Schon tat es mir einen Augenblick lang leid, dass ich das Angebot einer Mondfahrt vor einigen Jahren ausgeschlagen hatte.

„Möchtest du nicht einen von uns Kardinälen dabei haben?" fragte ich Regina. Sie sah sich um, lächelte einen nach den andern Purpurrock an und antwortete dann: „Alle oder keinen. Spaß beiseite. Ich weiß, was es an Training bedeutet. Und ich stehe selber an der Altersgrenze für solche Unternehmen. Aber unseren Kaplan an der Karlskirche in Wien, den sollte man fragen."

Regina fand die Sponsoren, die ihr ermöglichten, das Jahr drauf mit einer Chinesin, zwei Koreanern und einem Russen-Weltraum-Oldie, allerdings ohne den Karlskirchenkaplan, auf den Mond zu fliegen. In einer bewegenden Botschaft sagte sie damals:

„Ich grüße die Rotunda Romana, in der meine Mondfahrt geboren wurde. Durch Frauen wie Hanna Ruhfels und Männer wie Papst Josef ist es möglich, dass wir auf unserem Planeten in der Naturwissenschaft und im Glauben Säulen unseres Lebenshauses haben, die uns Träume erlauben, und helfen, Pläne zu verwirklichen.

Ich sehe vom Krater Kopernikus die Erde als Wunderwerk überm schwarzen Horizont stehen. Sie dreht sich, aber sie bewegt sich nicht vom Fleck. Langsam nimmt sie zu. Weiß und blau sind ihre Farben, ein wenig Grün, ein wenig Braun. Ein Tag dauert hier einen Monat lang. Man sieht am Tag die Sonne und die Sterne gleichzeitig. Und bevor es Nacht wird, verlassen wir wieder unseren wunderbaren Urlaubsort, um zu unserer prächtigen Heimat zurückzukehren."

Regina zitierte Psalm 19, in dem am Beispiel der Gestirne das Wirken Gottes in den Naturgesetzen „ohne Worte und ohne Reden" lobend beschrieben wird:

„Die Himmel rühmen die Herrlichkeit Gottes,
vom Werk seiner Hände kündet das Firmament.

Ein Tag sagt es dem andern,
eine Nacht tut es der andern kund,
ohne Worte und ohne Reden,
unhörbar bleibt ihre Stimme.
Doch ihre Botschaft geht in die ganze Welt hinaus,
ihre Kunde bis zu den Enden der Erde.

Dort hat er der Sonne ein Zelt gebaut.
Sie tritt aus ihrem Gemach hervor wie ein Bräutigam.
Wie ein Athlet in seiner Ehrenrunde
läuft sie jubelnd ihre Bahn."

Reginas Aufgaben auf dem Mond war, mit ihrem Team am Nordpol des Gestirns Bohrungen zu machen und nach Wasser zu suchen. Dass sie dort Eiskristalle fanden, wurde als Sensation bei einigen Wissenschaftlern betrachtet: Man könne so die Wasserversorgung der künftigen Mondfahrer sicherstellen. Aus Kostengründen wurde dieser Plan allerdings nicht weiter verfolgt. „Lunauten“ brachten ihr Wasser weiter aus den unendlichen Reserven der Erde mit.

Regina kam schließlich nicht auf „die prächtige Heimat“ zurück. Im August 2019 begleitete sie einen Flug mit zahlenden Gästen zum Mond. Beim Rückflug versagte die Steuerung des Raumgleiters „Patrona Bavariae“ (Beschützerin Bayerns, ein Ehrenname für Maria, der sehr umstritten war bei der Namensgebung für den mit deutschen Mitteln finanzierten Shuttle). Die vier Spezialisten und fünf Touristen starben in den kalten Weiten des Alls. Das Raumfahrzeug war von der Erde zwar angezogen, aber dann beschleunigt in das All hinausgeschleudert worden.

Dass das Unglück ausgerechnet am Fest der Himmelfahrt Mariens geschah, war für viele tröstlich. Regina wurde von vielen bald als „Regina Coeli“ (Königin des Himmels, auch ein Ehrenname für Maria) bezeichnet.

Nicht wie andere Opfer der Raumfahrt, die innerhalb weniger Sekunden oder Minuten nach Erkennen der Gefahr starben, zog sich der Abschied von Patrona Bavariae über Tage hin. Am 15. August nachmittags um vier war klar, dass die neun dem Tode geweiht waren. Doch es war Funkkontakt möglich. Sie sandten Abschiedsworte, Liebesworte und großartige Botschaften.

Regina sagte damals:

„Jetzt, am Ende meines Lebens, bin ich voller Dank.
Gott hat mir alles geschenkt,
was eine Frau wünschen kann:
Einen Körper und Kinder,
Glauben und Grenzerfahrungen,
Mut und den Mond,
meinen Mann Musil,
wunderbare Menschen und Weggefährten,
Krisen und Krankheiten,
Gesundwerden
und Jesus Christus als die Tür zur Herrlichkeit Gottes.
Wir essen und lachen hier mit Freuden, solange Luft und Nahrung reichen.“

Als die Verpflegung zur Neige ging, nahmen die Menschen das vorsorglich mitgeführte Gift.

Regina war die letzte. Bevor sie aus Mangel an Luft erstickte, schleuste sie sich am 21. August aus dem Shuttle „und wurde ein Stern“. Lange konnten die Menschen mit Fernrohren den Todesflug verfolgen, doch schließlich verlor sich die Spur:

Für Regina vertonte der Musikmeister im Vatikan ein „Kindertotenlied“ von Friedrich Rückert:

Du bist ein Schatten am Tage
und in der Nacht ein Licht.
Du lebst in meiner Klage
und stirbst im Herzen nicht.

Wo ich mein Zelt aufschlage,
da wohnst du bei mir dicht.
Du bist mein Schatten am Tage
und in der Nacht mein Licht.

Wo ich auch nach dir frage,
find ich von dir Bericht.
Du lebst in meiner Klage
und stirbst im Herzen nicht.

Du bist ein Schatten am Tage
und in der Nacht ein Licht.
Du lebst in meiner Klage
und stirbst im Herzen nicht.

Natalie, die Rosenbotschafterin aus Neu-Ulm für Istanbul

Beata di Firenze hieß die Juristin in der Rotunda. Wie auf romantischen Bildern die Römerinnen dargestellt sind, hatte sie eine gerade Linie von der Stirn zur Nase im großflächigen Gesicht, von sehr dunkelbraunen Locken umgeben. Das ließ sie stolz und unnahbar aussehen, was sie nicht war und heute nicht ist. Wir nannten sie, obgleich Single und kinderlos, Mumm. So hieß sie auch in ihrem Arbeitsgericht, wo sie Klagen von Arbeitnehmern und Unternehmern schlichtete. Mütterliche Milde und königliche Gelassenheit zeichneten Beata aus. Wie wohl taten ihre Umarmungen zur Begrüßung und zum Abschied. Beata schaffte es, bei unseren Sitzungen immer als erste da zu sein, mit gleicher Wärme alle zu grüßen und nach dem Wohlergehen zu fragen. So wurde sie Matrone und heimliche Chefin der Rotunda.

Als Rosenbotschafterin förderte ich 2016 die Bewerbung von Natalie Boslang, eine braune Abiturientin aus Neu-Ulm, die mir schon als Siebenjährige bei einer Visitation in der Augsburger Diözese aufgefallen war. Sie war Lutheranerin und konnte damals den Katechismus überzeugend aufsagen, frei und wohlklingend singen und sicher auftreten.

Nun hatte sie zwei Semester evangelische Theologie und Musik studiert, bei Freunden etwas türkisch gelernt und sich beim Stipendium Rosarium beworben.

Den Rosenorden für die Hagia Sophia und an Emines Familie hat sie in griechischer, türkischer und englischer Sprache überreicht.

Seit 2012 war die Kirche in einer Wendezeit. Obwohl an keine Schlosskirche Thesen angeschlagen wurden, verglichen viele Josefs Pontifikat mit der Erschütterung der Reformation.

Der Papst und ich träumten ähnliche Geschichten: Ein Erdbeben erfasst den Petersdom. Während andere fliehen, versuchen wir, mit den eigenen Händen die Wände am Einstürzen zu hindern.

Täglich kamen wütende Mails von Laien und Bischöfen, von Pfarrern und Professoren, die uns warnten, die Beliebigkeit, die zur Zeit herrsche, könne innerhalb weniger Jahre die Weltmacht der katholischen Kirche zur Bedeutungslosigkeit versinken lassen.

Ob wir im Vatikan zuviel Tee mit den Damen nähmen, war eine noch harmlose Frage. Viele Klagen waren aggressiv und verbittert, aber eben von aggressiven und verbitterten Menschen.

Bei all den Projekten (Lösung der Zölibatsfrage, Frauen im Priesteramt, Konzil, wann? Una Sancta, Gespräche mit anderen Weltreligionen, Institut für Wirtschaftsfragen und Friedensgestaltung) versäumten wir nicht die Anbindung an die Welt der kleinen Leute und ihren Lebenslauf.

Der vatikanische Klerus war ebenso wie die Bischöfe draußen aufgefordert, Taufen, Hochzeiten und Beerdigungen zu halten, Kranke und Familien zu besuchen.

Von Rom und von einigen Kathedralen weltweit ging viel Licht aus, doch umso stärker warfen sie auch Schatten: Kardinäle waren abgehoben und stolz, vor allem die in Rom. Natürlich erkannte ich diese Ursünde auch an mir. Mein Beichtvater, ein Priester, der auch Therapeut war, und Lotte in Weimar verstanden es, mich Mensch bleiben zu lassen.

Hanna erklärt die Sterne ihrem Enkel Trojan

Die Zusammenarbeit mit Hanna, der Freundin aus der Zürcher Studienzeit, wurde auf unerwartete Weise fruchtbar, wir bekamen sozusagen Drillinge.

„Sind wir Menschen nicht alle wie Himmelskörper?“ fragte ich sie bei einer Abendzigarette.

„Meinst du, der Mann ist der Mars, die Frau die Venus?“

Sie spielte auf einen Longseller aus der Jahrtausendwende an. „Nein, ich sehe es komplizierter: Allerdings nicht von der Theologie her, dass wir alle geliebte Gotteskinder sind, sondern von Einfluss und Wirkung her: Die meisten Menschen sind namenlose Planetoiden. Sie kreisen in Massen um eine Sonne, ob sie wollen oder nicht.“

„Ein Gleichnis 2016 nach Christus. Schieß los.“

„Himmelskörper sind wir alle. Einzelne sind Sonnen, die Licht und Energie geben, wenige sind Planeten, die ein Sonnensystem aufbauen. Die meisten sind Minimonde und Miniplaneten. Die Bösen wären die Himmelsvagabunden, die Kometen... Vielleicht ist das Bild doch nicht so gut.“ Ich sah sie fragend an.

„Ist doch nicht so schlecht: Bedenke, die einen Sonnen leben lang, die anderen kurz. Baue dein Gleichnis aus: Die wichtigsten Sonnen sind die kurzlebigen, die dann die Elemente ausbrüten, die wieder für neue Sonnengeburten und Planeten gebraucht werden, die langlebigen, wie die unsere, ermöglichen Planeten mit der Option für Leben und Intelligenz... Das ganze ist ja tausendmal erklärt, aber die wenigsten Menschen haben die Geschichte und den Aufbau des Kosmos in ihr Lebensgefühl integriert.“

„Du bist die, die ihnen dazu helfen kann.“

„Gebrauche deinen Kohlenstoff recht“, schäkerte sie, „und gib mir die Idee, wie man den Menschen auf die Sprünge helfen kann, den großen Kosmos im Blick zu haben, so dass sie die meisten ihrer Probleme als unbedeutend einschätzen können“.

Ich brauchte sie nur zu ermutigen: „Du schreibst das Buch, und der Papst das Vorwort, dann liest es ein Hunderstel der Menschheit, 60 Millionen Menschen. Zehn Millionen Auflage, 48 Sprachen. Dazu schreibst du ein schönes Internetprogramm.“

„Du bringst mich auf einen Gedanken: Ich erkläre die Sterne meinem fünfjährigen Enkel Trojan. Ist es gut gemacht, lesen es auch die Erwachsenen."

Am nächsten Tag hatte sie das Buch entworfen. Arbeitstitel: „Weiße Zwerge, rote Riesen, leuchtender Morgenstern. Von Sternen und ihren Kindern."

Mein Vorschlag für den Untertitel war gewesen: „Sterne sind auch nur Menschen." Das fand sie aber nicht gut. Das Buch kam nach neun Monaten. Papst Josef schrieb das Vorwort.

„Und dann erfinde ich noch etwas", überraschte sie mich: „Den Sternenschirm: Stell dir eine schwarze Aprilnacht vor, alle Sterne leuchten, über dir fließt das Band der Milchstraße, doch du kennst nur den großen Wagen. Auf den stellst du ein Messgerät ein. Jetzt trittst du unter einen durchsichtigen Glasschirm, der auf vier Rohren fest montiert ist, durch den du die Sterne siehst, die echten, also nichts ist auf den Schirm gemalt. Und doch ist das Glas voller Elektronik. Du schaust auf ein Sternbild und der Schirm sagt dir: ‚Du siehst den Löwen.' Das Glas hilft dir jetzt, den Löwen wirklich zu erkennen, indem es die Striche dazu malt, die die Sterne des ‚Leo' zu einem Löwen machen.

Das Glas des Schirms ist sehr intelligent. Es erkennt nicht nur, was du gerade anschaust, sondern misst auch die Entfernung deiner Augen und kann ganz genau für dich die Sterne mit Strichen verbinden. Möglicherweise guckst du auf zwei Sternbilder, dann hörst du die Stimme: ‚Schau ein wenig weiter nach rechts.' Siehst du einen Planeten, kann dein Schirm dir Vergrößerungen zeigen, die entweder aktuell von großen Fernrohren kommen oder aus einem Archiv.

Man kann sich auch aussuchen, von welcher Stimme man die Erklärungen möchte: vom Papst oder von dir, Martin, oder von Susi Erdmann.

Der Schirm erzählt dir auf Wunsch den griechischen Mythos von Andromeda und Pegasus, von Cassiopeia und Perseus dazu. Technisch geht es. Doch finde mal eine Firma, die es entwickelt, produziert und vertreibt."

Am nächsten Tag hatte Hanna mit Walter Sellez gesprochen, der bei „Kosmos" in Stuttgart Computerprogramme entwickelt. Walter hatte für technische Fragen gleich Lösungsvorschläge oder er sagte: „Das geht nicht" oder „Das schaffen wir in sieben Jahren". Bei Hannas Schirm meinte er: „Das lässt sich in drei Monaten zur Patentreife entwickeln. Die neuen transparenten Bildschirme können schon sprechen." Der

Schirm wurde entwickelt, kostet viel und ist der Renner bei Abendveranstaltungen in Erlebnisparks.

Unsere dritte Idee war die vom dritten Abend, die beste:

ICC

„Lasst uns eine schnellbrütende Sonne zeugen." Sie meinte damit nicht ein Kind, sondern einen Orden. Während bisher alle Orden auf Dauer angelegt waren, schlug sie eine Kommunität für 33 Jahre vor.

Nach der Bekanntgabe der Idee sollte neun Monate später die Gründung stattfinden:

Mitglieder könnten alle Menschen, unabhängig von Glaube und Konfession, und Organisationen werden.

Grundsätze:

1% des Vermögens stiften,
täglich für den Frieden beten,
täglich eine gute Tat (Hanna war Pfadfinderin gewesen),
täglich etwas aus dem Evangelium lesen und bedenken,
örtliche Versammlungen bilden.

Mitglieder mussten beim Beitritt zwischen 17 und 49 Jahre alt sein. So sollte allen die Chance gegeben werden, auch die Auflösung mit zu erleben.

Bei 33 Jahren dachten wir an die Lebenszeit Jesu.

Nach den Jahren sollte das Vermögen des Ordens den dann ärmsten Ländern zufließen. Die Laufzeit von ICC sollte die Vorbereitungszeit für ein großes Jubel- und Erlassjahr 2050 werden.

Die Rotunda war einverstanden. Der Papst genehmigte den Orden. ICC wählten wir als Abkürzung für „Internationale C-Communität (ICC)". Symbol war ein gelbes Scheibchen für die schnelllebende Sonne, die Energien freisetzen und Ideen für ein neues Zusammengehören auf der Erde ausbrüten sollte. Was das C bedeuten sollte, ließen wir offen. Die meisten dachten dabei an Christus.

Am 1. März 2016 wurde der Gedanke in die Welt gesetzt, am 1. Dezember die Gründungsfeier in der Geburtskirche in Bethlehem abgehalten. 2049 musste der Orden aufgelöst werden. Örtliche Gründungen fanden statt in der Peterskirche in Rom, in der Hagia Sophia, in evangelischen Kirchen, aber auch in islamischen, buddhistischen und schintoistischen Gotteshäusern.

Im Nachhinein sehe ich es mit großer Dankbarkeit, dass Hanna und ich die „Eltern" diese blühenden Zukunftswerkstatt ICC sind, bei der wir beide aus Altersgründen nicht Mitglied sein können. ICC mit seinen alle fünf Jahre wechselnden Präsidenten arbeitet seit 19 Jahren effizient, fördert die menschliche Zusammenarbeit und schafft auf allen Ebenen friedliche Strukturen.

Hanna, die LATERNA PHANTASTICA, war ausgebrannt mit 60 Jahren. Sie zählte zu den schnelllebigen „Roten Riesen", Sternen, die nicht Milliarden, sondern nur einige hundert Millionen Jahre brennen. Ein Schlaganfall kappte ihre Kräfte. Sie kehrte zu ihrer Familie zurück und wurde die wundervollste Großmutter, die man sich vorstellen kann. Ihren Kindern ermöglichte sie die Karriere, während sie mit großer Zuwendung ihre Enkelkinder ernährte und unterrichtete. Erschütternd war jedoch, dass die Mutter des Weltunternehmens ICC mich nicht mehr kannte. Ich besuchte sie vor einigen Jahren: „Martin? Ja, ich kannte einen Martin" und ihr Gesicht leuchtete ganz kurz auf. „Aber entschuldige, Miriam wartet, und ich muss auch an den Herd." Ein zweites Mal war ich aus ihrem Leben herausgeblitzt worden, jetzt durch den Gehirnschlag.

Auf wunderbare Weise führst du die Deinen. Das Unbegreifliche nehme ich an und lobe deine Wunderwerke.

Santa Maria Maggiore

Von den Kirchen Roms hatten es mir Santa Maria Maggiore und Santa Pudenziana angetan.

Die Legende erzählt, Petrus habe im Haus des Senators Pudens gewohnt und ihn sowie die Töchter Pudentia und Praxedis bekehrt.

Nach Santa Pudenziana steigt man hinunter in das frühchristliche Rom. Aus dem vierten Jahrhundert stammen Kirche und Mosaiken: Christus thront vor dem himmlischen Jerusalem als antiker Herrscher, umgeben von Frauen und Aposteln. Über ihm, in die Rundung der Apsis hinein ist ein geschmücktes, leerer Kreuz errichtet, das von vier mächtigen Evangelistensymbolen flankiert wird: **E**ngel für Matthäus, **L**öwe für Markus, **S**tier für Lukas, **A**dler für Johannes (Merkwort ELSA). Zwei Frauen symbolisieren Christentum und Judentum. Das Mosaik ist die älteste figürliche Darstellung, die in einer Kirche erhalten ist.

Schnee im August soll im Jahre 352 den Grundriss angezeigt haben, wie und wo Maria sich eine neue Kirche wünschte. Das Gotteshaus „Santa Maria Maggiore – Große heilige Maria“ ist mit den Sünden der Kirche ausgestattet: die Kassettendecke prangt vom Gold, das Papst Alexander VI. vom spanischen König aus Amerika bekommen hat. Die Capella Sistina in Santa Maria Maggiore zeigt Reste der Krippe von Bethlehem. Die Säulen in dieser Kirche, der Raum, der prachtvolle Marmorfußboden und wieder die alten Mosaiken aus dem fünften Jahrhundert: Ich habe sie wieder und wieder besucht und am liebsten die Morgenmesse in ihr gefeiert. Seit 1600 Jahren ist kein Tag vergangen, an dem in dieser größten der achtzig römischen Marienkirchen nicht ein Gottesdienst gefeiert wurde.

Gern ging ich auf den Berg Gianicolo, den Janus-Hügel, auf dem der Legende nach das Kreuz des Petrus stand. Von San Pietro in Montorio in Trastevere kann man die sieben Hügel Roms überblicken. Ein rundes Tempelchen von Bramente strahlt Harmonie und Symmetrie aus.

Abu Arma heißt jetzt Abu Ali

Anna hatte nicht einschlafen wollen. An einem Septemberabend mit rosablauen Dämmerungswolken erging ich mich (in Zivilkleidung) mit Anna, der drei Monate alten Tochter meines Hauses auf dem Arm, im Park Pincio. Wen sah ich, ins Spielen mit Zwillingen verloren? Abu Arma, meinen zum Martyrium bereiten Libanesen, der als letzter versuchen wollte, die Israelis ins Meer zu werfen.

Abu Ali nannten ihn die beiden Dreijährigen. Immer wieder rief er seine Kinder Ali und Fatima. Er war zärtlich zu ihnen, machte Wettrennen, die sie abwechselnd gewannen.

In vielen arabischen Familien bekommt ein Vater nach der Geburt seines ersten Sohnes einen neuen Namen. Heißt der Junge Ali, so wird er „Vater von Ali, Abu Ali“, gerufen.

Pincio wird nach Familie Pinci ein großer Park in Rom mit noch größeren Ausblicken genannt. Römer preisen die Aussicht bei Sonnenuntergang als schönsten Anblick der vergänglichen Welt.

Hätte ich ihn ansprechen sollen? Ich tat es nicht. Ein Bild aus dem Paradiesesgarten war es, den, der zu allem bereit war, mit seinen Kindern spielen zu sehen.

Sollte ich ihm in Augsburg geholfen haben, seine Todes- und Tötungsbereitschaft zu überwinden?

Vikar in Palestrina

Wie gerne hätte ich den Papst nach Deutschland begleitet. Doch die für Herbst 2016 geplante Reise wurde gestrichen, auch kein neuer Termin vereinbart. Anfang November 2016 wurde Josef ernstlich krank. Sein Leberleiden hatte sich zu einem Karzinom entwickelt. Das Angebot der besten Ärzte Italiens schlug er aus und wollte sich in der Heimat, in New Orleans, behandeln lassen. Josef hatte sich auf das Sterben vorbereitet und ein Grab an den Ufern des Mississippi erbeten. Vor der Abreise gab er die Devise aus: Die Kirche lebt auch ohne Papst. Heiligsprechungen hatte er in seinem Pontifikat hinausgezögert. Von Amerika aus beschleunigte er die Erhebung zur Ehre der Altäre für einige Afrikaner. Er behielt das Amt, hatte aber intern die Resignation für Herbst 2017 angekündigt.

In seiner Heimatstadt wurde es besser mit ihm. Er konnte sich selbst wieder riechen und suchte die Öffentlichkeit. Papst Josef blieb zur Behandlung in New Orleans.

Kardinalstaatssekretär Rudolfino, ein „Verfechter der starken Kirche", übernahm „in Josefs Auftrag und mit aller Freiheit" das Heft in Rom. Er schaffte es, die Versammlungen der Rotunda aufzulösen und die Kirche wieder Männerherzen anzuvertrauen. Spürbar begann man, Positionen für die nächste Wahl einzunehmen.

Wie gut tat es, ein Städtchen zu haben, in dem ich Vikar (Vertreter und Helfer) des dortigen Bischofs sein konnte: in Palestrina in der Rom umgebenden Landschaft Latio, im antiken Preneste, eine Autostunde entfernt. Dort war Giovanni Pierluigi da Palestrina geboren worden, der als die größte Erscheinung der italienischen Kirchenmusik gilt und sein Grab im Petersdom hat. Im Altertum ein Wallfahrtsort kamen in den letzten Jahren die Touristen, manche wollte das alte Orakel der Fortuna Primigenia, des „Urschicksals", wieder beleben. Bischof Orlando war alt geworden, hatte zu wenige Pfarrer, ich war gerne ab Samstagnachmittag draußen, hörte Beichte, predigte, las Messen, taufte.

Am Martinstag erschien ein Foto in TERMINI, das mich mit Anna und Abu Arma mit seinen Kindern zusammen zeigte. Ein Paparazzo hatte uns an jenem Abend im Pincio unbemerkt aufgenommen. Es sah aus, als ob wir miteinander gesprochen hätten. Dem war nicht so. Das Foto schien anderes auszusagen: Der Kardinal und der gesuchte Terrorist plaudern, während sie Kinder ausführen. Gegen die Gepflogenheit des Vatikans, Gerüchte nicht zu kommentieren, gab ich diese Erklärung hinaus: „Kardinal Martin Eggli hat Abu Arma gesehen, aber nicht mit ihm gesprochen." Als Abu Arma aus seinem Versteck heraus verlauten ließ, dass er mich an jenem Abend nicht gesehen hätte, war die Sache vorerst erledigt.

Zu Christkönig (25.11.) kam Besuch aus Palestrina in den Vatikan. Ich leitete in Konzelebration die Messe im Petersdom mit zwei Priestern und zweitausend Gästen aus dem Landstädtchen. Vier Neugeborene hatten sie zur Taufe mitgebracht (unüblich in einer Missa Solemnis), Kartoffeln und Schinken, Mais und Mehl, sieben lebendige Hühner, eine Ziege und ein Dutzend Täubchen, Oliven, Brot und Wein. Nadja lud sie ein, die Geschenke in den Vatikanischen Gärten zuzubereiten und zu teilen: „Lagert euch tischweise auf das grüne Gras." So hatte der Herr zur Speisung der Fünftausend eingeladen. Sie breiteten große Decken aus und setzten sich, die Kinder spielten Versteck bei der Accademia della Scienze. Männer schlachteten und brieten die Vögel über offenem Feuer. Das Völkchen aß und trank und wurde sehr fröhlich. Die Ziege blieb am Leben, spielte lebhaft mit den Kindern und hatte ein bleibendes Zuhause gefunden. Natürlich kam auch „meine kleine Welt" dazu, und große Freude herrschte, dass Papa Martin auch eine Familie hat.

Bewerbungsschreiben im Schreibtisch

Zu den Kandidaten im Konklave wollte ich gehören. Mit „Kirche muss Kirche bleiben" hatte ich ein kurzes Bewerbungsschreiben überschrieben und in den Schreibtisch gelegt. Und hier von Jesus gelernt. Hatte er in der Bergpredigt nicht gefordert, dass von dem Gesetz nicht ein Jota weggenommen wird, er gekommen sei, um das Gesetz zu erfüllen? Was dann bei ihm folgte, war eine neue Deutung des alten Gesetzes, aktuell und gegenwartsnah für die damalige Zeit.

Das gilt auch für das Dogma, das „Grundgesetz" der katholischen Kirche, in zwei Jahrtausenden gewachsen. Niemand, erst recht kein Bewerber ums Petrusamt, durfte etwas davon wegnehmen, denn „das Dogma hält die Welt im Innersten zusammen". Dabei dachte ich an den Erdkern, das flüssige Eisen, das unserer Erde Schwerkraft und Zusammenhalt gibt, das wir aber nicht sehen. Doch in den nächsten zehn

Jahren sollten nicht Lehrsätze im Mittelpunkt stehen, sondern Handeln für die Welt, Friede unter den Religionen, Friede unter den Menschen, Bewahrung der Schöpfung.

Mit „Aggiornamento“ nahm ich auf den drei Seiten ein Stichwort auf, das zum Leitthema für Johannes XXIII. geworden war: Anpassung, wörtlich Angleichung an den Tag. „Was jeder Tag will, das sollst du fragen. Was jeder Tag will, wird er dir sagen.“ So hatte Mutters Vetter bei der Taufe durch ein Goethewort einen Impuls für mein Leben gegeben.

Wir müssen Christi Sinn in unsere Welt bringen: Seinen ernsthaften Ruf zur Umkehr wie seine unendliche Liebe. „Alles, was ihr von anderen erwartet, das tut auch ihnen. Darin besteht das Gesetz und die Propheten.“ Ob dieses Papier je Bedeutung gewinnen würde?

Der Carneval war auch in Rom wieder entdeckt worden. Nachdem Venedig durch diese Neubelebung so viele Besucher in den Jahrezehnten zuvor angelockt hatte, kam auch der römische Tourismus-Manager dahinter, dass durch gezielte Einladung einzelner Nationen die bisherige Februarflaute ausgeglichen werden konnte.

Durch die Einladung 2017 an die „Briten aller Breiten“ kamen Zehntausende von den Inseln und hatten sich, angestachelt von der englischen Abendzeitung MOON, darauf geeinigt, den Kirchenstaat aufs Korn zu nehmen. Hunderte von „Päpsten“, Tausende von „Kardinälen, Ordensleuten und Priestern“ torkelten durch die Straßen, lallten oder spielten ordinäre Szenen. Da auch große Pilgergruppen aus Polen, Kroatien und Tschechien, die keine Karikaturen oder Witze über die Kirche duldeten, in der Stadt waren, führte es zu Schlägereien mit vielen Verletzten. Ich kam zu einer Gruppe dazu, in der schwere polnische Männer auf hemdsärmlige junge, trunkene Engländer losgingen, und konnte durch ein „Beati pacifici“ (Selig, die Frieden stiften) von erhöhter Stelle für dieses Mal die Brandung beruhigen.

Das blieb nicht ungesehen. Auf einem Poller stehend, ein Arm ausgestreckt, Purpurgewand, Segensgeste, wurde ich fotografiert. Mein schönstes Bild: überzeugend, kraftvoll, authentisch. Ich mochte es, wenn es gedruckt oder genannt wurde. Und das geschah häufig. Alle Zeitungen hatten es im Archiv.

Wieder war ich mit Anna im Park. Ihren Eltern hatte ich einen freien Abend ermöglicht. Da vernahm ich einen Schweizer, hörbar ein Luzerner, Nietzsches „Nachtlied“ aufsagend. Er redete wie Brunnenplätschern:

„Nacht ist es:
Nun reden lauter alle springenden Brunnen.
Und auch meine Seele ist ein springender Brunnen.

Nacht ist es:
Nun erwachen alle Lieder der Liebenden.
Und auch meine Seele ist das Lied eines Liebenden.

Ein Ungestilltes, Unstillbares ist in mir; das will laut werden.
Eine Begierde nach Liebe ist in mir, die redet selber die Sprache
der Liebe."

Friedrich Nietzsche hatte die Verse „das einsamste Lied, das je gedichtet worden ist", genannt. Wie freute ich mich, nicht einsam zu sein, und sang Anna „Guten Abend, gut Nacht..." Bald würde ich sie Conrad Ferdinand Meyers „Römischen Brunnen" lehren:

Aufsteigt der Strahl und fallend gießt
Er voll der Marmorschale Rund,
Die, sich verschleiernd, überfließt
in einer zweiten Schale Grund;
Die zweite gibt, sie wird zu reich,
Der dritten wallend ihre Flut,
Und jede nimmt und gibt zugleich
Und strömt und ruht.

Sommer 2017

„Guten Abend, gut Nacht, mit Rosen bedacht, mit Nelken bedeckt, schlupf unter die Deck. Morgen früh, wenn Gott will, wirst du wieder geweckt. Morgen früh, wenn Gott will, wirst du wieder geweckt." In deutschsprachigen Ländern beliebtes Abendlied.

Der Sommer 2017 ist mir in so intensiver Erinnerung, wie wenn er gerade vergangen wäre. Dabei sind achtzehn Weltjahre seitdem verstrichen: Achtzehn Jahre tägliches intensives Erleben, doch dieser Gewitter-Sommer ist unvergessen. Die Papst-Frage (P-Frage) wurde wöchentlich auf Seite eins der Zeitungen gestellt: Josef kommt zurück – Josef kennt Rom nicht mehr – Hat er seinen Auftrag vergessen? – Wer wird Papst Josef beerben? Mit Männern und Frauen meines Vertrauens besprach ich das Bewerbungsschreiben. Ich wollte antreten, aber als Team mit zwei Frauen und vier Männern.

Zur Entspannung lief ich als Tourist durch Rom. Manches, was ich oft besehen hatte, erschien mir, wenn ich mit der kleinen Anna ging, die doch noch nichts verstand, eine Neuentdeckung. Zwei Marmorkunstwerke haben es mir damals besonders angetan: Michelangelos Pieta und Berninis Teresa von Avila.

Die Karmelitin Teresa beschreibt in einer Vision, dass Gott in Gestalt eines Engels einen goldenen Pfeil in ihr Herz bohrt, unter dem sie vor Schmerz stöhnt und gleichzeitig höchste Lust empfindet, weil sie dem Leiden des Erlösers damit gleichgestellt ist. Bernini hat um 1650 im Typus einer Amor-und-Venus-Gruppe in Santa Maria della Vittoria Teresa auf einer Wolke mit bewegtem Gewand dargestellt, über ihr den Engel mit bauschendem Hemd, die Rechte mit dem Pfeil in der Hand ausholend. Die Heilige hat den Kopf zurück geworfen, um den Stoß zu empfangen. Alles aus weißem Marmor. Naturgesetze scheinen aufgehoben: Dieser Marmor hat kein Gewicht.

Denen, die Gott lieben, muss auch ihr Betrüben lauter Freude sein.

Auch zur leidenden Mutter führe ich die kleine Anna. Wenn die Restauratoren die Figur reinigen und die Glasplatte abschrauben, komme ich, um die Mutter und den vom Kreuz genommenen Sohn mit Handschuhen zu berühren. Michelangelo hat sie mit 25 Jahren geschaffen. Obwohl in den Schriften nur von Maria unter dem Kreuze steht, stelle ich mir vor, dass sie Jesu toten Körper nach der Kreuzabnahme berührt und sich vom Sohn vor dem Begräbnis verabschiedet hat.

Dr. Fiorenzo Rudolfino war der meistgenannte unter den Kandidaten für den künftigen Papst, ein wandelndes Lexikon, Dogmatiker von Weltrang, Professor und Kardinal, frommer Einzelkämpfer, bedeutender Prediger. Er gab kluge Interviews, galt als „der Kommende“. Bei Umfragen sahen ihn 60 Prozent bereits auf den Stuhle Petri.

August und September 2017 schafften es drei indische Schwestern, die P-Frage aus den Schlagzeilen zu bringen. Nachdem Hula Ushivampira den Hochsprungrekord für Frauen auf 2,19 Meter geschraubt hatte, folgte die Woche darauf ihre Schwester Moliera mit 4,80 Meter beim Stabhochsprung der Frauen. Beinahe im Wochenabstand gab es neue Marken: Im Oktober, also nach drei Monaten Rekorden, lagen die Marken bei 2,25 und bei 4,91 Meter. Die 22-jährigen Zwillinge, Brahmanenmädchen, sahen aus, wie wenn die Natur einen Sprung gemacht hätte: beide einen Meter achtzig groß, große schmale Nasen, langer zarter Hals, berückender Gang, engelgleiches Lächeln, Hindus mit katholischer Erziehung auf einer Klosterschule der Englischen Fräuleins.

Die dritte Schwester aus der Familie hieß Honda, 24, mittelgroß, stieg in die Männerdomäne Rennsport ein. Die erste Frau, die dem langjährigen Weltmeister Michel Hornpiper aus dem Elsass ernsthaft durch Siege in Spa, Ungarn und Monte Carlo Konkurrenz in der Formel 1 machte.

Besuch bei Josef in New Orleans. Ich traf ihn im Park der Reha-Klink beim Golfen. „Mein Freund, du bist richtig. Rate, was ich geträumt habe?“ Meine Vermutung: „Du suchst Golfbälle, wer findet sie: Martin und die kleine Anna.“ Wir lachten. „Ich habe nur von dir geträumt, ohne Anna. Du hast das Tiberschwimmen mitgemacht, zu dem alle Kardinäle und ich angetreten sind. Bei der Viktor-Emanuel-Brücke stieg ich aus, als Rudolfino führte.“ – „Wo sind wir denn gestartet?“ – „Auf der Tiberinsel bei der Garibaldibrücke.“ – „Alle Kardinäle gegen den Strom. Unglaublich.“ – „Höre! An der Engelsbrücke stiegst du als erster aus dem Wasser.“

Unter fünf Brücken gegen den Strom zu schwimmen, ist im Tiber eine riesige Traum-Leistung.

Sollte der Traum-Sieg Symbolkraft bekommen?

2017 taucht ein Jugend-Gedicht auf

Das Sommerloch war doch nicht frei von Nachrichten über Martin Eggli. Bei Hildchen in Berlin war ein Gedicht aus meiner Elisabeth-Reihe aufgetaucht, das Fredo, der die übrigen Gedichte verloren, seiner Frau gegeben hatte. Ingeborg Pflug von den „Nachrichten Neuchatel“ fand das heraus. Ich konnte mich überhaupt nicht erinnern, es geschrieben zu haben, schämte mich aber seiner nicht:

Miriam

hat Freude an Fettem,
Geligem und Nassem,
schwitzt nie.
Vollkommene Fülle ziert sie,
kann nicht kochen.

Isst mit Händen,
ihre Küsse tropfen,
küsst auch Mädchen.

Reitet stehend,
tanzt frei- und samstags,
liebt immer drei Männer,
die sie zufriedet und vergnügt.

Jeder wird ein Prinz:
heute Malli, Moorlo und Murk,
alle „von Morgenstern".
„Einer", sagt sie,
„ist zwei zu wenig".

Kann zaubern und verzücken,
„Wenn ich Kinder habe",
sagt auch sie,
„dürfen Männer minuieren".

Das sollte wohl „weniger werden" bedeuten. Hildchen in Berlin wunderte sich im „Sommerinterview aus der Provinz", wieso ich überhaupt Pfarrer geworden bin: „Er hatte doch so viel Verständnis für Frauen und Philosophie. Ich sah den Kleinen immer als Autor das Cafe des Westens wieder beleben. Aber es ist gut für die Kirche. Sie braucht starke Liebhaber." So ähnlich hat die Zeitung sie zitiert.

Plejadenstories vom Thüringer Wald

Der letzte Besuch in Weimar bei Lotte und Georg vor der Wahl. Wanderungen im Thüringer Wald. Einige Geschichten schreibe ich unter dem Titel „Vergnügliche Figuren. Plejadenstories“ nach Teestunden im Wald. Der Untertitel rührt daher, dass die Plejaden, auch Siebengestirn genannt, ein winziges Sternbild beim Stier sind, das wie eine Miniausgabe des „großen Wagens“ aussieht und mir in jeder heitren Herbst- und Winternacht Vergnügen bereitet.

Das Vergnügen, am Fluss zu leben

Alles fließt. Ich lebe am Fluss. Alles fließt sofort ab. Tränen fließen weg, Tränen fließen nach. Der Fluss kühlt. Ich kann aus ihm trinken. Muntere Fische leben darin. Tonlos und mit stetigen Kräften, auch nachts, schiebt fluss Sandbänke mit Kies hinüber, herüber und vorwärts. Ich spiele an seinem Herzufer.

Auch andere haben ihre Häuser an den Fluss gebaut. NachbarInnen mit Eigenleben. In Sommernächten treffen wir uns auf dem Kies zum Erzählen und zu den leckersten Speisen. Wir liegen im Sand und wärmen uns, wenn der Nachtwind kommt.

Winters lädt man sich in die Hütten zum Kaminfeuer ein, liest aus Büchern und erzählt die Träume.

Auch sonst berühren wir uns oft mit den Händen.

Die Flussleute lassen sich am Hang begraben. Sie bleiben nebenan bei.

Pjetr

spricht kein Deutsch, obwohl der Kroate seit zehn Jahren in Näfels im Glarner Land lebt, sieht nur kroatisches Fernsehen, versteht hundert deutsche Worte, ein Glücksfall. Er fürchtet das Feuer nicht, hat zweiundzwanzig deutsche und französische, burmesische und vietnamesische Menschen aus brennenden Häusern gerettet.

Ernesto

betrachtet das Leben als Lotteriegewinn. Gezeugt Mitte Juni 1948 war sein Leben ein Hinein. Öfter überschwemmt von Wassern und Gefühlen versteht er es, den Kopf oben zu halten. Immer gibt es etwas zu sehen. Er hasst komplizierte Streitigkeiten und will klare Vorgaben. „Bedienen und Bedientwerden“ ist sein Motto, darum lebt sichs gut in seiner Nähe.

Adamo
liebte es, sich alle hundert Jahre für ein Jahr auftauen zu lassen. So hoffte er, etwa 5.000 Jahre zu erleben, da er sich mit 25 zum ersten Mal einfrieren ließ. Tatsächlich ist das Einfrieren und Auftauen je zweimal gelungen. Er erlebte die Jahre 2085 und 2185. Wir kennen die Gründ... (Erzählriss)

Der Winterschlaf für Amelie
begann immer am 10. November und dauerte bis 20. Januar. Diese zehn Wochen wollte sie sich nicht geben. Weihnachten vermisste sie nicht, feierte lieber Fasching, und wie! Ihr Geld verdiente sie von Ostern bis Juli durch Übersetzungen. Weil sie brillant waren, nahm sie viel dafür und gab es im Sommer in Schweden, im Herbst in Nordafrika, im Fasching in Venedig aus. Dabei sah sie ihre Kinder, den in Oslo, den in Casablanca und die in Mestro.

Albert, der mit dem gelben Spiegel
trinkt nichts, weil ihm der Satz „No martinis" gut gefällt, weil er sonst nicht treu sein kann, und seine Frau seine Untreue hasst, weil er sonst versackt, eindickt, uninteressiert und uninteressant wird, viel vergisst und sich selbst verachtet.

Ablaham
ist Alabel mit Splachfehlel. Seine Kindel tanzen wundelbal. Leilah, sein Steln und seine Sonne, blät ihm täglich einen Tluthahn aus seinel eigenen Falm.

Liebeweit und weiter
Heine macht bei Sternschnuppen seine Seele weit für die Liebe und weiteres.

Das Singen hilft ihm, sich von Angst zu befreien.

Engel auf Urlaub
Das ist mein Gefühl hier. Ich wusste es wieder, als ich heute bei der Ende-August-Wetterwende über den Markt von Gotha ging. Ich habe nur Grund, die Menschen anzustrahlen und ihnen die allerschönsten Dinge zu zeigen. Vielleicht kann ich eine Uranusumrundung (85 Jahre) da sein, es könnte aber ein schnellerer Rückruf kommen.

Solang ich bin, gebe ich früchteweise vom paradiesischen Glück weiter, das traumnah-traumfern ist, aber unauslöschlich.

Ganz Mensch, von der glücklichen Martl geboren, ganz Engel, vom Vater geschickt: „Bring Glück."

Hat man als Engel öfter Urlaub? Wie wirds nachher? Erkennt man mich wieder? Unnötige Fragen.

Umgeben von den guten Mächten
geht es leicht. Die kleinen Anstrengungen werden unterstützt von allen Seiten. Es sind so viele, dass ich einige dorthin schicken kann, wo ich mich ein wenig auskenne: In den Irak, nach Teheran, nach New Orleans, nach Bethlehem, nach Gaza, nach Jugoslawien, an Augsburgs Lechkanäle, zu unglücklichen Händlern nach Basel am Rhein, in den Bergjemen, in Venedigs Kanäle, in die Dörfer und Höfe im Berner Oberland, wo nachts um elf die Laternen verlöschen. Und nach Wien, wo fetten Gefühlen Flügel fehlen.

Oft sieht Fabian
seine Gegenwart von der Zukunft her als vergangen an: So verliert Neues seinen Sensationswert, Schreckliches wird gemildert durch die wundenheilende Zeit,

Kommendes war schon, schwere Schicksale wiegen weniger.

Mit diesen Geschichten konnte ich Abstand zu meiner Anspannung gewinnen und wirklich wahrnehmen, dass es Millionen andere, ebenso wichtige Lebensläufe wie meinen gibt.

Das heilsame Wasser von Bad Sulza

Lotte begleitet mich in die nahe Therme von Bad Sulza, wo man „das Tote Meer nach Thüringen geholt hat". Das warme, salzige Wasser aus der Tiefe der Erde trägt. Lotte hatte als Musik, die dort über und unter Wasser aus Lautsprechern kommt, Händels „Messias" bestellt, und als Duft, der als warmes Säuseln die Hallen erfüllen sollte, Rosmarin.

Man liegt in warmem, salzigem Wasser, das auch den Nichtschwimmer trägt, mit den Ohren unter dem Wasserspiegel. „Er weidet seine Herde" oder das „Halleluja" – ein Hörwunder in der Badehose unter einer Kuppel mit Farbspielen. O Lotte, in deiner Nähe aufzutanken war das Vorzimmer des Paradieses. Ich habe viel Schönes gesehen und erlebt, doch nirgends war es rundum wohlig wie in deiner Nähe. Mein lieber Georg, danke, wie du die Gebefreudigkeit deiner Frau mit deinem Bruder teiltest.

Unvergessen bleibt das damalige Zwiebelfest. Die Menschen drängen sich. Auf dem Markt von Weimar genieße ich Zwiebelkuchen und Muskat-Saalewein bei Musik von Philipp Emanuel Bach, als zwei Baslerinnen, Simone Balderschwang und Nicola Scherenschmidt, auf mich zukommen und ihren Ex-Pfarrer erkennen. Große Wiedersehensfreude. Sie stecken in der Ausbildung zum Diakonat. Erzählen vom Gemeindeleben. Wünschen, dass ich bei ihrer Weihe dabei wäre. Ich kann es nicht versprechen.

„Was hast du erreicht? Denke jetzt nur ans Vergangene. Stell dir vor, du kämst jetzt zum Sterben nach Weimar. Wäre dein Leben nicht genug gewesen?“ Lotte schaffte es mit solchen Sätzen, mich völlig von meiner großen Anspannung wegzubringen. Was sie mir ermöglichte, war Zufriedenheit und Regression: Wie eine Mutter ihr krankes Kind pflegte sie den Schwager vor der wichtigsten Klausur seines Lebens.

Was hatte ich erreicht? Ich war so überreich vom Leben beschenkt, dass ich bereit war, mit einem großen Dankeschön alles abzugeben. Und war bereit, mit den wenigen Belastungen, die geblieben waren, einen weiteren Anstieg anzutreten.

Beschenkt und geprüft: Anneles Tod, nicht gehaltene Versprechen, Spiel mit Gefühlen, Tragik und Fehler hatten das Leben begleitet. Rettung aus allem. Immer wieder Erlösung, Lossprechung, Weitergehendürfen.

Pläne und Projekte:

* In großer Gelassenheit die Wahl abwarten. Im Wahlfalle den Plan des Bewerbungsschreibens umsetzen. Viel beten. Das Erreichte feiern, ohne es überzubewerten.
  Das Staatswesen Vatikan fördern. Man kann natürlich nicht den kleinsten Staat der Welt zu einem Vorbild hochstilisieren, doch er muss den Menschenrechten gerecht werden, und könnte Modellcharakter haben.
* Ökumene:
  + Vereinbarungen mit Kirchen, die uns ein Gegenüber sind, also weltweit tätig.
  + Basis ist die Anerkennung der Beschlüsse der altkirchlichen ökumenischen Konzilien.
  + Versöhnung am Punkt der Trennung
  + Selbständig bleiben
  + Zur Una Sancta stoßen. Obgleich der Geist weht, wo er will, hat Gott ihm bestimmte Gesetze mitgegeben. Diese zu erkennen und nach ihnen zu leben, ist Aufgabe der Kirchen.

* Team in Petto **(TIP):**
  Kardinalstaatssekretär: Beatus van Elfen
  Einheit der Christen: Benjamin Srinagar
  Gerichtshöfe: Silvia Gastalozzi
  Bischofsvertreter in Rom: Pietro Lapislazuli
  Sekretär für das Heilige Jahr: Angelo Duenenlaeufer
  Sekretär für ICC: Ivo D' Honneur
  Frauenförderung: Angelika Mandarova

Josefs Gelübde

Josef war immer gegenwärtig. Auch diese Verse gehören zu den Plejadenstories:

Josef
Muriels einziger
lebt sieben Leben:
Baton Rouge Hauptstadt-Unterschicht
Shakespeare singen
Maßvoller Messdiener
Student der Vorlieben
Bischof mit Übersicht
Papst, der aus den Sümpfen kam
Back to the roots.

Damit war mit 29 Worten Papst Josefs Leben beschrieben für den, der ihn kennt. Also für sehr viele, denn seinen Lebenslauf lernten katholische Kinder weltweit: Der unehelich geborene schwarze Junge aus Louisiana wurde durch seine schöne Stimme bekannt. Er sang nicht nur Spirituals, sondern vertonte Shakespeare-Gedichte. Auch als lebensfroher Student hat er sich jeden Sonntag verpflichtet: „Seit meinem siebten Lebensjahr habe ich nie den Gottesdienst versäumt. Nein, nie." Der frühe Tod seiner Mutter, die auf einem Mississippi-Ausflugs-Schiff bediente, bescherte ihm ein Jahr „absolute Heimatlosigkeit, und dennoch war ich geborgen: Mumm sorgte dann vom Himmel her für mich, viel besser als sie es auf Erden konnte. Sie beschaffte mir sogar eine Familie. Bei James und Samantha erlebte ich den Glauben als das sichere Festland, Geschäftsleben als das Meer, das schnell vorwärtsbringen, aber auch alles zunichte machen kann." Die Pflegeeltern schickten ihn auf die besten Schulen, ließen seine Stimme ausbilden, und gaben ihn wieder frei.

Dann kam die Posaune in sein Leben. New Orleans ist Jazz. Warum hat Papst Josef das Instrument, das seine jungen Jahre bestimmt hat, in Rom nie ausgepackt? Musik und seinen Glauben hatte er doch nie als Konkurrentinnen gesehen.

Es ist ein Gelübde: Dreißigjährig erkrankt Josef an Hodenkrebs. Die Behandlung nimmt ihm alle Kräfte, alle Haare, und seine Manneskraft. Er hatte sich mit Voodoo-Leuten eingelassen, im Mondenschein mit der Voodoo-Königin Louisa Lavanna und mit einer Boa-Constrictor-Schlange Bamboulatänze bis zur Ekstase angeführt. Nach Todesfällen junger Teilnehmer hatte er sich von der magischen Religion abgewandt – und wird krank. Eine Strafe Gottes? „Zumindest ein Zeichen. In der wichtigsten Nacht meines Lebens versprach ich der Jungfrau, der Patronin unserer Stadt, und dem allmächtigen Gott meine ganze Liebe, meinen Service und meine Treue. Ohne Posaune, ohne Hintertürchen. Neununddreißig Jahre lang blieb ich ‚Stimme meiner Herrin'. Jetzt bin ich Freigelassener."

Dass man in der ganzen katholischen Weltkirche und darüber hinaus einem Papst zubilligte, vor dem letzten Schritt in die Freiheit vom vergänglichen Leib noch einen vorletzten Schritt in die Freiheit mit dem „zerbrechlichen Gefäß" zu tun, war ein gutes Zeichen. Viele Menschen waren mit ihm gereift. Es schrieben ihm Leute, die von sich ein Jahr vorher nicht gedacht hätten, diese Lösung gut heißen zu können: „Brüderchen, du hast uns gezeigt, dass Glaube Freiheit schenkt, und Freiheit gänzlich Unerwartetes hervorbringt."

Der alte Josef durfte noch einmal ein anderer, „der alte", oder besser „der junge", werden: Mit seiner Posaune, mit dem Pianisten Pit Krokie, dem Trompeter John Albrecht, und dem Bassisten Helm Heim stellten vier frühere Priester ein Quartett zusammen, das in den Kellern des French Quartier auftrat.

Als ich kurz vor seinem Rücktritt Josef noch einmal in New Orleans besuchte, führte er mich auf den Friedhof No. 1 an der Basin Street, umgeben von hohen Mauern, wo Touristen das mit vielen X-Zeichen versehene Grab der Voodoo-Frau Marie Laveau umschritten. Am anderen Ende des Gräberdorfes hatte er sein „Mamre", sein Erbbegräbnis, gekauft. Eine Funeral Parade, ein Leichenzug mit einer Kapelle, zog gerade in die Stadt der Toten.

„Rosafarbener Granit soll es sein, die Posaune und meine Papstmütze sollen nicht fehlen. Und diese Variation aus dem 71. Psalm:

‚Meine Lippen sollen jubeln, denn dir will ich singen und spielen. Meine Seele, die du erlöst hast, soll aufsteigen zu dir.‘ Bitte auch das Segenswort: ‚Einen weiten Horizont schenke dir der Herr. Alles, alles lasse er dich aus seiner Segenshand nehmen.‘“

Würdigung

Josef brauchte seinen Ausklang, die Kirche konnte ihn ziehen lassen. „Man soll Reisende nicht aufhalten. Sie sehen ihren Engel“ hatte er oft gesagt. Eine ausführliche Würdigung seines „bisherigen Pontifikats“ hatte die Neue Zürcher Zeitung erbeten. Hier wurde ich persönlich: Die Untertitel lauteten damals, Ende September 2017:

* Der Gefühlsmensch
* Der auftaucht aus dem Meer der Trauer
* Träumer und Visionär
* Geschäftsführer einer weltweiten Wellness-Organisation
* Stellvertreter für Herrlichkeit und Leiden
* Keiner bleibt auf dem Gipfel wie Moses – Ausklang im Tal.

Hier durfte ich als erster, von Josef selbst beauftragt, über seine Pläne, in den Staaten zu bleiben und bald seine Resignation anzuzeigen, schreiben.

Josef spielte Golf und Posaune und trat ein halbes Jahr vor seinem Tod eine Weltreise mit Abschiedsbesuchen in vielen Hauptstädten an, zuletzt in Rom. Vor der Messe in der päpstlichen Laterankirche wünschte er sich, dass wir uns gegenseitig die Füße waschen, wie der Herr es seinen Jüngern getan und als ein Sakrament aufgetragen hatte: „Ich habe euch ein Bespiel gegeben, damit auch ihr so handelt, wie ich an euch gehandelt habe.“ Später las Josef das Evangelium aus Johannes 14: „Euer Herz erschrecke nicht und fürchte sich nicht. In meines Vaters Hause sind viele Wohnungen. Ich gehe, um einen Platz für euch vorzubereiten... Nur noch kurze Zeit, und die Welt sieht mich nicht mehr... Frieden hinterlasse ich euch, meinen Frieden gebe ich euch. Euer Herz beunruhige sich nicht und verzage nicht.“ Es waren die Jesu Worte, die er las, doch es waren auch Josefs Gedanken.

Tod des Expapstes am 7. März 2020, Bestattung in New Orleans am Josephstag, 19. März. Auf seinem Sterbebett hatte er sich gewünscht, sein Begräbnis möge mit der „Aussöhnung alte und neue Welt, Eroberer und Kolonien, Spanier und Südamerikaner, Afrikaner und Amerikaner“ verbunden sein. Da die Kathedrale unmöglich die vielen Gäste fassen konnte, wurde eine Messe unter den Eichen im City Park gefeiert. Das Fest begann früh am Morgen, als österliches Licht über der Stadt strahlte. Zu den Glocken kam das Hupen und Tuten der Schiffe, die sich ringsumher versammelt hatten. In den Ansprachen nach der Totenmesse gingen die Staatsoberhäupter Amerikas, Brasiliens, Mexikos, Spaniens, Portugals und der Elfenbeinküste auf den letzten Wunsch des Papstes ein. Bedauern über „vergangene böse Jahre, über Missachtung der Würde, die jeder einzelner Mensch genießt“, wurde ausgesprochen – und angenommen.

Josef bekam als Grabmal die granitene Nachbildung der Accademia della Scienze aus den Vatikanischen Gärten mit den gewünschten Sprüchen. Die Besucher des Friedhofs „St. Louis Number One“ suchen jetzt Josefs Grab auf und lesen den Spruch auf dem Nachbargrab, der Eliza Lewis gilt, für ihn und für sich dazu: „Für die Tugendhaften gibt es eine bessere Welt.“

In der 1794 vollendeten ältesten Kathedrale Amerikas, der Bischofskirche St. Louis in New Orleans, erinnert eine Tafel an den Papst, der hier Erzbischof gewesen war: „Diener der Diener Gottes, Bischof von Rom, Stimme seiner Herrin, Gehilfe der Freude“ wird er darauf genannt.

Bei der Enthüllung dieser Tafel, am Christkönigsfest 2020, empfingen Stadt und Kathedrale von New Orleans den Rosenorden, überbracht von der ersten schwarzen Stipendiatin des Ordens, Naomi Libera Osomba aus Nigeria, die als früheres Model, aber auch mit einer ausgebildeten Altstimme und Kenntnissen der Kolonialgeschichte am Wettbewerb teilgenommen hatte.

Bestimmungen der Papstwahl

Nun stand das Konklave, die Papstwahl, unmittelbar bevor. Die Regeln waren mir vertraut. Sie gelten für den Tod oder den Rücktritt des Papstes.

Die Apostolische Konstitution „Universi Dominici Gregis“, verfasst von Papst Jonathan und verkündet am 22. Februar 1996, bestimmt folgendes:

Die Sedisvakanz

Der Kardinal-Camerlengo ist nach Tod oder Rücktritt eines Papstes der wichtigste Mensch im Vatikan. Er erledigt die Geschäfte bis zur Wahl. Wird ihm der Tod eines Papstes gemeldet, hat er die Pflicht der Nachprüfung. Er tritt an das Totenbett und ruft den Taufnamen, also nicht den Papstnamen, dreimal. Kommt keine Antwort, bestätigt er den Anwesenden: „Ja, der Papst ist tot." Der Kämmerer lässt den Toten mit den Bischofsgewändern einkleiden. Dann wird der Leichnam aufgebahrt und dem Volk präsentiert. Wenn die Kardinäle den Begräbnistag bestimmt haben, wird die Leiche unter den Papstthron getragen. Dort wird sie in einen dreifachen Sarg gelegt: der erste aus Zypressenholz, der zweite aus Blei, der dritte aus Ulmenholz. Das Gesicht wird mit einem weißem Tuch bedeckt, an die Seite ein versiegelter Lebenslauf gelegt. Die meisten Päpste werden in der Gruft von St. Peter bestattet.

Bis zur Neuwahl geht die Verwaltung an das Kardinalskollegium über. Das meiste ruht jedoch: Keine neuen Gesetze, keine richterliche Tätigkeit außer Gewissens- und Ehesachen.

Die Kardinäle tagen nun täglich. Sie organisieren die Beerdigung und die Wahl, sie nehmen die Beileidsschreiben der Regierungen entgegen. Sie gestalten die Zeremonie der Vernichtung des Fischerrings und des Siegels des Papstes.

Der Cardinal-Camerlengo übernimmt die Besitztümer, den Palast, den Sommersitz Castel Gandolfo, den Lateranpalast, die eigentliche Titelkirche des Papstes.

Entsprechendes gilt, wenn ein Papst zurücktritt. Er darf ohne Angabe von Gründen sein Siegel und damit sein Amt zurückgeben. Dies ist mit „Resignieren" gemeint: „Das Siegel zurückgeben".

Wann wird gewählt?

Die Vorbereitung soll bis zum 15. Tag nach dem Tod oder Rücktritt des Papstes beendet sein. Frühestens am 15. Tag, aber spätestens am 20. Tag sollen alle Kardinäle an einer feierlichen Eucharistie teilnehmen. Am Nachmittag begeben sich die Kardinäle in einer feierlichen Prozession in Chorkleidung in die Sixtinische Kapelle.

Wer kann Papst werden?

Jeder Katholik kann zum Papst gewählt werden. Allerdings muss der Gewählte, falls er noch kein Bischof ist, sofort nach der Annahme der Wahl zuerst die Bischofsweihe erhalten. Es ist üblich, den Papst aus dem Kardinalskollegium heraus zu wählen.

Wer wählt?
Wahlberechtigt ist das Kardinalskollegium der Heiligen Römischen Kirche, allerdings dürfen nur Kardinäle wählen, die das 80. Lebensjahr am Todestag des alten Papstes noch nicht vollendet haben. Die Zahl der Papstwähler darf nicht größer als 120 sein.

Wo wird gewählt?
Gewählt wird in der Sixtinischen Kapelle des Apostolischen Palastes im Vatikan. Die Kardinäle wohnen während der gesamten Wahl in „Gästehaus Sankt Martha“, südlich der Petersbasilika innerhalb des Vatikanischen Territoriums. Außer den Kardinälen sind verschiedene Helfer, Pflegepersonal, Köche in den hermetisch abgeschlossenen Räumen, die alle zur Verschwiegenheit verpflichtet sind. Niemand darf erreichbar sein.

Wie läuft die Wahl ab?
Der Kardinaldekan oder der ranghöchste und älteste Kardinal liest eine Eidesformel vor, die diese Bestimmungen bekräftigt. Darauf müssen alle Kardinäle einen Schwur leisten und mit diesem Worten bekräftigen: „Und ich, N. Kardinal N., verspreche, verpflichte mich und schwöre es, so wahr mir Gott helfe, und diese heiligen Evangelien, die ich mit meiner Hand berühre.“

Die Wahlen erfolgen schriftlich und geheim. Für eine gültige Papstwahl sind zwei Drittel der Stimmen aller anwesenden Wähler notwendig. Das Konklave soll Exerzitien ähneln. Nach drei Tagen erfolgloser Stimmabgabe folgt ein Tag ohne Wahl, damit die Kardinäle „eine Pause des Gebets einlegen und frei miteinander sprechen können“. Danach folgen sieben weitere Wahlgänge und – nach einer weiteren Pause – eine dritte Serie von sieben Abstimmungen. Wenn auch danach kein Ergebnis vorliegt, können die Kardinäle das weitere Vorgehen beschließen, dass zum Beispiel die einfache Mehrheit genügt oder eine Stichwahl stattfindet.

Besonderheiten
* Die gesamte Wahl läuft geheim ab und darf in keiner Weise öffentlich gemacht werden. Zwei „vertrauenswürdige Techniker“ müssen darauf achten, dass die Geheimhaltung in den Räumen gewahrt bleibt und keine Aufnahme- oder Sendegeräte in die Räume eingeführt werden.

* Die Kardinäle sind angehalten, jede Kommunikation mit Personen außerhalb dieser Räume zu unterlassen.
* Der Stimmzettel muss genormt sein. Es ist festgelegt, dass er rechteckig sein muss und in der oberen Hälfte die Worte „Eligo in Summum Pontificem (Ich wähle als höchsten Priester)" enthalten muss. Die untere Hälfte ist frei und für den Namen des Gewählten reserviert.
* Der Stimmzettel muss zweimal gefaltet werden.
* Beim Einwurf des Stimmzettels in einen Kelch spricht jeder Kardinal eine Eidesformel: „Ich rufe Christus, der mein Richter sein wird, zum Zeugen an, dass ich den gewählt habe, von dem ich glaube, dass er nach Gottes Willen gewählt werden sollte."
* Die Auswertung der Stimmzettel erfolgt durch drei Wahlhelfer. Sie vergleichen die Zahl der abgegebenen Stimmen mit der Zahl der Kardinäle, dann lesen sie laut die Namen des Gewählten auf den Stimmzetteln und legen diesen in einen zweiten Kelch.
* Der Wahlabschluss besteht aus der Kontrolle und dem Verbrennen der Stimmzettel. Bei erfolgloser Wahl werden sie in einem kleinen Ofen zusammen mit nassem Heu verbrannt, so dass schwarzer Rauch aufsteigt. Nach der erfolgreichen Wahl des Papstes werden die Zettel ohne Heu zu Asche und weißem Rauch aufgehen lassen. Sehnsüchtig warten die Menschen auf dem Petersplatz auf dieses Zeichen und antworten mit Jubel und erneuter Spannung: Wer wird ihnen in der nächsten Stunde vorgestellt?

Was passiert, wenn eine gültige Wahl erfolgt ist?
Der Sekretär des Kardinalskollegiums und der Päpstliche Zeremonienmeister werden in den Raum gerufen. Der ranghöchste und älteste Kardinal oder der Kardinaldekan fragt den Gewählten:

„Nimmst du deine kanonische Wahl zum Papst an?"

Folgt eine Zustimmung, kommt die Frage:

„Wie willst du dich nennen?" Der Gewählte gibt seinen Papstnamen bekannt.

Mit der Annahme der Wahl ist der Gewählte Bischof von Rom, wahrer Papst und Haupt des Bischofskollegiums.

Die Kardinäle erweisen dem neuen Papst ihre Huldigung und leisten das Gehorsamsversprechen. Nach einem gemeinsamen Dankgebet verkündet der Erste der Kardinalsdiakone auf der äußeren Loggia von St. Peter dem Volk und dem wartenden Klerus (Priester, Bischöfe, Ordensleute): „Ich verkündige euch eine große Freude. Papam Habemus. Wir haben einen Papst“ und nennt dessen Namen und Papstnamen.

Dieser erteilt den Segen „Urbi et Orbi“ von der Loggia.

Die Kardinäle haben sich inzwischen mit der Cappa Magna bekleidet und huldigen dem Papst zum zweiten Mal. Nach einigen Tagen kommen sie zum dritten Mal, um ihre Unterwerfung unter den Willen des neuen Papstes zu bekunden. Die Krönung findet normalerweise eine Woche später statt. Auf dem Weg zur Feier verbrennt ein „Zeremoniar“ ein Häuflein Zweige und spricht dazu: „So vergeht die Herrlichkeit der Welt.“ Die dreifache Papstkrone hat Papst Paolo den Armen gespendet. Doch beim Aufsetzen des Papsthutes wird immer noch gesprochen: „Du sollst wissen, dass du der Vater der Fürsten und Könige, der Lenker der Welt, der Statthalter unseres Herrn Jesus Christus bist, dem Ruhm sei und Ehre in Ewigkeit. Amen.“

Wenn das nicht der Versucher selbst formuliert hat!

Gottes Geist soll entscheiden

Im Kollegium der Kardinäle sprachen wir offen über unsere Aussichten. Wir waren Freunde und Brüder. „Wem Gott ein Amt gibt, dem gibt er auch den Verstand dazu.“ Von dieser Weisheit schloss keiner den andern aus. In jeder Messe rund um den Globus wurde um den Beistand des Heiligen Geistes gebeten, er möge in seiner ewigen Weisheit der Welt den rechten Bischof der Bischöfe auswählen. Am Sonntag vor dem Konklave ließen wir in allen katholischen Kirchen über Römer 8 predigen: „Der Geist nimmt sich unserer Schwachheit an. Denn wir wissen nicht, worum wir in rechter Weise beten sollen. Der Geist selbst jedoch tritt für uns ein in unaussprechlichem Seufzen, das wir nicht in Worte fassen können. Und Gott, der die Herzen erforscht, weiß, was die Absicht des Geistes ist: Er tritt so, wie Gott es will, für die Heiligen ein. Wir wissen, dass Gott bei denen, die ihn lieben, alles zum Guten führt.“

Viele Prediger in den evangelischen und orthodoxen Kirchen wählten auch diesen Abschnitt.

Wir Kardinäle waren eins in der Bitte, Gottes Willen zu erkennen, und den, der im weißen Habit aus der Klausur kommt, anzuerkennen als den von Gott vorgesehenen Sprecher.

Rudolfino, der am häufigsten Papabile (papstfähig) genannt wurde, ließ sich verständlicherweise nicht einbinden in das TIP, das Team, das ich als Entscheidungsträger vorgesehen hatte, doch ich mochte ihn. Sollte ich gewählt werden, würde ich ihn bestätigen als Leiter der Glaubenskongregation. Wir waren Freunde. Auch er hätte mich bestätigt als „Capo der Ökumene".

Das Thema Sexualität würden wir eine Weile „aussperren", nachdem einige Lehrschreiben der vergangenen Jahrzehnte auch in Rom umstritten waren und von den Gläubigen nicht als Lebenshilfe betrachtet und kaum beachtet wurden. Die Menschen wollten sich in den persönlichen Dingen nicht dreinreden lassen.

Wir waren uns einig in der Würdigung der Sexualität als der stärksten Kraft der Menschheit. Aids nahm ab, ohne die Hilfe der Kirche. Natürlich gab es noch viele Kranke, doch die Neuansteckungen gingen in allen Ländern zurück.

Im Visier der Kirche sollte stehen: das Leben und das ewige Heil.

Im Kleinen Geborgenheit
Im Großen Gerechtigkeit
Im Rückblick Wahrhaftigkeit
Im Ewigen Heil

Unsere Aufgabe: Beispiele geben.

Rose und Balsam und Moschus für Cäcilia

Als Kardinal-Camerlengo führte Rudolfino die Verwaltung. Josef war nicht mehr im Amt. Rose und Moschus und Balsam waren noch in seinem Auftrag zur Kirche Santa Cecilia nach Trastevere zu bringen. Die heilige Cäcilia, Coeli Lilia, Himmelslilie genannt, hat es bei den Römern zu allen Jahrhunderten, und bei Papst Josef zu höchster Verehrung gebracht. Wesentlich dazu beigetragen hat die Statue, die Stefano Maderna im Jahre 1600 aus weißem Marmor geschaffen hat: Seitlich liegend, das Gesicht nach unten und mit durchschnittenem Hals, wie man ein Jahr zuvor den Leichnam des Mädchens in einem Grab gefunden hatte, ist sie anrührend verewigt. Vorhof, Vorhalle, romanischer Glockenturm und das niedrige Halleninnere der Kirche laden in dieser etwas versteckten Kirche zum Verweilen ein.

Cäcilia lebte im dritten Jahrhundert, als die Christen immer wieder brutal verfolgt wurden. Das Mädchen hatte sich mit Christus verlobt, musste jedoch vom Vater aus den Heiden Valerianus heiraten. Ein Zeichen ihrer intensiven Glaubens-Bindung fordernd erblickte Valerianus seine junge Frau, wie sie Rosen aus der Hand eines Engels entgegennahm. Von dieser Schau überwältigt, wurde er einer der eifrigsten Christen Roms und bekehrte seinen Bruder Tiburtius. Das junge Ehepaar stand den verfolgten Christen bei, tröstete die Eingekerkerten und begrub die Hingerichteten. Bald wurden Valerianus und Tiburtius verhaftet und enthauptet. Cäcilia stellte sich den Häschern in den Weg und bekannte sich als Christin.

Sie sollte hingerichtet werden. Das Verbrühen überstand sie. Dreimal zog der Henker darauf das Schwert, dreimal überlebte Cäcilia. Schwer verwundet lag sie noch drei Tage in ihrem Haus, vermachte in dieser Zeit der Dienerschaft ihr Vermögen und starb schließlich von Schmerzen gekrümmt, aber voller Vertrauen in Gottes Wege am 22. November 230.

Cäcilia war immer wieder der beliebteste Mädchenname. Als Patronin der Musiker und der Musik, oft mit einer Orgel dargestellt, wird sie verehrt.

Die Geigerin Silvia Seluno aus Klagenfurt durfte den Rosenorden tiberabwärts tragen, denn Sankt Peter liegt auch auf der Trastevere-Seite Roms. Nach der Überreichung erklangen Bach-Solosonaten in g-moll und a-moll.

Pfeil der Verantwortung

Das Konklave begann am 11. November. Martinstag. Ich bin wie alle Wählenden verpflichtet, so lange ich lebe, nie Einzelheiten aus der Wahlklausur zu erzählen: 108 Kardinäle haben teilgenommen. Am 14. November traf mich der Pfeil der Verantwortung.

Martin Paul oder Martin Josef wollte ich als Papst heißen. Mit Josef hätte ich die Verbindung zum Vorgänger im hohen Amt betont. Mit Paul nahm ich Paulus zum Vorbild, der wie kein anderer der Welt mit Überzeugungskraft gepredigt hat.

Bevor er dem neuen Papst den Hut aufsetzte, sprach Rudolfino dieses Gebet:

Himmlischer Vater, du regierst die Welt nach deinem ewigen Rat.
Wir vertrauen darauf, dass unsere Wahl deine Wahl ist.
Dein Segen ergieße sich über unseren Planeten.
Unser Planen und Tun sei von dir bestimmt.

Wehre dem Versucher. Mache Bahn dem Erlöser.
Regiere deine Kirche in der Kraft der Auferweckung Christi.
Täglich fragen wir nach dir und strecken uns zu dir aus.
Lass Licht, Glanz und Wärme ausgehen von deiner Kirche.
Hilf, dass wir einander dienen.
Große Aufgaben und die Kraft, sie zu bewältigen, hast du uns gegeben.
Lass unseren Vater Martin Paul am Tage an deiner Seite stehen
und des Nachts an deiner Seite ruhen. Amen.

Die Anrede Heiliger Vater verbat ich mir. Diese nur Gott zustehende Titulierung (Johannes 17 redet Jesus den Vater so an) klang in meinen Ohren immer anmaßend und lästerlich. Ich verzichtete auf den Pluralis Majestatis, die Wir-Form in der Rede, wie man es von Kaisern kennt.

Auf „Papa Martin" hörte ich am liebsten.

Was Josef dreizehn Jahre zuvor getan hatte, variierte ich. Die Kardinäle, die nur so kurze Zeit für die Wahl brauchten, wurden für eine Woche „Symposion" verpflichtet und sollten bis zur Krönung bleiben. Sie sollten für die letzten Tage dieser Oktave (acht Tage) Führungspersönlichkeiten aus den anderen Kirchen einladen.

Die Welt erwartete einen politischen Papst, Katholiken einen katholischen Papst, alle waren sich darin einig, er müsse eine spirituelle Figur sein.

Mit Bibelarbeiten begannen die einzelnen Sitzungen des Symposions.

Unter dem Leitwort „Unser Meister Christus spricht: Wo zwei oder drei in meinem Namen versammelt sind, da bin ich mitten unter ihnen" tauschten wir uns aus in Gruppen von je zwölfen aus über Matthäus Kapitel 9,35 bis 11,1 („Die Ernte ist groß, wir brauchen mehr Arbeiter – Ich sende euch wie Schafe unter die Wölfe – Wer sein Leben verliert um meinetwillen, der wird's finden.") und Kapitel 16, 13-20 (Jesus spricht zu Simon: „Du bist Petrus und auf diesen Felsen werde ich meine Kirche bauen") und Kapitel 18 (Verachtet nicht die Kleinen).

Obwohl nie eine Bestätigung kam, wurde ich nach diesem spontanen Kurzkonzil zum Sprecher der Kirchen. Der Begriff „Ehrenprälat" hat sich dafür eingebürgert.

Lass uns so vereinigt werden,
wie du mit dem Vater bist,
bis schon hier auf dieser Erden
kein getrenntes Glied mehr ist.

Und allein von deinem Brennen
nehme unser Licht den Schein.
Also wird die Welt erkennen,
dass wir deine Jünger sein.

Bei der Inthronisation am 24. November 2017 – es sollen 900 Millionen Menschen zugehört und zugesehen haben – habe ich gesagt:

„Meine lieben Brüder und Schwestern, für das ungeheure Vertrauen, das ihr mir schenkt, antworte ich mit Dank und der Kraft der Liebe, die nur Gott schenken kann.

Meinem Schöpfer danke ich, Mutter Marthe und dem Vater Matthias schicke ich den Dank, den Brüdern in der Konklave danke ich und euch, die ihr zuhört, für den Kredit an Vertrauen.

Ihr habt mich ins Scheinwerferlicht gestellt. Ihr habt mir die Aufgabe gegeben, den Bischöfen ein Bischof zu sein, den Dienern Gottes ein Diener, den Menschen ein Freund.

Mit einigen Worten Jesu möchte ich euch sagen, wie ich die Berufung verstehe:

‚Mein Reich ist nicht von dieser Welt.'

Der Staat des Vatikan ist der kleinste der Welt. Groß genug für eine Kirche, ein Postamt, einen Radiosender, ein Museum, einen Garten, eine große Wohnung und einige kleine Wohnungen. Wir haben hier nur eine einzige Aufgabe: Jesus und sein Reich, den Staat, der als geistige Welt Länder und Kontinente durchdringt, den Gottesstaat, wie ihn unser großer Lehrer Augustinus genannt hat, aufscheinen zu lassen.

Martin, euer Bruder

Jesus spricht: ‚Gebt dem Kaiser, was des Kaisers ist, und gebt Gott, was Gottes ist.'

Der Herr deutet damit an, dass wir vorläufig in zwei Welten leben: Dort, wo wir verdienen und Mitglied einer Familie oder eines Staates sind, und in seinem Reich.

Diese Weltanschauung erscheint für manche ganz neu. Doch jeder ist ein Wanderer zwischen zwei Welten. Denkt nur daran, dass ihr zwischen Schlaf und Traum einerseits und Wachen und Vernunft andererseits hin- und hergeht. Die Trennung ‚Lebenswelt – Gottes Welt' besteht, solange wir in Raum und Zeit leben. Doch Staat und Kirche, Glaube und Physik, Vertrauen und Verträge sind eingebettet in die uns umfassende e i n e Wirklichkeit Gottes, die vor aller Zeit war, und die sein wird, wenn kein Mensch mehr lebt.

Du wirst sein, wenn unser Leben ausgehaucht,
wenn jeder Weg weglos und unser Stern ausgeglüht ist.
Du wirst sein, voll von Freude und Energie.

Solange wir leben, haben wir unsere Aufgabe. Sinnvolle Tätigkeit ist ein Menschenrecht. Gott stelle jede und jeden an den richtigen Platz.

Um Weisheit bitte ich für alle, die unseren Kosmos verwalten, für gekrönte und ungekrönte Häupter, für alle, die zur Ernährung beitragen. Was wäre die Welt ohne die Bauern. Für alle, die den Frieden lieben und weiter tragen, für alle, die leiden, und die den Leidenden beistehen, bete ich.

Für meine katholische Kirche und für alle Kirchen und Gemeinschaften des Glaubens.

‚Ich liebe meine Kirche mit ihren Fehlern, so wie ich die Feinde der Kirche liebe.'

Auch als Papst bleibe ich Martin, euer Bruder.

Jesus spricht: ‚In der Welt habt ihr angst, aber seid getrost, ich habe die Welt überwunden.'

Ich will Ängste nicht unterdrücken, sondern sie willkommen heißen, wie man Verwandte willkommen heißt. Sie gehen ja wieder. Ich habe meinen Ängsten Namen gegeben und sie adoptiert: Curia heißt meine Schwägerin, die Angst um die Zukunft der Kirche, Finistra meine Cousine Zweifel, Schwager Charon die Todesangst, die ich gut kenne. Mit diesen Verwandten halte ich zuweilen Konferenzen ab.

Viel mehr als um mich selbst bange ich um unsere Priester. Zu den Prioritäten des Amtes zählt eine Neubewertung ihres Berufes und eine neue Formulierung des priesterlichen Weges. Betet mit mir um Klugheit und Einheit bei diesem wichtigen Schritt.

Wir müssen die Welt nicht weiter interpretieren und auch nicht ständig reformieren und verändern. Ich rufe dazu auf:

Lassen wir uns heilen.

Lassen wir ein Maximum an Gottesherrschaft zu.

Geben wir uns herzlich.

Ich akzeptiere, dass der Mensch eine Forschernatur ist, oft ein Getriebener, oft ein Süchtiger, immer ein Sünder. Den Augen der begrenzten Vernunft und dem Instrumentarium der Forscher verborgen ist die Welt Gottes. Doch in ihm leben und schweben und sind wir. In jedem Augenblick von ihm belebt und umgeben findet die Forschung zu neuen Ergebnissen, als gäbe es Gott nicht (etsi Deus non daretur).

Unruhig ist unser Herz und wird ruhig durch ihn."

Godfather Alfonso, die vatikanische Nervenzentrale

Da ich mit einem Team angetreten war, galten die ersten Maßnahmen der Neubesetzung einiger Schlüsselpositionen. Innerhalb von zwei Wochen wurden die Ämter so besetzt, wie ich sie im „Bewerbungsschreiben" vorgeschlagen hatte.

Zum engsten Mitarbeiter und väterlichen Freund wurde Alfonso del Regno, ein Spanier aus Granada, den Josef zu seinem persönlichen Adlatus gemacht hatte. Alfonso wird „das Gedächtnis" genannt. Er kennt nicht nur die tausend Einwohner des Vatikan, alle Kardinäle, sondern auch die beinahe 1900 Bischöfe, die Generaloberen der 207 Orden, oder er weiß ihre Namen. Er betet für sie alle. Alfonso war die Nervenzentrale. Er warnte und riet, schrieb Reden und war verschwiegen.

Dass die Amerikaner Alfonso Godfather (Gottvater) nannten, hat nichts mit Gotteslästerung zu tun, sondern damit, dass in den Staaten ein Pate, nicht nur bei der Mafia, so tituliert wird. Alfonso war treu, loyal, kannte keine eigenen Bedürfnisse. Gott sei Dank hatte er eine Familie, fünf Schwestern mit Männern, Kindern und Enkeln, zu denen er über Weihnachten und im Juli beurlaubt war. Doch in dieser Zeit fehlte er mir – und ich fehlte ihm. Wir vertrauten einander von Herzen, einer hatte den andern lieb wie sich selbst.

Nur zwei Jahre älter als ich blieb Alfonso im Amt bei meinem Nachfolger, er wollte einmal im Petersdom begraben sein. Der Wunsch ist ihm erfüllt worden, nachdem er aus dem Weihnachtsurlaub 2033 geschwächt nach Rom zurückgekehrt und im Petersdom – wie er es oft gewünscht hatte – gestorben ist. Er bekam den für mich vorgesehen Grabplatz.

Was Papst Jonathan im Januar 2003 angefangen hatte und von Josef fortgesetzt wurde, gehörte auch zu meinem Amt: Mittags um 12 empfingen Millionen auf aller Welt eine SMS, eine kurze Botschaft auf dem Mobiltelefon, ein ermutigendes Wort des Papstes.

Lange hatte ich gezweifelt und schließlich entschieden, es herauszugeben: „Martin Pauls Lesebuch." Zur guten Hälfte bestanden die tausend Seiten aus biblischen Geschichten und 27 Psalmen, versehen mit kurzen Kommentaren. Dazu kamen hundert Gedichte der Weltliteratur, Ausschnitte aus Homer und Ilias, Plato, Marc Aurel und anderen griechischen und römischen Philosophen, theologische Schriften aus den ersten Jahrhunderten, schöne Texte von Augustinus, Dante, Shakespeare, Schiller, Klopstock, Claudius, Mörike, Einstein, Werner Heisenberg, Carl Friedrich von Weizsäcker, Adalbert Stifters Beschreibung der Sonnenfinsternis von 1854. Und Texte aus den Weltreligionen:

Buddhismus, Hinduismus, Talmud und Mischna, Koran und, wie schon gesagt, aus Luthers Katechismus.

Sollte damit die Bibel relativiert werden? Mitnichten. Auch die Kritiker verstanden es. Schon der Titel hatte keinen Anspruch. Ein Lesebuch für eine bestimmte Zeit, sagen wir für zwölf Jahre, aus der Sicht des Christentums.

Das Lesebuch zusammenzustellen halfen sieben Volontäre beim Osservatore Romano in Tag- und Nachtarbeit: Einerseits wollte ich meine Lieblingstexte aus der Bibel und der spirituellen Welt zusammenstellen, andererseits sollten auch andere Köpfe mitwirken, denn auch ein Papst braucht Inspiration.

Sie finden hier einige der Gedichte, die Martin für sein Lesebuch ausgesucht hat:

Die Worte des Glaubens

Drei Worte nenn ich euch, inhaltschwer,
Sie gehen von Munde zu Munde,
Doch stammen sie nicht von außen her,
Das Herz nur gibt davon Kunde.
Dem Menschen ist aller Wert geraubt,
Wenn er nicht mehr an die drei Worte glaubt.

Der Mensch ist frei geschaffen, ist frei,
Und würd er in Ketten geboren,
Lasst euch nicht irren des Pöbels Geschrei,
Nicht den Missbrauch rasender Toren.
Vor dem Sklaven, wenn er die Kette bricht,
Vor dem freien Menschen erzittert nicht.

Und die Tugend, sie ist kein leerer Schall,
Der Mensch kann sie üben im Leben,
Und sollt er auch straucheln überall,
Er kann nach der göttlichen streben,
Und was kein Verstand der Verständigen sieht,
Das übet in Einfalt ein kindlich Gemüt.
Und ein Gott ist, ein heiliger Wille lebt,
Wie auch der menschliche wanke,
Hoch über der Zeit und dem Raume webt
Lebendig der höchste Gedanke,
Und ob alles in ewigem Wechsel kreist,
Es beharret im Wechsel ein ruhiger Geist.

Die drei Worte bewahret euch, inhaltsschwer,
Sie pflanzet von Munde zu Munde,
Und stammen sie gleich nicht von außen her,
Euer Inneres gibt davon Kunde,
Dem Menschen ist nimmer sein Wert geraubt,
Solang er noch an die drei Worte glaubt.

Friedrich Schiller

Weihnachten

Markt und Straßen stehn verlassen,
Still erleuchtet jedes Haus,
Sinnend geh ich durch die Gassen,
Alles sieht so festlich aus.

An den Fenstern haben Frauen
Buntes Spielzeug fromm geschmückt,
Tausend Kindlein stehn und schauen,
Sind so wunderstill beglückt.

Und ich wandre aus den Mauern
Bis hinaus ins freie Feld,
Hehres Glänzen, heil'ges Schauern!
Wie so weit und still die Welt!

Sterne hoch die Kreise schlingen,
Aus des Schnees Einsamkeit
Steigt's wie wunderbares Singen –
O du gnadenreiche Zeit!

Dieses Eichendorff-Gedicht liebe ich vor allem wegen seiner letzten Strophe. Wie ich öfter geschrieben habe, gehen Sterne auf und unter und beschreiben dabei Kreise, die umso größer sind, je näher sie dem Himmelsäquator stehen. Sterne um den Polarstern, wie der große Wagen, schlingen engere Kreisbögen. Vielleicht hat der Dichter auch an Planeten gedacht, die zwischen den Sternbildern des Tierkreises „nach links" wandern, dabei aber scheinbar manchmal rückwärts laufen und Schlingen bilden, wenn wir ihren Weg von Woche zu Woche aufzeichnen.

Schillers Ode an die Freude (Auszug)

Freude, schöner Götterfunken,
Tochter aus Elysium,
Wir betreten feuertrunken,
Himmlische, dein Heiligtum.
Deine Zauber binden wieder,
Was die Mode streng geteilt,
Alle Menschen werden Brüder,
Wo dein sanfter Flügel weilt.
Seid umschlungen Millionen!
Diesen Kuss der ganzen Welt!
Brüder – überm Sternenzelt
Muss ein lieber Vater wohnen.

Wem der große Wurf gelungen,
Eines Freundes Freund zu sein,
Wer ein holdes Weib errungen,
Mische seinen Jubel ein!
Ja – wer auch nur e i n e Seele
S e i n nennt auf dem Erdenrund!
Und wers nie gekonnt, der stehle
Weinend sich aus diesem Bund.

Freude trinken alle Wesen
An den Brüsten der Natur,
Alle Guten, alle Bösen
Folgen ihrer Rosenspur.
Küsse gab sie u n s und R e b e n,
Einen Freund, geprüft im Tod,
Wollust ward dem Wurm gegeben,
Und der Cherub steht vor Gott.
Freude heißt die starke Feder
In der ewigen Natur.
Freude, Freude treibt die Räder
In der großen Weltenuhr.
Blumen lockt sie aus den Keimen,
Sonnen aus dem Firmament,
Sphären rollt sie in den Räumen
Die des Sehers Rohr nicht kennt.

Groll und Rache sei vergessen,
Unserm Todfeind sei verziehn,
Keine Träne soll ihn pressen,
Keine Reue nage ihn.
Unser Schuldbuch sei vernichtet!
Ausgesöhnt die ganze Welt!
Brüder – überm Sternenzelt
Richtet Gott wie wir gerichtet.

Festen Mut in schwerem Leiden,
Hülfe, wo die Unschuld weint,
Ewigkeit geschwornen Eiden,
Wahrheit gegen Freund und Feind,
Rettung von Tyrannenketten,
Großmut auch dem Bösewicht,
Hoffnung auf den Sterbebetten,
Gnade auf dem Hochgericht!
Auch die Toten sollen leben!
Brüder trinkt und stimmet ein,
Allen Sündern soll vergeben,
Und die Hölle nicht mehr
Eine heitre Abschiedsstunde!

Süßen Schlaf im Leichentuch!
Brüder – einen sanften Spruch
Aus des Totenrichters Munde!

Ein Trinklied. Ein Becher nach dem anderen wird geleert, vor allem für den Schöpfer, von dem am Schluss eine heitre Abschiedsstunde und ein sanfter Richterspruch erbeten wird.

Stapfen

In jungen Jahren war's. Ich brachte dich
Zurück ins Nachbarhaus, wo du zu Gast,
Durch das Gehölz. Der Nebel rieselte,
Du zogst des Reisekleids Kapuze vor
Und blicktest traulich mit verhüllter Stirn.
Nass ward der Pfad. Die Sohlen prägten sich
Dem feuchten Waldesboden deutlich ein,
Die wandernden. Du schrittest auf dem Bord,
Von deiner Reise sprechend. Eine noch,
Die längre, folge drauf, so sagtest du.
Dann scherzten wir, der nahen Trennung klug
Das Angesicht verhüllend, und du schiedst,
Dort wo der First sich über Ulmen hebt.
Ich ging denselben Pfad gemach zurück,
Leis schwelgend noch in deiner Lieblichkeit,
In deiner wilden Scheu, und wohlgemut
Vertrauend auf ein baldig Wiedersehn.
Vergnüglich schlendernd, sah ich auf dem Rain
Den Umriss deiner Sohlen deutlich noch
Dem feuchten Waldesboden eingeprägt,
Die kleinste Spur von dir, die flüchtigste,
Und doch dein Wesen: wandernd, reisehaft,
Schlank, rein, walddunkel, aber o wie süß!
Die Stapfen schritten jetzt entgegen dem
Zurück dieselbe Strecke Wandernden:
Aus deinen Stapfen hobst du dich empor
Vor meinem innern Auge. Deinen Wuchs
Erblickt ich mit des Busens zartem Bug.
Vorüber gingst du, eine Traumgestalt.

Die Stapfen wurden jetzt undeutlicher,
Vom Regen halb gelöscht, der stärker fiel.
Da überschlich mich eine Traurigkeit:
Fast unter meinem Blick verwischten sich
Die Spuren deines letzten Gangs mit mir.

Dieses Bild zarter Liebe von Conrad Ferdinand Meyer rührt mich auch im Alter. Millionenfach an jedem Tag gibt es ähnliche Begegnungen und Gefühle, auch in der Büro- und Geschäftswelt, doch wer vermag es heute noch so zart zu beschreiben?

Zweimal Eduard Mörike, einmal Theodor Storm

Er ist's

Frühling lässt sein blaues Band
Wieder flattern durch die Lüfte;
Süße, wohlbekannte Düfte
Streifen ahnungsvoll das Land.
Veilchen träumen schon,
Wollen balde kommen.
– Horch, von fern ein leiser Harfenton!
Frühling, ja du bist's!
Dich hab ich vernommen!

Septembermorgen

Im Nebel ruhet noch die Welt,
Noch träumen Wald und Wiesen:
Bald siehst du, wenn der Schleier fällt,
Den blauen Himmel unverstellt,
Herbstkräftig die gedämpfte Welt
In warmen Golde fließen.

Schließe mir die Augen beide

Schließe mir die Augen beide
Mit den lieben Händen zu!
Geht doch alles, was ich leide,
Unter deiner Hand zur Ruh.
Und wie leise sich der Schmerz
Well' um Welle schlafen leget,
Wie der letzte Schlag sich reget,
Füllest du mein ganzes Herz.

Drei Klassiker deutschsprachiger Gedichte. Niemand konnte sie in meiner Klasse besser aufsagen als Carsten Brakoni.

Osterspaziergang aus Goethes „Faust“

Vom Eise befreit sind Strom und Bäche
Durch des Frühlings holden, belebenden Blick,
Im Tale grünet Hoffnungsglück;
Der alte Winter, in seiner Schwäche,
Zog sich in raue Berge zurück.
Von dort her sendet er, fliehend, nur
Ohnmächtige Schauer körnigen Eises
In Streifen über die grünende Flur.
Aber die Sonne duldet kein Weißes,
Überall regt sich Bildung und Streben,
Alles will sie mit Farben beleben;
Doch an Blumen fehlts im Revier,
Sie nimmt geputzte Menschen dafür.

Kehre dich um, von diesen Höhen
Nach der Stadt zurück zu sehen!
Aus dem hohlen finstern Tor
Dringt ein buntes Gewimmel hervor.
Jeder sonnt sich heute so gern.
Sie feiern die Auferstehung des Herrn,
Denn sie sind selber auferstanden:

Aus niedriger Häuser dumpfen Gemächern,
Aus Handwerks- und Gewerbesbanden,
Aus dem Druck von Giebeln und Dächern,
Aus der Straßen quetschender Enge,
Aus der Kirchen ehrwürdiger Nacht
Sind sie alle ans Licht gebracht.

Sieh nur, sieh! wie behend sich die Menge
Durch die Gärten und Felder zerschlägt,
Wie der Fluss in Breit und Länge
So manchen lustigen Nachen bewegt,
Und, bis zum Sinken überladen,
Entfernt sich dieser letzte Kahn.
Selbst von des Berges fernen Pfaden
Blinken uns farbige Kleider an.

Ich höre schon des Dorfs Getümmel,
Hier ist des Volkes wahrer Himmel,
Zufrieden jauchzet groß und klein:
Hier bin ich Mensch, hier darf ichs sein!

Goethes Nachtlieder

Wanderers Nachtlied
Der du von dem Himmel bist,
Alles Leid und Schmerzen stillest,
Den, der doppelt elend ist,
Doppelt mit Erquickung füllest,
Ach, ich bin des Treibens müde,
Was soll all der Schmerz und Lust?
Süßer Friede,
Komm, ach komm in meine Brust.
(1776)

Ein Gleiches
Über allen Gipfeln
Ist Ruh,
In allen Wipfeln
Spürest du
Kaum einen Hauch;

Die Vögelein schweigen im Walde.
Warte nur, balde
Ruhest du auch.
(1780)

Frühlingsglaube

Die linden Lüfte sind erwacht,
Sie säuseln und weben Tag und Nacht,
Sie schaffen an allen Enden.
O frischer Duft, o neuer Klang!
Nun, armes Herze, sei nicht bang!
Nun muss sich alles, alles wenden.

Die Welt wird schöner mit jedem Tag,
Man weiß nicht, was noch werden mag,
Das Blühen will nicht enden.
Es blüht das fernste, tiefste Tal:
Nun, armes Herz, vergiss der Qual!
Nun muss sich alles, alles wenden.
(1813)

Dieses Gedicht von Ludwig Uhland war das meist gedruckte Gedicht in deutschen Anthologien des 20. Jahrhunderts. Aufs Lieblichste bedichtet wird die Hoffnung, dass alles, alles zum Guten sich wendet.

Wünsche, nicht nur zu Neujahr

Neujahrswunsch 1817

Wer redlich hält zu seinem Volke,
Der wünsch ihm ein gesegnet Jahr!
Vor Misswuchs, Frost und Hagelwolke
Behüt uns aller Engel Schar!
Und mit dem bang ersehnten Korne,
Und mit dem lang ersehnten Wein
Bring uns dies Jahr in seinem Horne
Das alte, gute Recht herein!

Man kann in Wünschen sich vergessen,
Man wünschet leicht zum Überfluss,
Wir aber wünschen nicht vermessen,
Wir wünschen, was man wünschen muss.
Denn soll der Mensch im Leibe leben,
So brauchet er sein täglich Brot,
Und soll er sich zum Geist erheben,
So ist ihm seine Freiheit not.

Freiheit, Brot und Gerechtigkeit. Wer es hat, müsste eigentlich wunschlos sein. Doch viele Millionen ersehnen diese hohen Güter. Ich erflehe sie mit diesem Gedicht von Ludwig Uhland.

Meditation des eigenen Sterbens

Bei all der Aufmerksamkeit, die dem Wechsel auf Petri Stuhl beschieden war, musste ich darauf achten, ihn als „Umzug und Antreten einer neuen Stelle" zu sehen. Ganz wichtig war, dass die kleine Anna mit Geschwistern und ihren Eltern Carlo und Nadja mit in den Papstpalast einziehen konnte.

Als Papst wollte ich, musste ich Mensch bleiben. Vom Studium im Tübinger Wilhelmstift an waren wir der Versuchung ausgesetzt, abzuheben und mit den fleischlichen Lüsten jede andere menschliche Regung zu vergessen, normale Kontakte einzuschränken und ein elitäres Lebensgefühl zu entwickeln. Wie viel mehr war der Papst dieser Daseinsvereinfachung ausgesetzt.

Ich erinnere mich an den Abend des 5. Dezember 2017, es war der erste Tag des entscheidenden Jahres, an dem der Abend keine Verpflichtungen brachte. Voller Glück und Dankbarkeit stellte ich mir vor, ich dürfte wie Paolo Giovanni, dessen Pontifikat nur einige Wochen dauerte, in der kommenden Nacht sterben.

Persönlich war es kein schlimmes, sondern ein süßes Erschrecken. Tiefste Wiedervereinigung, Beantwortung aller Fragen. Vom Gipfel zu stürzen, aus der Lebensfülle heraus zu sterben, hatte etwas Kraftvolles an sich.

Diese Meditation beschloss ich mit dem Gebet für Frieden auf Erden, um Kraft für alle, die Christi Namen anrufen und mit diesen Worten von Amos Comenius:

Herr Jesus, wenn ich noch etwas auf dieser Erde vollenden soll,
dann lass es mich vollenden.
Wenn es aber vollendet sein wird,
dann lass mich freudig mit dem seligen Simeon singen:
Nun lässest du deinen Diener in Frieden fahren.

Wenn du aber vor Beendigung meiner letzten Arbeiten mein Leben beenden willst,
dann will ich auch damit zufrieden sein.
Ich will von deiner Barmherzigkeit singen mein Leben lang.
Du hast mich dem Tode entrissen,
du tust mir kund die Wege des Lebens.

Ich schlief ein, erwachte aber bald wieder. Es sollte wohl das Zeichen sein, dass ich noch länger gebraucht werde.

Bei brennenden Kerzen um mein Bett hatte ich diese Imagination:

Es ist etwa 20 Jahre später, und ich komme zum Sterben. Worauf möchte ich schauen können:

* Auf Papstjahre, über denen der Segen von Jesu hohenpriesterlichem Gebet steht: „Heiliger Vater, bewahre sie in deinem Namen, damit sie eins sind wie wir. Sie sollen meine Freude in Fülle in sich haben. Wie du mich in die Welt gesandt hast, so habe auch ich sie in die Welt gesandt."
  (Eine Stunde lang sprach ich wohl diese Worte des Meisters.)
* Auf eine starke Una Sancta, einen Bund vieler Kirchen, die sich gegenseitig anerkennen.
* Ich wünsche mir, dass Kinder um mich sind und etwas singen.
* Freudiges Zurücksehn und leichtes Abschiednehmen.
* Aussöhnung mit dem Judentum.

Der Morgenlauf

Die unglaublichen Erwartungen, die Spannungen, die Versuchung des Amtes, sich als Gott zu fühlen: Wie sollte das ein Mensch aushalten?

Weihnachten 2017 spürte ich es so deutlich wie später nie: Die Erwartungen erreichen ein Ausmaß, das nicht aufnehmbar ist, geschweige denn zu befriedigen. Körbeweise kommen Grüße und Wünsche, Anfragen, Einladungen, Bitten um Audienzen, um Geld und um Heilung. Bei dem Abschnitt: „Lassen wir uns heilen" aus der Rede bei der Inthronisation war das tiefste Bedürfnis der Menschheit angesprochen: Gesund sein. Man bittet um Hilfe, um Gebete, um die besten Ärzte, um das Kommen.

„Der unverwandte Blick auf Christus“ und die Vorstellung, wie er auf Erden gelebt hat, half: Er hatte kaum Gremien, kaum Sitzungen außer seine Gebete, und abends, wenn er gefunden hatte, wo er sein Haupt hinlegte, schlief er selig wie ein Kind. Sicher kannte er Hunger und Durst, Angst und Todesnot, aber die tägliche Hektik nicht. Konnte er alle heilen, die ihn darum baten?

Ich wollte Papst sein ohne Hektik. Ein Raum der Ruhe, der Dichte und der Humanität sollte mich umgeben, in steter Bereitschaft, Christus einzulassen.

An der inneren Struktur der Administration war nicht nötig, etwas zu ändern.

In der dritten Woche, es war der 12. Dezember, lud ich zum Papstlauf ein. Montag und Donnerstag morgens um sechs konnte man sich dem Jogging mit Papa Martin anschließen. Für etwa hundert Römer war es eine Morgenübung, für Touristen eine Attraktion vor dem Frühstück, die Runden zwischen Engelsburg, Tiber und den Kollonaden zu drehen, jedes Mal etwas anders, manchmal mit einer Runde durch die vatikanischen Gärten.

Danach gab es die Frühmesse. Beim Frühstück waren wir fast immer zu zwölft: Kardinäle, aber auch Gäste, Verwandte, die Kinder im Haus, Nadja und Carl. Audienzen, Gespräche folgten bis zum Mittag, ein leichtes Essen um 12.45 nach dem Angelusgebet.

Der anschließende kurze Schlaf war mir heilig.

Donnerstag war Dogmentag. Mindestens zwei Stunden diskutierte ich mit den Kurientheologen über die Lehrsätze der katholischen Kirche, die zum Lehrgebäude wurden, in dem ich zuhause sein wollte. Freitag ließ ich mir einen Predigtentwurf von Alessandro geben, ein Turiner Theologe, der es hervorragend verstand, mit Beispielen aus der Welt des Sports, der Medien, der Wirtschaft und der Alltagsthemen Verbindungen zur Welt des Heiligen herzustellen. „Ich muss nur beschreiben, was ist“, so drückte er sich bescheiden aus, „und es dann mit zwei, drei Dimensionen anreichern“.

Entgegen früherer Planungen hatte sich am Status des Vatikanstaates nichts geändert. Er wurde keine Demokratie, nicht Mitglied der Vereinten Nationen, nicht der Europäischen Union, schon gar nicht der NATO. Wir blieben der „wohlgeachtete Sonderling“, so die italienische Außenministerin Sonia Mantua, unter den 193 Staaten. Je länger, je öfter wurden wir als Mediatoren und Vermittler gesucht. Was Ende des letzten Jahrtausends Camp David war, hieß jetzt ein- bis zweimal jährlich Campo Santo. Staatssekretär Beatus van Elfen, ein Niederländer aus dem Orden der Benediktiner, war der begnadete Verträgeschmied. Zusammen mit dem ägyptischen Außenminister Joseph ben Adat nahm er sich der „Kleinkriege Afrikas“ an.

Zu erfolgreichen Vermittlungen trug auch mein Koch bei. Slavko Bildic, ein aus Zürich stammender Kroate, hatte im Plaza in Kairo gelernt, beherrschte die afrikanische Küche, doch am begehrtesten waren seine Kutteln in Weißweinsoße, feinst geschnitten, mit Mangold und angedünstetem roten Paprika serviert.

Bei den Verhandlungen unentbehrlich machte sich van Elfens Sekretärin: Petra Bosconfidens, die schon dem Chef der Vatikanbank gedient hatte, nannte man „die blonde Eminenz“ oder „Pactorum Columna“ (der Verträge Säule), umsichtig, klug und verschwiegen, den Kaffee und entspannende Abendprogramme zur rechten Zeit organisierend. Ihre Formulierungsvorschläge für die Vertragsziele wurden oft angenommen – und umgesetzt.

Einfache Botschaften

Täglich durfte ich reden. Der Gruß an die Gäste der Audienz, Predigten, Gebete, Trostworte, Kompromisse. In eine Welt der Konkurrenz, der Ängste, der Allmachtsphantasien, der Sehnsüchte, der Suche nach Vertrauen und Geliebtwerden hatte ich einfache Botschaften: Gottes Liebe, Gnade und Menschlichkeit Christi, Beistand des Heiligen Geistes, habt Frieden untereinander.

In Privataudienzen war ich der Hörende. Es konnte ein Gespräch mit einem Staatspräsidenten den Sorgen der Mutter folgen, deren Elfjährige im Tiber ertrunken war.

Ein ewig Zeugen und Gebären,
Erleiden eines Donnerschlags,
doch deine Boten, Herr, verehren
das sanfte Wandeln deines Tags.

Diese etwas abgewandelten Worte der Erzengel aus Goethes Faust gehören zu meiner Weltdeutung: Ich sehe unsere Erde als die beste aller möglichen Welten an. Ein Lebensgrund, der in Liebe und Erfolg, in

Bewegung und Reifen, im Erleben von Geburt und friedvollem Sterben soviel Freude und Erfüllung geben kann, dass wir es kaum fassen. Wir empfangen unendlich viel, wir können geben, schenken, verteilen, bis zur Hingabe des eigenen Lebens. In den Harmonien des Alls, im Gesang der Wale, im Märzensingen der Amseln, überall ein Echo des sanften Wandelns Gottes. Doch er konnte die Welt nicht ohne Kampf und Leid und Katastrophen und Schattendasein schaffen.

Auch diese leicht abgewandelten Dichterworte aus Weimar gehörten zur Weltdeutung aus Rom:

Alles geben die Unendlichen
ihren Lieblingen ganz,
alle Freuden, die unendlichen,
alle Schmerzen, die unendlichen, ganz.

So können sich auch die Geplagten als seine Lieblinge ansehen.

Fast alles durchdacht und vieles durchlitten: Dieser Erfahrungshintergrund zusammen mit dem Amt gab nicht Stolz, sondern Demut. Für einige Zeit durfte ich die Stimmen und Schreie der Welt von hoher Warte aus mit den Stimmen aus den Tiefen Gottes und aus der Heiligen Schrift zusammenbringen. Ein Komponist hätte hier die Basis für ein Opus. Meinen Auftrag sah ich darin, die vielen verdammenden Stimmen und die Rufe der sich verdammenden Herzen zu hören und ihnen Gott zu predigen, der größer ist als unser Herz, das uns und andere verdammen will.

Gewaltig, brausend und herzlich

Zur Mitternachtsmesse im Petersdom 2017 waren zwei Jungpriester aus China eingeladen, in Konzelebration mitzuwirken. Teng und Hang hatten in Rom studiert und sollten in Shanghai Gemeinden aufbauen. „Es werden kommen vom Osten und vom Westen, vom Norden und vom Süden, die zu Tische sitzen im Reiche Gottes.“ Auch wenn mein Amt täglich weltweite Kontakte bietet und fordert, war die Freude über das Christentum als weltweite Religion nie so gewaltig, brausend und herzlich wie in dieser Nacht. Menschen aus etwa hundert Nationen nahmen teil. Die Heilige Nacht war nach einem warmen, lang erwarteten Schauer am heiligen Abend so mild, dass auf dem Platz weiter gefeiert werden konnte mit Kuchen und Rotwein, mit Brot und Käse und

Schinken, mit Grappa und Kaffee. Gefeiert wurden die Christgeburt und das köstliche Nass.

Teng und Hang hatten ihre Familien mitgebracht. Ein fünfundachtzigjähriger Großvater, der tags darauf getauft wurde, sagte gegen halb drei bei Mondaufgang: „Vom Jünger Maos zum Jünger Jesu ging mein Weg. Immer mit Überzeugung. Mao ist gestorben und mit ihm die kommunistische Idee im Kopf. Jesus wird oft geboren, auch heute wieder neu in mir. Ich gehe den Weg des Grases, das wieder zu Erde wird, doch solange ich lebe, will ich niemandem dienen als Jesus allein. Frieden blüht in meinem Herzen, Frieden kann ich geben. Dass der Sohn meines Sohnes ein Diener Jesu ist, soll ein Licht bringen über meine Familie und über unser altes China."

In einer spontanen Aktion schafften wir es, bei der Stadtverwaltung die Löschung der Straßenbeleuchtung auf dem Petersplatz und in der breiten Allee, die vom Tiber zu uns führt, durchzusetzen. Feuerchen wurden entzündet auf dem Platz, Weihnachtslieder in verschiedenen Sprachen gesungen. Gegen drei hatte man einen Esel und einige Schäfchen geweckt und gebracht, die uns zunächst mit ihrem Blöken und Schreien, später mit ihrem ruhigen Schlaf erfreuten.

Konzelebration wird der gemeinsame Dienst von Priestern am Altar genannt. Im Petersdom sind es oft 20 Priester, die gemeinsam zelebrieren. In China war es lange verboten zu missionieren. Erst seit 2015 herrscht dort Religionsfreiheit.

Tengs Großvater ist bald darauf gestorben. Angehörige erzählten, das Leuchten aus seinem Gesicht sei seit der Messe in Rom nie mehr verschwunden. Er starb mit den Worten des biblischen Simeon: „Nun lässt du, Herr, deinen Knecht, wie du gesagt hast, in Frieden scheiden. Denn meine Augen haben das Heil gesehen, das du vor allen Völkern bereitet hast."

Beim Urbi et Orbi Segen Weihnachten 2017 goss es in Strömen, der erste große Regen in Rom nach sieben Monaten. Der Sommer war heiß gewesen, die Ernte mäßig, der Herbst stürmisch, das Land durstig. Nur dem Wein hatte es nicht geschadet. Wenig, aber von hoher Qualität, sprach man vom Konklavenjahrgang. Zum Weihnachtssegen brachten die Winzer einige Fässer aus Dank für den Regen und als Bitte, für das Land zu beten. Seit den Jahren in Augsburg liebe ich das Bauernlied von Matthias Claudius und betete daraus:

Er sendet Tau und Regen
und Sonn und Mondenschein
und wickelt seinen Segen
gar zart und künstlich ein,
und bringt ihn dann behende
in unser Korn und Brot.
Es geht durch unsere Hände,
kommt aber her von Gott.
Alle gute Gabe
kommt her von Gott dem Herrn,
drum dankt ihm, dankt,
drum dankt ihm, dankt, und hofft auf ihn:

Du ernährst die Deinen nach deinem ewigen Rat, lenkst das Wachstum und schenkst die Ernten. Auch den Mangel nehmen wir aus deiner Hand. Jeden Morgen neu ist deine Güte, dein Sohn lehrt uns zu danken und zu teilen. Jeder Tag, den wir erleben, jeder Bissen, den wir zu uns nehmen, jeder Tropfen des köstlichen Wassers und des erfreulichen Weines ist ein Zeichen deiner Güte. Halte unsere Augen offen, dass wir auch bei kärglicher Ernte und in den Tagen des Misserfolgs deine Güte erkennen. Gib, dass unsere Hände nicht nur offen sind zum Empfangen, sondern zur Aussaat der Liebe, dass wir reich sind an guten Werken. Fülle unsere Herzen und unser Zusammenleben mit dem Gefühl für andere, mach uns großzügig und gebefreudig.

Der kräftige, gebeselige Regen gab dem Gebet die Melodie.

Weihnachten 2017 bleibt auch musikalisch in der Erinnerung erhebend. Der sixtinische Knabenchor sang Bachs Weihnachtsoratorium, an den Feiertagen und am Sonntag darauf jeweils zwei Kantaten, Engelschöre im Vatikan.

Herr, dein Mitleid, dein Erbarmen
tröstet uns und macht uns frei.
Deine holde Gunst und Liebe,
deine wundersamen Triebe
machen deine Vatertreu
wieder neu.

Als der koreanische Bass Hu Do Hoel diese Stelle sang, schloss ich die Augen und wurde in meinem Gefühl im Nu erhoben über die Stadt Rom, sah die Stadt im rötlichen Morgenlicht feiertäglich angestrahlt, aber doch lebendig, mit Menschen erfüllt. Man war mit Geburt und Tod, mit Lernen und Feiern, mit Geschäften und Küssen beschäftigt, doch alles ohne Hast, ohne Bitterkeit, unschuldig, selbstverständlich, dem Leben in intensivster Zuneigung verbunden – wie soll ich diesen Zustand ausdrücken? Selig?

Dann stieg der Geist noch höher. Die Altistin Veronika Summers sang:

Schließe, mein Herz dies selige Wunder
fest in deinem Glauben ein.
Lasse dies Wunder der göttlichen Werke
immer zur Stärke
deines schwachen Glaubens sein.

Krippenkönig Melchior fehlt

Sanpietrini heißen die zweitausend, die am Petersdom und in der Kurie angestellt sind: Schreiner und Steinmetze, Sekretärinnen und Gärtner, Zimmerleute und Buchhalter, Übersetzer, Redakteure und Archivare, Putzleute und Näherinnen.

Unvergesslich bleibt Erika Colbini, die Krippenmeisterin, aus dem schwäbischen Städtchen Waiblingen, die, als ob sie die Hebamme von Bethlehem wäre, aufs reinste, aufs feinste und aufs edelste die Krippenaufstellung inszenierte. Erstens musste die Landschaft anders aussehen als das Jahr zuvor: „Alle wollen sie doch, dass der Heiland bei ihnen geboren wird.“ Diesmal sollte das Berner Oberland Pate stehen für den Krippengrund: „Eine Verneigung vor dem Heiligen Vater.“ Sie ließ sich, wie so viele, nicht von dieser Anrede abbringen. Zweitens musste das Christkind der Krippe täglich gewaschen werden.

Man hatte mir verschwiegen, dass einer der Heiligen Drei Könige aus der Krippe verschwunden war, bis zum 23. Dezember. Mitten hinein in die fieberhafte Suche kam elektronische Post von Abu Arma mit dem Bild des Melchior. Das sollte wohl bedeuten, wer den Holzkönig stehlen kann, kann auch den Papst Martin entführen, zumindest bedrohen.

„Ein Weihnachtsgeschenk“ war die Kiste beschriftet, die am 2. Feiertag vor der Tür stand, in ihr der fehlende Melchior. „Wir melden uns wieder nach dem Weihnachtsfrieden.“ Abu Arma besaß die Frechheit, das Pluralis majestatis zu verwenden, das ich gerade abgelegt hatte. Ab dem 10. Januar musste ich also wieder mit ihm rechnen.

Fünf Kinder auf Armen und Schultern im Regen

In den Tagen zwischen den Jahren kamen die Delegationen aus den Familien. Mura, der reiche Mura, Anneles Bruder, dem alles gelang, der in jungen Jahren schon eine Stiftung für die Bildung der Kinder in der Heimat seines Vaters, in Tansania, einrichtete, durch die jährlich fünfzig Schulklassen „das tägliche Brot und das tägliche Buch", also Lese- und Schreibmaterial, zur Verfügung gestellt werden konnte. Mura und die Seinen erschienen in afrikanischen Gewändern, eine Sippe von siebzehn Köpfen, darunter schon zwei Urenkel. Ich weinte wie der biblische Joseph, als er seine Brüder wieder sah, heimlich. Denn zwei seiner Enkelinnen glichen Annele: Sabina hatte ihre Bewegungen, Susanna ihre Augen, ihren Mund und ihre Begabung, in der Küche zu zaubern.

Aus Weimar reiste Georg mit seiner Großfamilie an. Julia hatte ihn und Lotte zu dreifachen Großeltern gemacht: Simeon, Laura und Jeanette hießen die kleinen Eggli-Pfäffikons. Nachdem sie auch Jörgs Kinder, die bei verschiedenen Müttern aufwuchsen, Anna in Prag und Fama in Lissabon, mitbrachten, scherzte Georg: „Brüderchen, haben wir nicht Nachkommenschaft für zwei?" Ein Bild, auf dem ich alle fünf, die zwischen ein und zwölf Jahren alt waren, im römischen Regen auf meinen Armen und Schultern trage, erfreute damals die Presseagenturen in den nachrichtenarmen Tagen.

Das jährliche Silvesterprogramm

Das Entscheidende war, die Jugend für die Kirche zu erhalten. Das geht nur mit Gottes Hilfe durch Kontakte und phantasievolle Angebote. Es entwickelte sich, über den Jahreswechsel vom 30. Dezember bis zum 2. Januar, zweihundert Jugendliche aus aller Welt für drei Nächte nach Rom in die vatikanischen Unterkünfte für die Bischöfe einzuladen. Täglich erlebten sie eine Messe, dazu gesungene Morgen- und Abendgebete. In Gruppengesprächen sollten sich ihre wichtigsten Themen und Fragen herauskristallisieren, die sie im Schlussplenum in Gegenwart des Papstes und vieler Fernsehkameras vortragen durften.

Große MISSIO (Aussendung) jeweils am 2. Januar um 9 Uhr im Petersdom und auf dem Platz davor.

Manche empfanden dies als eine Konkurrenz zum Europäischen Jugendtreffen von Taizé, das über Silvester in einer europäischen Hauptstadt abgehalten und von Tausenden besucht wurde. Eine belebende Konkurrenz, Botschaften wurden ausgetauscht, und meist eine gemeinsame Wunschliste herausgegeben: an Gott, an die Politik, an sich selbst.

Zu Dreikönig, an meinem Geburtstag, der dabei keine große Rolle spielte, gab ich einen Empfang, meistens zusammen mit dem Präsidenten Italiens.

Bereits 2018 hatte sich Abu Arma unter die Diplomaten des Dreikönigstreffens gemischt. Der Vielgesuchte war durch Frisur und Bart total verändert, gab sich aber durch seinen Augenaufschlag mir zu erkennen, vermutend, ich würde ihn nicht verraten. Er drückte damit wieder aus: Überall komme ich hin, alle sind in Gefahr. In beklemmender Entscheidungsnot sagte mein Herz: Tu nichts. Wenn ich der einzige bin, dem er auf der Seite der Feinde vertraut, wird dein Vertrauen Belohnung finden.

Alles wird gut

Nach Dreikönig 2018 ruhige Tage in Castel Gandolfo: Besuch der Kardinäle und einiger Bischöfe Brasiliens. Sie drängen auf ein Konzil, damit die unterschiedliche Praxis der Verwaltung der Sakramente wieder vereinheitlicht würde. 2007 war von Josef der sensationelle Erlass herausgegangen, dass in den Ländern der nördlichen Hemisphäre Männer und Frauen zum priesterlichen Dienst vorbereitet werden sollen mit der Ausnahme der Wandlung beim Abendmahl. Sie sollten aber vor der Austeilung der Kommunion die Gebete der Messe sprechen. Seit 2010 waren diese „bewährten Männer und Frauen“ in den Gemeinden tätig, teils haupt-, teils neben-, teils ehrenamtlich. Mit Wissen der Kurie hatten auch Länder der südlichen Hemisphäre, vor allem Mexiko, Brasilien, Indien und Australien diese Praxis übernommen.

Es reifte der Plan zu einem Konzil für 2023. Noch vor dem großen Jubeljahr 2025 sollten in der Kirche wieder weltweit einheitlich die gleichen Normen gelten, die zukunftsweisend eine umfassende Ökumene ermöglichen.

Da ich täglich mit schlimmen Nachrichten rechnete, genoss ich es, wenn Probleme überschaubar blieben und schwer Beladene entlastet werden konnten.

Viele Bischöfe zerbrachen beinahe unter der Last und Verantwortung in ihren Diözesen. Sie hatten oft die nötige Dienstaufsicht versäumt, Visitationen nicht wahrgenommen und Fehler übergangen. Es tat ihnen gut, einen Papst zu treffen, der nicht unter der Last seines Amtes gebückt geht, der nicht gebrochen ist und der, wie man mir oft bestätigte, nicht alt aussieht.

„Giovanni, nimm dich nicht so wichtig" wird ein Wort von Johannes XXIII. überliefert, vom Konzilspapst, der täglich so zu sich gesprochen haben soll. Das sagte auch ich mir oft. Und Mutters Trost: „Martin, alles wird gut." Jetzt erst erinnerte ich wieder an ihre Worte, als sie den Erstklässler zur Amputation des kleinen Fingers begleitete.

Sie sagte es noch einmal, als sie selbst, vom Verbluten bedroht, in Amman in die Militärklinik eingeliefert wurde. Damals antwortete ich auch: „Mama, alles wird gut."

Psalmendichten

Auch in meinen Gedichten dachte ich immer wieder vom Ende aus: Worauf will ich zurückdenken, wenn ich einmal Abschied nehme? Auf Elba, eine halbe Hubschrauberstunde entfernt, verbrachte ich mit den Franziskaner-Äbtissinnen einige sonnige Januartage 2018, Mandelbäume blühten, ich malte, nur in blauen Wasserfarben, und schrieb einige Psalmen:

Südliche Landschaft
Wie ich gelebt haben will, wenn ich auf der Insel sterbe.
Nach der Weise: Der blaue Elch in seiner letzten Stunde.

Künstler, Priester, Liebhaber des Lebens
war ich, hab dich und mich verschenkt.

Licht und Wasser gabst du reichlich, kalten Sturm, Wüsten,
Früchte, Gesichter, weite Horizonte, Lilien, Sperlinge.

Was Hände und Herzen können,
lernte, lehrte und lebte ich.

War Flughafen, Bahnhof, Autobahn, Telecom,
Löschkran, Katalyse, Labor für eure Chemie.

Und dann begrub ich euch
im Bergfriedhof, Park für die Lebenden.

Ich war nicht der, den man berührt, und ist gesund, doch ihr
wisst, dass der Unberührte kränkelt und kränkt und Erlösung braucht.

Ich war nicht die Stimme aus Nazareth, doch
ohne Stimme wissen wir nichts voneinander,

und ohne seine Stimme wissen wir wenig von Gott.
Voneinander wissen macht glücklich.

Ich möchte euch Wärme zurücklassen, doch
in einer Stunde bin ich kalt. Nehmt Wärme aus seinen Worten.

Unsere gelbe Sonne verwandelt sekündlich
vier Millionen Tonnen Materie in Wärme.

Nehmt vom Reichtum des großen Ofens.

Josef der Zimmermann

Dieser Gottesknecht hatte nicht viel zu lachen, immer zweite Reihe,
immer auf der Suche nach Bleibe, nach Brot und Engeln.

Auch das Kind ging öfter verloren,
früh verließ es Vater und Mutter.

Holz unter den Händen fühlte der Zimmermann Glück,
und die warme Haut Marias war gefügig.

Am 19. März im Jahre 10 nach dem Tode des Wohltäters
Augustus ging er verschollen,

von einem Auftrag in Tiberias nicht zurückgekehrt
für tot erklärt in Nazareth!

Schon 20 Jahre später heilig gesprochen
lebst du, Josef, in den Herzen von unglücklichen Knaben

als starker Vater und in den zarten Seelen der
Mägde des Herrn als Ernährer und Vorbild an Verzicht.

Bittersüß

Kennst du ein Leben, das nicht süßbitter ist, nur süß, nur bitter?
Variatio delectat, bewahrt vor Sucht, vor Unglauben, vor Todesfurcht.

Widersprüche beleben

Anais Nin schrieb mit fünfzehn, sie habe jede freie Minute ihre
Gedanken notiert.

Ein Freund lehrte sie Zen-Paradoxe und damit das verworrne
Leben lieben.

Mittagslied am 25. Januar, Tag von Timotheus und Titus
nach der Weise Klippdachse und Steinböcke am Abgrund

Dass Hagar und Ismael in die Wüste geschickt wurden,
ließest du zu. Du hast sie sehenden Auges zum Brunnen geführt.

Dass Sulamiths Weinberg zerstört wurde von den Füchsen
und Tamar trotz Absaloms Rache nicht mehr glücklich wurde,

hast du nicht verhindert. Dachten sie zu wenig positiv? Gib
den Vertriebenen heute vom Brunnen des Lebendigen, der mich sieht.

Biblische Geschichten aus 1. Mose 16 und 21, Hoheslied 2,15, 2. Samuel 13 bilden den Hintergrund der Bitten für die Vertriebenen heute.

Morgens und mittags zu lesen

Immer belebt der kleine Dank, kaltes Wasser, Summen beim Ausatmen,
grünes und rotes Rohes, das Wundern beim Aufschlagen der Augen,
das Hochspringen zur Decke.

Nachmittags zu lesen

Es gibt kein Zurück in den Tag. Lass mich gelebt haben,
wie ichs eine Ewigkeit lang mit Lust ansehen kann.

Lass keinen Trübsinn aufkommen

Allsichtiger, Zarter, Welterfinder, du hast Launen, Hormone, Monate
und Lieben aller deiner Millionen zugedacht.

Ich trübe deine klaren Entscheidungen nicht,
turne mit, spiele mit, entwerfe mit, ganz gottgewärtig.

Da ich Abgeber bin,

dürft ihr mir alles erzählen,
ladet ab, lasst es da.

Ich kann nicht helfen, aber übernehmen,
ja, ein wenig beschwert es mich.

Doch beim nächsten Hochamt
schwebe ich in halber Höhe des Petersdoms,

lasse alles beim Herrn am Altar
und nehm es nicht wieder auf.

Also ladet ab.
Es löst sich ganz allein.

Bridge over troubled water

Es gibt Stücke, die hört der Hals spielend hundertmal,
und wird dabei beweglicher.

Sie beginnen auf einem Flügel.
Stimmen, die Schutz versprechen wie Adlermütter,

singen: Lass gut sein.
Du kommst hinüber.

Martin Paul denkt hier an Lieder seiner Jungend: LET IT BE von den Beatles und BRIDGE OVER von Simon und Garfunkel.

Veteranentreffen in Jerusalem

Ein Treffen beschäftigte Ende Januar 2018 die Welt: Teilnehmer der Golfkriege von Januar-Februar 1991 und Frühling 2003 trafen sich in Jerusalem, tauschten ihre Erinnerungen, ihre Gefühle und Geschenke aus. Nur: Es waren nicht viele. Die Überlebenden hatten oft keine Lust, die Zeiten zurückzuholen. Die damals mit großem technischen Einsatz des Westens und Tapferkeit auf beiden Seiten geführten Kämpfe hatten vor allem auf irakischer Seite Zehntausende von Opfern gekostet. Der Wiederaufbau des Zweistromlandes, bei dem 80 Länder, einschließlich Israel mitmachten, war nun einigermaßen abgeschlossen. Touristen kamen, wollten Ninive, Ur und Babylon, aber auch das neue, alte Bagdad sehen.

Schreckliche Zeiten schienen überwunden: Selbstmordattentäter waren in den Vereinigten Staaten und Europa aufgetaucht, die Weltengemeinschaft war zerstritten. Als Anfang Mai 2003, der Irakkrieg der Briten und Amerikaner vorüber war, musste man jahrelang Attentäter fürchten.

Beim Treffen in Jerusalem trugen Worte aus dem Propheten Jesaja 8 und 9 zum Verstehen bei:

„Es wird nicht dunkel bleiben über denen, die in Angst sind. Das Volk, das im Finstern wandelt, sieht ein großes Licht, und über denen, die da wohnen im finstern Lande, scheint es helle.“

Alma mit dem dritten Auge

Alma aus Litauen bewarb sich für das Stipendium Rosarium und erhielt es, Alma Monika Ulrikova. Sie sollte den Rosenorden nach Cordoba überbringen. Ein Traum wurde wahr für sie: Im fernen Baltikum hatte sie Flamenco getanzt und es zu einer gewissen Meisterschaft gebracht, ebenso in der Beherrschung der spanischen Sprache. Alma hatte Gartenbau und Gartengestaltung studiert und sollte im Vatikan dem alten Gärtner zur Hand gehen.

Es ging ihr der Ruf voraus, ein drittes Auge zu haben: Leute mit verwahrlosten oder anzulegenden Gärten holten sie, damit sie schaue, wie das Land nach einem oder zwei Jahren aussehen würde. Ihre Visionen stellten sich oft innerhalb von zehn Minuten ein. Dann begann sie zu zeichnen, und die Schau konnte sich verwirklichen. Alma mit dem dritten Auge: Äußerlich unter blonden Locken eine breite, schöne, glatte Stirn über einem ernsthaften Gesichtchen, darunter ein Kosmos. In ihrem Kopf hatte sie das Aussehen und die Pläne von mehr als hundert Gärten dieser Welt, konnte ihre Vorzüge schildern, die Bewässerung erklären und die Blütenpracht der verschiedenen Jahreszeiten aufleuchten lassen.

Die Freude meines Gärtners, nach getaner Arbeit mit Alma auf der Bank zu sitzen und Frascati zu trinken, konnte ich nur allzu selten teilen.

Cordoba im Süden Spaniens: Die dortige Kathedrale „Mezquita“ (sprich *meskíta*), war ursprünglich die Hauptmoschee des westliches Islam. Doch mitten hinein in die 18 Reihen mit den 856 Säulen aus Marmor, Granit und Jaspis war von Kaiser Karl V. 1523 ein katholisches Gotteshaus gebaut worden. Der Komplex besteht aus dem Patio des los Naranjos, dem Orangengarten mit seinem Brunnen für die Waschungen nach islamischem Ritus, aus dem Säulensaal, aus der zentral eingebauten, den nur elf Meter hohen Säulenwald überragenden Kathedrale, der moslemischen Gebetsnische und der Treppe für die Freitagspredigt. Seit 2015 ist die alte Moschee darin nicht nur ein Museum, sondern wieder ein islamisches Gotteshaus.

Was ein halbes Jahrtausend hindurch vorbildlich war, das freundschaftliche kulturstiftende Miteinander von Christen, Juden und Moslems im mittelalterlichen Andalusien, wollte ich, obgleich erst ein zartes Pflänzchen, fördern. Die Kathedrale bekam durch Alma den Rosenorden, die Moschee und die Synagoge in Cordoba den neugestifteten Naranjos-

Orden, ein Orangenbäumchen, das mit einem Schreiben im Stil der Geschichten aus tausend und einer Nacht überreicht wurde:

„Der Hüter der Wahrheiten des Gottessohnes, der vom Allerbarmer für die ganze Welt Frieden und Schutz erfleht, der mit allen Menschen guten Willens die Gebote des Nichttötens, des Nichtstehlens, des Nichtneidens und der ehrlichen Geschäfte teilt und anerkennt und alle sieben Tage den Feiertag einhält, der Kalenderbewahrer, Garant des Credos und der Mysterien Christi, der Mann, der täglich Weisheit für die Fürsten der Völker und die Repräsentanten der Religion erfleht, hatte einen Traum:

Im Hofe der Kathedrale von Cordoba versammeln sich die Delegierten der Religionen der Welt und von siebenhundert Sprachen, an die tausend, Kinder, Männer, Frauen. Sie grüßen sich, ziehen ein in den Säulenwald der Mezquita, wo jedes singend oder sprechend sein Gotteslob anstimmt. Ist es der Geist des Ortes oder der Geist Gottes, ist es ein Wunder, ein Zufall oder etwas Selbstverständliches? Sprechen und Singen klingen wie das neue Lied, das die Psalmen (96 und 98) fordern:

Singt dem Herrn ein neues Lied,
denn er tut Wunder. Singt dem Herrn alle Welt.

Bringt dar dem Herrn, ihr Stämme der Völker,
bringt dar dem Herrn Lob und Ehre.

Der Himmel freue sich, die Erde frohlocke.
Es brause das Meer, und alles, was es erfüllt.

Jubeln sollen alle Bäume des Waldes.
Er richtet die Völker mit seiner Wahrheit.

Vom Raunen der Ewigkeit beflügelt stiften der Bischof von Rom und seine Gärtner den Orangenorden."

Alma rühmt und tanzt

Alma tanzte in Cordoba. Sie hatte sich zur Überreichung der Orden geschminkt und geschmückt wie Boticellis Venus: blass im Gesicht, zartroter Mund, blaue Bänder im goldfarbenen Haar. In der Rede erinnerte sie an Abd al-Rahman, der um 750 in der Kampfzeit zwischen Abbasiden und Omajjaden nach abenteuerlicher Flucht durch den Euphrat und durch den Nahen Osten als Emir von Cordoba eine von Christen und Moslems gemeinsam genutzte Kirche abgerissen und innerhalb weniger Jahre die ersten elf Schiffe des Prachtbaues errichten ließ. „Wer kennt die Menschen, nennt die Namen, die die Steine herbei schleppten? Nur einen Arbeiter kennen wir, nur einer hat seinen Grabstein hier, der afrikanische Elefant, der vom Theater aus Mérida die Säulen herüberbrachte.

In diesem Cordoba reiften Künste und Erkenntnisse, die die Welt heute nutzt: Architekten, Geometer, Astronomen, Philosophen, ja auch Schneider und Schuhmacher machten Cordobas Ruhm bekannt. Die Araber führten in Spanien den Reis, die Orangen, die Pfirsiche, Granatäpfel, Artischocken, den Spargel, die Baumwolle, das Zuckerrohr und das Papier ein.

Der Streit der Kulturen und der Religionen liegt hinter uns, der Einbau der Kathedrale, man nannte sie einmal einen Schandfleck, gehört zur Geschichte. Wir kennen und nennen die Fehler der Vergangenheit aus unserer heutigen Sicht. Wir erkennen und nennen unsere Aufgaben: Das Schlimme verzeihen, das Gute respektieren, Verschwundenes verschmerzen, den Frieden bauen, gemeinsame Werte pflegen, den Kindern eine lebenswerte Zukunft ermöglichen."

Alma überreichte den Rosenorden an die Kathedrale, den Orangenorden an die islamische und an die jüdische Gemeinde Cordobas. Dann tanzte sie Flamenco im Orangenhof.

Und mein Gärtner liebte sie nach ihrer Rückkehr in die vatikanischen Gärten noch viel mehr, wollte nicht mehr nur Frascati am Feierabend mit ihr trinken, fragte mich, ob nicht ich ihr seinen Heiratsantrag übermitteln wolle. Doch die 25-Jährige wollte den 66-Jährigen nicht, sondern den 23-jährigen Ramon, ihren persönlichen Stadtführer und Beschützer während ihrer zwei Wochen Cordoba. Er zog mit ihr nach Kaunas, wo sie ihr Nest bauten. Heute lebt die Familie in St. Petersburg und handelt mit Strom und Öl und Gas.

Dass ihre Kinder einmal zu meinen Urenkeln würden, vermittelte der große Weltenlenker fünfzehn Jahre später.

Liebe bis zum Ende des Abendlandes

Hundert Jahre Ende des ersten Weltkrieges: Obwohl Deutschland und Frankreich nun eine schon über 50-jährige Freundschaft verband, die immer wieder erneuert worden war, sollte „Marianne und Michel“ nun nichts mehr trennen. „Liebe bis zum Ende des Abendlandes“ versprach man sich, um auszudrücken, dass diese Freundschaft niemand zerstören könne. Jedes Land solle aber wie in einer guten Partnerschaft seine Identität bewahren. Schon in der Schule lernten die jungen Menschen, „den ganz anderen zu verstehen“, beginnend mit der Sprache. „Tausend Worte Französisch – Tausend Worte Deutsch“ hieß das Programm, das in den Schulen beider Länder verbindlicher Lehrstoff wurde.

Auch wenn Nachbarländer wie Polen oder England hier nicht berücksichtigt waren, so diente die Freundschaft der früheren Erzfeinde als Vorbild für weitere „Liebesschwüre“, wie zwischen Griechen und Türken, Engländern und Iren, Russen und Chinesen.

„Der Krieg ist der Vater aller Dinge“ lautete die Einsicht vorchristlicher Philosophen, die ergänzt wurde von der Weisheit des dritten Jahrtausends: „Die Töchter lernen aus den Kriegen der Großväter.“

Man hatte gedacht, das neue Jahrtausend sei ein friedliches „Wassermannzeitalter“ – dem war nicht so. Bis 2018 waren im neuen Jahrtausend weltweit 17 große Kriege geführt worden, doch im Vergleich zu den Zeiten des „Kalten Krieges“ von 1945 bis 1990 war die Zahl zurückgehend. In Europa nahm der Nationalstaatengedanke ab, man dachte viel mehr in Regionen, pflegte Dialekte und Sprachinseln. Von Helsinki bis Lissabon, von London bis Ostanatolien, vom Ätna bis zum Nordkap konnte man fahren, ohne je den Pass zeigen zu müssen.

Was würde Christus dazu sagen?

Diese Offenheit, immer mit dem Namen Schengen verbunden (Vertrag von 1995 über offene Grenzen in der Europäischen Union) nutzten natürlich auch die Bösen zu Waffentransporten, Geldwäsche und Menschenhandel.

Der quälerische Tiertransport von Schlachtvieh über Tausende von Kilometern war inzwischen verboten, doch mit Menschen gingen die Menschen immer noch böse um: „Der Mensch benutzt den Menschen wie ein Stück Klopapier.“

„Wir müssen die Herzen erreichen", so lautete der Tenor meines Festbriefes am Tag der Ankündigung der Geburt des Erlösers, dem 25. März 2018, an die DiakonInnen und Priester:

„Mit einem großen Herzen wenden wir uns dem Leiden der Menschen zu. Was Ärzte nicht heilen können, wofür ein Therapeut keinen Schlüssel findet, hat oft den Grund darin, dass wir nicht verzeihen können, dass wir dauerblutende Strukturen schaffen, dass wir unmenschlich und ohne Liebe handeln.

Bei Gott ist kein Ding unmöglich. Er hat Jesus geschickt, um der Welt zu helfen. Wir sehen ihn an und fragen: Was ist ihm jetzt gemäß? Was würde Jesus jetzt empfehlen?

Christusgemäß ist zu jeder Zeit das wirklich Menschengemäße. Wir fragen, wie es Christen zu allen Jahrhunderten getan haben: ‚Was würde der Herr tun? Was würde Christus dazu sagen?'

Als Christus angekündigt wurde, akzeptierte seine Mutter mit den Worten: ‚Ich bin des Herrn Magd.'

Die Grundeinstellung, ein Diener oder eine Dienerin Gottes zu sein, gibt eine Bereitschaft für unerwartete Handlungen mit überraschenden Folgen:

Gott kann für alle Nöte unserer Zeit Hilfestellung bieten, Strukturen zerbrechen, jede Vergangenheit beenden und eine Zukunft mit Licht und Hoffnung eröffnen. Dazu braucht er Menschen, die in allen Umständen das Optimum für andere heraus holen und sich zum Guten führen lassen. Sie brauchen es nicht selbst zu tun, sie sollen sich nur dazu anleiten lassen.

In jedem Menschen steckt der Samenkorn zum Guten, zum Nutzen der Allgemeinheit, zur Hilfe beim Nächsten, der ihm vor die Füße gelegt wird. Düngen und pflegen wir diesen Samen..."

Diese Rede zu drucken war ein riesiger Auftrag für unsere Haus- und Staatsdruckerei. Die Menschen wollten sie nicht nur lesen, sie wollten danach leben. Und die Welt wurde ein wenig besser: Die Zahl der Verbrechen ging 2018 – 2019 zurück von 2 auf 1,9 Millionen. Siebentausend Morde weniger.

Felix Meerseburger

Ein Wunderkind auf der Orgel wurde zum leuchten Stern im Jahr 2018. Ist es schon schwierig genug, gleichzeitig das Manual und das Pedal zu spielen, so konnte Felix Meerseburger, ein neuseeländischer Junge mit deutschem Namen, noch dazu singen. „Vox humana“ (menschliche Stimme) kann ein Orgelregister heißen. Bei Felix war das Register aus Fleisch und Blut sein wunderbarer Knabensopran.

Felix interpretierte Bach, Mozart und Walgesänge, das antipodische Vogelkonzert der Südseekomponistin Hulla Mrugal und Max Regers Orgelwerke, schließlich Carl Pilippo Gabler, einen Brasilianer, der Orgelmusik „iugulo humano“ (mit menschlicher Kehle) komponiert hatte.

Nun ergab es sich, dass Felix auch in Rom spielte. Die Orgel im Petersdom war durch die Stiftung von Lady Maxime Deguissey zu einem Prachtinstrument ausgebaut worden und hat Passau an Pfeifen und Registern übertroffen.

Felix blieb zwei Wochen in Rom. Ich hörte ihn täglich, nötigte ihn zum Bleiben. Ich fühlte mich geadelt, wie Goethe sich geadelt fühlte durch den Besuch des Knaben Felix Mendelssohn Bartholdy 1830: „Mir war seine Gegenwart besonders wohltätig, er ist daher auch mit meinen besten Segnungen geschieden.“

Um seine Stimme zu erhalten, überlegte man schon eine Hormonbehandlung. „Kastriert diesen Knaben“ war eine Konzertkritik in Paris überschrieben. Dies sollte aber nur als Kompliment verstanden werden. Schlagartig mit seinem 13. Geburtstag war das Krächzen des Stimmbruchs da. Es gibt genau 73 Aufnahmen. Felix ist Organist geworden in Notre Dame de Paris. Aber er singt nicht mehr. Er improvisiert, er spielt engelgleich, doch sein Bariton passt nicht mehr zur Orgel.

Felixens Sonnengesang

Vor allem durch seinen „Sonnengesang“ bleibt Felix in Erinnerung: Den *Text des Franz von Assisi* verband er mit Worten anderer Dichter, Goethes (G) vor allem. Er sang den Text mit Worten, aber Felix ließ mit seiner Stimme auch den Wind und die Sonne, das Feuer und den Tod tönen.

Die Sonne tönt nach alter Weise
in Brudersphären Wettgesang
und ihre vorgeschriebne Reise
vollendet sie mit Donnergang.

Ihr Anblick gibt den Engeln Stärke,
wenn keiner sie ergründen mag.
Die unbegreiflich hohen Werke
sind herrlich wie am ersten Tag. (G)

Gelobt seist du, Herr, mit allen deinen Kreaturen,
der edlen Herrin vor allem, Schwester Sonne,
die uns den Tag bringt,
und das freundlichste Licht durch ihn spendet.
Schön ist sie in ihren Höhen.
Im mächtigen Glanze entfaltet sie ihre Pracht.
Dein Gleichnis birgt sie, Licht des Lebens.

Und schnell und unbegreiflich schnelle
dreht sich umher der Erde Pracht.
Es wechselt Paradieseshelle
mit tiefer schauervoller Nacht (G)

Gelobt seist du durch Bruder Mond und die Sterne.

Und Stürme brausen um die Wette
vom Meer aufs Land, vom Land aufs Meer
und bilden wütend eine Kette
der tiefsten Wirkung ringsumher (G)

Gelobt seist du, durch Bruder Wind
Und Luft und Wolken.
Jedes Wetter nehmen wir aus deiner Hand,
wodurch du belebst, was du erschufst,
und uns forderst.

Da flammt ein blitzendes Verheeren,
Erleiden eines Donnerschlags.
Doch deine Boten, Herr, verehren
das sanfte Wandeln deines Tags. (G)

Gelobt seist du, Herr, durch Bruder Feuer,
Er leuchtet in den Nächten,
glüht mild und sprüht gewaltig.

Der Anblick gibt den Engeln Stärke,
da keiner dich ergründen mag.
Und alle deine hohen Werke
sind herrlich wie am ersten Tag. (G)

Gelobt seist du durch Mutter Erde,
die stark und gebefreudig ist,
trägt und hervorbringt, was uns nährt.

O Herr, gib jedem seinen eignen Tod,
das Sterben, das aus jenem Leben geht,
darin er Liebe hatte, Sinn und Not. (Rilke)

Gelobt seist du durch unsern Bruder, den leiblichen Tod.
Du nimmst die Angst, ihm zu begegnen.
Selig, die er findet in deinem heiligsten Willen,
sie berührt nicht der ewige Tod.

Lobet und preiset den Herrn
Und danket ihm
Und dient ihm in großer Demut.

Felix stirbt jung

Wie Mozart, Schubert und Mendelssohn Bartholdy ist Felix Meerseburger nicht alt geworden. Wenige Tage nach dem Hinscheiden vom Papst Martin Paul verlor er 32-jährig bei einem Autounfall seinen rechten Arm und drei Finger seiner linken Hand. Nach Behandlung und Genesung stürzte er sich in der Nacht zum 22. November 2038, am Tag der heiligen Cäcilie, vom Turm der Kathedrale Notre Dame in Paris. Die Besucher der Morgenmesse fanden seinen zerschmetterten Leib und diesen Abschiedsbrief: „Da mein Leben zu Ende war, will ich mit Cäcilia im anderen Leben singen.“ Er nahm dabei Bezug auf die Märtyrerakten der Heiligen: „Cantantibus organis Caecilia Virgo in corde suo soli Deo cantabat – Während die Orgel erklag, sang Cäcilia in ihrem Herzen nur zu Gott gewandt.“ Cäcilia ist die Patronin der Musik, der Kantoren und Organisten.

Die Begegnung mit Felix hat Martin Paul immer als einen Höhepunkt seines Lebens bezeichnet. Durch ihn verstand er, warum viele Menschen Musik als Hauptinhalt ihres Lebens betrachten, warum viele Menschen die Kirchen am liebsten bei schöner Musik besuchen. Martin hatte schon durch seinen Vater und durch das intensive musikalische Gemeindeleben in Basel einen ausgeprägten

Sinn für Kirchenmusik. Doch er betrachtete sie als „Helferin zum Glauben". Bei Felix erlebte er zum ersten Mal einen Menschen, der „eine Inkarnation der Musik" war, eine Fleischwerdung der Töne.

Martin hat den tragischen Tod des jungen Künstlers nicht mehr miterlebt. Oft werden die beiden zusammen genannt. Mögen sie beide als Engel zusammen mit der himmlischen Schar zur größeren Ehre Gottes musizieren.

Simon der Mesopotamier

Ein junger in Rom ansässiger Armenier, Simon Aschtischatjan, bat mich im September 2018 um die Taufe. Ob es nicht als Zeichen der Kirchenfreundschaft und Verbindung der katholischen zur armenisch-orthodoxen Kirche angesehen werden könne, wenn er als in Italien lebender, aber dem Glauben seiner Väter zugewiesener Weltbürger vom römischen Bischof getauft werde?

Simons Eltern waren erfolgreiche Teppichhändler. Der 19-Jährige, in Istanbul „auf der Durchreise" geboren, bezeichnete sich selbst als „Mesopotamier". Der türkische Pass gab ihnen wenig Heimatgefühl, da zweiundzwanzig ihrer Vorfahren und Verwandten in den Verfolgungswellen der Türken gegen die Armenier 1896 und 1914/15 umgekommen waren. Sie hätten die Möglichkeit gehabt, in Armenien im Frieden zu leben, zogen aber den Westen vor. Simons Schwestern Sofia und Nino mit ihren wunderschönen dunklen Pupillen, um die so viel Weißes war, hatten sich glücklich in römischen Familien verheiratet, seine Brüder David und Manucar handelten mit Seide, Autos und Weihrauch. Er sollte einmal das Teppichgeschäft übernehmen. Der armenische Katholikos für Europa mit Sitz in Paris, Nerses von Klajan, der Erhabene segne den Bruder, den eine Gletscherspalte verschlang, förderte den Taufwunsch seines „Goldnen Hörnchens", wie er Simon in Anspielung auf seinen Geburtsort nannte.

Taufe im Baptisterium von San Giovanni in Fonte, dem Anbau der eigentlichen Bischofskirche Roms, San Giovanni in Laterano. Schon Kaiser Konstantin hat den Bau der Taufkirche angeordnet: Der runde, gleichzeitig achteckige Bau ist Vorbild für die später errichteten Baptisterien.

Simon war der erste von etwa 30 Täuflingen in den Papstjahren. Ich kann nicht vergessen, wie er auf die Fragen antwortete, die einem erwachsenen Täufling gestellt werden:

Wie heißt du? – Ich heiße Simon Aschtischatjan, Sohn von Daniel und Miriam, und komme von den Bergen Anatoliens.

Was begehrst du? – Ich begehre die Taufe, die Aufnahme in die Familie der Christen.

Glaubst du an Gott? – Ich glaube an Gott, der mich ins Leben rief, der sich meiner erbarmte durch das Opfer seines Sohnes, der mich führt, tröstet, heilt und zu sich zieht durch seinen Heiligen Geist. Ich glaube an die eine, heilige, weltumspannende Kirche und will zu ihr gehören.

Simons Gebet nach der Taufe

Nach der Taufe sprach Simon ein langes Gebet, inspiriert von der Kirchensprache der orientalischen Christen:

Der du von Natur aus unsterblich und ohne Ende bist,
von dem alles Unsterbliche und Sterbliche stammt,
der du das vernünftige Wesen, den Weltenbewohner Mensch,
bei seiner Formung sterblich gemacht und ihm Unsterblichkeit verliehen hast:
Du bist nicht ein Gott der Toten, sondern der Lebendigen.

Die Seelen aller leben bei dir,
und die Geister der Gerechten sind in deiner Hand.
Keine Qual wird sie erreichen.

Siehe jetzt herab auf deinen Knecht,
der all sein Tun aus deiner Hand nimmt,
der in allem dir dienen will,
und alles Kommende von dir empfängt.

Verzeihe ihm, wo er freiwillig oder unfreiwillig gesündigt hat.
Stelle uns hier und im anderen Leben wohlwollende Engel zur Seite.

Alle, die vor uns waren, führe in den Schoß der Patriarchen,
Propheten, Apostel und all derer,
die du nach den Prüfungen dieses Lebens zu dir gezogen hast.

Du hast Adam befreit von den Fesseln der Sünde und von der Macht der Hölle.
Nur Mut, ihr Toten: Getötet ist der Tod, beraubt mit ihm die Hölle.
Christus trat seine Herrschaft an, der Gekreuzigte und Auferstandene.

Du mächtigster Helfer,
sei mein Beistand.
Stehe mir zur Seite und allen Menschen guten Willens.

Heiliger, dreifaltiger Gott,
Helfer, Lenker, Wächter bist du, die sicherste Mauer, Wall der Sicherheit,
nichts und niemand kann uns aus deiner Hand reißen.
Es ist kein anderer Gott wie du.
In dir ist unsere Zuversicht.

Botschafter Bülent Uslu

Es war vereinbart, dass bei der Taufe selbst keine Kameras und keine weiteren Medien dabei und damit der ganz persönliche Glaubensakt gewahrt sein sollte. Doch am Nachmittag bekam das Sakrament eine über Simons Seele weit hinaus gehende Bedeutung: In Absprache mit Ankara und nach kurzen Verhandlungen mit Ministerpräsidentin Ermine Hüllü erschien der Botschafter der Türkei, Bülent Uslu, gratulierte dem Getauften, und kündigte an, dass nach der Durchsetzung der völligen Religionsfreiheit in Kleinasien im Parlament von Ankara eine Entschuldigung wegen der Leiden vorbereitet werde, die dem armenischen Volk angetan wurden.

Der Osten der Türkei, nein, ganz Anatolien, stehe den Armeniern aus aller Welt offen. Das ganze Land wolle teilhaben an den Tugenden, am Know How und am tiefen Glauben der armenischen Christen.

Die Taufe heute zeige, dass Armenier vorbildliche Weltbürger seien, von deren Kultur und Belastbarkeit, von deren Geduld und Kompromissfähigkeit man nur lernen könne.

„Wir Türken sind stolz darüber, dass in unseren Bergen die zwei Ströme Euphrat und Tigris entspringen, deren Wasser viele Kulturen geboren und ernährt haben. Es blühen und jubeln die Berge um den Ararat. An diesem Berg und am Ufer dieser stolzen Flüsse ist das armenische Volk gereift. Es sollen leben die Nachkommen aus der Arche Noah, es lebe der junge Simon und seine Familie. Gott ist groß.

Der Fürsorger aller seiner Kinder gebe Frieden und Wohlstand dieser Familie. Er beschütze alle Völker. Er vergebe uns unsere Fehler. Mit dem warmen Wind der Güte trockene er aus die schlimmen Sümpfe unserer Sünden. Er verleihe unserem Herzen Reue, dass wir aus den Fehlern der Geschichte lernen. Wir verherrlichen die Großmut unseres Gottes."

Ich war nicht dabei, als diese Rede im Festsaal des Hotels Raphael vorgetragen wurde, doch ich hörte eine Stunde darauf davon und sprach dem Botschafter die Anerkennung des Vatikans aus und die Bitte, beim geplanten Versöhnungsakt keinen der Patriarchen des Ostens zu vergessen und mir den Besuch von Ostanatolien zu ermöglichen.

Da die Einladung prompt kam, wurde die Reise bereits für das Frühjahr 2020 geplant.

An diesem Vorgang wird deutlich, dass ohne Öffentlichkeit viele diplomatische Kanäle genutzt werden, um einen Versöhnungsakt anzustoßen und zum Ziel zu bringen. Da Papst Martin Paul selbst viel und intensiv telefonierte, fünf Sprachen beherrschte, keine Probleme mit Moslems hatte, und eine Vision vom Weltfrieden, der mit vielen kleinen Friedensschritten zustande kommt, hatte er viel Erfolg bei seinen meist nächtlichen „Weißmützeneinsätzen", wie er seine Aktionen im Gegensatz zu den Blauhelmeinsätzen der UNO nannte.

Simons Pazyrykteppich

Ein Jahr nach seiner Taufe meldete sich Simon wieder. Er hatte einen Teppich herstellen lassen, der eine Kopie des ältesten 1949 gefundenen Teppichs darstellt, des Pazyryk-Teppichs. Dieser stammt wahrscheinlich aus dem 4. Jahrhundert vor Christus, der einzige vorchristliche überhaupt, ist 183x198 Zentimeter groß und hat auch für heutige Verhältnisse eine sehr feine Knüpfung. Das Kunstwerk gilt als Auftragsarbeit eines Skythenkönigs, hergestellt im Lande Urartu (im Lande Hiobs?), südlich des Urmiasees, heutiges Kurdenland bei Mossul, Irak. Im Original, das in der Eremitage in Leningrad ausgestellt ist, fehlen nur eine Ecke und kleine Stücke in der Bordüre.

Dass das alte Stück so gut erhalten ist, gilt als Wunder, denn zwischen diesem und dem nächsten erhaltenen Teppich liegt ein Zeitraum von mehr als tausend Jahren.

Fünf Bordüren rahmen das Innenfeld, das aus vier mal sechs quadratischen Mustern besteht, die ein „Lichtkreuz“ darstellen. Ein Lichtkreuz ist ein armenisches Muster, das ein Kreuz mit vier gleichlangen Balken zeigt, die am Ende verstärkt sind. Aus den vier Winkeln des Kreuzes kommt ein Strahl, den man auch als Feuerzunge bezeichnen kann.

Die erste schmale äußere Bordüre des Teppichs besteht aus grünen Quadraten, die zweite aus vier mal sieben skythischen Reitern, die gegen den Uhrzeigersinn im Teppich laufen. Die dritte Bordüre sind kleine Lichtkreuze, die vierte vier mal sechs Damhirsche, die mit gesenktem Kopf im Uhrzeigersinn vorwärts schreiten. Bevor das Innenfeld erscheint, trennen wieder Quadrate die Hirsche vom Zentrum.

„Der Teppich möge eine Brücke sein“, sagte Simon bei der Überreichung seines Geschenks „zwischen Orient und Okzident, zwischen Rom und Byzanz, zwischen Christen und Moslems, denn vor allem islamische junge Frauen haben ihn geknüpft, zwischen den Zeiten vor und nach Christus. Möge unser Herr auch die erlösen, die lebten, bevor er unser Fleisch und Blut annahm. Und der Teppich möge Frieden bringen. Außerdem ist er ein Zeichen meines großen Dankes, dass Ihr, Vater Martin, mich getauft habt.“

Beim Tee sagte er noch dieses Goethewort, das der Dichter in Verbindung zu den alten Persern im „West-östlichen Divan“ geschrieben hat:

Gottes ist der Orient,
Gottes ist der Okzident.
Nord- und südliches Gelände
Ruht im Frieden seiner Hände.

Wie konnte ich ihm danken?

Dank an Simon

Der Teppich schmückt bis heute das päpstliche Wohnzimmer und bleibt eine Brücke zu den Urchristen im Orient.

Mit einem päpstlichen Breve, einem Brief mit dem Siegel des Fischerrings, und einem Gebet auf Kacheln aus Terracina dankte ich Simon Aschtischatjan für seinen Teppich.

Fischerring heißt der Ring, weil im Siegel der Apostel Petrus beim Fischen dargestellt ist. Papst Clemens IV. war der erste, der sich im März 1265 dieses Siegels bediente. Erhalten ist das Bild eines jugendlichen Petrus aus dem Jahre 1278, der eine Angel mit einem Fisch hochhält. Die Inschrift dabei lautet: SECRETUM NICOLAI PP. III. Das Siegel hatte früher eine ovale Form auf rotem Wachs. Seit 1842 verwendete man einen runden Stempel mit roter Farbe. Papst Martin wählte wieder die traditionelle Form des roten Wachses, in den das Ringsiegel eingedrückt wird.

Ein Breve ist ein Papstdokument, das für die Gewährung von Privilegien, für Prälatenernennungen, Auszeichnungen und Ehrungen, für Glückwünsche oder andere Gesten an Staatsoberhäupter benutzt wird. Simon wurde also wie ein Botschafter geehrt.

Ein Breve steht auf dünnem Pergament und trägt den Aufdruck des Fischerrings.

Ich wusste, dass Simon den Kirchenlehrer Bernhard von Clairvaux mochte. Darum ließ ich vom vatikanischen Kalligraphen ein Bernhard-Gebet auf Kacheln schreiben. Verziert sind die Kacheln mit den Ornamenten der Vaterunserkirche auf dem Ölberg in Jerusalem. Simon wollte „den Kachelteppich" im Empfangsraum seiner Firma einbauen lassen:

Komm, Erwartung der Völker, Herr Jesus,
und erfreue uns durch deine göttliche Gegenwart.

Wir bedürfen des Rates, der Hilfe, des Schutzes.

Wollen wir Gutes und Böses unterscheiden,
täuschen wir uns leicht
und lassen uns beschmeicheln.

Wollen wir Gutes tun, fehlt uns die Kraft.

Mühen wir uns, dem Bösen zu widerstehen, spüren wir unsere Schwäche.

Heile unsere Blindheit, komm, du Glanz aus Gottes Herrlichkeit!

Wandle unsere Nacht zum Tag,
schütze uns vor den Gefahren,
stärke den Mut in uns,

führe uns treu an deiner Hand
und leite unseren Willen nach deiner Weisheit,
bis du uns aufnimmst in die ewige Stadt,
die du selbst gegründet
und aufgebaut hast.

Simon Pontifex, der Brückenbauer Simon

Simon behielt seine Funktion als Brücke zwischen Ost- und Westchristen bei. Er heiratete eine Schweizerin, die aus Dankbarkeit für Genesung nach einem schweren Autounfall eine Pilgerreise zu sieben römischen Kirchen an sieben Tagen angetreten hatte, und an einem Regennachmittag sein Geschäft besuchte. Sie wollte ja auch etwas vom „Glanz Roms in der Gegenwart“ kennen lernen.

Sieben Brüche an Händen, Beinen, Becken und Schädel waren beinahe symptomfrei ausgeheilt. Vor allem blieb ihre Fähigkeit, Kinder zu bekommen, erhalten. Drei Mädchen und vier Jungs, darunter zwei Zwillingspärchen, hat Sonja aus dem Höhenort Aminona im Wallis das Leben geschenkt. Im September, um Michaelis, sah ich immer die Familie. Sie gehören zur Gemeinde Santa Maria in Trastevere, behaupten aber immer, sie seien Angehörige des „Martinsordens“, den es natürlich nicht gibt. Dass in Simons Teppichladen ein Bild des Papstes zwischen dem Foto seines Katholikos und Bildern seiner und seiner Eltern Taufkirche hängt, zeigt wieder die Freundschaft der Kirchen in Ost und West.

Srinagar

Mein Nachfolger im „Amt der Einheit“, Kardinal Benjamin Srinagar, ein Inder mit Wurzeln in England, Südafrika und im Himalaja, war zur treibenden Kraft in der Durchführung der „Meer-, Lehr- und Umkehrgespräche“ geworden: „Aus dem Meer von Fehlern, gegenseitigen Verdammungen, Missverständnissen und gegensätzlichen Ansichten, in dem wir alle schwimmen, lade ich ein, dass wir uns zweimal im Jahr in einem Hafen treffen, uns gegenseitig am Geschehen in den Kirchen teilnehmen lassen und Worte dafür finden, was schon präsent ist: Der eine und der einigende lebendige Christus, der Wege weist, diese Einheit zu pflegen. Ihn wollen wir hören. Er ist der Lehrer. Er ist unser größtes Geschenk. Er ist die Quelle. Zu ihm lasst uns umkehren."

Der „Hafen" war einmal Monte Cassino, dann die Wartburg, dann San Francisco. Er liebte die Orte mit „Glanz und Geschichte", blieb aber selbst voller Demut.

Benjamins unbeirrbarer Optimismus, sein asketisches Leben trotz des Hofstaates, seine „Suche nach der Wahrheit hinter all unseren Wahrheitsversuchen", seine Liebe zu Christus, zur Kirche, „der Mutter meiner Wiedergeburt", und zu seinem Heimatland bildeten eine so anziehende Persönlichkeit, dass ich stolz war und noch bin, ihn für das Amt gewinnen zu können. Denn als Erzbischof von Bombay schien er unverzichtbar.

Benjamin kommt aus Srinagar in Kaschmir, wo in der Altstadt ein niedriges Gebäude ein Grab mit der Inschrift YUZ ASAF birgt, was man als „Prophet Jesus" übersetzen könnte. Eine Legende besagt, dass Christus am Kreuz nicht gestorben sei, sondern von den Essenern ehrfurchtsvoll behandelt die Qualen überlebt, sich vierzig Tage den Jüngern gezeigt habe, dann nach Indien gegangen sei, wo er hochbetagt als Familienvater gestorben und in Srinagar begraben worden sei.

Unser Kardinal für Ökumene, ursprünglich Hindu, wurde Christ, nachdem er die Bergpredigt gelesen hat. „Christus, Buddha, Gandhi und Ramakrishna haben mich zu dem gemacht, der ich bin, der Christ Benjamin, ein Sohn des Glücks, Gottes geliebtes Kind, der seinem geliebten Indien auch das Leuchten Christi zeigen will. Alle Erwartungen der Hindus sind in Christus weiter gekommen." Er sagte bewusst nicht „Erwartungen erfüllt", denn der wollte, dass Indiens Lehrer der Religion, die Professoren und die Studenten wie auch die Tagelöhner sich mit dem Christentum auseinander setzen und selber erkennen sollten, ob sie nicht Jesus zu ihrem Meister machen wollten.

Kardinal Benjamin und seine Wurzeln

Indien war um die Jahrtausendwende aufgefallen, weil damals Computerfachleute aus dem Subkontinent in vielen Ländern ausgeholfen haben. Aus Indien kamen in den letzten Jahrzehnten Schönheitsköniginnen und Ärzte, diplomierte Landwirte und Spezialisten für Informationstechnologie. In Indien wurden Bücher gedruckt und Kleidung hergestellt. Es war für Reiche schick geworden, Indien zu besuchen, seine alte Kultur und die neuen technischen Errungenschaften zu bewundern und am Tadsch Mahal mit seinen nächsten Angehörigen über Beerdigungsmodalitäten zu sprechen.

Nachdem Benjamin sich einen ganzen Hofstaat aus Srinagar mitgebracht hatte, wohnten im und um den Vatikan zeitweise fünfundzwanzig Inder, alle hochgewachsene schöne Erscheinungen, alle jung, alle fromm. „Indisch-katholisch" nannten sie sich, weil sie die Musik, ihr Land und die Weltkirche liebten. Sie machten indische Musik nicht nur in Rom populär, sondern neun von ihnen hatten mit „Mahatma" Erfolg in den englischen Charts.

Benjamin, der jüngste Sohn von Jakob und Rahel im Alten Testament, bedeutet „Sohn des Glücks". Obwohl seine Mutter nach seiner Geburt gestorben ist und ihn Ben Oni (Sohn meines Unglücks) nennen wollte, bestimmte doch Jakob den Namen Benjamin, weil er seine Frau so sehr liebte, die ihm Joseph und Benjamin geboren hatte. Kardinal Srinagar liebte seinen Vornamen und bezeichnete sich selbst als Glückskind.

Die Legende von Christi Begräbnis in Srinagar tauchte immer wieder in Büchern auf. Die offizielle Kirche hat sich kaum damit auseinander gesetzt, bis 2010 „KaschmirChristus – Jesus hat Nachkommen in Indien" erschien. Autor war Joschue Gindungra, der seine eigene Ahnenreihe auf Jesus zurück führt, der nach der Überwindung der Kreuzigung dieser Legende nach in Indien lebte. Obwohl Gindungra bald als Lügner entlarvt wurde, denn er kann seine Ahnen nur bis 1895 nachweisen, wurde sein Buch ein großer Erfolg, und viele wandten sich von der Kirche ab. Kardinal Srinagar hätte sich aber auch dann nicht vom Glauben abbringen lassen, wenn Gindungra in allem recht behalten hätte: „Allein die erhaltenen Worte Christi zeigen mir Sinn meines Lebens, die Richtung meines Handelns und den Unsinn meiner Ängste auf. Vieles im Leben Jesu wird immer im Dunkel bleiben, doch was wir haben, genügt, um ihn mit Freuden der Welt zu predigen."

Kardinal Srinagar nennt Buddha, Gandhi und Christus diejenigen, die ihn zu dem gemacht haben, der er ist, und ihn:

Ramakrishna (1836 bis 1886) war religiöser Visionär. Er lehrte, dass die verschiedenen Ansichten und Vorstellungen im Hinduismus alle die gleiche göttliche Quelle hätten, wie auch, dass die Religionen der Welt „Formen des einen Gottes sind, denn vielgestaltig ist Gott".

Als Priester der Muttergöttin Kali in Kalkutta opferte er bei den großen Frühlingsfesten Hunderte von Tieren. Doch er ließ sich auch völlig auf die Offenbarungen Mohamets und auf das Neue Testament ein. Er sträubte sich, doch er musste sich beugen: „Christus hat mich überwältigt. Er ist es, der in der völligen Einheit mit Gott lebt." Als Summe seines Lebens gilt: „Alle Religionen habe ich erprobt: Hinduismus, Islam, Christentum; und die Pfade der Hindusekten bin ich gewandert. Ich habe gefunden, es ist derselbe Gott, dem alle auf verschiedenen Pfaden zustreben."

Buddha, „der Erwachte“ (560 bis 480 v.Chr.), ursprünglicher Name Gautama Siddharta, war adeliger Herkunft. Sein Vater beherrschte ein kleines indisches Fürstentum nahe Nepal, die Mutter starb früh. Mit 16 heiratete er eine Cousine und kannte nur Luxus, bis er außerhalb des Palasts Leidende sah. Der 29-Jährige ging „aus dem Haus in die Hauslosigkeit“, verließ Palast und Familie, lernte religiöse Ideen und Rituale, auch strenge Askese kennen, doch erleuchtet wurde er nicht.

Erst nach sechs Jahren erkannte Siddharta unter einem Feigenbaum in einer langen und immer tiefer werdenden Meditation die „vier edlen Wahrheiten“: vom Leiden, vom Ursprung des Leidens, von der Aufhebung der Ursache des Leidens, vom Weg dorthin. Buddha, der Erwachte, durchschaute die Welt in ihrem innersten Zusammenhang und war nun nicht länger einer, der die Erweckung sucht.

Er bekehrte fünf Genossen und gründete mit ihnen einen Bettelorden, zog als Wanderprediger durch Nordindien. Als er achtzigjährig sein Ende nahen fühlte, legte er sich auf die rechte Seite, um nach Westen zu blicken, und ging so ins Nirvana ein. Diejenigen von den Mönchen, die frei von Leidenschaften, frei von Trauer und frei von Begierden waren, ertrugen im Gegensatz zu den Tieftrauernden das Sterben ernstbesonnen und klarbewusst, und sagten: „Vergänglich ist das Dasein. Wie wäre es möglich, dass es bei ihm anders sei?“

Mohandas Gandhi (1869 – 1948) wurde später „Mahatma“ (Große Seele) genannt. Er entstammte einer Hindufamilie, in der man kein Fleisch aß und auf Gewalt verzichtete. Studium in London, erste Anstellung in Südafrika. Dort erlebte er Rassendiskriminierung und entwickelte gewaltfreie Techniken unter dem Einfluss von christlichen Quäkern, der Lektüre des Neuen Testamentes und von Leo Tolstoj. Wieder in der Heimat organisierte er vor allem durch Fasten gewaltfreien Protest gegen die herrschenden Engländer und Massenbewegungen, zum Beispiel für das häusliche Spinnen. Oft inhaftiert wurde er ab 1920 zur Leitfigur der indischen Souveränitätsbewegung. Als die Engländer 1947 endlich Indien verließen, musste Gandhi die Aufspaltung seines Landes in das moslemische Pakistan und das hinduistische Kernland erleben. Am 30.1.1948 wurde er von einem jungen Fanatiker ermordet.

Kardinal Benjamin ist Jesuit

„Omnia ad maiorem gloriam Dei – Alles zur größeren Ehre Gottes“ war der Leitspruch Benjamins, er ist Jesuit. „Die Qualen Abälards, des heiligen Antonius Versuchungen und die Jugenderlebnisse Augustins sind mir nicht fremd“, so höre ich ihn erzählen, „doch ich kann durch des heiligen Ignatius Exercitien aus allen sinnlichen Erinnerungen und Sehnsüchten fliehen in die beglückende Nähe meines Erbarmers“.

„Der Mensch ist dazu geschaffen, Gott unsern Herrn zu loben, ihn zu verehren und ihm zu dienen, und so seine Seele zu retten. Die anderen Dinge auf Erden sind zum Menschen hin geschaffen, um ihm zur Verfolgung seines Zieles zu helfen, Gott zu dienen und seine Seele zu retten. Daraus folgt, dass der Mensch die Dinge dieser Welt soweit zu gebrauchen hat, als sie ihm zu seinem Ziele hin helfen, und soweit zu lassen hat, als sie ihn daran hindern. Darum ist es notwendig, uns allen geschaffenen Dingen gegenüber gleichmütig (indifferent) zu machen. Wir sollen Gesundheit nicht mehr begehren als Krankheit, Reichtum nicht mehr als Armut, Ehre nicht mehr als Ehrlosigkeit, langes Leben nicht mehr als kurzes, und dem entsprechend in allen übrigen Dingen, einzig das ersehnen und erwählen, was uns am meisten zu dem Ziel bringt, zu dem wir erschaffen sind."

„Prinzip und Fundament" nennt Ignatius von Loyola, der Gründer des Ordens der Jesuiten, SOCIETAS JESU, diese Sätze, die er den geistlichen Übungen voranstellt. Diese sollen denen, die sie befolgen, zu einem Wesen verhelfen, das die Freiheit, die Gelassenheit, die Liebe und die Gotteskindschaft Christi erfasst.

Augustinus und Antonius sind zwei Heilige der katholischen Kirche, die die Freuden der Liebe zu Frauen bewusst hinter sich gelassen haben, um in der persönlichen Gottesbeziehung noch größere Freude zu finden. „Gott genießen – frui Deo" nennt Augustinus diese Kommunikation.

Abälard entbrannte als Lehrer der Theologie zu seiner Schülerin Heloise so stark, dass er gewaltsam, ja durch Kastration, von ihr getrennt wurde.

Benjamin Srinagar konnte sagen: „Mein Leben lang musste ich mit Verlusten leben: Meine Eltern starben, als ich neun und elf Jahre alt war, kurz darauf hatten Verwandte den Besitz der Familie an sich gerissen und mich vergessen. Weil ich singen und rechnen konnte, wurden baptistische Missionare auf mich aufmerksam, nahmen mich auf, führten mich zu Taufe und schließlich zu einem Schulabschluss. Dass sie mich wieder ziehen ließen und mich beim Studium der katholischen Theologie und der Weltwirtschaft nicht allein ließen, rechne ich ihnen hoch an..."

Srinagars Morgenübung

Benjamin W.C. Srinagar hat sich bei seiner Taufe als „christian names" – christliche Vornamen bzw. Taufnamen „William Carey" einfügen lassen. Er ehrt damit den Flickschuster William Carey (1761 – 1834), der unter Beibehaltung seines Handwerks Prediger und einundvierzig Jahre lang Missionar in Indien war, zuerst in Kalkutta, dann im dänisch beherrschten Serampore. Eine einzige Predigt hat ihn bekannt gemacht und nicht nur anderen, sondern ihm selbst die Beschleunigung gegeben, die sein Leben lang nicht nachließ. Sie hatte als Thema: „Erwarte große Dinge von Gott, beginne große Dinge mit Gott.“

Die Erkenntnis „der Missionsbefehl gilt allen Christen und bezieht sich auf die ganze Welt“ führte Carey zur Gründung der baptistischen Missionsgesellschaft, die in jedem Teil der Welt aktiv werden sollte. Carey schlug eine Weltkonferenz aller in der Missionsarbeit stehenden Kirchen und Gruppen vor. Srinagar hat diese wieder belebt und auf diese Weise ein Forum geschaffen, das nicht nur im Blick auf die Vergangenheit kirchliche Verfeindungen aufweicht, sondern es zu Konkurrenz zwischen den Missionsgesellschaften möglichst nicht kommen lässt. Careys Sprachbegabung und sein Gefühl für das Mögliche und Notwendige schufen das erstaunliche Werk der Bibelübersetzung: 1832 waren Teile oder die ganze Bibel in vierundvierzig Sprachen und Dialekte Indiens nicht nur übersetzt, sondern auch an Ort und Stelle gedruckt. Auch über den Bereich des Glaubens hinaus wird Carey in Indien als derjenige nicht vergessen, der das Bildungssystem auf einen hohen Stand gebracht hat.

Auch für Srinagar hat der christliche Glaube ein weit offenes Tor für Bildung und Kultur. „Prüfet alles, das Gute behaltet“ sagt er oft.

Kardinal Benjamin beginnt jeden Tag mit folgender Übung: Stelle dir für die Dauer eines Vaterunsers vor, wie Gott in seinem glückbringenden Glanze freundlichst auf dich blickt und verspricht, dich nicht zu verlassen.

Rosenorden für die Reichenau

Den Rosenorden 2018 erhielt die Klosterkirche St. Maria und St. Markus auf der Insel Reichenau im Bodensee: Ein Strauß vom Moschusrosenstrauch auf der Nachbarinsel Mainau, überreicht durch Joana Moliero. Die Mexikanerin hatte das Stipendium bekommen, war mit 39 Jahren die älteste von allen Überbringerinnen und hatte sich als angehende Äbtissin mittelamerikanischer Franziskanerinnen ein Jahr Rom gewünscht.

Joana würdigte die Reichenau als die „Schule der Nation“, die durch ihre Bildungs- und Übersetzungsleistung zum Mittelpunkt der mittelalterlichen Reiche Karls des Großen und Ottos des Großen geworden war. Sie erinnerte an die berühmten Mönche Walafried Strabo, Hermann den Lahmen und Berno.

Das Münster in der Mitte der Gemüseinsel Reichenau ist eine Pfeilerbasilika mit wuchtigen Maßen. Die Größe lässt sich dadurch erklären, dass in der Blütezeit des Klosters siebenhundert Mönche Platz finden mussten.

Seegfrörne mit Joana

Im Winter darauf kam es zum seltenen Schauspiel der Seegfrörne: Der ganze Bodensee fror zu. Die Seeprozession war fällig: Die Figur des Evangelisten Johannes wurde aus dem eidgenössischen Münsterlingen ins deutsche Hagnau, zwischen Friedrichshafen und Meersburg gelegen, zurückgeholt.

Siebenundfünfzig Jahre schaute er aus seinem asketischen und wachen Gesicht auf die frommen und neugierigen Besucher in der Schweiz.

Durchschnittlich alle hundert Jahre kommt es zu diesem Naturschauspiel, das für die Gemeinden in Hagnau und im schweizerischen Münsterlingen auch eine religiöse Bedeutung hat. Nach einer Tradition, die im Seegfrörne-Jahr 1573 begründet wurde, tragen die jeweiligen Bewahrer des Bildniskopfes des Evangelisten Johannes die Büste über den See zur Partnergemeinde. Im Jahre 1963 waren die Schweizer an der Reihe, den Heiligen in Hagnau abzuholen. Rund tausend Menschen aus Münsterlingen und Altnau, darunter die evangelischen und katholischen Geistlichen Münsterlingens, machten sich am 12. Februar auf den Weg, um den Heiligen nach seinem 133-jährigen Aufenthalt in Hagnau, wohin er nach der vorangegangen Seegfrörne von 1830 gebracht worden war, wieder in die Münsterlinger Klosterkirche zu holen. In Hagnau hatten sich derweil Tausende von Menschen versammelt, die dabei sein wollten, wenn die Büste über den See getragen wurde. Bei der nächsten Seegfrörne wäre es also wieder an den Hagnauern, den Evangelisten abzuholen und bei sich aufzunehmen.

Bei der Seeprozession 2019 war Joana in meiner Vertretung dabei, natürlich auch die Nuntii aus Bern und Berlin. Mein Bubenherz hätte auch so gerne mitgemacht. Die Seegfrörne fand ja zuletzt statt, als ich vier Jahre alt war. Da der Bodensee nur hundertfünfzig Kilometer von Bern entfernt liegt, war ich dabei, als die Familie das Naturschauspiel bewunderte, Rutschpartien auf Schuhen unternahm und die größeren Schwestern und Papa kunstvolle Runden auf Schlittschuhen drehten. Ich erinnere mich an den kalten Wind, an eine kalte Sonne, an kalte Apfelkrapfen und an heißen Tee. Mein Vater sagte damals und wiederholte es später manchmal: „Ich war dreizehn, als ich den Bodensee zum ersten Mal sah, und bin glücklich, jetzt den See mit Eis zu sehen. Du bist vier und hast schon beides. Du kannst in deinem Leben noch eine zweite Gfrörne mitbekommen."

Es war anderes zu tun. Der kalte Winter im Februar 2019 brachte polare Kälte vor allem nach Griechenland und in die Türkei. Sibirien und die Balkanländer waren vorbereitet, nicht aber die Sonnenländer ums Mittelmeer. Innerhalb von drei Tagen kauften wir siebenhunderttausend Decken, um vor Ort die Frierenden zu versorgen, dazu lieferten wir Suppenküchen.

Etwas Gutes hatte die Kälte und wird seitdem in Tschetschenien „Gotteskälte" genannt: Russen beendeten ihre Besetzung bei den Tschetschenen, nachdem die Offiziere beider Seiten ihre Kämpfe eingestellt und miteinander für Wärme und Rübensuppe gesorgt hatten.

Joana wird Äbtissin und Ministerin

Joana hatte ihr „Herz ganz dem Bräutigam Jesus gegeben". Das machte sie nicht weltfremd, sondern gab ihr große Freiheit und ermöglichte eine unglaubliche Aktivität, da sie emotional nicht schwankte. Neben den Kursen für Führungskräfte, die sie besuchte, und den theologischen Vorlesungen, bei denen sie den Fächern Kirchengeschichte und Überlieferung des Neuen Testaments klug folgte, fand sie Zeit, ihre große Begabung in den Schulen Roms einzusetzen: In den Kindergärten und Grundschulen trat sie mit einer Handpuppe „Sichemi" und „Miriam" auf, das waren der barmherzige Samariter und die Wirtin, die den unter die Räuber Gefallenen gepflegt hatte. Aus deren Sicht erzählte sie die Jesusgeschichten.

Bei den Zehn- bis Dreizehnjährigen unterstützte Joana mit Lebensbildern aus der Kirchengeschichte die Individuation der Heranwachsenden.

Die Vierzehn- bis Zwanzigjährigen sprach sie mit Sie an, um sie in Diskussionen zu fordern und den „persönlichen Glauben in Auseinandersetzung mit Begierden und Versuchungen, mit Physik und Philosophie, und in Konfrontation von Alltags- und Bibelsprache zu schleifen, wie man einen Diamanten schleift".

Joana war ständig in Auseinandersetzung, auch mit sich selbst. Da sie nach ihrem Abschied jährlich einen Bericht schickt, konnte ich ihren Werdegang verfolgen: Fünf Jahre blieb sie Äbtissin in Jalapa Enriquez, dann holte sie Ministerpräsident Enrico Madeira als Unterrichtsministerin in sein Kabinett. Jetzt ist sie einzige Kandidatin für das Amt der Staatspräsidentin im Hundertdreißigmillionenvolk. In all ihren Aufgaben vergisst Joana nicht den, „dem ich mein Herz geschenkt habe, auch wenn er immer wieder Konkurrenten bekommt: Mein Kollege aus Peru wollte mich heiraten, obwohl ich einen Ehering trage". Im Moment verbringt sie zur Vorbereitung auf ihr neues Amt vier Wochen „bei Teresa" in Avila.

Teresa von Avila oder Teresa de Jesus (1515 – 1582) war Karmelitin. Sie gründete zusammen mit Johannes vom Kreuz eine Reihe von Frauenklöstern in Spanien und hinterließ ein umfangreiches Werk an mystischen Schriften. Zeitlebens stand sie im Kampf gegen eine korrupte Geistlichkeit. Da sie für die Befreiung der Frauen aus der Herrschaft der Männer eintrat, wurde sie der Irrlehre verdächtigt: „Ein ruheloses Frauenzimmer, herumstreunend, verstockt, voller irriger Lehren, eine schmutzige und sittenlose Nonne."

Teresa war für ihre strenge Askese bekannt. Bei einem festlichen Essen, an dem sie voller Genuss teilnahm, wurde sie gefragt, wie sich das mit ihrer Strenge vertrage: „Wenn Buße, dann Buße, wenn Rebhuhn, dann Rebhuhn" soll heißen: Was du tust, das tue ganz. Hat nicht Goethe in seiner „Elegie" auch ihr ein Denkmal gesetzt? Lässt er nicht sie sprechen:

Drum tu wie ich und schaue, froh verständig,
dem Augenblick ins Auge! Kein Verschieben!
Begegn ihm schnell, wohlwollend wie lebendig,
im Handeln seis, zur Freude, seis dem Lieben.
Nur wo du bist, sei alles, immer kindlich,
so bist du alles, bist unüberwindlich.

Teresa von Avila, des Papstes Muse

Goethe meint bei der Beschreibung der Frau, die sich ganz auf den Augenblick konzentriert, zwar nicht Teresa von Avila, sondern die junge Ulrike von Levetzow, doch beide verbindet die positive Grundstimmung:

„...Stund um Stunde
wird uns das Leben freundlich dargeboten...
Und wenn ich je mich vor dem Abend scheute,
die Sonne sank und sah noch was mich freute."

Papst Martin mochte seine „Cousine“ Teresa. „Santa – die Heilige“ nannte er sie und stellte sie damit auf die Stufe von „Il Santo“, den heiligen Antonius von Padua, der in ganz Europa verehrt wird. Er nannte sie auch „meine berühmte Verwandtschaft“ oder „die neugierige kleine Resi“. Oft zitierte er ihr „Gott allein genügt“:

Lass dich nicht ängstigen,
durch nichts dich erschrecken.
Alles geht vorüber.
Gott allein bleibt derselbe.
Wer Gott hat, der hat alles.
Gott allein genügt.

Zwei extreme Charaktereigenschaften zeichneten Teresa aus. „Beide braucht auch ein Dorfpfarrer, ein Bischof, ein Kardinal und ein Papst“, sagte Martin in einer Rede, „bei Teresa lernen wirs: den Mut, Entscheidungen zu treffen und die völlige Hingabe an Gott. Lebe so, wie wenn es nur auf deine Entscheidungen ankäme. Lebe gleichzeitig so, dass du dich ganz auf Gottes Führung verlässt. Immer wieder lesen wir in Teresa Schriften: ‚Ich entschloss mich... ich entscheide... es kommt vor allem darauf an, entschlossen zu beginnen... die Seele, die entschlossen beginnt, hat schon einen guten Teil ihres Weges hinter sich. Halte nicht an, bevor das Ziel erreicht ist, mag kommen, was will; geschehen, was mag; murren, wer mag – ganz gleich, ob man unterwegs umkommt, ob das Herz bei der Prüfung versagt, ja, ob die Welt darüber untergeht.‘ Dabei fürchtete sie den Tod nicht: ‚Ich weiß nicht, wie wir über jene, welche die ewige Ruhe besitzen sollen, weinen können.‘ “

Papst Martin ließ zum zehnten Jubiläum seiner Krönung einen Auswahlband aus Teresas Schriften verlegen. Unter ein Foto mit fröhlichen unbeschuhten Karmelitinnen, Nonnen des von Teresa gegründeten Ordens, setzte er diesen Text:

Das himmlische Wasser jener Quelle,
wenn es der Tiefe unseres Wesens entquillt,
bringt vielerlei Güter hervor, die sich nicht nennen lassen.
Nicht einmal die Seele kann verstehen,
was es ist, das ihr da geschenkt wird.
Sie gewahrt einen Duft,
als befinde sich in jenem inneren Abgrund ein Glutbecken
mit wohlriechenden Räucherstoffen.
Man sieht nicht die Glut,
doch die Wärme und der duftende Rauch
durchziehen die ganze Seele.
Wir mögen uns noch so anstrengen,
die Glut selbst finden wir nicht.

Armenien

Meine Reise nach Armenien, angeregt durch das Teppichgeschenk Simons, ermöglicht durch die Einladung der türkischen Ministerpräsidentin Ermine Hüllü und des armenischen Präsidenten Andranik Jerewani, dauerte vom 1. bis 4. Februar 2020.

Herrliche Schneelandschaften, im Abendlicht überragt vom rot leuchtenden Ararat, machten schon den Flug zu einem Genuss. Und viele lange verschlossene Türen taten sich auf.

Es heißt, die Armenier stammen direkt von Noah ab. Sie fühlen sich bei allen Verfolgungen als ein von Gott erwähltes Volk. Ihre liebste Geschichte ist die von der Errettung alles Lebendigen durch den Mut, den Gehorsam und die Bewahrung Noahs. Die Arche, die er baute, gewann wieder festes Land am Hang des Ararat.

Bei meinem Besuch in Armenien überschritt ich viermal die Grenze zwischen der türkischen Provinz und der Republik gleichen Namens. Auf beiden Seiten der Grenze sollte ich immer wieder die Tauben fliegen lassen: „Wir begrüßen Martin, den Bischof von Rom, den Brückenbauer zwischen dem Osten und dem Westen des Königreiches Christi, den neuen Noah, der den Friedenstauben gebietet." Mit solchen Worten und voller Erwartungen begrüßt ließ ich mich anstecken von der herzlichen Gastfreundschaft und den Zukunftshoffnungen, die auch in den vorbereiteten Erklärungen zum Ausdruck kamen: Niemals mehr solle es dem Feind gelingen, Machtgelüste, Neid oder brüderlichen Hass unter die Sippen des Volkes Christi zu bringen. Die Scheichs würden eher ihr Amt abgeben, bevor sie zum Streit gegen die Vettern und Christen anderer Tradition aufriefen.

Die Konversion des armenischen Reiches zum Christentum geschah zu Beginn des 4. Jahrhunderts. Hier wurde zum ersten Mal der Glaube an den Gottessohn als Staatsreligion gewählt. Tief in die Haut hat sich das Christentum innerhalb weniger Generationen eingeprägt. Vor Beginn des Wardanierkrieges, im Juni 451 wandte sich General Mamkonja an die Soldaten: „Wer glaubt, der Glaube sei für uns so etwas wie eine Kleidung, die man uns nehmen kann, wird feststellen, dass er ihn uns genau so wenig entreißen kann wie die Farbe unserer Haut."

Ein Ort der Ruhe

Die Orthodoxe Kirche in Armenien übernahm in den dreißig Jahren nach der Neugründung der Republik die Rolle einer zentralen Autorität. Auf dem Platz der Republik in Eriwan steht ein Podest, auf dem einst Lenin thronte. Heute glänzt dort ein großes Kreuz, das nachts hell erleuchtet wird. Auch im staatlichen Fernsehen bekommt die Kirche viele Sendestunden.

Das Zentrum der Orthodoxen Kirche liegt am Rande der Stadt Etschmiadsin, deren Name „der Gottessohn ist herabgestiegen“ bedeutet. Hier soll Christus persönlich dem heiligen Grigor den Platz gezeigt haben, an dem er sich eine Kirche wünschte. Das Gotteshaus ist immer von Pilgern besucht, aber auch von Studenten und Arbeitern auf dem Nachhauseweg: „Hier finde ich Ruhe und Klarheit“ sagte eine Studentin. Werdende Mütter bitten hier um gute Kinder, besorgte Eltern um einen guten Abschluss für ihre Heranwachsenden.

Bescheine unser Leben

Auf der Insel Ahtamar im Van-See (Osttürkei) war bis 1895 der Sitz des armenischen Katholikos, noch länger lebten hier die armenischen Mönche. Mord und Vertreibung durch die Türken ließen den Ort verkümmern.

Bei einer Messe, die als „Zeichen christlicher Gastfreundschaft“ in Konzelebration gefeiert wurde, bahnte sich an, was durch meinen Nachfolger vollendet wurde: Kirchengemeinschaft mit den Monophysiten. Die Armenier hatten schon im 5. Jahrhundert die Lehre von den zwei Naturen Christi verworfen: Er sei nicht wahrhaftiger Gott und zugleich wahrhaftiger Mensch, sondern die göttliche Natur überwiege bei weitem.

Bei diesem Gottesdienst auf der Van-See-Insel mit Armeniern und einem großen Teil der wenigen türkischen Katholiken sprachen wir abwechselnd dieses Gebet:

Der du die wahre Sonne bist,
die immer aufgeht und niemals unter;
der du durch dein tröstliches Kommen
mit deinem Lichte alles belebst und mit einer Freude erfüllst,
die im Himmel und auf Erden lebendig und begierdelos macht:

Scheine mit deinem wärmenden
und wahrhaftigen Licht in unsere Herzen,
mit der Macht, die die Nacht der Sünde vertreibt,
die finstren Erinnerungen beruhigt,
den Nebel des Irrtums verscheucht,
und uns Freude aneinander gibt.

Hilf uns durch deinen Heiligen Geist,
der allein das bleibende Gute ermöglicht,
dass wir unser künftiges Leben in großer Gastfreundschaft,
im Vertrauen zueinander und zu dir führen,
und die Welt, auch wenn sie unser spotte,
doch von deiner Liebe verwandelt
und von deiner Barmherzigkeit angesteckt werde,
durch Christus unsern Herrn.

Martin Paul und sein Nachfolger Papst Thomas haben damit zu einem Ziel gebracht, was Papst Jonathan im Jahre 2001 begann: die Freundschaft und Kirchengemeinschaft mit den Armeniern.

Gründonnerstag 2020

Der Karfreitag entwickelte sich von Jahr zu Jahr mehr zu einem ökumenischen Kreuzweg mit dem Papst, der abwechselnd in Rom, Jerusalem und einer Stadt in Amerika begangen wurde. Lasst mich von 2020 erzählen: Ein milder Frühling war eingezogen, der nach dem Winterregen das Land zum Blühen und Duften gebracht hatte. Zur Fußwaschung und zum Gründonnerstagsmahl luden wir vor der Stadt auf ein großes Gelände an der Via Appia ein. Etwa dreißigtausend, vor allem junge Menschen, kamen mit ihren Wännchen und Wasserflaschen und wuschen sich gegenseitig die Füße.

Mein Partner war der Bauer Silvestro aus Frascati. Zuerst setzte er sich auf den Schemel, und ich wusch seine vom Barfußgehen gezeichneten Füße, trocknete und salbte sie, dann wechselten wir die Plätze. Während er erzählte, dass er in den vergangenen Tagen schon beginnen konnte, Spargel zu stechen, pflegte er „die Füße des Freudenboten", wie er sie nannte.

„Trinket alle daraus!" Bei der Messe gab es das frische Brot aus Fiumicino und schweren kalabrischen Messwein für alle Kommunikanten. Im Anschluss daran wurden Passionslieder aus vielen Gegenden Italiens gesungen, aber auch aus Deutschland:

O Haupt voll Blut und Wunden,
voll Schmerz und voller Hohn,
oh Haupt, zum Spott gebunden
mit einer Dornenkron.
O Haupt, sonst schön gezieret
mit höchster Ehr und Zier,
jetzt aber hoch schimpfieret,
gegrüßet seist du mir.

Wir gedachten des Leidens Christi, an die Schläge und Folterungen. Unter uns war Ali Abbas, der Junge, der mit 10 Jahren im Golfkrieg 2003 seine Familie und seine Arme verloren hatte und nun Arzt geworden war. In seinem Krankenbett wurde er öfter gefragt: „Was willst du einmal werden?“ Zuerst hatte er geantwortet: „Soldat. Ich werde die Amerikaner hinausjagen.“ Später: „Arzt. Doch – wie kann einer ohne Arme ein Arzt sein?“ Er wurde Internist: „Ich bin vor allem mit meinen Augen Arzt.“ Seine großen braunen Augen in seinem leidenden und dabei so schönen Gesicht hatten es mir damals angetan: Was wird aus ihm werden? Dass er nun als 27-jähriger junger Doktor unter uns war, und sein Irak sich zu einem freien Staat entwickelt hatte, ließ die Schmerzen und das Mitleiden von damals vergessen.

Philippinen ans Kreuz?

Dass am Karfreitag Bachs Johannespassion im Petersdom zur Aufführung kam, wurde als Brücke zu den Lutheranern betrachtet. Der Nuntius in Berlin, Luigi Dantonelle, genannt Il Tedesco, hatte eine kongeniale Übersetzung ins Italienische zu Wege gebracht. Seinen Beinamen „der Deutsche“ führte er, da er die Deutschen und ihre Sprache liebte und ein Spezialist für die Mystiker Tauler, Meister Eckhart und Mechthild von Magdeburg war, „denen Paul Gerhardt ebenbürtig ist und die alle von Bach übertroffen werden“.

Bereits das Weihnachtsoratorium im Petersdom 2017 hatte Bachs Musik in Italien zu einem Durchbruch verholfen. Die Matthäuspassion in der Mailänder Scala 2019, zusammen mit Ballett auf die Bühne gebracht, und die im Fernsehen übertragene Johannespassion bewirkten nicht nur eine Bachrenaissance in Italien, sondern auch eine Beschäftigung mit der hier zugrunde liegenden Theologie, die als die gemeinsame Überzeugung angesehen wurde: „Ich glaube, dass Jesus Christus sei mein Herr." Der Schlusschor der Johannespassion „Ach Herr, lass dein lieb Engelein" und die ruhige Melodie „Ruht wohl, ihr heiligen Gebeine" wurden bald zu Standardstücken bei Beerdigungen.

Der Kreuzweg am Karfreitag begann um sechs Uhr bei der Scala Santa, der heiligen Treppe aus dem Palast des Pontius Pilatus, in dem Jesus zum Tode verurteilt wurde. Die heilige Helena hatte sie im vierten Jahrhundert nach Rom bringen lassen. Stationen gab es in Santa Maria Maggiore, am Hauptbahnhof Termini und im Garten des Quirinalspalastes, in dem der Präsident der Republik seinen Sitz hat. Zum Hügel Golgatha hinauf trugen die jungen Männer das Kreuz über die Spanische Treppe; der Platz darüber mit dem großartigen Ausblick über Rom wurde zur Schädelstätte.

Katholische Philippinen hatten angeboten, sich dort für zwanzig Minuten ans Kreuz schlagen zu lassen. Den schrecklichen Brauch mit wirklichen Nägeln in den Handflächen gibt es seit hundert Jahren im Inselreich. Rom lehnte ab. Stattdessen klagten an den leeren Kreuzen den ganzen Tag über Menschen mit Sorgen und Verlusten.

Leben, lieben, leiden

Ostern 2020 hatte ich einige eingeladen, die von einer „Auferstehung mitten im Leben" erzählen konnten, deren Glaube sie im Leiden gehalten und in der Freude nicht verlassen hatte. Eine der letzten Überlebenden von Auschwitz, die 92-jährige Lea Berolzheimer, die nach dem Krieg in Haifa gelebt, aber zum Lebensabend ins fränkische Gunzenhausen zu einer Jugendfreundin gezogen war („Ich wollte noch einmal fränkisch reden"), war dabei, ebenso Jesus Maria Gonzales, ein Kaffeesklave aus Guatemala, der erst mit fünfzig frei wurde, und Roman Orlankulow, ein „Vergessener in Sibirien". Nicht bei der Wende 1990, sondern erst 2007 kam er aus dem Lager frei. Nach seiner Erzählung las er diesen Text aus Dostojewskijs „Die Brüder Karamasow" (Dmitri, der hier spricht, war als Vatermörder verurteilt, obwohl er es nicht getan hatte. Das Urteil nahm er in dem Bewusstsein an, eine moralische Mitschuld am Tode des Vaters zu tragen):

„Brüder, ich habe in diesen letzten zwei Monaten einen neuen Menschen in mir entdeckt, ein neuer Mensch ist in mir auferstanden. Dieser Mensch war immer in mir verborgen, aber es wäre mir nie zum Bewusstsein gekommen, dass ich ihn in mir trug , wenn Gott nicht dieses Gewitter geschickt hätte. Unheimlich ist das Leben! Was liegt mir daran, dass ich zwanzig Jahre lang in Bergwerken Erze mit dem Hammer auspochen werde – das schreckt mich jetzt nicht mehr. Ich fürchte etwas ganz anderes, und das ist meine einzige große Angst: Ich fürchte, dass mich der soeben auferstandene Mensch wieder verlassen könnte! Man kann auch in den Erzgruben unter der Erde neben sich in einem Zwangsarbeiter und Mörder ein menschliches Herz finden und ihm näher treten, denn auch dort kann man leben, lieben, leiden.

Man kann das erfrorene Herz wieder beleben, und einmal wird man doch die Seele aus der dunklen Höhle zum Licht empor führen, und dann wird er bereits ein veredelter Mensch sein, ein Mensch mit dem Wissen des Leidgeprüften. Und es gibt ihrer viele dort unter der Erde.

O ja, ich weiß, wir werden in Ketten sein, und wir werden keinen freien Willen haben, aber dann, in unserem Leid werden wir von neuem zur Freude auferstehen, zur Freude, ohne die es dem Menschen unmöglich ist zu leben, ebenso wie Gott ohne sie nicht sein kann, denn Gott gibt die Freude, das ist sein großes Privilegium.

Herrgott, wenn der Mensch nur auftaute im Gebet! Wie könnte ich denn dort unter der Erde sein ohne Gott? Für einen Zwangsarbeiter unter der Erde ist es unmöglich, ohne Gott auszukommen, unmöglicher als für einen freien Menschen. Wir werden in den Schächten aus den Eingeweiden der Erde hervor unserem Gott eine tragische Hymne singen. Es lebe Gott und die Freude."

Lea wünscht das siebte Leben

Lea Berolzheimer (92) sah man ihr Alter an, doch ihre Stimme wirkte jung, ihre Daseinsbejahung ungebrochen und ihre Ausstrahlung voller Wärme:

„Als Mädchen war ich ein Leichtgewicht, dabei schnell und belastbar. Zum Glück brauchte ich wenig zu essen. Ich wurde in Auschwitz in die Küche eingeteilt, und konnte die Leute vom Straßenbau ein wenig mitversorgen. Obwohl ich drei Jahre im Lager lebte und die meisten in der Küche ‚ausgewechselt' wurden, das heißt in der Gaskammer umkamen, hat man ‚das Mäuschen' leben lassen.

Der Zusammenbruch ‚kam nach der Befreiung. Das Mäuschen war frei, lebte in Haifa, hatte alle Möglichkeiten, etwas zu lernen, doch die Seele ermattete in einer dreijährigen Depression.

Das Wunder kam mit Ruben, dem Mann, der meinen oft missbrauchten Körper liebte. Seine Liebe und unsere drei Mädchen erlebte ich als doppeltes Glück, als vielfaches Leben. Mit dem Mann erlebte ich alle Freuden der Liebe, und Kindern der Freiheit konnte ich das Leben schenken. Und sie schenkten mir zehn Enkel und zwanzig Urenkel. Sie brauchen mich eigentlich nicht, doch sie kommen zweimal im Jahr: im Januar zur ‚Befreiung' und im August zum Geburtstag.

Aufgaben kenne ich keine mehr, darum besuche ich oft meine Nachbarn. Wir reden über alte und neue Zeiten. Es ist alles interessant, denn ich liebe dieses Leben und erschrecke nicht vor den bösen Mächten, die es überall gibt.

Mein Mann hat mit mir zusammen den Glauben wieder gefunden: Wir waren beide in Franken jüdisch-christlich aufgewachsen, feierten Laubhüttenfest und Erntedankfest, Chanukka und Weihnachten, Passa und Ostern. Was ist meine Religion, wenn ich es – jetzt ohne meinen Mann – wieder so mache? Bin ich Jüdin, bin ich Christin? Der wahre Ring vermutlich ging verloren. Mit den Religionen hat der liebe Gott uns Rätsel gegeben. Wir Juden lieben ja die Rätsel. Wären die Religionen nicht Rätsel, würden wir vermutlich nicht mehr nach Gott fragen. Es wäre ja alles klar.

Ich habe zum Schluss ein Rätsel für Euch:

Bisher lebte ich sechs Leben: das Kind in Berolzheim, das Mädchen im Lager. Leben Nummer drei sind meine Jahre in der Depression. Viertens: die durch die Liebe wieder Belebte, fünftens die Mutter, jetzt, sechstes Leben, die Oma Lea, die so viel Freude erlebt und Freude geben kann. Heißt es nicht immer: Sieben Leben sind etwas Rundes? Das Rätsel lautet: Was wird mein siebtes Leben werden?"

Mit soviel Witz sprach Lea über die Ewigkeit. Sie hat ihre eigene Frage in ihrer Osteransprache auf dem Petersplatz nicht beantwortet, doch beim Festessen fragte ich sie noch einmal nach ihrer Erwartung des siebten Lebens. „Ich erwarte eine Auferstehung mit all den Fasern meines zähen Lebens. Erstens gibt es da noch Fragen. Zweitens will ich sie wiedersehen, die mit mir in der Lagerküche standen: Vor allem Roscha. Wir liebten uns. Drittens will ich wissen, wie es weitergeht mit denen, denen ich das Leben gab und die wieder Leben gaben. Sind das nicht genügende Gründe für die Ewigkeit?"

Jesus Maria

Jesus Maria Gonzales erzählt mit einfachen Worten, ehrlich und in kurzen Sätzen:

„Tausende in Guatemala heißen wie ich. Ein Menschenleben ist bei uns nicht viel wert. Bei uns sind viele Menschen Sklaven. Ich war Kaffeesklave und hatte nie frei. Nur an den Feiertagen Weihnachten, Ostern und 15. September, Nationalfeiertag. Wahrscheinlich habe ich drei Söhne. Seit vier Jahren bin ich ein freier Mann. Unser Großgrundbesitzer ist gestorben. In seinem Testament steht, dass die frei sein sollen, die ihm zwanzig Jahre gedient haben. Ich bin als freier Mann bei der Firma geblieben. Sie gibt mir weiterhin Arbeit und regelmäßigen Lohn.

Der gute Vater Martin hat mich eingeladen, weil er wie ich der Kraft des Glaubens vertraut. Ich verehre Papst Martin Paul mit der ganzen Kraft meines Herzens. Der Glaube hat eine große Kraft. Er hat mir geholfen, nicht zu sterben, nicht zu töten, nicht die Hoffnung aufzugeben. Ohne Hoffnung wäre ich nicht hier. Wir Freigelassenen haben den starken Glauben, weil wir stark unterdrückt waren. Woher haben die Menschen ihren Glauben, die im Luxus und in Freiheit geboren sind?

Mein Vater, ich kenne ihn nicht, war ein Mensch ohne Glauben und ohne Verantwortung, meine Mutter lebenslang unfrei und trotzdem voller Lieder, voller Tänze, voller Liebe zu Jesus und Maria. Daher mein Name. Jesus und Maria sind meine Lieblinge. Ich wünsche mir von ihnen, dass sie mich zu meinen Söhnen führen und wir als Familie zusammen leben. Es gibt noch etwa zehntausend Kaffeesklaven. Der heutige Großgrundbesitzer Carlos ist 40 Jahre alt. Hoffentlich müssen sie nicht vierzig Jahre warten, um frei zu sein."

Jose Maria rührte unsere Herzen. Über eine Boulevardzeitung fand er zwei seiner Söhne, mit denen und deren Mutter er jetzt in einer Familie zusammen lebt. Sein dritter Sohn arbeitet als Bananenzüchter in Bolivien.

Benvenuto

In den meisten Ländern auf Erden als „Jahr der Orts-Kirche" apostrophiert, gab es vom 20.02.20 bis zum 20.12.20 unzählige Einladungen, fast überall „Benvenuto" (italienisch für Willkommen) geheißen, bei denen die Gemeinden vor Ort im Namen des Papstes die Ortsprominenz und die Bürgerschaft zu einem Gebet und zu einem Imbiss einluden, das bisherige Miteinander ehrlich und selbstkritisch betrachteten, meistens aber lobten. Die Gemeinden versprachen, auch in Zukunft dem Wohle aller zu dienen. Viele Pfarrer mussten allerdings gezwungen werden, ihr in den Jahren zuvor selbst gewähltes Ghetto zu verlassen und zusammen mit ihren Pfarrgemeinderäten Öffentlichkeit zu suchen.

Immer wieder schickten mir Menschen, übrigens nicht nur Katholiken, ihre Hausschlüssel. Eine Einladung, sie bei den Auslandsbesuchen nicht zu übergehen. Nun, Hausbesuche waren mir vertraut. Aber Hausschlüssel? Schon den Wartburgschlüssel hatte ich nur zweimal genutzt. Trotzdem schickten wir die Schlüssel nicht zurück, sondern eine Antwort mit Dank für das Vertrauen und einem Segenswort für das Haus und seine Bewohner.

Meistens konnte ich es zweimal im Jahr wahrmachen, mit dem anvertrauten Schlüssel (vereinbarte) seelsorgerliche Besuche ohne Presse zu machen.

Das erste Canossa

In Canossa, südöstlich von Parma in Italien, steht die verfallene Felsenburg auf einer Höhe mit schöner Aussicht. Dort erwirkte 1077 Kaiser Heinrich IV, dass ihn Papst Gregor VII. vom Kirchenbann löst.

Den geschichtsträchtigen Ort erwählte ich mir dreimal, um vor Gott, vor Betroffenen und der Welt Abbitte zu leisten:

2020 wegen der Schuld gegenüber den Frauen,

2026 wegen der Schuld gegenüber den Schwesterkirchen und Religionen,

2029 wegen der Schuld gegenüber den Priestern.

„Nostra culpa, nostra culpa, nostra maxima culpa – unsere Schuld, unsere Schuld, unsere übergroße Schuld.“ So begann in Angleichung an das persönliche Sündenbekenntnis „Mea culpa... meine Schuld, meine übergroße Schuld“ der Canossagang für die römische Kirche. Es war der 30. Mai 2020, morgens um zehn, am Tag der heiligen Johanna von Orleans, 489 Jahre nach ihrem Tod auf dem Scheiterhaufen zu Rouen, als ich in einem einfachen Gewand, ja es war aus Kartoffelsäcken zusammengeheftet, diese Rede hielt:

„...Unser Herr und Meister hatte Jüngerinnen. Er sandte nach seiner Auferstehung Maria Magdalena aus, um die Freudenbotschaft zu verkünden. Frauen hatten es unter dem Kreuz ausgehalten. Frauen haben wesentlichen Anteil an der Überlieferung der frohen Botschaft. Vom heutigen Tage an werden die Frauen die gleichen Rechte in der römischen Kirche erhalten wie die Männer. Es waren unsere Augen gehalten, unsere Sinne verwirrt, unsere Einsichten unvollständig.

Bischöfe und Kardinäle sind sich mit dem Papst einig, dass wie in den Schwesterkirchen, die es seit fünfzig Jahren praktizieren, die Frauen alle Charismata und Weihen erhalten können..."

Den Rosenorden in diesem Jahr erhielt die Kathedrale von Reims, Überbringerin war sinnigerweise ein Mädchen aus Orleans, Simone d' Orly, die in englischer und französischer Sprache den Orden dem Erzbischof überreichte und in der gleichen Stunde zur Priesterin geweiht wurde.

Bildung für alle

Die großen außerkirchlichen Projekte meines Lebens brachte ich zu keinem Ziel: die Bildung des Massen und die Senkung der Arbeitslosigkeit.

Es waren immer nur einzelne, denen ich zu einem Schulabschluss oder zu einem Diplom, zu einer Stelle oder zu einer Karriere verhelfen konnte. Als junger Papst hatte ich Träume: Alle Katholiken dieser Welt sollten lesen können. Alle sollten einen Beruf oder eine Beschäftigung haben. Doch all die Konferenzen in Rom und Rio, in Berlin, Bombay und Peking brachten nicht den Durchbruch: Es gab ein großes Potential von Menschenliebe, das zu solch ehrgeizigen Vorhaben dazugehört, das aber nicht groß genug war. Zur Menschenliebe müssen Geld und Sachverstand kommen bei den richtigen Leuten zur richtigen Zeit, dann Geduld, Geduld, Liebe, List und Hartnäckigkeit. Reichlich vorhandener guter Wille reichte nicht aus.

Ich habe gelernt, zufrieden zu sein. In meinem Leben hatte ich so viele Ideen und Pläne, dass ich mit dreizehn Prozent Erfüllung zufrieden bin. Dreizehn ist hier eine willkürliche Zahl, aber keine Unglückszahl.

Doch ich frage meinen Schöpfer:

Warum bekommen viele wache Kinderaugen und viele aufnahmebereite Köpfchen nicht den Stoff, die Nahrung und die Lehrer, die ihnen so gut täten?

Mein Gott, es sind deine Kinder, es ist ein Leichtes für dich, Leben zu geben, wie es ein Leichtes ist, uns einmal aufzuwecken zum Gericht.

Es ist gleich für Dich, reich zu machen oder arm, gib doch unsrem Flehen nach: Arbeit und Frieden für alle.

Gib uns Einsicht in deine Pläne, gib uns Weisheit, mit dir die Welt zu gestalten, gib Gelassenheit, die Dinge hinzunehmen, die wir lassen müssen.

Abu Arma schockt und schont

Das von vielen und seit langer Zeit Befürchtete geschah im Juli 2020: Terrorismus mit Atombomben. Die Botschaft, die damit der Welt gegeben wurde, hatte bei allem Schrecken etwas Schonendes: „Wir können es, doch wir bringen euch nicht um. Gedacht war an Berlin, Moskau, Paris, London, Denver, Mailand und Genf. Doch wir nehmen Alaska, die Sahara, Beduinen sind vorgewarnt, das unbewohnte Australien und die menschenleere Gobi. Es wird einige Löcher geben!“

Drei von vier Bomben detonierten zeitgleich am Mittag des 20. Juli, Australien blieb verschont. Erhöht wurde spürbar die Radioaktivität. Vierzig Menschen kamen um, dazu unzählige Tiere.

Sie schafften es gleich darauf, sieben Kirchen schwer zu beschädigen. In den frühen Morgenstunden des 21. Juli, zwischen ein und zwei Uhr, detonierten Zehnkilobomben an Santa Maria Maggiore in Rom, am Dom zu Sevilla, am Dom von Köln, bei der Erlöserkirche zu Jerusalem, in der Hagia Sofia in Istanbul, unter der großen Heilandshalle in Seoul, und an Sacre Coeur in Paris mit schweren Schäden an den Fenstern. Keine stürzte ein, es waren im Grunde überall nur große Löcher in den Mauern. Doch die Welt war im Fundament erschüttert; ein Beben im Fels der Kirche.

Abu Arma hatte zugeschlagen. Er wollte, wie er auf El Dschasira verlauten ließ, zeigen, „wozu wir fähig sind, doch wir stellen keine Forderungen. Wir sind quitt. Den Rest wird Allah selbst erledigen.“ Warum musste er, nachdem die Welt sich unterm Kometenschock wirklich zusammengesetzt und die meisten Terroristen ihre Aktionen für beendet erklärt hatten, noch einmal so ungeheuerlich zuschlagen?

Er war vergessen. Und niemand brauchte ihn. Er war nicht eingeladen am „Kometentisch“, er war „der schmutzige kleine Araber“ geblieben.

2020 hatte im Januar mit großen Bränden um Sydney begonnen, ließ im Februar die Ströme, die zur Ostsee fließen, überlaufen, brachte im April Erdbeben, Dürre in den Getreidegebieten der USA und verheerende Stürme im Alpenraum im Dezember.

Mitfühlen und segnen

In diesem Leidensjahr 2020 wurde ich ein Mitfühlender und Mitleidender, zusammen mit anderen Religionsführern und den politischen Repräsentanten: Nie zuvor war es so deutlich geworden, dass wir eine Weltfamilie sind, in der alle leiden, wenn ein Familienmitglied heimgesucht wird.

Wie können wir als Kirche helfen oder welchen helfenden Gedanken beitragen?

Der deutsche protestantische Theologe Dietrich Bonhoeffer, der in der Nazizeit zum Märtyrer geworden ist, beschrieb in einem Neujahrslied die Zerrissenheit zwischen dem sehnlichen Wunsch, zu seiner Braut zu gelangen und der Ergebenheit in Gottes Führung:

Von guten Mächten treu und still umgeben,
behütet und getröstet wunderbar,
so will ich diese Tage mit euch leben
und mit euch gehen in ein neues Jahr.

Und reichst du uns den schweren Kelch, den bittern,
des Leids, gefüllt bis an den höchsten Rand,
so nehmen wir ihn dankbar ohne Zittern
aus deiner guten und geliebten Hand.

Doch willst du uns noch einmal Freude schenken
an dieser Welt und an der Sonne Glanz,
so wolln wir des Vergangenen gedenken
und dann gehört dir unser Leben ganz:

Von guten Mächten wunderbar geborgen
erwarten wir getrost, was kommen mag.
Gott ist bei uns am Abend und am Morgen
Und ganz gewiss an jedem neuen Tag.

Mit diesem Lied, in der Neujahrsnacht 1944/45 entstanden, hat sich dieser Protestant in die Herzen der europäischen Christenheit gesungen.

Etwa ein halbes Jahr zuvor schrieb er vom Gefängnis eine Predigt über die Frage: Was ist die Antwort der Christen auf das Leid der Welt. Antwort: Segnen. Nicht: alles absegnen. Sondern: „Nicht verurteilen, nicht schelten, sondern segnen. Die Welt hätte keine Hoffnung, wenn dies nicht wäre. Vom Segen Gottes und der Gerechten lebt die Welt und hat sie Zukunft. Segnen heißt: die Hand auf etwas legen und sagen: du gehörst trotz allem zu Gott. So tun wir es mit der Welt, die uns solche Leiden zufügt. Wir verlassen sie nicht, wir verwerfen, verdammen, verachten sie nicht, sondern wir rufen sie zu Gott, wir geben ihr Hoffnung."

Im Segnen, so sehe ich es auch, erinnern wir an Gottes belebende und frohmachende Werke, im Segen erkennen wir uns als seine Kinder und Beauftragte. Und wer gesegnet ist, kann nicht anders, als diesen Segen weiterzugeben.

China-Chat

Mit dem Dalei Lama, mit dem Vertreter des Weltjudentums, Oberrabbiner Salomo Levi, mit dem gemeinsamen Sprecher der „Religionen der ewigen Ordnung", Hinduismus und Buddhismus, Muhanda Osni, mit Chang Qischau, dem Repräsentanten der neu belebten chinesischen Religion des Konfuzius, mit Fatima Channa, einer Vertreterin des Islam und mir als dem Sprecher der Christenheit versuchten wir, die Welt zu trösten, zur Zusammenarbeit zu ermutigen und zu loben.

Nun waren wir selbst Getröstete, hatten nicht nur unsere Taborkonferenzen Anfang Oktober eines jeden ungeraden Jahres, sondern tägliche Treffen im China-Chat, unsere „Teestunde im Internet".

„Friede unter den Religionen." Diese Forderung des Projekts Weltethos war erfüllt. Wenn ich heute überlege, was die wesentlichen Impulse für mein Handeln waren, sind es außer denen, die mir durch mein Inneres, durch die Familie und durch Gottes Fügungen aufgetragen wurden, die Schriften Gandhis und meines eidgenössischen Landsmannes Hans Küng, der mit seinem Programm „Friede unter den Religionen – Friede unter Völkern – Weltethos" dem Tübinger Studenten einen Auftrag gegeben hatte: „Martin" sagte er einmal beim Nachhauseweg am Hölderlinturm: „Martin, du bist dreißig Jahre jünger. Ich hab es nachgerechnet, es sind genau dreihundertsiebzig Monate. Wenn ich bedenke, was heute von Monat zu Monat geschehen kann, hast du eine Chance, den Erfolg meiner Lebensarbeit zu sehen. Stell dir vor, der Papst trifft sich regelmäßig mit den Sprechern der Weltreligionen. Sie geben gemeinsame Erklärungen heraus, sie trösten gemeinsam in großen Unglücken, sie haben gemeinsame Visionen. Ich erlebe das nicht mehr. Aber du kannst dabei sein. Als Mundschenk oder als Übersetzer oder als Protokollant."

Danke, Hans. Du hast das Thema der Weltgebote mit einem Nachdruck auf die Weltbühne gebracht wie niemand vor dir. Mit Nestle und Dunant wirst du unter die großen Schweizer gerechnet, die jeder auf seine Weise zu Weltbürgern, zu Weltgeschenken, geworden sind.

Die Linien des Lebens sind verschieden
wie Wege sind und wie der Berge Grenzen.
Was hier wir sind, wird dort ein Gott ergänzen
mit Harmonie und ewgem Lohn und Frieden.

Diese Hölderlinworte verbinden mich mit dir. Du sagtest sie damals beim Abschied, und wusstest nicht, dass sie zu meinen Lieblingsworten zählen.

Angeli Africani

Einen entscheidenden Einfluss auf die Zusammenarbeit der „Spiritual Leaders", wie die Mitglieder der Taborkonferenzen von der Presse genannt wurden, hatte die Gemeinschaft von Sant' Egidio in Rom. Andrea Riccardi hatte sie 1968 gegründet, sie war mit dem Friedensnobelpreis ausgestattet und galt als die „UNO von Trastevere". Die neunzigtausend Mitglieder weltweit hatten sich ein Leben aus dem Evangelium und die Freundschaft mit den Armen zur Aufgabe gemacht.

Andrea Riccardi, pensionierter Geschichtsprofessor, früher Lehrer am Virgilio-Gymnasium in Rom, hatte die Anregung, etwas wichtiges zu unternehmen, vom 2. Vatikanischen Konzil erhalten. Gleich nach der Gründung ging die Gruppe in die Elendsviertel am Rande Roms und baute dort die „Friedensschule", eine Betreuung für benachteiligte Kinder auf. Sant' Egidio kümmert sich heute ambulant um Behinderte, Alte und Sterbende und weiterhin primär um Kinder.

Ihren Namen hat die Gemeinschaft von der kleinen Kirche Sant' Egidio im römischen Stadtviertel Trastevere („Jenseits des Tibers“, also auf der Seite des Vatikans). Lange war sie in keinem Reiseführer aufgeführt, doch jetzt strömen Römer und Touristen dorthin, um sich vom Geist der Solidarität anstecken zu lassen und ihr Scherflein abzugeben. Einen Euro erbittet die Communität von jedem Besucher. Den Ehrennamen „Angeli Africani“ (Engel Afrikas) hat sich die Gemeinschaft durch Vermittlungsbemühungen in Bürgerkriegen gemacht. Nach erfolgreichen Verträgen in Mosambik gelangen Friedensschlüsse im Sudan und in Zentralafrika, Ruanda und Burundi.

Internationale und interreligiöse Friedenstreffen waren ein Teil des „Tübinger Netzwerkes“, in dem die Initiativen, die sich dem Projekt Weltethos verpflichtet fühlten, zusammen geschlossen waren.

„Taborkonferenz“ heißen die Treffen der „Spiritual Leaders“ nach dem aus Galiläa herausragenden Bergkegel, der als der Berg der Verklärung Christi angesehen wird. Nach Matthäus 17 wurde der Herr hier vor drei seiner Jüngern zusammen mit Mose und Elia in einem himmlischen Lichte gesehen und von einer Stimme aus dem Himmel liebevoll angesprochen, so dass Petrus gleich vorschlug, „drei Hütten zu bauen“ und da zu bleiben. Doch alle mussten wieder in die Niederungen des Lebens absteigen. Das Leiden Christi stand unmittelbar bevor.

Indienreise

Indienreise im Herbst 2020. Durch Kardinal Benjamin Srinagar war mir der Subkontinent von außen vertraut. Mehr als in der modernen Welt wurde Christus dort als Freund der Armen, als Helfer der Mühseligen und Beladenen verstanden. Worte Gandhis vermittelten den Hindus den großen Menschheitslehrer: „Trinkt tief von dem Brunnen, der euch in der Bergpredigt gegeben ist. Tut Buße, wenn ihr versagt bei der Einhaltung dieser Lehren. Die Lehre der Bergpredigt ist für alle. Ihr könnt nicht Gott und dem Mammon dienen. Jesus war ein Asiate und wird dargestellt in wallenden arabischen Kleidern. Er war die Milde in Person. Das Beispiel Jesu in meinem unerschütterlichen Glauben an Gewaltlosigkeit ist ein Faktor, der alle meine Tätigkeiten bestimmt. Die Bergpredigt wird immer wahr sein.“

Was hat einer, der so von Jesus geprägt ist, gebetet? Gandhis tägliches Gebet war eine wichtige Vorbereitung für meine sechs Besuchstage zwischen Delhi, Bombay, Madras und Kalkutta:

Ich will bei der Wahrheit bleiben.
Ich will mich keiner Ungerechtigkeit beugen.
Ich will frei sein von Furcht.
Ich will keine Gewalt anwenden.
Ich will guten Willens sein gegen jedermann.

Hier fällt auf, dass Gandhi nicht Gott anspricht, sondern seine Seele formatiert.

Die über eine Milliarde Menschen in Indien kommunizieren miteinander in 114 Sprachen. Der Hinduismus ist keine einheitliche Religion, sondern ein Überbegriff für die Verehrung vieler Gottheiten, für den Glauben an die Wiedergeburt und für das Streben nach den vier Lebenszielen: Sinnengenuss, Wohlstand, Rechtschaffenheit und Befreiung aus dem Kreislauf von Geburt und Tod und Wiedergeburt.

Indiens Versorgung bleibt für mich ein Rätsel. Wie soll ich es nennen, dass alle diese Menschen ernährt werden und manche bei größter Armut zufrieden sind? Einen Erweis der Gnade Gottes!

„Sollen wir eine große Missionierung in Indien starten?“ fragte ich Srinagar. „Du kannst es probieren. Du wirst Erfolg haben, doch du wirst Indien nicht ändern. Gib meinen Landsleuten das Gefühl, dass sie richtig sind, stärke des Landes Administration, gib ihnen deinen Segen. Sie sind für die Liebe Christi dankbar, ohne Christen werden zu müssen. Hättest du Gandhi lieber als getauften Christen?

Du gehst natürlich zu den christlichen Gemeinden. Verbiete ihnen zu streiten und sich gegenseitig den Glauben abzusprechen.“

Gemeinsames Gebet im Tadsch Mahal

Zusätzlich zu den großen Messen in Delhi, Bombay, Kalkutta und Madras luden Hindus, Buddhisten, Christen, Moslems und Juden zu einem gemeinsamen Gebet in die vier Gärten des Tadsch Mahal ein.

Schah Jahans Frau Mumtaz starb 1631 nach der Geburt ihres 14. Kindes. 17 Jahre lang war sie die Gemahlin und Stütze ihres Mannes gewesen. Um ihr ein Denkmal zu setzen, setze Jahan eine Architektenkommission um den Perser Effendi ein. 22 Jahre wurde gebaut, Marmorintarsien geschaffen, Jaspis, Jade, Lapislazuli und Achat großzügig verwendet, bis endlich der Leichnam in sein Mausoleum gelegt werden konnte. Das Tadsch Mahal, knapp zweihundert Kilometer südlich von Neu-Delhi gelegen, ist heute das bekannteste und meist besuchte Bauwerk in Indien.

Durch das große Torhaus kam die „Schar der Erleuchteten“ in die Gärten. Am Grabmal vorbei verließen sie die denkwürdige Stätte durch ein extra geöffnetes Tor am Fluss Yamuna, wo sie ein Boot in die Hauptstadt bestiegen.

Unser Gebet, angeregt von bekannten indischen Gebeten, die auch in der Liturgie der dortigen Christen Eingang gefunden haben, wurde abwechselnd gesprochen und immer wieder mit dem Ruf *„Du bist das lebendige Licht, das uns erleuchtet und weiterführt“* unterbrochen:

Du bist mein Vater,
du bist meine Mutter,
du bist auch mein Freund.

Du bist meine Erziehung,
du bist mein Reichtum,
du bist mein Beschützer überall.

Wie kann Furcht und Sorge mir nahen, o Herr?
Durch deine Barmherzigkeit habe ich dich gefühlt.

Du bist unser Schutz,
du bist unsere Zuflucht.
Außer in dir finden sich keine Energien.

Du belebst unseren Willen, unser Blut, unsere besten Gedanken.
Alle lebenden Wesen sind von dir geschaffen.
Wo immer es dir gefällt, dorthin werden sie gestellt.

Alles, was du erschaffen hast, ist dein.
Ursprung der Welt bist du, und selbst ohne Ursprung,
Ende der Welt bist du, doch selbst ohne Ende,
Herr der Welt bist du und selbst ohne Herrn.

Du bist der Vater unter den Vätern,
Wissender und Ursprung alles Wissens.

Gib deinen Kindern die rechte Einsicht,
den rechten Entschluss,
die rechte Rede,
die rechte Tat.

Schenke uns den rechten Wandel,
das rechte Streben,
die rechte Wachheit
die rechte Versenkung und Hinwendung zu dir.

Thomaschristen

Thomas ist der Heilige des 21. Jahrhunderts. Er wollte nicht glauben, ohne etwas zu sehen. Der Zweifler kommt dann zum innigen Christus-Bekenntnis: „Mein Herr und mein Gott." In Madras (Chennai) besuchten wir den Thomasberg, auf dem er der Legende nach gesteinigt wurde, dann die Thomas-Kathedrale, den Bischofssitz für die Südspitze des Subkontinents Tamil Nadu:

Man nimmt an, dass Thomas zwanzig Jahre nach der Himmelfahrt Christi, im Jahr 52 von Palästina nach Indien kam und hier 25 Jahre lang missionieren konnte.

Johannes 20 erzählt, dass am Abend des Auferstehungstages der Herr den Jüngern bei verschlossenen Türen erschienen sei. Thomas war nicht dabei und konnte den Berichten nicht glauben: „Ich glaube erst, wenn ich seine Nägelmale sehe und meine Finger in seine Seitenwunde lege." Acht Tage später, also am Weißen Sonntag, erscheint der Herr wieder seinen Jüngern, und Thomas war dabei. Gib mir deine Hand, sagte der Herr, „und lege deine Finger in meine Wunden". Ob er's tat, steht nun nicht bei Johannes, sondern sein Bekenntnis: „Mein Herr und mein Gott." Jesu Antwort: Weil du mich gesehen hast, glaubst du. Selig sind, die nicht sehen, und doch glauben.

Nach dieser Indienreise nahm die katholische Kirche Abschied von einer Forderung, die zu ihrem Bekenntnisgrund gehörte: Glaube an die dogmatischen Wahrheiten. Der Katholik hält für wahr, was die Kirche für wahr hält. Konnte jemand zur Kirche gehören, der nicht an die Auferstehung glaubt. Durfte eine Katholikin die Himmelfahrt leugnen? Sie durften. Sie konnten sich Thomaschristen nennen, wie Thomas zwischen Ostern und Weißem Sonntag seine ehrlichen Zweifel hatte.

Thomaschristen hießen bisher alle Christen Indiens. So fand hier ein Begriffswechsel statt.

Fragende und Zweifelnde, Suchende und Abgestürzte sollten ebenso eine Heimat in der Kirche finden, wie Sichere und Zweifelsfreie, Menschen voller Gewissheit und Licht.

Sollten die heilsamen Sakramente nicht gerade den Verunsicherten gelten? Die Taufe als Sakrament der Zugehörigkeit, das Mahl als Stärkung auf dem Wege wollten wir allen Suchenden anbieten.

Bausteine des neuen Leitbildes

Mit der Wertschätzung der Thomaschristen hatte die katholische Kirche Abschied genommen von ihren bisherigen unterschwelligen Leitbildern, Nachfolgerin des Römischen Kaiserreiches und die einzig wahre Philosophie zu sein. Stattdessen beanspruchen wir, Oase in den Wüsten der Welt, ein Leuchtturm in der Orientierungslosigkeit, ein Ohr für die Einsamen und weiterhin der Gottesstaat zu sein. Wir wollten die zahlenmäßig stärkste Religion bleiben. Damit stellten wir uns dem Wettbewerb, der so offen früher nicht wahrgenommen wurde.

Die Menschen fragten: Was bietet ihr?

Rituale
Festliche Räume
Heilige Orte
Kirchensprache Latein neben den muttersprachlichen Gottesdiensten
Internetkirche
2000 Jahre Seelsorge
Die Gnaden des menschgewordenen Gottessohnes
- + Einbettung durch die Taufe
- + Vergewisserung der göttlichen Liebe
- + Trost im Sterben
- + Möglichkeiten des neuen Anfangs mitten im Leben

Professionelles, gut geschultes, überzeugtes Personal
Rituale der Selbsteinschätzung
Eine sehr mütterliche Religion
Die ununterbrochene Handauflegung
Das Amt der Einheit
Ein sinnvolles Leben
Hoffnung über den Tod hinaus
Ein weltweites Netz von Gemeinden
Gegenseitige Hilfe

Ein Friedensnetz
Kirchenfreundschaft
Religionsfreundschaft
Gemeinden und Kirchentage als Kommunikationsforen.

Durch unsere Öffnung, durch Stärke, Überzeugungsarbeit und das Eingeständnis unserer Fehler war die katholische Kirche zahlenmäßig so stark geworden, dass wir neu überlegen mussten: Wo sind unsere Grenzen? Wo ist eine Einstellung nicht mehr katholisch? Mauern sollten nicht unüberwindlich, sondern sichtbar sein, Schutz bilden und Sinn haben.

Richtig reich waren wir nie, sondern der Besitz von Häusern, Kirchen und Kindergärten war vor allem Verpflichtung zur Erhaltung. Für die Menschen mussten wir etwas daraus machen.

Erinnerungen an Pius

Ich denke heute an Eugenio Pacelli, meinen Vorgänger im Amt von 1939 bis 1958, Papst Pius XII. Drei Monate vor meiner Geburt ist „der Diplomat in den Schuhen des Fischers" 82-jährig gestorben. Er war zwölf Jahre lang Nuntius in Berlin und München gewesen und hat in der von ihm so geliebten Sprache Reden gehalten, die noch heute direkt ins Herz gehen. Nach einer Grubenfahrt in Gelsenkirchen schwärmte er:

„Da rauchen die Essen, da rattern die Zechen, da glühen die Hochöfen, da brandet mir von allen Seiten das donnernde Lied der Maschinen und Eisenhämmer entgegen. Und während das Lied mir in den Ohren gellt, steigt eine Bewunderung in mir auf für das deutsche Volk und seine ungeheure Kraft, die hier in diesem Königreich der Maschine zum Ausdruck kommt. Vor meinem inneren Auge sehe ich Tausende, die an den Maschinen vom harten Brot der Arbeit leben."

Als Pacelli 1925 von München nach Berlin umzog, verabschiedete er sich vom bayerischen Volk, „in dessen Mitte mir in den vergangenen Jahren eine zweite Heimat geworden ist. Eine zweite Heimat, deren grünende Fluren und stille Wälder, deren ragende Berge und blaue Seen, deren Bergkirchlein und Dome, deren Almen und Schlösser ich noch einmal an meinen Augen vorbeiziehen lasse, bevor ich den Wanderstab ergreife, um an anderer Stelle zu wirken, was meines Amtes ist. Das bayerische Volk muss jeder lieb gewinnen, der ihm in die Seele blicken durfte: Dieses Volk mit einem Sinn, so stark und so fest wie die Felsen seiner Berge, mit einem Gemüt, so tief wie die blauen Wasser seiner Seen."

Eine bayerische Ordensschwester, Pascalina Lehnert, blieb seine Haushälterin bis zu seinem Lebensende. Abends saß er oft in der Küche, und Pascalina hat ihm Butterbrote gemacht. „Er war dann ein normaler Mensch", beschreibt eine Vertraute die Küchenszene.

Papst Pius wusste von den Gräueltaten der Nazis und fürchtete, durch lauten Protest dagegen keinen einzigen Gewehrschuss verhindern zu können. Trotzdem bezeichnete Hitler ihn als den einzigen Menschen, „der mir immer widersprochen und niemals gehorcht hat". Mit Dialog und Diplomatie wollte Pius den Krieg und den Mord an den Juden verhindern. „Opus Iustitiae Pax – Friede ist das Werk der Gerechtigkeit" lautete sein Wahlspruch. Auf seinem Wappen waren eine Taube und der Ölzweig des Friedens zu sehen.

Nach der Bombardierung Roms im Juli 1943 verließ der Papst die Mauern des Kirchenstaates und verteilte Geldscheine an die Opfer. Er begann mit den Menschen zu beten und erteilte seinen Segen. Danach, erinnert sich Kardinal Fiorenzo Angelini, „erhob sich ein markerschütternder Schrei, der fast nichts Menschliches mehr an sich hatte: Frieden! Frieden! Frieden!"

Pius konnte Juden retten

„Was ich getan habe, habe ich aus Nächstenliebe getan. Ob es genug war, weiß allein der Himmel." Bis heute ist umstritten, ob Pius durch öffentliche Proteste mehr Menschenleben hätte erhalten können. Tatsache ist: Durch die Aufnahme in Klöstern konnten in Frankreich sechstausend jüdische Kinder gerettet werden. Angelo Roncalli, der spätere Papst Johannes XXIII., schleuste etwa 24000 Juden aus Bulgarien und anderen deutschen Einflussgebieten nach Istanbul, wo er päpstlicher Gesandter war. Andere verdankten ihr Überleben der Bestechung von Hitlers Mittätern, durch von kirchlicher Seite organisierte heimliche Flucht oder durch die Aufnahme im Vatikan und im Sommerschloss Castel Gandolfi. Die Palastgarde wuchs in diesen Jahren von 300 auf 4000 Mann, darunter 400 Juden. Viele ungarische Juden konnten durch Pius' Einfluss auf den mitregierenden Admiral Horthy gerettet werden.

Pius blieb in großer innerer Spannung, weil er die Deutschen so liebte („Papa tedesco" – der deutsche Papst) und die Kommunisten hasste. War der Zweite Weltkrieg nicht gegen die Bolschewisten gerichtet?

In seinem Testament bittet Pius um Verständnis und Vergebung: *„Erbarme dich meiner, Herr, denn Deine Barmherzigkeit ist groß.* Diese Worte, die ich in dem Augenblick aussprach, als ich in meine Wahl zum höchsten Hirten einwilligte, mit dem Bewusstsein, unwürdig zu sein und es nicht zu verdienen, wiederhole ich jetzt mit umso größerer Überzeugung, als mein Bewusstsein der Unzulänglichkeiten, Fehler und Versäumnisse, die in der Zeit eines so langen Pontifikats und dazu in einer schwierigen und verantwortungsvollen Epoche verübt worden sind, dazu geführt haben, dass mein Verstand noch klarer erkennt, dass ich ungeeignet und der Rolle nicht gewachsen war."

Ich weiß nicht, wie ich damals als Papst gehandelt hätte. „Was wird die Geschichte wohl zu meinem Schweigen sagen?" fragte Papst Pius schon zu Beginn seines Pontifikats. Sein Grab liegt etwas abseits im Petersdom. Er wünschte: „Ohne Monument, bescheiden, je mehr im Verborgenen, desto besser."

In diesem Amt sind wir alle überfordert.

Johannes XXIII.

„Lieber Papst Johannes, wir haben dich lieb." Das Telegramm, das Johannes XXIII. von amerikanischen Kindern Ende Mai 1963 auf seinem Sterbebett zugestellt bekam, drückt aus, wie er weltweit die Herzen gewonnen hatte. Ein Franzose schrieb: „In dem Maße, in dem ein Atheist zu beten fähig ist, bete ich für die baldige Genesung Eurer Heiligkeit."

Nur viereinhalb Jahre dauerte das Pontifikat des Bauernsohnes aus Bergamo in Norditalien, doch er hatte wie kein Papst vor ihm Impulse gegeben. Er machte die Ökumene zum Programm. Johannes XXIII. regte das Konzil an und eröffnete es. Er trat trotz Kommunistenfurcht und trotz der Berliner Mauer in Verbindung mit Moskau.

Für alle diese sensationellen Änderungen gab es nur eine Begründung: „Alle Menschen sind Gottes geliebte Kinder. Ich bin Josef, euer Bruder."

Johannes XXIII. zitiert dabei aus Genesis 45,4, wo Josef, der Verwalter der Getreidevorräte Ägyptens, sich seinen verängstigten Brüdern vorstellt und sich auf die familiäre Ebene begibt.

Johannes XXIII. stand um vier Uhr auf und betete. Lag darin die Kraft seines überragenden Wirkens?

Es waren auch andere Prinzipien: „Täglich sagte mein Schutzengel zu mir: Johannes, nimm dich nicht so wichtig." Oder: „Man muss alles sehen, vieles übersehen, weniges korrigieren." Oder: „Papst kann jeder werden, der beste Beweis bin ich." Schon bald nach seiner Krönung spürte er die Krankheit, die von seinem Magen ausging und deutete in Audienzen sein Ende an: „Wenn ich sterbe, kommt der nächste Papst."

Erstaunlich war, wie die Journalisten ihn mochten. Doch auch umgekehrt mochte er sie. Als erster Papst gab er nach seiner Einführung eine Pressekonferenz und begrüßte die Journalisten mit den Worten: „Ich bin auch euer Bruder. Selbst vor Gott bin ich der erste der Brüder und als Hirte muss ich die Brüder führen."

Auch Pius XII. hat man Knöpfe von der Soutane gerissen, aber Johannes XXIII. war wirklich ein Papst zum Anfassen. In der kurzen Zeit seines Amtes empfing er eine Million Menschen bei Audienzen. Wie ein Dorfpfarrer durch seine Gemeinde lief er manchmal durch seine Diözese Rom. Allen 192 Gemeinden stattete er einen Besuch ab. Beim Spaziergang durch die vatikanischen Gärten erkundigte er sich beim Gärtner, wie viel er verdiene und erhöhte daraufhin alle Gehälter im Vatikan. Johannes XXIII. konnte lachen und nahm sich selbst nicht so wichtig. Er fürchtete, er sei zu dick und nicht fotogen. Doch Hans Küng nennt die Bilder von ihm „immer anziehend, oft ergreifend; dieses Gesicht ohne Arg, demütig und liebenswürdig".

Als sein Sekretär Capovilla bei den ersten Überlegungen für ein Konzil schwieg, einfach schwieg, nahm Johannes ihn beiseite: „Sie denken, ich bin alt, und beginne ein Unternehmen, das Vorbereitung verlangt. Für Sie ist nur eines wichtig, einen guten Eindruck machen. Das ist nicht Gottes Wille. Niemand von uns ist berufen, sein Vorhaben zu Ende zu führen. Wir sind wie Ringe einer Kette, und es ist eine große Ehre, eine Idee auch nur auszusprechen. Es ist wie ein Samen, den man in die Erde legt. Der Haken ist, Don Loris, dass Sie sich noch nicht ausreichend von Ihrem Selbst befreit haben. Erst wenn man das Ich mit den Füßen zertreten hat, kann man vollkommen und wahrhaftig frei sein." Johannes hatte sein Ego besiegt.

Auf dem Weg zum Konzil

Anfang 1959, als Staatssekretär Tardini seine Zustimmung gegeben hatte („Es wird ein großer Segen für die Menschheit sein"), musste die Welt informiert werden: Am 25. Januar wurden die Kardinäle in Sankt Paul vor den Mauern, wo der Apostel Paulus enthauptet wurde und begraben liegt, informiert: „Ehrwürdige Brüder und geliebte Söhne! Zitternd vor Bewegung und doch mit demütiger Entschlossenheit unterbreiten wir Euch den Vorschlag einer doppelten feierlichen Veranstaltung: einer Diözesansynode für Rom und eines ökumenischen Konzils für die Weltkirche. Wir haben damit drei Ziele: Erneuerung der Kirche, größere Klarheit im Denken und die Stärkung des Bandes der Einheit."

Auch hier herrschte zunächst Schweigen. Doch die Welt reagierte mit Begeisterung. Der Daily Express, Englands große Tageszeitung, fasste das erste Jahr des Pontifikats so zusammen: „Der von Johannes XXIII. ausgehende Einfluss auf die getrennten Brüder, die Angehörigen der nichtkatholischen Kirchen, ist größer als ihn jemals ein Papst zuvor hatte. Mit der Ankündigung des Konzils hat er der katholischen Christenheit einen neuen großen Impuls gegeben. Johannes ist der erste fröhliche Papst, den die Kirche seit langem hervorgebracht hat."

Tardini sollte zur Vorbereitung Vorschläge der 3500 Bischöfe, der katholischen Universitäten und der Ordensoberen einholen. Jedoch wollte die Kurie, die Vatikanische Verwaltung die Tagesordnung und damit den Verlauf kontrollieren. „Tardini herrscht, Ottaviani regiert, Johannes segnet." So spöttelte man.

Die Diözesansynode wurde bereits 1960 einberufen. Ein Konzept für die Seelsorge in den wachsenden Gemeinden, in denen sich immer mehr der Kirche entfremdeten, sollte gefunden werden. Als Losung für die Priester gab Johannes vor: „Einfach predigen. Ich rufe Euch auf, die Schwestern und Brüder zu stärken und nicht zu terrorisieren." Sie sollten als Hirten erkennbar sein, stets die Soutane tragen, nur im Notfall Auto fahren, sich vor Kommunisten, Freimaurern und Ketzern hüten. Das klang nicht nach Aufbruch.

Das Konzil sollte dagegen ein Schritt ins Neuland werden durch die Einladung nichtkatholischer Beobachter, die man in die Gespräche einbeziehen wollte. Ein erster Schritt zur Überwindung der Trennung in der Christenheit. Dazu richtete Johannes XXIII. das „Sekretariat zur Förderung der Einheit der Christen" ein, das Amt, in dem ich selbst ein Römer wurde.

Wir wollen einander gern haben

Als persönliche Vorbereitung aufs Konzil besuchte der Papst als Pilger am 4. Oktober 1962 Loreto und Assisi. Am Grab des heiligen Franziskus bat er darum, dass aus der Kirchenversammlung heraus die frohe Verkündigung des Evangeliums erschalle und die Armen nicht vergessen würden:

„Hilf uns, Herr, dass wir alles zu einem guten Ende führen."

Am 11. Oktober zogen 2498 Konzilsväter in Prozession in die Peterskirche ein, die von Schreinern und Zimmerleuten zu einer Konferenzaula umgestaltet worden war, unter ihnen Johannes XXIII. auf der Sedia Gestatoria, dem Thronsessel.

Das Programm wurde so formuliert: „Das authentische Dogma muss untersucht und gedeutet werden im Lichte der Forschungsmethoden und der Sprache des modernen Denkens. Denn die Substanz des uralten anvertrauten Glaubensgutes ist eine Sache, und die Art und Weise, wie es dargestellt wird, ist eine andere Sache."

Nach der Ansprache vor dem Konzil zeigte sich der Papst der Öffentlichkeit: „Wir wollen einander gern haben. Schauen wir uns in dieser Haltung an, wenn wir uns begegnen, um zu entdecken, was uns eint, und außen vor zu lassen, was uns getrennt halten kann. Wenn ihr nach Hause kommt, küsst eure Kinder und sagt, der Papst küsst euch."

Mit diesen Gruß erinnerte er an den Apostel Johannes in seinen biblischen Briefen: „Seht, welch eine Liebe hat uns der Vater erzeigt, dass wir Gottes Kinder heißen sollen, und wir sind es auch. Wenn uns unser Herz verdammt, ist Gott größer als unser Herz, weil er alles durchschaut."

Papst Johannes wusste damals, dass er nur noch ein halbes Jahr hatte, und wollte nur noch das wichtigste sagen: Die Liebe steht an erster Stelle.

Der Papst verfolgte das Konzil meist von seinem Zimmer aus, wohin ihm die Reden übertragen wurden. Während die Kirchenversammlung Spannungen zwischen demokratisch gesonnenen Bischöfen und der Kurie, die eine strenge Tagesordnung vorgeben wollten, bearbeitete, vermittelte der Papst in der Kubakrise, die beinahe zum Dritten Weltkrieg geführt hätte: „Ich flehe die Staatsoberhäupter an, sich dem Schrei der Menschheit ‚Friede, Friede' nicht zu verschließen. Tun Sie alles, was in ihrer Macht steht, um den Frieden zu retten. Verhandeln Sie weiter."

Johannes XXIII. hatte das Vertrauen Kennedys und Chruschtschows. „Was der Papst für den Frieden getan hat, wird in die Geschichte eingehen", lobte der Kremlchef, nachdem er die Raketen von Kuba abgezogen und die Welt vor einem Atomkrieg bewahrt hatte.

Nach der ersten Konzilsperiode veröffentlichte Johannes seine Enzyklika „Pacem in Terris – Friede auf Erden", nicht nur an Katholiken, sondern an „alle Menschen guten Willens" gerichtet. „Durch den Frieden verlieren wir nichts, durch den Krieg alles." Der Papst lud die Welt zu einem Dialog ein über die Grenzen der politischen und religiösen Überzeugungen hinaus. Das Recht der Entwicklungsländer, ihr Schicksal selbst zu bestimmen, wurde hier ebenso eingefordert wie der Einfluss von Frauen auf das öffentliche Leben.

Johannes XXIII., dieser als „Papst verkleidete Mensch", wie die Dichterin Marie Luise Kaschnitz ihn nannte, starb am Pfingstmontag, dem 3. Juni 1963, kurz vor 20 Uhr. „Arm geboren, als Kind geehrter und einfacher Leute, freue ich mich besonders, arm sterben zu können. Meiner geliebten Familie, von der ich keine Reichtümer erhalten habe, kann ich nichts hinterlassen als einen großen, ganz besonderen Segen, verbunden mit der Einladung, jene Gottesfurcht zu wahren, die mir immer so lieb und teuer gewesen ist." Dieser Segen wurde aufgesogen von Christen aller Richtungen, von Nichtchristen und Atheisten. Weit über die Kirche hinaus fühlten sich Menschen ihm verwandt.

Pius VI.

Auch der Nachfolger stammte aus Norditalien: Mit Paul VI., Giovanni Battista Montini aus Concesio bei Brescia, lernte ich als Kind das Papsttum und die katholische Kirche kennen. Er hatte den Respekt, aber nicht die Liebe meiner Familie.

Der Jungpriester wird bald päpstlicher Beamter, Sekretär in Warschau, Studentenseelsorger: „Die Studenten sind für mich wie ein Stimulus, eine lebendige Lehre, die ich niemals aus den Büchern hätte lernen können, auch nicht aus den Vorbildern des Klerus, mögen sie noch so hervorragend gewesen sein." Der Kardinalshut blieb ihm versagt, doch Pius XII. schickte ihn als Erzbischof nach Mailand. Unter Johannes XXIII. war er der erste, der zum Kardinal ernannt und als Nachfolger vorgesehen wurde. „Sie werden unter Montini weiter dienen“, sagte Johannes einmal zu seinem Sekretär Capovilla. Den Papstnamen Paul verstand Montini als Ruf, alle Völker anzusprechen: „Meine Vaterschaft ist allumfassend.“

Am 13. November 1964 legte Paul die dreistufige Papstkrone, die Tiara, auf den Altar der Peterskirche „als Geschenk für die Armen“. Sie ging auf Tournee, wurde in Museen und Schaufenstern ausgestellt und brachte auf diese Weise Geld für die Armen.

Paul VI. setzte das Konzil fort: „Wesen und Aufgabe der Kirche in der modernen Welt sollen neu bestimmt werden.“

Nichtkatholiken wurden bei der Wiedereröffnung des Konzils im September 1964 wegen der Trennung der Christen um Verzeihung gebeten: „Wenn Schuld auf uns fällt, so bitten wir Gott demütig um Vergebung, und suchen Verzeihung bei den Brüdern, die sich von uns gekränkt fühlen sollten.“

Durch die Enzyklika „Humanae Vitae“ (Über die rechte Ordnung der Weitergabe menschlichen Lebens) ist Paul VI. vor allem als der „Pillenpapst“ bekannt. In seinem Lehrschreiben, das er nach eigenen Angaben „unter Schaudern“ verfasst hat, verbietet die Kirche die künstliche Empfängnisverhütung, obwohl eine beratende Kommission die Verhütung nicht grundsätzlich verworfen und Sexualität ohne Zeugung nicht als Sünde, sondern als rein bezeichnet hatte. Doch „die Ergebnisse, zu denen die Kommission gelangt war, konnten von Uns weder als endgültig betrachtet werden, noch konnten sie Uns davon entbinden, die schwerwiegende Frage persönlich zu untersuchen“, schrieb der Papst im Revolutionsjahr 1968, als in Universitäten skandiert wurde: „Unter den Talaren der Muff von tausend Jahren“, und als die sexuelle Freizügigkeit fortschritt.

Man darf ihn darauf nicht reduzieren. Paul VI. war ein Mann der Kirche mit einem klugen Herzen, persönlicher Integrität und Bescheidenheit. Er wollte nicht mehr sein als ein Bewahrer des Schatzes. Auch nahm er keine Unfehlbarkeit für das Lehrschreiben in Anspruch. Viele Bischöfe legten die Enzyklika so aus, dass persönliche Gewissensfreiheit möglich ist.

Zum ersten Mal hat dieser Papst die Türen des Vatikans weit aufgemacht und ist hinausgetreten. Er hat das Heilige Land, die Vereinten Nationen und die Christen in Ostasien besucht. Unter seinem päpstlichen Gewand trug er oft einen Büßergürtel, dessen Stachel seinen von Arthrose geplagten Leib zusätzlich quälten. Mit 81 Jahren ist er am 6. August 1978 in die himmlische Welt hinübergegangen, ohne mit

75 Jahren zurückzutreten, was sein eigentlicher Wunsch gewesen wäre.

Auf dem großen Gemälde im Chor der Verkündigungskirche in Nazareth erkannt man den Montini-Papst bei denen, die in einer unübersehbar großen Schar zum Weltenrichter hinzutreten.

Öffne ihm, der sich vielen Freuden des Lebens versagt hat,
die Pforten des Paradieses.
Zeige ihm deine ewigen Freuden, Herr,
und gib uns die Gnade des rechten Wortes, der rechten Tat, der rechten Absicht,
und die göttliche Kunst, deinen Willen für heute zu erkennen.
Verleihe dem, was uns bestimmt ist, einen guten Ausgang.

Johannes Paul I.

Wurde Papst Johannes Paul I. ermordet? Diese Frage bewegte die Menschen nicht nur im Jahre 1978, sondern noch das ganze letzte Jahrhundert hindurch. Nein. Albino Lucianis Leben war nach Gottes ewigem Rat mit 65 Jahren und 11 Monaten, aber eben nach nur 33 Tagen Pontifikat zu Ende gegangen.

„Einen Tag nach der Wahl habe ich es schon bereut, aber es war zu spät", hatte er noch gescherzt. Sein Lächeln begeisterte die Menschen. Deshalb war die ganze christliche Welt am 29. September 1978 auch so erschüttert.

Aus einem Dolomitenbergdorf stammend kannte Luciani Hunger und Kälte, die Kraft des Glaubens für die Armen und wie wichtig Wille und Lernen sind. Karrieredenken blieb ihm fremd, widerwillig nur nahm er das Bischofsamt in Vittorio Veneto an. „Er war überhaupt nicht ehrgeizig. Im Gegenteil, lieber hielt er sich in allem zurück. Als er Kardinal geworden war, lief er herum wie ein ganz normaler Priester. Das Kreuz versteckte er. Wäre es nach ihm gegangen, wäre er noch heute Kaplan", so seine Nichte Pia.

Aus seiner bischöflichen Zeit sind fiktive Briefe an Persönlichkeiten der Geschichte wie Goethe und Mark Twain veröffentlicht, die er in seine Predigten einflocht. Damit hätte er auch Autor werden können, fühlte aber die unwiderstehliche Berufung zum Priester. Sprachrohr dieses Rufes war seine Mutter. Lucianis Traum, Dorfpfarrer zu werden mit der Mutter als Haushälterin, wurde nicht erfüllt.

In seiner kleinen Diözese wie im Papstamt hatte Luciani mit Finanzskandalen zu tun, die für ihn nicht zu übersehen waren, an seiner Lebenskraft jedoch maßlos zehrten. Als Montini Papst wurde, berief er Luciani auf den Stuhl des Erzbischofs von Venedig. Mit ‚Demut' als Losungswort, vertrat er das strenge kirchliche Verbot von Verhütungsmitteln, obwohl er selbst anders dachte.

In Venedig, wo er die Erwartung der Serenissima auf einen pompösen Kirchenfürsten nicht erfüllte, besuchte Luciani als Erzbischof zu Fuß seine Pfarreien und arbeitete bis zum Umfallen. Abends hatte er oft Fieber.

Mit dem Doppelnamen, dem ersten der Geschichte, ehrte Johannes Paul I. seine beiden Vorgänger. Die römische Abendzeitung VITA bemerkte: „Viel Johannes, wenig Paul."

Darf man das Peter-Prinzip auch auf Päpste anwenden? Natürlich. Wir Päpste unterliegen ihm alle. Es besagt, dass in vielen Führungspositionen die Menschen so lange befördert wurden, bis sie „überfördert" waren. Kein Mensch kann den „Bischof von Rom, Statthalter Jesu Christi, Nachfolger der Apostelfürsten, Summus Pontifex (höchster Brückenbauer), Patriarch des Abendlandes, Primas (erster Bischof) von Italien, Erzbischof und Metropolit der römischen Provinz, Souverän des Vatikanstaates und Diener der Diener Gottes" – so die Titel des Papstes – in einer Person vereinigen.

Gebet für den lächelnden Papst

Dem Andenken meines geliebten Vorvorgängers widme ich ein Gebet, das dem französischen Dichter Francis Jammes nachempfunden ist:

Wenn einst zu dir, mein Gott, dein Ruf mich gehen heißt,
dann lass wie am Feiertag die Sonne
und den Sommerstaub ziehen übers ernteweiße Land.

Ich greife meinen Stock,
gehe barfuß diesen letzten Weg
und will die Esel an meiner Seite sehn:

Kommt mit mir, sanfte Freunde,
die ihr des Himmels Bläue liebt,

geliebte graue Männchen, braune Fraun,
von denen Francesco Demut gelernt.

Inmitten dieser Tiere will ich vor dir stehn.
Wie ich sie liebe, wenn den Kopf sie neigen
und die kleinen Füße aneinander
stemmen, wenn sie stille stehn.

Maria haben sie getragen und ihren Sohn,
König David in seiner Pracht
und Absalom im Todesritt,
die Propheten mit dem felsenschweren Gotteswort.

So tret ich vor dich hin, mit tausend grauen Ohren,
mit den Eseln lass mich kosten dein Paradies,
wo an den Wasserbächen die Bäume stehn
voll von gelben Birnen, zitternden Kirschen
und reifen Apfelsinen neben ihren betörenden Blüten.
Mit den Grauen wird mein Kopf
zum Wasser des Lebens sich neigen.

Lass sie und mich nicht verderben
vor des Gartens gut bewachtem Tor.

Ist es nicht wunderbar, dass der Papst wie jedes Menschenkind einen ganz naiven Glauben haben darf, mit kindlichen Bildern, mit ungeheuren Erwartungen, mit köstlichen Erfahrungen von unmittelbarer Hilfe, kleinen Liebesgeschenken, von heftigen Gottesgewittern und Hiobsverlusten. Und alles Glück und Leid stärkt noch mehr sein Grundvertrauen.

Viele Geschicke weben neben dem meinen

Als Kind lag ich gerne auf Wiesen, in Augenhöhe mit den Hahnenfüßen, mit den Hummeln und den gelben Kugeln der Trollblumen. Kroch dann noch eine Katze durch das Gras, legte sich ein Falter auf eine Blüte und kokettierte mit Flügelöffnen und -schließen, um anschließend das Spiel auf meiner Hand zu wiederholen, dann war ich glücklich. Ich empfand dieses Glück gewaltig wie Mädchenliebe und spürte es in allen Muskelfasern, in den Augen, in den Ohren, in der Nase.

Als Papst blieb ich einer, der nach täglichem Glück strebte, und fand es in der kleinen wie in der großen Welt, mit Nadja, Carlo und den Kindern im Papstpalast. Das Glück stellte sich auch ein bei den Audienzen, bei Händedrücken, bei Augen-Blicken, bei den vielen schönen Stimmen, denen ich lauschte, bei Empfängen mit Königinnen und Doktoranden, Bauern und Ministranten.

Ein Gedicht von Hugo von Hofmannsthal drückt unnachahmlich präzise aus, in welchem Schwebezustand ich mich bei genauer Weltwahrnehmung und unnachgiebigem Glücksverlangen fühlte:

Manche freilich müssen drunten sterben,
wo die schweren Ruder der Schiffe streifen,
Andre wohnen bei dem Steuer droben,
Kennen Vogelflug und die Länder der Sterne.

Manchen liegen immer mit schweren Gliedern
Bei den Wurzeln des verworrnen Lebens,
Andern sind die Stühle gerichtet
Bei den Sibyllen, den Königinnen,
Und da sitzen sie wie zu Hause
Leichten Hauptes und leichter Hände.

Doch ein Schatten fällt von jenen Leben
In die anderen Leben hinüber,
Und die leichten sind an die schweren
Wie an Luft und Erde gebunden:

Ganz vergessener Völker Müdigkeiten
Kann ich nicht abtun von meinen Lidern,
Noch weghalten von der erschrockenen Seele
Stummes Niederfallen ferner Sterne.

Viele Geschicke weben neben dem meinen,
Durcheinander spielt sie alle das Dasein,
Und mein Teil ist mehr als dieses Lebens
Schlanke Flamme oder schmale Leier.

Federico, der spanische Held

Eindeutig habe ich die meiste Zeit meines Lebens bei den Sybillen und Königinnen, an Buffets und geschmückten Altären verbracht. Doch ich kenne die Schicksale der Schattenkinder Afrikas, der verweinten Mütter, der vergessenen Völker. Bei all meinen Reisen besuchte ich die Armen, aß und weinte mit ihnen auch in Rom und München. Elisabeth von Thüringen, Florence Nightingale, Henry Dunant: Immer wieder gab es einzelne, die für ganze Generationen oder Berufsgruppen tätig wurden, die Grenzen zwischen Tätern und Opfern durchbrachen und weit hinein in die Geschichte wirkten.

„Menschen für Menschen" – Was der erfolgreiche Schauspieler Karlheinz Böhm aus seiner christlichen Grundeinstellung heraus 1988 angestoßen hat, durchzog die Aktivitäten vieler Künstler bis heute: Wir wollen die Augen vor den Leidenden nicht verschließen, Menschen müssen füreinander da sein

Böhms Witwe erhielt die Goldene Rose im Jahre 2030. Das Stipendium hatte damals eine Burgenländerin, die im breiten Österreicherisch den Rosenorden im Burgtheater überreichte, die Schauspielerin Evelyn Wagenländer. Geglänzt hat sie aber vor allem in der Serie „D´Herr Stadtpfarr kimmt glei", eine wohlwollende Satire auf vergangene Pfarrhausherrlichkeit in Niederösterreich, wo die Haushälterin die Hauptentscheidungen trifft und Hochwürden vor Verführungen bewahrt.

Das Beispiel eines Helden ist für mich Federico Heldiro, jüngster Sohn eines spanischen Ölplantagenbesitzers. Er hatte gemerkt, dass er mit seinem Erbe Millionär werden, es verspielen oder es für andere einsetzen kann.

Er wählte den dritten Weg, wanderte nach Argentinien aus, begann dort als Baumwollpflücker, nach drei Jahren mit dem Priesterstudium, konvertierte zur Heilsarmee, kaufte Land für die Armen, half ihnen zu Dreiraumwohnungen, und zum Landerwerb, um ihre Familie mit dem Nötigsten zu ernähren.

Im Alter lebt er in Radelstetten bei Ulm mit seiner zweiten Frau, die eine Schwäbin ist. „Reichtum", sagt er, „ist, zu Weihnachten eine Flasche Bier zu bekommen. Reichtum ist, dem Kind ein Stück Brot geben zu können, wenn es darum bittet, Reichtum ist, lernen zu dürfen." Seine Lebensgeschichte ist unter „Richtig reich" im Blau-Verlag erschienen.

Daseinsfreuden sind das Lächeln eines Sterbenden, das Augenaufschlagen am Morgen, das unverhoffte Wiedersehn mit einem früheren Schüler, Schnee, Wechsel der Jahreszeiten, das Spüren des Rückgrats, kalter, feuchter römischer Wind, stickiger Dunst über der Engelsburg, das Spüren des rechten Knies bei jedem Schritt: Auch wenn das Dasein weh schmerzt, beglückt es täglich.

FredOpa

Während er in meinen mittleren Jahren in den Hintergrund gerückt war, dachte ich in Rom, und tue es jetzt, öfter an meinen Großvater Fredo. Wie hätte er die Audienzen kommentiert, was zu meiner Wohngemeinschaft gesagt? Hätte ihn des Enkels Berufung persönlich berührt?

Einem Kinderlexikon, das er mir zum 10. Geburtstag schenkte, hatte er diese Widmung voraus gestellt: „Glück vermitteln kann nur jene andere Art, die die Menschen liebevoll betrachtet und ihre Wesenszüge durchdringt, die gern den Interessen und Liebhabereien der andern dient, ohne den Wunsch, Macht über sie zu gewinnen oder ihre begeisterte Bewunderung zu erregen. Mit dieser Weisheit wurde Bertrand Russell 98 Jahre alt. Ich wünsche meinem neugierigen Martin, dass er gut lernen, viel geben und unter allen Umständen und bis ins hohe Alter die Heiterkeit behalten kann. Dein FredOpa."

Sitzt Fredo jetzt bei den Philosophen und Sibyllen? In die Niederungen des Lebens hat er sich nicht gerne begeben. Gibt ihm der Weltenrichter dafür einen schlechten Platz in den jenseitigen Tiefen?

Woher hattest du deine stoische Gelassenheit? Ich habe jedenfalls viel von dir, FredOpa, und lerne auch weiter von Russell, der so gar kein Mann der Kirchen war: „Möglichst viele spontan und mühelos gern zu haben, ist vielleicht die ergiebigste aller Glücksmöglichkeiten für den Einzelnen. Tiefinnerliches Glück hängt in erster Linie von freundschaftlicher Anteilnahme an Menschen und Dingen ab."

Ich war nicht in der Lage, die Kirche zu verwalten – das machten die Männer und Frauen in der römischen Kurie –, nicht fähig, ihre Geschichte zu beurteilen, schon gar nicht, ihre Fehler zu korrigieren, sondern ich wollte einer möglichst großen Zahl von Menschen das Glück des Glaubens vermitteln: „Ihr seid Kinder des Glücks und des Lichts, ihr seid Gottes Geliebte. Auch der Papst liebt euch. Lasst hinter euch, was euch gequält hat, und quält andere nicht."

Der großartige Benito, einer meiner Sekretäre, hat in Verbindung mit Petra Bosconfidens, die darauf achtete, dass sich in den Grundaussagen der Reden Variationen ergaben, aus diesen Grundgedanken heraus und aus den Worten der Heiligen Schrift die täglichen SMS-

Botschaften erstellt, die viele Menschen in vielen Sprachen täglich erhalten und mit ihrem Obulus dafür nicht nur die Telefongesellschaften, sondern auch die Stiftung Brothaus unterstützen.

Bei Empfängen und Audienzen, in Predigten und bei offiziellen Begegnungen mit Staatsoberhäuptern sprach ich meistens frei, während der Zeremonienmeister als Einflüsterer hinter mir die Papiere mit den Stichworten und Namenslisten in der Hand hatte. Wir waren so gut eingespielt, dass ich vor allem bei Empfängen nicht ohne ihn auskommen konnte: Die vielen Namen durften nicht verwechselt werden!

Nachts kam er

Abu Arma war weltweit, vor allem von Israel und den Vereinigten Staaten, gesucht.

Ich wusste, er selbst würde mich, wenn es kritisch wird bei ihm, suchen – und aufsuchen.

Am frühen Morgen des 22. Dezember 2020 gegen zwei Uhr stand er in meinem Schlafzimmer und weckte mich leise. Da ich von ihm geträumt hatte, schien zunächst der Traum nur weiterzugehen, doch er war es selbst, roch nach Schweiß und sehr fremd, zwickte mich in die Hand, lächelte gequält und trat dann wieder einen Schritt zurück. Der sich und die Welt nicht schonte, schien verunsichert, ob es richtig war, den Papst im Schlafzimmer aufzusuchen.

Natürlich war er bewaffnet, hatte meinen Gardisten geknebelt und an Armen und Beinen gefesselt, der Gott sei Dank ruhig atmete, und gepeinigt, doch wenig leidend zum Zeugen unseres Gesprächs wurde.

Abu wollte zunächst erzählen. Wie er es gewohnt war, redete er mich mit Petrus an:

„Nach unserer Augsburger Aussprache – wie lange ist das her? – habe ich deine Aktivitäten verfolgt, ich wusste nie, ob du mein Freund oder Feind bist, aber wisse, du hast mir damals einen Ausweg gezeigt, den ich heute antrete und bist du mein Freund geblieben.“

Ich bat um fünf Minuten, zog mich an, erlöste meinen Wächter Ricardo von seinem Tennisball im Mund, dann saßen wir uns am Tisch gegenüber:

„Am liebsten wäre ich dein Wachmann geworden, dann hätte es keiner geschafft, in dein Schlafzimmer vorzudringen. Doch die Gelegenheiten auf einen Beruf im Freien Vatikan sind wohl vorbei. Mein Ziel, Israel auszulöschen, habe ich nicht erreicht. Das macht mich nicht unglücklich. Doch mein Leben ist jetzt verwirkt. Ich bekomme mindestens hundert mal die Todesstrafe. Auch du kannst jetzt nichts mehr für mich tun.“

„Warum, mein Freund, meine Hände haben für dich gebetet, nicht für den Erfolg deiner Racheabsichten, sondern für deine Seele, für deine Kinder, für deinen inneren Frieden, und für deinen Beitrag zu einem größeren Frieden. Betende können immer etwas tun.“ Ich merkte, wie mich dieser Satz selbst beruhigte.

Dann zeigte er seine Hände: „Als Kind konnten sie beten: >Allereinziger Gott, dem keiner gleicht, ich bin einer, der sich selbst nicht kennt...<, doch dann lernten sie töten. Diese Hände haben Hunderte getötet, und haben nicht damit aufgehört.“

Er schien zwischen Stolz und Bedauern zu schwanken. Seine Hände zitterten, vor allem seine rechte.

„Du erinnerst dich an den Überfall auf die Amerikaner im Mai 2003. Die Schufte verließen bald darauf Saudi Arabien. Ich half damals den Al-Qaida-Leuten. Du erinnerst dich an den Torpedoangriff auf ein Kreuzfahrtschiff im Mittelmeer. Und an die Explosion an der Knesset. Die Israelis drohten damals mit ihrer Atombombe. Sie wussten nur nicht, wer sie verdient hätte. Ich.“

„Warum kommst du zu mir? Soll ich dich bewundern. Willst du mich töten? Brauchst du Bestätigung? Hörst du ab heute auf?“

„Alles ist möglich. Über alles habe ich nachgedacht. Du bist ein Freund Israels. Also muss ich dich töten. Doch ich liebe dich. Deshalb lechze ich nach deiner Bewunderung. Am liebsten hätte ich deinen Segen, um Israel noch ganz schnell auszulöschen – aber das lässt du nicht zu. Ich höre auf, und es heißt wohl, dass ich mich selber töten muss. Ich will doch nicht in die Hände der Schweine fallen, die mich jagen.“

„Abu Arma, sag mal, wie ging dein Gebet als Kind weiter? Lass mich Gottes Ohr sein, der dein Gebet hört.“

„Meine Mutter lehrte mich ein arabisches Gebet, das der kleine Mensch vor dem großen Gott spricht:

Alleinziger Gott, dem keiner gleicht, der Millionen schützt und Hunderttausende errettet, du hilfst dem, der zu dir ruft. Strafe nicht meine vielen Sünden. Ich bin ein törichtes Erdenkind, einer, der sich selbst nicht kennt. Der du Schicksal und Leben spendest, schenke die weisen Entschlüsse deiner großen Pläne deinem vergänglichen Sohn.“

„Wer so betet, ist zu großen Werken fähig. Du bist ein großer Verbrecher geworden. Du hättest ein großer Mufti werden können oder eine Säule der Weltwirtschaft. Du hast es vorgezogen, Säulen zu brechen und Türme stürzen zu lassen."

„Doch nicht durch das Gebet. Du hast mich gezwungen, es jetzt nach vielen Jahren wieder zu sprechen. Und währenddessen sind eben in meinem Geiste die Opfer, meine Opfer, unsere Opfer, meistens Soldaten, einige Frauen, ein Dutzend Kinder, an mir vorübergezogen. Sie alle hatten Augen, sie lächelten, sie waren barfuß und hatten in ihrem Himmel den weichen Rasen unter sich. Sie schienen glücklich. Wir haben sie in ihren Himmel gebombt und in ihr Paradies geschossen.

Doch ich sah auch die anderen, ihre Frauen und Kinder und ihre Männer, die alle sich grämten, und schrieen. Ich habe immer gefürchtet mit meinen Taten konfrontiert zu werden. In deiner Gegenwart ertrage ich es. Hilf mir, Petrus, hilf mir zu bereuen und noch einmal ein ganz anderer zu sein."

„Du bist schon ein anderer... Doch ich kann dich nicht vor den Gerichten bewahren, die in einigen Ländern auf dich warten."

„Nein, das kannst du nicht. Doch, bitte bewahre mich vor dem Lager in Kuba. Und vor Dimona in der Nähe ihrer Bomben. Ich hab es wohl verdient. Doch ich versuche, ihnen zu entkommen. Und in Ruhe bei meinen Kindern zu leben. Gib mir nur deinen Segen, Petrus."

Er heißt jetzt Abu Salam

Die Knesset, das israelische Parlament in Jerusalem, ist weiträumig so gut bewacht, dass ein Anschlag unmöglich schien. Abu Arma schaffte es, ein blond gefärbtes Araber-Mädchen, die wie eine schwedische Touristin aussah, als Selbstmordattentäterin reinzuschmuggeln und am Eingang inmitten einer Gruppe von Touristen zur Explosion zu bringen. Es gab damals 22 Opfer.

Die Käfige der Amerikaner für Terroristen in ihrer Militärstation auf Kuba waren gefürchtet. Sie betrachteten Terroristen als Sondergefangene ohne den Schutz der Genfer Konventionen für Kriegsgefangene. Ebenso standen die Dimonahäftlinge in der israelischen Wüste Negev nicht unter diesem Schutz.

„Mein Sohn", sagte ich zu ihm, „das hier war keine Beichte, denn du hast mich überfallen. Ich gebe dir drei Stunden, dann informiere ich die Welt.

Geh im neuen Frieden, den du hier und in dir gefunden hast. Der barmherzige Gott schütze deine Frau und deine Kinder. Er mache aus dem letzten Feind Israels einen Kämpfer des Friedens."

„Danke, Vater Petrus." Damit war er draußen.

Gardist Gerold hatte an Händen und Beinen gefesselt zugehört. Ich befreite ihn sofort, informierte den Offizier. Es war drei Uhr morgens. Meine große Befürchtung, dass es noch Opfer unter den Wachen gegeben habe, wurde nicht wahr. Wie vereinbart, wurde um sechs Uhr die Polizei, von ihr die Öffentlichkeit informiert.

Abu Arma blieb verschwunden. Er hatte sich im Libyen, wo seine Frau mit den Kindern die meiste Zeit lebte, eine neue Existenz unter einem neuen Namen aufgebaut. Im orientalischen Wirtschaftsraum MEET (Middle East Economic Trust), in dem Syrien, Irak, Jordanien, Libanon, Israel, Palästina, Iran, Libyen und Ägypten zusammengeschlossen sind, arbeitet er daran, auch Saudi-Arabien und den Jemen „aufs Schiff zu bringen". Persönlich hat er sehr gelitten, da zwei seiner drei Kinder, Ali und Fatima, die ich mit ihm in einem Park in Rom gesehen hatte, bei einem Flugzeugabsturz umgekommen sind. Abu Arma heißt jetzt Abu Salam und dient mit kämpferischer Überzeugung seiner Handelsorganisation. Er hat Erfolg und Feinde.

Geehrte Normandieinsel

Ein Drittel aller gekrönten Häupter und Staatspräsidenten, die Hälfte aller Regierungschefs waren Frauen. Wir im Vatikan ließen jetzt Frauen weltweit bei den Priestern zu, nicht aber bei der Schweizer Garde und in der Schola Sistina, unserem Knabenchor.

Die UNA SANCTA machte 2021 die meisten Fortschritte in der Spanne eines Lebens: Obwohl die Verhandlungen der Kirchenfreundschaft weit fortgeschritten waren, hatte ich noch nirgends an einem nichtkatholischen Abendmahl teilgenommen. An meinem 62. Geburtstag, am 6. Januar 2021, war es in der Geburtskirche von Bethlehem so weit: Der Griechisch-Orthodoxe Metropolit Alexandros vom Heiligen Berge reichte mir und dem leitenden Bischof der Lutheraner, Severin Lundquist aus Schweden, das Brot des Lebens.

Nachdem bisher nur Kathedralen den Orden erhalten hatten, verlieh ich die moschusbeduftete Rose im Sommer 2021 an eine Königin und an die „Pyramide des Meeres" (Victor Hugo), die Klosterinsel Mont Saint-Michel in der Normandie.

Die Verantwortlichen des Klosters hatten es geschafft, für Hunderttausende spirituelle Erlebnisse, Taufen, Hochzeiten, Trauerfeiern zu organisieren.

Die Menschen kamen immer mehr davon ab, sich in ihren eigenen Pfarrgemeinden den Segen für die Neugeborenen, für die Ehe und für den letzten Weg zu erbitten. In Zeiten der großen Mobilität wollten die Mobilen das Event. Inzwischen machen es viele nach: Doch keine Kirche außer Saint-Michel war bis 2012 bereit, zu jeder Tages- und Nachtzeit ihren Service anzubieten.

Eine abendliche Hochzeit auf der Normandie-Insel bei Sonnenuntergang, Vollmondaufgang und Springflut, drei Stunden vor Mitternacht, das ließen sich die Menschen gerne etwas kosten.

Birgitta von Schweden

Überbringerinnen des Rosenordens in Saint-Michel waren vier Mädchen aus vier verschiedenen afrikanischen Ländern, die als Neugetaufte Rom kennen lernten und sich darauf freuten, die ersten afrikanischen katholischen Priesterinnen zu werden. In feinem Französisch überreichten sie den Rosenorden, um anschließend im Speisesaal des Klosterberges in der Normandie mit seiner großartigen Akustik afrikanisch zu trommeln und lateinisch zu singen.

Ich habe ihre Priesterweihe noch erlebt: 2027 in Yamoussoukro, der Hauptstadt der Elfenbeinküste, zusammen mit zwanzig weiteren jungen Frauen aus den afrikanischen Küstenländern und fünfzehn Männern. Zum ersten Mal empfingen dieses Weihe-Sakrament Frauen in der Überzahl.

Zum Wohl der Kirche. Sie waren viel weniger gefährdet durch Alkohol, durch autoritäres Gehabe, durch sexuelle Verfehlungen als Männer. Die Möglichkeit, als Priester zu heiraten, nahm die Hälfte der Kandidaten in den nächsten Jahren in Anspruch. Wollten die anderen alle Bischof werden? Dieses Amt blieb Unverheirateten vorbehalten. Offenbar steckte es noch in Fleisch und Blut, dass katholische Priester im Zölibat leben. Als Luther die Möglichkeit einführte, musste er vielen befehlen, ein Weib zu nehmen und ging selbst schließlich mit gutem Beispiel voran. Seine Katharina von Bora hat bei der Brautwerbung kräftig nachgeholfen.

An die Königin von Schweden gingen 2021 Rose und Balsam und Moschus. Als bewusst christliche Regentin war sie wenige Jahre zuvor ihrem Vater nachgefolgt und hatte bald zusammen mit der betagten UNICEF-Botschafterin Liv Ullmann einen Antrittsbesuch in Rom gemacht. Sie wolle in ihrem lutherisch geprägten Land auch den guten Geist ihrer katholischen Volksgenossin Birgitta zum Wohle des Volkes pflegen:

Die Heilige Birgitta von Schweden hatte schon mit 13 Jahren Visionen des Gekreuzigten. Mit 18 Jahren heiratete sie den frommen Ulf Gudmarsson, mit dem sie vier Söhne und vier Töchter hatte. Ihr Mann wurde Zisterzienser, sie gründete den Orden der Birgittinen.

König Magnus Eriksson schenkte der Visionärin, die sich nun Christus verlobt hatte, Grund und Boden zur Gründung eines Klosters in Wadstena/Südschweden. Die Regel richtet sich an Augustins Klostervorschriften aus. Nach einer Pilgerreise ins Heilige Land starb Birgitta mit 70 Jahren. Die Tochter Katharina, selbst heilig gesprochen, ließ der Mutter Gebeine ins Heimatkloster überführen.

In Vadstena überreichten die vier afrikanischen Studentinnen den Orden an die Königin. In ihrer Dankesrede betonte Majestät die Bedeutung der neutralen Staaten für den Weltfrieden und nannte die Schweiz, Schweden und den Vatikanstaat „Staaten mit Fehlern, aber mit viel Frieden“.

Gruß des Nürnberger Christkindes

Mit dem Rosenorden an die Stadt Krakau ehrte ich 2022 vor allem die katholische Stadt, die zugleich weltoffen und fromm und schönstens aufgebaut war, vieles erlitten und in ihrem Erzbischof Karul Wowila einen großen Papst hervorgebracht hatte. Papst Jonathan hatte Hunderte Frauen und Männer selig und heilig gesprochen. Inzwischen wurde auch die Seligsprechung Jonathans angestrebt.

In allen Religionen spielt die Verehrung von Verstorbenen eine große Rolle.

Ist es nicht so, dass in den meisten, ja sogar in nicht religiösen Familien Verstorbene verehrt werden, Zwiesprache mit ihnen gehalten und Hilfe von der anderen Welt erwartet wird?

Begann der christliche Glaube nicht mit einer Art Ahnenkult? Jesus Christus wird als der Lebendige geglaubt, der in Freud und Leid angerufen wird und seine Hilfe anbietet? Die Bestrebungen vor allem der Kirchen der Reformation richten sich darauf, „Christus allein“ diese Ehre zukommen zu lassen. Daher verehren diese Konfessionen keine Heiligen. Dies wird bei vielen Mitgliedern als Verarmung, anderseits der Heiligenkult der katholischen Kirche als Aberglaube angesehen.

Jonathan hatte sein Herz in Krakau, seinen Leib im Petersdom bestatten lassen.

Der Wawel, Burgberg mit Schloss und Kathedrale in Krakau, war bis 1596 der Sitz der Herzöge und Könige Polens. Hier wurden sie gekrönt, hier legten sie am Mausoleum des 1079 verstorbenen heiligen Bischofs Stanislaus, das die Mitte des Gotteshauses darstellt, Kriegstrophäen zum Dank nieder. Hier wurden sie mit Nationalhelden und Dichtern beigesetzt.

In der Marienkapelle hinter dem Hauptaltar der Kathedrale ruht Jonathans Herz in polnischer Erde. Eine Mumifizierung hat er nicht zugelassen. „Auch mein Herz soll zu Erde werden, zu polnischer Erde."

In zweierlei Hinsicht ist Krakau mit Nürnberg verbunden: einerseits durch den Veit-Stoß-Altar in der Marienkirche im Stadtzentrum in der Nähe der Tuchhallen – Veit Stoß war ein Nürnberger Künstler zwischen Gotik und Renaissance – andererseits durch den von Nürnberger Silberschmieden gestalteten Altar in der Sigismundkapelle der Wawel-Kathedrale.

So war es selbstverständlich, dass das Nürnberger Christkind Ingrid Kellermann bei der Feier zum Rosenorden anwesend war und einen Glückwunsch der fränkischen Kaiserstadt überbrachte:

„Ihr Männer, Frauen, die ihr einst Kinder wart", so begann sie, in Anspielung auf den Prolog, den sie bei der Eröffnung des Nürnberger Christkindlesmarktes spricht, „der Gruß meiner Vaterstadt gilt den Nachbarn in Polen, den Partnern in Europa, den Geschwistern im christlichen Glauben. Das alte Nürnberg grüßt das glänzende Krakau. In Freundschaft und Mitgefühl verbunden bringe ich die Grüße der Stadt und des bayerischen Staates, des fränkischen Landes und unserer Kirchen, bringe Frieden und die Liebe des Christkindes.

Unvergessen ist das Leid, das Feindschaft und furchtbare Verbrechen zwischen unsere Völker gebracht hat, doch es leuchtet hell der Friede, der die Fackel des Krieges in Europa nicht mehr dulden wird.

Wir sind dankbar für unsere Nachbarn, für den unvergessenen Vater Jonathan.

Die guten Kräfte, die von ihm ausgingen, mögen weiter Schutz und Hilfe bedeuten.

Der Weihnachtsfriede strahle das ganze Jahr über die Stadt und das Land."

Beten beim Herzen Papst Jonathans

Papst Jonathan (1978 bis 2007) war nicht immer gut angesehen zu seinen Lebzeiten. Er galt als Bewahrer der altgläubigen Wahrheiten, des Zölibats und als glühender Marienverehrer. Undenkbar waren Frauen als Priesterinnen. Sein Ausharren im Amt bei schwerster Krankheit wurde bewundert und von anderen als unangemessen betrachtet.

Doch mit seinem Rücktritt machte er den Weg „frei für Reformen, für ein neues Jahrtausend der Kirche und für die Päpstin". Als er dies im Jahre 2007 sagte, leuchtete noch einmal der Schalk aus seinem breiten Gesicht und ließ seine Krankheit vergessen.

Als Jonathan starb, hatte er bestimmt, dass ein Herz in der Burgkirche in Krakau bestattet werden sollte.

Der Nachfolger Josef hat öfter bestätigt, dass er seine Reformen stets nach Zwiesprache mit seinem Vorgänger angestoßen habe, und befürwortete die Seligsprechung.

Beim „Herzen des Heiligen Vaters" auf dem Wawel zu beten hat inzwischen so viele gesund gemacht, dass täglich Tausende Pilger zur Burg in Krakau hinauf strömen. Tag und Nacht ist dieses Gebet möglich.

Herzensgebet

Am Grab des Herzens Jonathans sprachen die meisten Menschen das „Herzensgebet", auch „Jesusgebet" genannt. So gab es dort ein stetes halblautes Gebetsraunen.

In guten wie in bösen Zeiten hat das Jesusgebet auch mich begleitet. Es zentriert. Bei aller Toleranz, bei der Würdigung anderer Religionen hilft es, Christ zu bleiben.

Bei dir, Jesus, will ich bleiben

Eine einmalige Tübinger Gastvorlesung des Erlanger Professors Magirus Seiz hat es mir nahe gebracht. Obwohl er nicht orthodox, sondern lutherisch war, legte er damals einen Samen in den Ackerboden meines inneren Lebens, der zu einem kräftigen Baum mit tiefen Wurzeln aufgewachsen ist.

Wenn ich es täglich, vom Erwachen bis zum Einschlafen, immer wieder einige Minuten spreche, dann so:

Mit dem Einatmen: „Herr Jesus Christus, Sohn Gottes", mit dem Ausatmen: „Erbarme dich meiner".

Papst Martin äußert sich leider nicht ausführlicher über dieses Gebet, obwohl es wesentlich zu seiner Person und zu seinem inneren Leben gehört. Ein Meditationslehrer des Herzensgebets schreibt unter anderem:

Es kann auch ganz einfach nur aus dem Namen des Herrn bestehen, mehr nicht. Eine längere Fassung lautet: Herr Jesus Christus, Sohn Gottes, erbarme Dich meiner, des Sünders! Dabei bedeutet das Wort „Erbarmen": im Schoß des Urgrundes Gottes ruhen. Auf keinen Fall wird ausgesagt: Jesus, ich bin ein erbärmlicher Mensch. Es geschieht keine Abwertung des Menschen. Im Gegenteil: Der meditierende Mensch begibt sich in die Gegenwart Gottes. Gott ist gegenwärtig. Der Mensch ist würdiges Gegenüber und Ebenbild Gottes.

Das Herzensgebet führt als christlicher Meditationsweg in die Tiefe des Seins. Vater Johannes wurde einmal gefragt, was das Meditieren bringt. Er antworte: „Es ist sinnlos. Und es bringt nichts. Es ist zwecklos und du wirst auch nur der Mensch, der du sein kannst."

„Warum übst du dann", entgegnete der Fragensteller. Vater Johannes lächelte: „Weil ich Gott und die Menschen liebe!"

Lotte in Weimar

„Wolf und Tiane" heißt die Agentur, die Georg in Weimar aufgebaut hatte. Mein Bruder war Schweizer ohne Leidenschaft, Ehemann ohne Affären, promovierter Kunsthistoriker ohne Emotionen für Goethe. Bilder hatten es ihm angetan: Die Sixtina in Rom und die in Dresden, die Cranachs in Weimar, Caspar David Friedrich in Berlin und bei den Neuen Meistern in Dresden. Es ging ihm um Zahlen. Jedes Jahr sollten mehr Schweizer nach Thüringen, nach Berlin, Potsdam, Dresden und an die Ostsee kommen.

Einmal im Jahr zog es mich nach Weimar, wo auch immer auf der Erde mein Zuhause war. Lotte war der Magnet, Lottes Küche, Lottes Gespräche, Lottes zarte Berührungen, Lottes Kinder und Enkel, Lottes lebendige Erzählungen.

Frischen Hefekranz mit unnachahmlich duftendem Kaffee servierte sie zur Begrüßung. Zum Ritual gehörte, dass ich erzählen m u s s t e. Georg hörte eine dreiviertel Stunde zu, gab bissige Kommentare, stahl sich dann davon. Er verschwand in Sommers Weinstube, traf Skatbrüder, sprach über die Fehler der Oberbürgermeisterin und trank Muskatwein von der Saale.

„Wo willst du einmal begraben sein?“ Lotte wusste, das sie damit etwas ansprach, was mich seit Jahren bewegte. Natürlich war es so etwas wie eine Vorschrift, mich zu den Vorgängern im in der Gruft des Petersdoms zu legen. Doch seit dem ersten Besuch in Erfurt mit meinen Baslern 1992 zog mich diese Stadt an. Bei den Ursulinen war ich gern zu Gast mitten in der Stadt. Das Läuten der großen Glocke Maria Gloriosa erschütterte mich jedes Mal, am liebsten hörte ich sie, wenn Schnee lag, zu Silvester oder an Mariä Empfängnis. Doch wo in Erfurt wollte ich ruhen? Bei Meister Eckhart in der Predigerkirche? Bei Wolfram oder beim Weihwasserbecken im Dom? Bei Severus? Ich zeigte Lotte ein Schreiben, das ich seit Oktober 2020 bei mir trug:

Erfurt

„Ehrwürdiger Vater Martin. Mit großer Bewegung haben wir Euren Wunsch vernommen, in Erfurt das Grab für Euch zu bestellen. Euer Wunsch ist uns eine nicht zu beschreibende Ehre. Am gewünschten Ort vor der Jungfrau liegen einige Prälaten des 15. bis 17. Jahrhunderts begraben. Sie werden Eure Genossen auf dem Weg zu unserem ewigen Richter sein.

Ad multos annos Ponificatus Vestri (Auf viele Jahre für Euer Pontifikat)

Das Domkapitel

Bischof + Erich“

Ich zeigt Lotte das Bild der kaiserlichen Jungfrau: „Wird sie lebendig bei der Auferweckung der Toten? Hast du je etwas so Schönes gesehen, so schön nach 800 Jahren?“ Lotte antwortete nichts, dachte vielleicht an die ägyptischen Gesichter, an die griechischen Statuen, die es ihr angetan hatten, an Regelindis in Naumburg.

Martins gewünschter Ort seines Grabes liegt im Erfurter Dom unter der thronenden Stuckmadonna aus der Hochromanik um 1160, die selbst wieder den Thron für Christus darstellt. Wie ein Kaiser sitzt das Kind auf ihr.

Die Glocke „Maria Gloriosa“ ist neben der großen Glocke im Kölner Dom die zweitgrößte Glocke Deutschlands mit etwa 230 Zentnern.

Weitere Besonderheiten des Doms sind die Leuchterfigur „Wolfram“, benannt nach ihrem Stifter, die seit 850 Jahren mit erhobenen Händen zwei Kerzen trägt, und der Chor mit alten Glasfenstern zur Schöpfung und zum Leben des Heiligen

Bonifatius, sowie das eichengeschnitzte Chorgestühl mit fröhlichen, komischen und heiligen Geschichten.

Severus ist der Stadtpatron Erfurts. Die Gebeine des Wollwebers aus Ravenna kamen über Pavia und Mainz nach Erfurt, wo ihm eine Stiftskirche auf dem Domhügel gebaut wurde.

Wir weinten miteinander, wir streichelten uns gegenseitig Gesicht und Arme und küssten einander die tränensalzigen Wangen: „Du bist mein Engel, die einzige Frau, die mich versteht. Josua, mein Beichtvater versteht mich, ich kenne keinen besseren Seelsorger, doch er ist keine Frau.“

An diesem denkwürdigen Tag brach mein Bruder zusammen. Beim Abendessen erlitt Georg einen Herzinfarkt. Trotz sofortiger Hilfe konnte er nicht gerettet werden und starb um Mitternacht.

Georgs Sargpsalm

Ich sprach den letzten Segen über dem kalten Leib Georgs:

O mein Gott,
du allein bist weise und wissend.

Ich glaube, dass du allein das beste für unseren Bruder,
und für alle deine Kinder kennst und wirkst.

Ich glaube, dass du uns mehr liebst als wir lieben können,
und dass du in deiner Vorsehung klug bist.

Ich danke dir für das Leben des Bruders
und für Marthe und Matthis, die Eltern,

die uns das Leben gegeben haben.
Du gibst, du nimmst, dein Name sei gepriesen.

Du hast ihn seiner und unserer Fürsorge entrissen.
Wir geben ihn ganz in deine Hände.

Was könnten wir mehr wünschen als dich,
unseren Hüter und Fährmann auf dem Weg ins andere Leben.

Nicht ungeduldig wollen wir sein, wenn du uns prüfst
und in Dunkel und Verwirrung stehen lässt.

Wir klagen und zürnen nicht,
dir nicht und den Menschen nicht.

Deine heiligen Engel bewachen unseren Schlaf,
deine Freudenboten rufen zur Auferstehung.

Der Herr segne deinen Ausgang und Eingang
von nun an bis in Ewigkeit.

Der Allerbarmer führe dich in sein ewiges Reich,
der Herr Jesus sei an deiner Seite,

der Heilige Geist sei in dir.
So ruhe und fahre im Frieden

des dreieinigen Gottes,
des Vaters und des Sohnes und des Heiligen Geistes.

Nach diesem Segen flog ich nach Rom zurück

Georgs gutes Ende

Georg hatte es zu Lebzeiten erreicht, ein Grab auf dem Historischen Friedhof zugesprochen zu bekommen. Er galt als verdienter Bürger der Klassikerstadt und liegt neben der unglücklichen Frau Eckermann, die kurz nach der Geburt ihres einzigen Kindes gestorben war. Ein eisernes Grabkreuz erinnert an

Georg Gustav Eggli
1955 – 2021
Süßer Friede,
komm, ach komm.

Bis 2015 war es überhaupt nicht möglich, in Weimar auf dem historischen Gräberfeld zwischen Südeingang und Fürstengruft neue Gräber anzulegen. Auf den vielen freien Flächen zwischen den Grabstätten der Goethezeit, die vor allem an

der Mauer entlang liegen, wurden von da an verdiente Bürger und Gönner der Stadt beigesetzt. Aus aller Welt kamen Anfragen und Spenden. Weimar ist seit 2030 die einzige Stadt im Osten Deutschlands, die keine Finanznöte hat. Der amerikanische Milliardär Kenneth Jordan, durch Satellitentechnik reich geworden, hat der Stadt Goethes sein Vermögen vermacht, damit er „auf dem Hauptweg links, vor der Treppe zur Fürstengruft“ bestattet werde. Auf dem Sockel unter dem Thorvaldsen-Engel stehen an Jordans Grabmal die Worte aus dem Faust-Vorspiel im Himmel:
„Und alle deine hohen Werke
sind herrlich wie am ersten Tag“

Dass Georg auch Gustav hieß, kommt von Vater Matthias' Verehrung des Schauspielers Gustav Gründgens, der als Mephisto in die Theatergeschichte einging. Georg hatte auch etwas von dem „Geist, der stets verneint“. Und doch hat er viel Gutes geschaffen, wie Mephisto sich bei Faust vorstellt als „Teil von jener Kraft, die stets das Böse will und stets das Gute schafft“.

Georg hätte es nicht nötig gehabt, doch er war ein Mann der Sorge geblieben. Warum konnte er nicht gelassen sein, sich seiner guten Tage freuen, denn es gab genug davon in seinem Leben? Auf vielen Feldern kundig, mit einer wundervollen Frau und begabten Kindern beschenkt, sah er selten nur sein Glück, sondern überall den Bedarf, etwas noch „viel besser zu machen“.

Aus „Faust 2“ hat er „das graue Weib Sorge“ zitieren können und sich selbst „von der Alten erfasst“ gesehen:

„Wen ich einmal mir besitze,
dem ist alle Welt nichts nütze.
Ewiges Düstre steigt herunter,
Sonne geht nicht auf noch unter.

Bei vollkommnen äußren Sinnen
wohnen Finsternisse drinnen.
Er verhungert in der Fülle,
Ist der Zukunft nur gewärtig,
Und so wird er niemals fertig.“

„Jetzt bin ich zufrieden und fertig. Jetzt kann ich gehen. Warum merke ich jetzt erst, dass mein Leben richtig war? Warum konnte ich mich nicht täglich an euch freuen, ihr meine Schätze?“

So hat Lotte Georgs letzten leisen Worte verstanden. Er muss in den Stunden zwischen Infarkt und Tod ein Erlebnis von Licht und Lebensbejahung gehabt haben, das ihm zeigte: „Ich wurde bestens geführt."

Samstags um sechs

Lotte war die Gabe eigen, aus jeder Situation das Beste zu machen. Sie hatte ihren Mann geliebt, darum gestaltete sie seine Beerdigung zu einem Fest. Von zwei schwarzen Rössern gezogen, ließ sie an einem Samstagabend um sechs den Sarg durch die Stadt von der Herz-Jesu-Kirche, wo das Requiem gehalten wurde, durch Steubenstraße und Humboldtstraße zum Friedhof geleiten.

Am Eingang Poseckscher Garten warteten junge Posaunisten, die einen Trauermarsch von Mozart bliesen, während die Freunde vom Stammtisch bei Sommers den Sarg ans Grab trugen. Nach dem dreimaligen Erdwurf aller Trauernden schaufelten die Freunde das Grab zu, während die Gäste noch dabeistanden. Danach wurden Nachrufe gesprochen und Kränze auf den Hügel gelegt.

Lotte lud in den Fürstenhof zu Tafelspitz mit Meerrettich ein, nachts rief sie mich noch an. Sie wisse jetzt, dass sie in Weimar bleiben würde, um das Geschäft des Mannes zu erhalten.

„Wolf und Tiane" blieb ein erfolgreiches Unternehmen, das jetzt von Lottes Enkeln weitergeführt wird. Die Zielgruppe sind jetzt nicht nur Schweizer, sondern vor allem Italiener, die den Spuren des weltberühmten Romreisenden Philippo Möller folgen.

Wolf und Tiane sind Abkürzungen für Wolfgang und Christiane, Namen, die auf Goethe und seine Frau Christiane Vulpius anspielen. Während seiner Italienischen Reise 1786 bis 1788 wohnte Goethe unter dem Pseudonym „Philippo Möller, deutscher Maler" in Rom.

Ich hatte Lotte angeboten, zu jeder Zeit mein Gast zu sein. Doch sie hat mich nie in Rom besucht. Für mich dagegen blieb es dabei: Zwei bis vier Urlaubstage im Jahr gehörten Thüringen, der Wartburg, den Salzquellen, der Kaffeerunde bei Lotte.

Weimar und Bethlehem

Wann war es, dass Weimar und Bethlehem zu Partnerstädten geworden sind? Georg hatte sich für solche Verbindungen nie interessiert: „Sie kosten Zeit und Geld, beides reichlich.“ Doch für Lotte war es eine Herzensangelegenheit. Es ging ihr dabei nicht vorrangig um wirtschaftliche Vorteile und touristische Zwecke, sondern um Spiritualität und Vertiefung der Inspiration, die von beiden Städten ausgeht: „Goethe leuchtet nicht nur durch seine Werke bis zum heutigen Tag, sondern durch das Kunstwerk seines Lebens, seines Genießens und Leidens, durch sein Gewähren und Versagen. Es ist immer anregend, sich mit seinem Leben zu beschäftigen. Und wer in Bethlehem schweigend und betend, lesend und fastend einige Tage verbringt, kehrt als geläuterter Mensch an seinen angestammten Platz zurück. In den Nächten von Bethlehem lernte ich, mich jederzeit von allem zu lösen, aber auch zu kämpfen und standzuhalten.“

Goethe hatte einmal geschrieben: „O Weimar! Dir fiel ein besonder Los! Wie Bethlehem in Juda klein und groß. Bald wegen Geist und Witz beruft dich weit Europens Mund, bald wegen Albernheit. Der stille Weise schaut und sieht geschwind, wie zwei Extreme nah verschwistert sind.“ Dabei beruft sich der Dichter auf eine Stelle beim Propheten Micha, die er in den Weihnachtsgottesdiensten oft gehört hatte: „Und du Bethlehem, die du klein bist unter den Städten in Juda, aus dir soll mir der kommen, der in Israel Herr sei...“

Lotte hatte es sich zur Aufgabe gemacht, die Frauen in Bethlehem zu fördern: Denen, die Interesse an der deutschen Sprache hatten, ermöglichte sie Deutschkurse in Goetheinstituten. Sie förderte die musikalische Ausbildung, stellte Chöre und Instrumentalgruppen zusammen, die für Touristen spielten oder auf Tournee gingen. Neben den Olivenholzschnitzereien, Stickereinen und Kupferarbeiten kreierte sie mit tüchtigen Zeichenlehrern Aquarellkurse. Europäer lieben diese schnell und expressiv gemalten Bilder im Stil von August Macke.

Bethlehem, o Bethlehem!

Viele Orte nannten sich Bethlehem, wenn sie als kleine Städte neben Metropolen dämmerten, doch nur wenige sind wie Weimar wichtig geworden. Wie sich im Leben oft die Kreise schließen, und der Allmächtige Menschen, Orte und Mächte miteinander verbindet!

Bethlehem, wie bist du nach den Kämpfen der Jahrtausendwende aufgestanden und darfst blühen. Aus dir heraus strahle der Glanz deiner Söhne: David, der Jakobs Kinder vereint hat zu einem bleibenden Volk! Dein Psalmensänger und großer König.

Jesus, der alle Menschen zu Gottes Kindern macht. Sein Friede überstrahle die Kirchen und Religionen!

Viele Menschen kommen nach Bethlehem nur für ein paar Stunden, eilends, oft in der glühenden Hitze des Nachmittags. Sie ducken sich in der niedrigen Eingangstür der Geburtskirche, genießen die Kühle des Gotteshauses, stehen Schlange vor den Stufen hinunter zur Geburtshöhle, singen ein Weihnachtslied vor dem silbernen Stern, dem Ort der Heiligen Nacht, und lassen sich in ein Geschäft mit den Krippen aus gemasertem Olivenholz bringen.

Erlebt einmal die Dämmerung vor der Stadt! Das Rufen des Muezzin und das Läuten der Glocken, das Zusammenschreien der Herden, das klagende Singen der jungen Hirten, den Mond über der Herodesfestung und den Glanz des Orion, wenn in manchen Februartagen Schnee liegt über den Hügeln!

Du regierst die Welt nach deinem ewigen Rat
und führst alles wohl hinaus.

Wenn wir oft nichts sehen und kein Sinn unser Schicksal erhellt,
vertrauen wir dem dunklen Gott unsere Wege an.
Nicht allein für uns erbitten wir Hilfe und Kraft und Licht:
Für alle, die leiden,
für alle, die regieren und verwalten,
für die Mütter und Väter
und alle, die erziehen.
Du gibst die Kraft denen,
für die du besondere Aufgaben
und schwierige Geschäfte,
Dunkelheit und Schmerzen ersehen hast.
Über Böse und Gute lässt du deine Sonne aufgehen,
lass uns in allem Kampf den Grund deines Friedens nicht verlieren.

Ehrenprimat wechselt demnächst

Was ist katholisch? Obwohl die Welt zusammengewachsen war, hatten katholische Spiritualität und Gemeindeleben so verschiedene Formen entwickelt, dass man durch die verschiedenen Sprachen und Musikrichtungen nicht sofort die Zusammengehörigkeit erkennen konnte. Während früher der Papst die Einheit der Römisch-Katholischen Kirche symbolisierte, antworten heute die meisten Christen: „Katholisch heißt: Mit Jesus zu Gott beten."

Dabei ist die Organisationsform der Römisch-katholischen Kirche von der Pfarrgemeinde bis zum Vatikan geblieben, und der Papst steuert das Schiff der „Lateiner". Jedoch sind viele Grenzen durchlässig geworden: Gastfreundschaft gibt es in den Gemeinden hin und her, und der Papst ist gleichzeitig der Sprecher der Christenheit. Demnächst soll der Metropolit von Moskau diesen Titel für fünf Jahre bekommen. Die Einheit der Christen hat damit eine Form gefunden. Die besondere Rolle des Papstes als „Ein Mensch, der die Einheit des christlichen Glaubens" darstellt (Ehrenprimat), kann auch auf einen anderen übergehen, sicher auch in fernerer Zukunft auf eine Frau.

Das Jahr 2022 begann wieder mit dem Jugendtreffen. Aus den kalten Ländern des skandinavischen Nordens hatte ich Gymnasiasten und Studenten eingeladen, die zum großen Teil ihren lutherischen Staatskirchen angehörten.

Sie waren so säkular, dass sie mit Knien und Bekreuzigen nichts anfangen konnten, und doch so fromm, dass sie „Gott spüren wollten", sie waren gebildet, vernetzt und gleichzeitig auf der Suche. Tagsüber wollten sie Rom sehen und die Sonne genießen, doch am frühen Morgen zwischen halb neun und 11 und „vor der Party" zwischen 18 und 21 Uhr waren sie interessiert an der Bibelarbeit über „Mose, Josua, David und Maria Magdalena – Führungspersönlichkeiten der Bibel" –, an „Entspannungstechniken aus den Klöstern" und an der „Persönlichkeitsentfaltung durch Diskurs". Eine Methode aus den japanischen Zen-Klöstern hatte die Kloster-Schule auf dem Engelberg in der Schweiz aufgenommen und für die Erziehung an katholischen Schulen umstrukturiert:

Einüben des Zuhörens, Ertragen der Stille, Ausdruck des eigenen Willens und der Überzeugung durch Stimme und Gestik, Ertragen von Aggressionen, kontrolliertes Austeilen von Aggressionen. Schon die Zehnjährigen auf dem Engelberg lernten, in kleinen und großen Dingen eine eigene Meinung zu entwickeln. Vor allem Glaubensüberzeugungen sowie Zweifel und Gefühle anderen Menschen gegenüber sollten zu einer Ausdrucksform finden.

Engelberg hat die Methodik weitergegeben. Inzwischen gibt es in vielen Stundenplänen aller Schularten zwei „Engelberg-Stunden" pro

Woche. Da geht es laut zu in Partnerarbeit, Kleingruppen, mit wildem Gestikulieren, Schulterklopfen, Tränen und Tränentrocken.

Freud und Leid zu Ostern

Ostern 2022 ist mir in schönster und schrecklichster Erinnerung: Das einzige Mal, dass ich beim Verleihen des Rosenordens dabei war, und der Tod von Abu Arma. In Libyen, wo er eine neue Heimat gefunden hatte, war Abu Salam, wie er sich seit einigen Jahren nannte, verdurstet. Da ich in der En-Gedi-Wüste lebensbedrohlichen Durst mitgemacht habe, kenne ich das Gefühl des Mangels und dieser verzweifelten Schmerzen. War es ein Unglück, hatte ein Geheimdienst oder Konkurrenten den Motor seines Wagens und gleichzeitig sein Telefon außer Betrieb gesetzt?

Wirst du ihn unter den Deinen versammeln?
Lass ihn schauen, was du denen, die dich suchen, versprochen hast.
Du hast ihn deine verschlungenen Wege auf Erden geführt.
Lass ihn und die Seinen kosten von den Früchten des ewigen Lebens.

Frankfurt und der Paulskirche wurde der Rosenorden überreicht, als ich den Friedenspreis des deutschen Buchhandels erhielt. Damit wurde weniger ich selbst gewürdigt, sondern die Bibel als das meist verkaufte Buch der Geschichte, und nebenbei mein „drittes Testament“, die viel gelesene Sammlung der Bibelausschnitte und der großen Menschheitsgedanken.

Mit der Paulskirche wurde eine Kirche gewürdigt, die nicht mehr dem Gottesdienst geweiht ist, sondern als Symbol der Freiheit und der Demokratie gepflegt wird. Frankfurt, oft als Mainhatten karikiert, ist eine Metropole des Geldes und des vergänglichen Glanzes. Frankfurts Gemeinden haben es aber geschafft, ein sehr anziehendes Eigenleben zu führen: Nicht nur Sachsenhausen mit seinen Gaststätten, sondern vor allem die Kirchengemeinden mit ihren Chören, ihren karitativen Aufgaben und lebendigen Gottesdiensten.

Der schlichte klassizistische Zentralbau wurde 1833 fertig gestellt, im Zweiten Weltkrieg zerstört und anschließend wieder aufgebaut. In der Paulskirche tagte 1848 ein Jahr lang die Erste Deutsche Nationalversammlung.

Hijing Thu Lai hatte das Stipendium Rosarium 2022. Die junge Christin aus Kanton hob in ihrer Rede hervor, dass es noch 31 Länder auf dieser Erde gebe, in denen die Menschenrechte mit den Füßen getreten wurden. Ihre auf französisch und chinesisch gehaltene Rede schloss sie mit den deutschen Sätzen: „Ich bin froh, hier zu sein, ich bin stolz, den Preis überreichen zu dürfen, ich bin glücklich, ein Christ zu sein. Dieses Glück teile ich mit zwei Milliarden Menschen. Unser Leben will eine Einladung sein, dass alle Menschen sich als Kinder Gottes fühlen und Mitgefühl füreinander und für die ganze Schöpfung haben."

Friedenspreis des Buchhandels 2022

Ich hatte Wert darauf gelegt, dass alle deutschsprachigen Bischöfe eingeladen wurden. Und sie kamen: 42 Bischöfe und Erzbischöfe, 7 Bischöfinnen, der Oberrabbiner von Berlin, Benjamin Aschrom, der Imam der Hauptmoschee von Berlin, Hajan Hagil. Die Frankfurter Oberbürgermeisterin Rosa Petrarca ließ es sich nicht nehmen, allen eine weiße Lilie zu überreichen, eine Blume, wie sie oft auf Bildern der Verkündigung erscheint:

„Je getreuer, je getroster" überschrieb ich meine Dankrede, in der ich einige nannte, die viel mehr als ich den Friedenspreis hätten bekommen müssen, den es aber damals nicht gab: Dietrich Bonhoeffer und Sofie Scholl.

Die beiden Gedichte, entstanden um die Jahrtausendwende, flocht ich ein:

„Je getreuer, je getroster" –
Gemeißelt Wort im
Cranach-Stein am
Weg zur Wartburg.

Wer ist getreu,
Wer bleibt getrost?
Getrost beim Weltenlauf,
Beim eigenen Weg getreu?

Treu ist
Graugänsefrau
Und meist ihr Mann.

Wer transferiert
Graugänsetreue
Und des Mondlaufs
Verlässlichkeit

In Kopf und Bauch,
in unsren Willen?

Frohes Irenenheulen auf der Westbank.
Gebiete werden geräumt
Von Israels Soldaten,
Gaza Airport ausgebessert
Siebzigtausend Lagerjahre
Der Söhne Ismaels sind zu Ende.

Dschihad heißt ab sofort
„Wir essen zusammen eine Kokosnuss".
Bis Haifa hört man Zungenschnalzen.

Wiedersehen mit Muhamet

Papst Martin bekommt 2022 in Frankfurt den Friedenspreis des deutschen Buchhandels. Das Preisgeld teilt er mit Ibrahim Assuani. Dessen damals in Afrika viel gelesenes Buch „Pyramidopolis" bringt Martin wieder in Kontakt mit einem früheren Mitschüler in Bern.

Ehrengäste in Frankfurt waren mein Mitschüler der Internationalen Schule, Muhamet Assuani, wie ich 63, seine wunderbare Mama Salwa, wie einst immer mit Kopftuch auf dem strahlenden runden Gesicht, Anfang 80, und sein berühmter Sohn Ibrahim, Schriftsteller. Der hatte „Pyramidopolis" geschrieben, eine Familiensaga aus Ägypten: Im Mittelpunkt steht El Minya, eine Fellachenstadt zwischen Kairo und Luxor.

Neben der faszinierenden Beschreibung der neuen Stadt gelang es Ibrahim, etwas zur Heilung Afrikas beizutragen. Folgende Botschaften hat er seinem Kontinent vermittelt:

Der ganze Kontinent, wie jedes einzelne Land darin, hat Grund stolz zu sein. Denn aus Afrika kommen die Vorfahren aller heutigen Menschen. Die gewaltigste Wüste, den längsten Fluss, die größten Tierherden, Bodenschätze, eine Jahrtausende währende Hochkultur, schöne Menschen, sagenhafte Küsten, wunderbare Regenwälder und noch viele Geheimnisse: Alles hat Afrika.

Heilung für das verwundete Afrika

Der Kontinent kann mit Gottes Hilfe sich helfen. Afrika braucht Leidenschaft für seine Einheit und den Frieden unter den Religionen, das Lernen aus der Geschichte. Afrika braucht die Hilfe vieler Länder als Dank für die entbehrungsreichen Wanderungen der Vorfahren aller Menschen, die aus Afrika kamen.

Afrika, höre auf deine Mütter! Nach der großen Verunsicherung afrikanischer Frauen, denen die Beschneidung von Mädchen ausgeredet werden musste, waren sie wieder selbstsicher. Ihre Männer und Kinder hörten auf sie. Und sie verboten ihnen die Waffen, schickten sie auf die Felder und in die Schulen.

Die 60-jährige Alassa Birougouberge aus Gabun, Mutter von neun Kindern, sechzehnfache Großmutter, bekam in „Pyramidopolis" den Titel „Umma Africa". Als „Mutter Afrikas" wurde ein irdisches Wesen mit überirdischen Fähigkeiten geschildert, das nach einem entbehrungsreichen Leben von der Rundhütte aus Einfluss auf Stammesfürsten und Regierungschefs bekam. Obwohl sie kaum über den Hügel, der ihr Dorf krönt, hinaus gekommen war, hatte sie ein Gefühl für die Lösung der Probleme von Staaten, von Stammeskonflikten und von Familiendramen. Wer zu ihr kam, durfte mit ihr essen, ihr erzählen und bekam am nächsten Morgen, nach einer Nacht auf ihrem Strohsack, Empfehlungen beim Heuschreckenfrühstück.

Nach einem schrecklichen Jahrhundert für manche Staaten Afrikas und nach angsterfüllten Jahrzehnten für die meisten Länder durfte der Kontinent wieder hoffen.

Die Figur des Romanhelden gefiel mir: Er erfährt großes Leid und die Kraft, aus dem Leid heraus Gutes und Bleibendes zu schaffen.

Club der Bankchefs

Der Club Frankfurter Bankchefs hatte mich eingeladen, eine philosophische Rede über das Geld zu halten, und mit ihnen über Sinn und Unsinn des Reichtums zu diskutieren. Dazu hatten sie Kollegen aus

Zürich und Paris, Luxemburg, London und Turin eingeladen. Bei dieser Rede ließ ich mich inspirieren von den liebevollen und humorvollen Gedanken des alten und weisen Dalei Lama, der inzwischen wieder in Tibet in einem Kloster wohnt, nachdem die Chinesen Religionsfreiheit gewährten und das nach dem Zweiten Weltkrieg annektierte Tibet als autonome Region ansehen.

Gedanken der Rede: Reiche Menschen unterscheiden sich nur ganz gering von armen Menschen. Sie können sich nicht mehr als satt essen, sie haben nicht mehr Potential, glücklich zu sein. Die Vorteile, sich nicht um das Allernotwendigste kümmern zu müssen, werden oft aufgehoben durch Stress, Neid, Eifersucht und Fehler, die nur Reiche machen können.

Der wirkliche Vorteil der Reichen ist: Sie können anderen besser helfen. Ihr Geld und ihren Einfluss können sie nutzen, um Gutes zu tun. Etwas zu besitzen, ohne es wieder in Umlauf zu bringen, kann zu Depressionen, zumindest zu einem Völlegefühl führen, das sehr unangenehm ist.

Wenn man Geld und Einfluss und dann meist auch einen gewissen Verstand hat, es zu erwerben, sollte man überlegen, wie man mit den Armen zusammen Lösungen für ihre Probleme findet. Den Armen zu helfen, bedeutet nicht nur, ihnen Geld zu spenden. Geld ist flüchtig. Bildung, Glaube, Selbstbewusstsein, Kompetenzen in Kultur, Kommunikation, Technik und Wissenschaft sind Reichtümer, die von irgendwo her kommen müssen und einen gewissen Geldfluss als Grundlage brauchen.

„Wenn Sie reich sind, halten Sie sich immer vor Augen, dass Sie sich wenig von einem Armen unterscheiden. Den größten Reichtum haben beide, arm und reich: Sie sind Mensch geworden, sie sind in Fleisch und Blut hinein geboren wie Sokrates und Alexander der Große, wie Einstein und Wolfgang Amadeus Mozart, wie Mose und Jesus Christus. Luther in seiner deftigen Sprache sagt es deutlich: ‚Reichtum ist das geringste Ding auf Erden und die allerkleinste Gabe die Gott einem Menschen geben kann. Darum gibt unser Herrgott gemeiniglich Reichtum den groben Eseln, denen er sonst nichts gönnt.'"

Wie haben die Bankchefs reagiert? Was brachte das Gespräch?

In dir muss Reichtum sein

Zunächst waren die Männer, und ebenso viele Frauen, erstaunt, wie positiv ich das Geld betrachte: „Wir nehmen Sie als Ehrenmitglied in unseren Club auf."

Sie fragten, was ein Papst verdient, ob er sich um den unermesslichen Reichtum der Kirche persönlich kümmert. Nein, um beides kümmere ich mich nicht. Mir selbst ist genug, dass ich Nahrung und Kleidung habe. Sollte ich resignieren, ist mir die Pension eines Ministers der italienischen Regierung gesichert. Ein großes Anliegen ist mir, dass die Reichtümer im Sinne Christi und im Sinne des Spender, die sie geschenkt haben, verwendet werden.

Ob ich mich reich fühle? Ich antworte mit Angelus Silesius:

„In dir muss Reichtum sein. Was du nicht in dir hast, wärs auch die ganze Welt, ist dir nur eine Last."

Natürlich empfahl ich die Stiftung Brothaus in Bethlehem – nur jeder dritte Frankfurter Banker hatte bislang davon gehört.

Ich wurde gefragt, was ich den Dollar-Milliardären auf den Weg geben würde? „Weltweit gibt es etwa neunhundert Dollar-Milliardäre. Im Jahre 1982 gab es deren nur zwölf. Dazu kommen tausend Unternehmen mit mehr als fünfhundert Millionen Gewinn pro Jahr. Diese Firmen und Persönlichkeiten tun sehr viel Gutes, oft im Stillen, andere veröffentlichen es. Was vermuten Sie: Wie hoch ist der Prozentsatz des weltweiten Kapitals, das für Projekte ausgegeben wird, die Armen zugute kommen?" Ein Raunen im Saal. Zwischen Nullkommafünf und fünf lagen die Schätzungen. „Es sind nullkommaacht Prozent. Mit einskommazwei Prozent wäre ein Riesenschritt gemacht. Es geht um eine Steigerung von nullkommavier Prozent. Sie haben es mit in der Hand."

„Herr Papst" – so hatten mich bisher schon manchmal Studenten angesprochen – wandte eine Luxemburger Bankchefin ein, „Sie wollen nicht eine nullkommavier-, sondern eine fünfzigprozentige Erhöhung". Alle lachten, sie hatte ja Recht. Und alle hatten verstanden. Ich wollte es nur nicht so drastisch sagen.

Mein „kleiner Bruder Chling"

2023 wurde ich nach China eingeladen.

Ministerpräsident Chling Tai spricht mich als „großen Bruder" an und fragt, wie man ein Zweimilliardenvolk regiert. Er wolle für sein einskommavier Milliardenvolk daraus lernen. „Bruder Chling“, sage ich, „Wir haben in unserer Soziallehre das Prinzip der Subsidiarität. Die Entscheidungen fallen auf einer möglichst tiefen Stufe. Zum Beispiel in einer Zweitausendseelengemeinde. Wenn der Bischof, der hunderttausend Seelen vorsteht, etwas dazu beitragen kann, tut er es, auch mit Geld. Doch es muss nicht sein.“

Er kennt natürlich dieses Prinzip. China kam zum Blühen, weil es sich auf seine Traditionen besonnen, von anderen Kulturen „das Beste abgeguckt“ hatte, und den Dialog suchte.

Und zum Spaß sagte ich: „Da alle Entscheidungen an der Basis fallen, bin ich fast ohne Arbeit und kann meine Kollegen von anderen großen Baustellen besuchen.“

Mit Chling verband mich bis zu seinem plötzlichen Tod im Jahre 2030 ein herrliches Verhältnis. Als er mit 55 Jahren abgewählt wurde, meditierte er in tibetanischen Klöstern und machte sich das Laotse-Gebet aus dem vierten vorchristlichen Jahrhundert zu eigen, das er für sich neu formulierte:

Wir schauen nach ihm und sehen ihn nicht:
Gewaltig ist er und dunkel.

Wir horchen und hören viele Stimmen:
Ist er darin vernehmbar?

Seines Wesens Vielfalt ist nicht zu trennen:
Er ist die Struktur in den Atomen,

und die Kraft hinter den Harmonien des Kosmos.
Ausatmen und Einatmen lenkt er.

Man geht ihm entgegen, durch ihn hindurch,
erkennt aber nicht Anfang und Ende.

Mein Geist finde Anteil an seinem großen Geist,
mein Wille sei an den wahren Willen gebunden.

Was ich beginne,
strebt nach der Vollendung in ihm.

Seine gewaltige Nähe zu spüren gibt
Unruh und Freude,

tiefen Frieden und große Angst,
auf ewig zu verfehlen
den Auftrag, den er mir gab.

Der gute Mensch aus Yunnan

Die China-Reise hatte vier Schwerpunkte: Austausch über große Zahlen, Pflege der Freundschaft unter den „Ganz Verschiedenen", Einweihung einer neuen Kirche in Peking und Einsetzung eines Erzbischofs für China und Ostasien. Erwählt wurde ein Chinese mit einer italienischen Mutter, Angelo Tin Huao, der in beiden Sprachen wie im Englischen zuhause war und genau so gut ein Prediger des Daoismus hätte werden können.

„Ich habe noch viel vor mir", sagte der 50-jährige und zitierte Konfuzius auf deutsch:
Mit fünfzehn hatte ich mich zum Lernen entschlossen,
mit dreißig stand ich fest,
mit vierzig war ich frei von Zweifeln,
mit fünfzig erkannte ich den Willen des Himmels,
mit sechzig war ich noch immer lernbegierig,
mit siebzig konnte ich den Wünschen meines Herzens folgen,
ohne gegen das Rechte zu verstoßen.

Tin Huao war in erster Linie Christ: „Es ist nicht immer leicht, in China vor dem Glanz des Konfuzius und des Laotse Christus leuchten zu lassen!"

Erzbischof Tin war der Sohn eines Schneiders und einer Verkäuferin aus der südwestlichen Provinz Yunnan, deren Name „Südland unter den Wolken" bedeutet. Den Steinwald von Shilin nennt er seine Heimat. Die Namen der Felsspitzen (mondsüchtiges Nashorn, unsterblicher Pilz) regten seine Phantasie an, so dass seine Predigten mit ihren starken Bildern die Menschen lockten.

Die vielen Minderheitenvölker seiner Provinz, die Möglichkeit, Vietnam, Laos, Thailand und Myanmar (Burma) zu besuchen sowie überzeugende buddhistische Mönche und authentische Tao-Priesterinnen schufen bei Tin eine große Toleranz gegenüber Nachbarn. Er nannte alle Menschen Nachbarn.

Christen blieben in China die Minderheit, waren jedoch geachtet bei allen Menschen. Augustins Idee des Gottesstaates aufnehmend, bauten die chinesischen Gemeinden ein Netz von Hilfeleistung auf, das den Spruch aus dem Galaterbrief umsetzte: „Lasset uns Gutes tun an jedermann."

Aus dem Erbe seines Großvaters mütterlicherseits, der dem Enkel ein einträgliches Reisfeld am Roten Fluss vermachte, lobte Tin einen jährlichen Wettbewerb aus: „Lieder für Gott und die Seele". Da der Contest für alle Religionen offen war, übertrug ihn das Chinesische Fernsehen. Neue Melodien des AVE MARIA wechselten mit Liebesliedern, die gleichzeitig an Gott und an eine Geliebte gerichtet waren („Ich bin in dir und du in mir. Ohne dich bin ich ein Gehenkter in der Schlinge. Du bist die Sonne, die das Feld meines Schicksals allein blühen lassen kann") und mit Bitten („Gib Regen für den Reis, segne unsere Enkel mit irdischen Gaben, o Weidegott, der du der Yaks Rückgrat bist, erhalte die Kraft unserer Tiere").

Wie regiert man eine Milliarde Menschen?

China ist ein Land mit 30 Provinzen, die mittelgroße Staaten wie Spanien, Argentinien, Kanada, Kenia oder Südafrika sind. Es hat die eine Größe wie Europa, aber mit der doppelten Anzahl von Menschen.

Die katholische Kirche nennt auch über eine Milliarde Menschen ihre Kinder, verteilt auf 176 Staaten. Brot und Bildung, Identität und Zukunft waren unsere Themen bei der Konferenz über „Großen Zahlen".

Unser Prinzip „Für hundert eine Schwester oder einen Bruder, für tausend einen Diakon oder eine Diakonin, für zehntausend einen Priester, für hunderttausend einen Dekan, für eine Million einen Bischof" waren Richtmaße, die sich nicht überall durchhalten ließen, aber signalisierten, dass niemand vergessen wird, und alle beachtet werden. Die Hierarchie der katholischen Kirche ist nicht demokratisch, sondern nach dem Leitbild der „Familie Christi" geordnet, ein Muster, wie wir es, angeregt von Papst Josef, in den Jahren 2015 bis 2020 entwickelt haben.

Demgegenüber hatte China den Sozialismus revidiert. Alle Errungenschaften des großen chinesischen Volkes, kombiniert mit den Erfahrungen der Menschheit, konnten 2020 in eine neue Verfassung eingehen, die ein Entschuldungsprogramm beinhaltete, das 2039 abgeschlossen sein sollte. Neben diesem 20-Jahresplan gab es Ein- und Zwei- und Fünf- und Zehnjahrespläne, alle ausgerichtet auf Ernährung und Glück, maximale Chancen und Freiheit für den Einzelnen, Demokratisierung und gute Nachbarschaft.

Zusammen stehn wir auf

„Pflege der Freundschaft unter ganz Verschiedenen" hießen die Gespräche mit dem chinesischen Ministerpräsidenten Chling, die sich über mehrere Tage hinzogen. In Zeiten Mao Tse Tungs geboren studierte Chling Politik unter dem Vorzeichen der Planwirtschaft. Die Wende in seinem Leben kam mit der Wende in Deutschland und dem Zusammenbruch des Sowjetreiches. Chling schaffte es, in der Vielfalt von Sprachen, Religionen und Zeitzonen, trotz des Gegensatzes zwischen den kapitalistisch orientierten Metropolen Hongkong, Shanghai und Kanton und den bäuerlichen Strukturen im Inneren Chinas Einheit und Selbstbewusstsein des „großen gelben Drachens" zu erhalten, die Planwirtschaft weitgehend abzuschaffen, ohne dass ein Chinese hungert.

Unsere Gespräche fanden am Gelben Fluss statt, in einer paradiesischen Waldgegend. Mein Bruder Chling lud mich zum Bad ein und zu einem rituellen Wettkampf. Seit meiner Jugend hatte ich nicht mehr die Körperkräfte gemessen. Natürlich besiegte mich der Jüngere, um dann zu sagen: „Zusammen lagen wir am Boden, zusammen stehn wir auf." Die Jahrtausende alte, freundliche Milde des weisen Konfuzius sprach aus ihm. Dann sang er eine Melodie aus seiner Kindheit. Auch die Dolmetscher waren ergriffen: „Ein Mensch ohne Menschlichkeit, was helfen dem die Siege? Ein Mensch ohne Menschlichkeit, was hilft dem die Musik?"

Wollte er mich provozieren? „Ihr Katholiken seid eine starke Kraft. Ihr seid weniger als wir, und doch stärker, weil ihr über die ganze Welt verteilt seid. Wenn ihr zusammen haltet, und wisst, was ihr wollt, beherrscht ihr die Erde." –

„Keine Sorge, Bruder, wir wollen nicht herrschen, sondern dienen." Ich musste daran denken, wie in meiner Kindheit die gelbe Gefahr groß geschrieben wurde und unser Berner Stadtpfarrer Conrad Mayer sich bei einer Predigt in Kreuzzugsgedanken hineinredete, doch mit der Frage „Kämpfen oder Leiden?" sich wieder daraus befreite, indem er seinen Hörern das Leiden vorschlug. Vor allem, als die Chinesen die

Atombombe hatten, schien ein Weltkrieg unausweichlich. Später, als viele Europäer China besuchten und kleine Gruppen Chinesen nach Luzern kamen, erkannte man die Freundlichkeit der Menschen im Riesenreich.

Der die Angst geschürt hatte, hat sie auch durchbrochen: Der amerikanische Präsident Richard Nixon besuchte 1972 China und bot China einen „Waffenstillstand“ im Kalten Krieg an.

Tee mit dem Dalei Lama

Als Überraschung hatte Chling für den zweiten Tag der Gespräche den alten, weisen 14. Dalei Lama zum Tee eingeladen.

Der Titel Dalei Lama („Ozean der Weisheit“) wurde 1578 dem damaligen Großlama Sonam Gyatso durch den Mongolen-Fürsten Altan Kahn als Dank für die erhaltenen buddhistischen Weihen verliehen. Seine Heiligkeit, der 14. Dalei Lama, wurde im Juli 1935 in einer tibetischen Bauernfamilie geboren. 1937 wurde von einer Delegation, die aus ausgewählten Mönchen bestand, die Reinkarnation des zuvor verstorbenen 13. Dalei Lama gesucht. Die vorgeschlagenen Knaben mussten zum Beispiel die Tasse greifen, die dem Dalei Lama gehört hatte, oder seine Schuhe wieder erkennen. Der Erwählte wurde von nun an in Klöstern erzogen, bekam den Mönchsnamen Tenzin Gyasto und wurde ein Jahr später als Dalei Lama ausgerufen und eingesetzt. Damit war er geistliches und weltliches Oberhaupt der Buddhisten in Tibet.

Der Dalei Lama gilt als Wiedergeburt des Tschenresis, des „Buddhas des Erbarmens“, der gleichzeitig der Schutzherr Tibets ist. Tschenresis hatte freiwillig auf seine eigene Erlösung und den Eingang ins Nirwana verzichtet, um den Menschen auf Erden zu helfen. Er wird so lange wieder geboren, bis alle Menschen erlöst sind. 1959 erhob sich das tibetische Volk gegen die schon neun Jahre andauernde Belagerung und Besetzung des Landes. Die Demonstration wurde blutig niedergeschlagen und der Dalei Lama ins Exil in Indien gezwungen. Dreißig Jahre später erhielt er für seinen unermüdlichen Einsatz mit friedlichen Mitteln den Friedensnobelpreis.

Obwohl Tibet innerhalb Chinas als autonomes Gebiet galt, wurde es durch Umsiedlung von Chinesen sinisiert und die Religion weitgehend unterdrückt. Nach der Erlaubnis zur Rückkehr des Dalei Lama 2009 und der konsequenten Umsetzung der Autonomie (China ist nur noch für die Grenzsicherung nach außen zuständig) konnten die Klöster wieder aufgebaut werden. Die Chinesen wurden eingeladen, auch als Atheisten oder als Angehörige anderer Religionen in Tibet zu bleiben.

Einige Schriften des Dalei Lama hatten Papst Martin so gefallen, dass er sie als Nachtrag in sein Lesebuch aufnahm, das von vielen „Das Dritte Testament" genannt wurde, zum Beispiel diesen Text, der sich leicht auf Christus übertragen lässt:

„Es macht auf der Ebene des Glaubens überhaupt keinen Unterschied, ob der Meister in Fleisch und Blut anwesend ist oder nicht. Der Meister repräsentiert die höchste Natur des Geistes, sein Mitgefühl ist durch keine Entfernung begrenzt. Wer diese Dimension eines Meisters erkennt, braucht nicht seine leibliche Gegenwart und muss ihm nie persönlich begegnen. Er weiß, dass sein Segen und seine Aktivität immer präsent sind, auch wenn er seine körperliche Hülle bereits verlassen hat, da Segen und Aktivität von der Sphäre seines Geistes ausgehen. Ob er unter uns weilt oder nicht, ändert nichts. Es ist immer möglich, mit ihm in Verbindung zu treten."

Ein Geschenk des Heiligen Geistes

Obwohl wir im China-Chat im ständigen Kontakt waren, war es ein besonderes Erlebnis, dem Dalei Lama in China zu begegnen. Er und Chling hatten großen Respekt voreinander. Der 87-Jährige in seinem roten und gelben Gewand war gleichzeitig der respektable Alte und ein junger Engel. Erdgebunden und ein wenig gebeugt, doch auch schwebend war sein Gang. Vom Alter gezeichnet und leuchtend sein Gesicht. „Bald darf ich meinen Körper wie ein Kleid ablegen, und ich bin ihm sehr dankbar. Wie keinen anderen buddhistischen Mönch hat mich dieser Leib über die ganze Erde getragen. Jetzt will er nicht mehr über Tibet und China hinaus. Alles habe ich gesehen. Doch heute ist noch einmal ein besonderer Tag: Wir haben uns ja oft getroffen, lieber Freund, meist in Konferenzen mit anderen spirituellen Führern, doch heute in einer besonderen Konstellation. Möge die Welt einen Gewinn davon haben. Chling, Brüderchen, Visionär Chinas, alle lieben dich, weil du alle verstehst, allen ihren Anteil gibst. Welcher große Kaiser ist in dir wieder geboren?

Und in dir, mein Bruder Martin, sehe ich die Wiedergeburt des heiligen Martin, der in dir nicht nur über den Bettler und über Europa seinen Mantel ausbreitet, sondern Christi Liebe über ganzen Welt."

Noch als ungetaufter Soldat hatte Martin einem frierenden Bettler seinen Mantel geteilt. Die Legende erzählt, dass Martin in der folgenden Nacht Christus erblickte, der mit der Hälfte seines Mantels bekleidet war. Und er hörte, wie der Sohn Gottes zu den Engeln sagte: „Martinus, der erst auf dem Weg zur Taufe ist, hat mich mit diesem Mantel bekleidet. Was er einem meiner geringsten Brüdern getan hat, hat er mir getan.“ Martin ließ sich taufen, nahm Abschied vom Soldatendienst und wollte in seiner französischen Heimat Christus predigen.

Er errichtete eine Einsiedelei, aus der heraus sich das Kloster Ligugé entwickelte. Zehn Jahre später wurde er zum Bischof von Tours gewählt. Wie Christus selbst war er meist als Wanderprediger unterwegs und starb im Alter von etwa 80 Jahren in Candes bei Tours. Sein Beisetzungstag wurde sein Gedenktag, der 11.11.397. König Chlodwig I. ernannte Martin zum Schutzherrn für das fränkische Volk, man könnte heute sagen, für Frankreich und Deutschland. Die Sainte-Chapelle, die Palastkapelle in Paris, wurde zum Aufbewahrungsort seines berühmten geteilten Mantels (Cappa oder Capella heißt Mantel). Damit erinnert jede Kapelle an Martin und natürlich jeder Laternenumzug am Martinstag.

Was sollte ich dem ehrfurchtgebietenden Alten antworten? Nun, da er mich aus der Sicht seiner Religion angesprochen hatte, durfte ich sagen: „Ehrwürdiger Bruder, du hast in deinen bisherigen Jahren die Kinder dieser Welt geliebt und getröstet. Buddhisten und Christen, Atheisten und suchende junge Leute lauschen deinen Worten und lesen deine Schriften: An alle, die glücklich sind, hast du dich gewandt, wie an alle, die von Neid und Eifersucht geplagt werden. So viel Verstehen, so viel Liebe, soviel Autorität und Beachtung hat die Welt seit unserem Meister Jesus Christus nicht erfahren. Der himmlische Vater hat seinen heiligen Geist reichlich ausgegossen über dir. Gott in seiner ewigen Weisheit möge uns noch viele Jahre deiner Weisheit schenken.“

Chlings Segen für China

Während seiner aktiven Zeit als „Erster Beamter des stolzen chinesischen Volkes“ meditierte Chling viel. Er war unverheiratet geblieben und verzehrte sich in seiner Aufgabe. Geschah ein Unglück in einer Stadt, hatte er Mitgefühl wie beim großen Erdbeben in der Mandschurei.

Er schaffte es, in seinem Land den „Sozialismus mit dem freundlichen chinesischen Gesicht“ durchzusetzen: Brot, Bildung und Arbeit für jedes chinesische Köpfchen.

Ich kann dankbar sagen, dass Chling durch seine Freundschaft und sein Gebet mir half, das Amt gelassen zu verrichten. Als Pensionär mailte er: „Da ich nichts Großes zu tun habe, helfe ich anderen Großen: Täglich bete ich eine Stunde für dich, für mein chinesisches Volk und seine Beamten, für das große amerikanische Volk und die Völker der

Erde. Wie in meinem Amt bin ich erfüllt von meiner Aufgabe. Ich lebe von Wasser, ein wenig Brot, und den Kräften des Kosmos."

Chlings Gesicht wurde immer strahlender. Als sein Tod nahte, ließ er sich auf den Platz des himmlischen Friedens tragen, richtete sich noch einmal auf und segnete das Volk Chinas und seine Nachbarn:

Frei bist du und ersehen,
das große Gesetz des Lebens zu erkennen
und die Dinge,
die von oben kommen.

Wie ich mich immer hingegeben habe,
überlasse ich mich
bei meinem letzten Atemzug
dem großen Gesetz des Lebens,

das gewaltiger ist
als das gewaltige Meer,
das stärker ist
als die Kraft, die die Berge erhob,

das stärker ist
als die Liebe,
die uns nachkommen schenkt.
Ich segne euch und gehe hinein
zur großen Versammlung.

Im Gegensatz zu den trockenen oder gewalttätigen oder beflissenen und manchmal korrumpierten Vorgängern war Chling die „wiedergeborene Seele Chinas", ein „Konfuzius des 21. Jahrhunderts", vor allem einer, der gute Politik mit einem Charisma verband, das Ausstrahlung hatte in die sensiblen Köpfe in allen Nationen und – ich sage es voller Dank – in die Kirche hinein, zu der er nicht gehörte, die er aber kannte, in China förderte und für die er keine andere Aufgabe sah als „Dient eurem Meister vom Kreuz, dient euren Kreuzträgern".

Das süße Erschrecken

Die Regierungschefs der G15 Staaten, der stärksten Wirtschaftsmächte der Welt, laden mich nach Malta ein. Langfristige Pläne werden besprochen und abgestimmt. Die junge, schwarze amerikanische Präsidenten Samantha King, eine Enkelin von Martin Luther King, fällt durch ihre realistische Einschätzung der Weltlage, ihr klares Votum und die Formulierung ihrer Absichten auf:

Es gibt kein Land auf dieser Erde, das nicht Probleme hätte. An den Problemen lernen und reifen wir.

Samantha sende ich im Herbst 2023 den Rosenorden. Sie ist weder Königin, noch Kathedrale, jedoch die höchste Verantwortliche des mächtigsten Staates der Welt.

Wer überreichte die Rose? Iris Mäuerle, Jennifers Enkelin. Eine Nachkommin der Geliebten meiner Tübinger Studentenzeit hatte sich um das Stipendium Rosarium beworben.

Als ich Iris zum ersten Mal sah, erlebte ich das süßeste Erschrecken: Gleichzeitig blickte ihre Großmutter Jennifer, an die ich nur noch selten gedacht hatte, und meine Mutter Marthe, an die ich oft denke, aus ihrem Gesicht: Jennifers graugrüne Augen, ihr Gang und die Form ihres Kopfes und Mutters feiner Mund, Mutters Lächeln, ihre Lachfältchen, ihre knappen Ohrläppchen. Sollte dieses braune Mädchen von meinem Fleisch und Blut sein? Ich ließ mir erzählen. Geboren acht Monate nach der filmreifen Trennung von Jennifer in Venedig. Es blieben nur wenige Zweifel, sie war meine Enkelin.

Sollte sie es schon wissen? Sollte sie es erfahren?

Iris musste ihre Großmutter grüßen und diese mich anrufen. Da gab es eine Nummer, auf der schnell durchgeschaltet wurde. „Was wünscht Ihre Heiligkeit?“ Wir hatten uns ja immer gesiezt. „Jennifer, ich habe heute Morgen Ihre Enkelin gesehen und Sie in ihr wieder entdeckt. Das allein wäre erfreulicher Grund genug für ein Gespräch unter alten Freunden. Doch ich habe auch meine Mutter in ihr gesehen, und meine Schwester Lore und ein schüchternes Wegsehen, das ich von mir kenne.“ – „Ja, sie ist Ihre Enkelin, Martin... Sorry, ich habe mich noch nicht bedankt, denn sie hat eine wunderbare Mutter, Lea, ein Mädchen, wie ich es mir von Ihnen erhofft hatte. Klug, fromm, den schönen Dingen des Lebens und der Musik zugewandt. Doch sie wissen es nicht. Mein Mann hat nie erfahren, dass er nicht ihr Vater ist. Jörg ist vor eineinhalb Jahren tödlich verunglückt. Soll ich jetzt das Glück meiner Familie ins Wanken bringen und allen alles erzählen?“

„Es ist Ihre Entscheidung, wie es Ihre Entscheidung war, ohne mein Wissen ein Kind von mir zu bekommen. Doch, wenn Sie mich fragen: Ein Mensch hat ein Recht auf seine Eltern, und ein Vater ein Recht auf sein Kind und seine Enkel."

Jennifer besuchte mich in Rom, wir redeten einen halben Tag, bevor sie zunächst einzeln ihrer Tochter und ihren Enkeln alles erzählte. Natürlich kam auch alles in die Öffentlichkeit. Ich wollte diese Offenheit, Jennifer und die Ihren waren einverstanden.

Trotz vieler Rücktrittsforderungen blieb ich Papst, der seiner Berufung gewiss und seinen priesterlichen Gelübden treu war, aber auch nichts mehr bereuen musste: „Die Sünde des Ehebruchs von damals hat er vor Gott bereut" ließ ein Sprecher vermelden.

Iris und Lea

Wie eng durfte nun der Kontakt mit der neuen Familie, zu meinem eigenen Fleisch und Blut, sein?

Jennifer war eine fröhliche Witwe, eine alte Freundin, sonst tabu. Ich stelle mir vor, dass Menschen, die durch ihre Kinder gemeinsame Enkel haben, ein solches Verhältnis miteinander aufbauen. Wir siezen uns weiterhin. Und wissen fast alles voneinander.

Jennifer hat am Tod ihres Mannes lange getrauert. Trug sie etwa die Schuld daran?

Interessant gestaltet sich die Beziehung zu meiner Tochter: Lea Hansmann, geborene Wechsler, geschiedene Mäuerle. Mit dem Vater von Iris, Franz Mäuerle, war sie zusammengezogen, hatte ihn vor der Geburt des zweiten Kindes Hermann geheiratet, doch der „suchte sich nach zehn Jahren eine Junge". In Gunter Hansmann, Banker wie der Vater, fand Lea ein sicheres Zuhause. Gunter war glücklich, mit Lea eine Familie zu heiraten. Durch Zuckerkrankheit wollte oder konnte er keine Kinder haben. Lea ihrerseits war „auf der Suche" und wusste nicht, nach wem. Dadurch gefährdete sie ihre Ehe und das Familienglück.

Nachdem sie ihren Vater, mich, getroffen hatte und wir eine Möglichkeit fanden, uns oft zu sehen, wurde sie ruhig, vollendete ihr Studium „Geschichte und Religion fürs Lehrfach" mit einer großen Arbeit über die Religion Bismarcks, die sie mit dem berühmten Wort überschrieb: „Wir Deutschen fürchten Gott und sonst nichts auf der Welt." Sie arbeitet als Lehrerin in Hechingen/Hohenzollern.

Iris nutze die Zeit ihres Romjahres zu Studien der italienischen Gegenwartsliteratur, aß oft mit ihrem Großvater zu Abend, war Sekretärin im Postamt des Vatikans und flog mit dem Rosenorden nach Amerika.

Samantha King

Samantha King war gewählt worden, weil sie mit den Amerikanern noch etwas zu bereinigen hatte, im wahrsten Sinn des Wortes. „Als Enkelin meines Großvaters, den ich nie kennen gelernt habe, weil er erschossen wurde, trete ich an, um Amerika zu entwaffnen. Nicht die Armee, denn sie muss die Nation verteidigen. Aber die Gewehre müssen heraus aus den Schlafzimmern, aus den Standuhren und weg von Kinderhänden. Waffen sind nicht dazu da, persönlichen Streit zu klären."

Samantha wusste, dass sie sich bei dieser Forderung selbst in Gefahr begab. Doch sie überlebte drei Attentatsversuche, gab ihre Kandidatur nicht auf und wurde als zweite demokratische Präsidentin gewählt.

Samantha King war als 40-Jährige im November 2020 gewählt und im Januar 2021 als Präsidentin eingesetzt worden. Die Bibel bei ihrer Vereinigung stammte aus dem Nachlass von Papst Josef. Ein großer Tag für die Schwarzen. Auch Afrika jubelte und beschloss in einer großen Versammlung in Nairobi ein Ende aller Stammesfehden und Bürgerkriege. Samantha gehörte zur großen baptistischen Gemeinde, die als erste sich den Vereinbarungen der Lutheraner mit den Katholiken, der UNA SANCTA, anschloss.

Vor ihrer Kandidatur bei den Demokraten war die Juristin und Kongressabgeordnete Samantha King kaum aufgefallen. Doch im April 2018, zum 50. Jahrestag seiner Ermordung, hielt sie einige Erinnerungsreden an ihren Großvater und träumte seinen Traum weiter: „Ich habe den Traum, dass nach dem Vorbild der Vereinigten Staaten die Menschen weltweit ihre Verbundenheit erkennen, ihren Egoismus aufgeben, die Freiheit des anderen respektieren, und im Frieden unter ihren Weinstöcken und Apfelbäumen und Kokospalmen sitzen können."

Samantha ist die Tochter eines uneheliches Sohnes von Martin Luther King (15.1.1929 bis 4.4.1968), der leuchtenden Figur der schwarzen Bürgerrechtsbewegung. Er war über die Jahrtausendwende hinweg Symbolfigur des Widerstands gegen jede Art von Rassendiskriminierung. Der Sohn eines Baptistenpfarrers hatte bereits auf dem Theologischen Seminar in Boston unter dem Einfluss von Mahatma Gandhi Vorstellungen vom gewaltlosen Widerstand und zivilem Ungehorsam entwickelt, mit denen er den noch bestehenden Rassismus in den Vereinigten Staaten beseitigen wollte. Durch einen Boykott erzwang er 1956 die Aufhebung von Rassenschranken in den öffentlichen Verkehrsmitteln von Montgomery. Den Höhepunkt seiner Protestbewegung erreichte er 1963 mit dem Marsch nach Washington, wo er vor 250.000 Menschen die Vision einer freien und gleichen Gesellschaft vortrug:

„Ich habe einen Traum, dass eines Tages unten in Alabama mit den brutalen Rassisten, mit einem Gouverneur, von dessen Lippen Worte der Einsprüche und Annullierungen tropfen, dass eines Tages wirklich in Alabama kleine schwarze Jungen und Mädchen mit kleinen weißen Jungen und weißen Mädchen als Schwestern und Brüder Hände halten können.

Ich habe einen Traum, dass eines Tages jedes Tal erhöht und jeder Hügel und Berg erniedrigt werden. Die unebenen Plätze werden flach und die gewundenen Plätze gerade, und die Herrlichkeit des Herrn soll offenbart werden und alles Fleisch miteinander wird es sehen. Dies ist unsere Hoffnung. Dies ist der Glaube, mit dem ich in den Süden zurückgehen werde. Mit diesem Glauben werden wir den Berg der Verzweiflung behauen, einen Stein der Hoffnung. Mit diesem Glauben werden wir gemeinsam arbeiten können, gemeinsam beten können, gemeinsam kämpfen können, gemeinsam in das Gefängnis gehen können, um gemeinsam einen Stand für Freiheit mit dem Wissen zu machen, dass wir eines Tages frei sein werden. Und dies wird der Tag sein. Dies wird der Tag sein, wenn alle Kinder Gottes mit neuer Bedeutung singen können: Mein Land, es ist über dir, süßes Land der Freiheit, über das ich singe, Land, wo mein Vater starb, Land des Pilgers Stolz, von jedem Berghang, lass die Glocken der Freiheit läuten. Wenn Amerika eine großartige Nation sein soll, dann muss dies wahr werden.

Lass daher die Glocken der Freiheit von den wunderbaren Hügeln von New Hampshires läuten. Lass die Glocken der Freiheit läuten von den mächtigen Bergen New Yorks. Lass die Glocken der Freiheit von den Höhen in Pennsylvania läuten. Lass die Glocken von den schneebedeckten Gipfeln der Rockies in Colorado läuten. Lass die Glocken der Freiheit vom Lookout Mountain in Tennessee läuten. Lass die Glocken der Freiheit von jedem Hügel und Maulwurfshügel in Mississippi läuten. Von jedem Berghang lass die Glocken der Freiheit läuten.

Wenn dies geschieht und wenn wir erlauben, dass die Glocken der Freiheit läuten und wenn wir sie von jedem Dorf und jedem Weiler, von jedem Staat und jeder Stadt läuten lassen, werden wir diesen Tag schneller erleben, wenn alle Kinder Gottes, schwarzer Mann und weißer Mann, Juden und Christen, Protestanten und Katholiken Hände halten können und die Worte des alten Negro-Spirituals ‚Endlich frei, endlich frei. Danke Gott, Allmächtiger', endlich frei singen."

1964 wurde M. L. King mit dem Friedensnobelpreis ausgezeichnet. Von einem Rassisten wurde er erschossen, nachdem er am Tag zuvor seine Rede „Ich bin auf dem Gipfel des Berges gewesen“ gehalten hatte. Doch sein Traum wurde weiter geträumt.

Hermann

Als einer, der viele Orden verleiht, bekam ich natürlich auch manches Kreuz und viele Bänder, Ehrendoktorwürden und Preise. Im Rückblick ist mein wirklicher Schmuck das Leben der Kirche und das Leuchten Christi. Mein persönlicher Stolz sind meine Tochter und die Enkel.

Lasst mich von meinem Enkel Hermann berichten: Er litt unter dem Streit und der Trennung seiner Eltern sehr, hatte große Schwierigkeiten in der Schule, brach seine Buchhändlerlehre ab und wurde Goldschmied, aber ein Goldschmied, der trank. Aus seiner Kirche ausgetreten, fand er zu ihr zurück durch seinen Großvater. Doch auch ich konnte ihm nicht das Urvertrauen zurückgeben, das er in seiner Kindheit vermisst hatte. Mit 22 Jahren entschloss sich Hermann zu einer Entziehungskur, denn er war zum abhängigen Alkoholiker geworden. Er schaffte daraufhin die Matura und studierte Psychologie. Jetzt arbeitet er in einer Praxis, hat geheiratet und mir einen Urenkel beschert: Simon Adam Thaddäus, geboren 2032, vor kurzem beim Städtchen Adam am Jordan mit Jordanwasser getauft.

Unseren Vater Adam hast du aus Erde gemacht,
meinen Sohn Adam uns als Nachkommen gegeben.

Was sind unsere kleinen Gedanken
gegen deine großen Werke?

Morgen werden wir nicht mehr sein,
doch dein Werk gehorcht deinem Willen.

Erfülle uns mit der Freude,
dir zu dienen,

alles von dir zu nehmen,
und unser Leben bei dir geborgen zu wissen.

Hermann und Adam

Darauf, mit alten Menschen die Lebensgeschichte durchzuarbeiten, hat Hermann sich spezialisiert. Er arbeitet ein halbes Jahr in Düsseldorf, ein halbes Jahr am Toten Meer in der Hotelsiedlung Newe Zohar. Dort verbringen hautkranke Menschen und Rheumatiker Wochen und Monate bei wenig Unterhaltung. Hermann bietet seine Hilfe in Therapieseminaren an. So sehe ich ihn von Oktober bis März häufig, ebenso seine Frau Melanie, die aus dem Sudan stammt, und den Kleinen.

Melanie gibt Kurse in Massage und „Körperpflege bei Handicaps". „Haut ist dankbar, Haut vergisst nichts, Haut belohnt", so die Devise der „Hautpflegeschule Melanie". Martin, dessen Haut nicht verwöhnt wurde, gibt sich gerne in Behandlung der längsten Finger, die er kennt und lohnt es durch Bildungsgänge mir dem Urenkel.

Der Kleine ist jetzt drei, nennt mich „Buba", wächst zweisprachig auf und lernt „Wüstensingen" bei der Nachahmung von Tierstimmen. Mit ihm gehe ich über die Dächer und Zinnen Jerusalems und durchwate den Bach Hiskias. Ich lehre ihn hören auf die Stimmen der Füchse und der Häher, des Muezzin und der Glocken.

Ich kaufe Adam einen bunten Rock und erzähle ihm die Geschichten von Joseph und seinen Brüdern.

Adam bedeutet Mensch. Martin erkennt sich im Urenkel wieder als das Kind, das nicht vom Brot allein lebt, sondern Geschichten braucht und dessen Fenster fast immer geöffnet sind.

„Adam, wer schreibt einmal deinen Roman?", so fragt Martin und wundert sich über die Antwort des Kleinen: „Ich muss nur atmen, der Roman schreibt ganz allein."

An Adam lernt Martin loszulassen. Der Urenkel hat ihn darin bekräftigt, die Welt den Jüngeren zu überlassen.

Du lässt die Menschen sterben
und sprichst: Kommt wieder, Menschenkinder.

Caro

Die Vorbereitungen für das Heilige Jahr 2025 liefen gut, bis sich herausstellte, dass einer unserer jungen Theologen aus den Vereinigten Staaten ein Doppelleben führte. In der Schwulenszene Roms war er unter „Leviathan" bekannt. Caro war teamfähig, kreativ, voller ansteckender Stimmung und gefiel mir. Abends wähnte ich ihn in einem Schach- und in einem Schwimmverein.

Obwohl er Augustin zitieren und die Planungen der verschiedenen Kommissionen fürs Heilige Jahr koordinieren konnte, war Caro Felicito ein Hochstapler. Ende März 2024 entließen wir ihn. Sofort fand er eine Arbeit als Journalist. Im Giornale Giovedi Romano (GGR) schüttete er in der Kolumne „Sarcastico" beinahe wöchentlich seine Häme über uns aus.

Die GGR ist ein Wochenmagazin, zu vergleichen mit dem *Stern* in Deutschland, kirchenkritisch in der Grundeinstellung, dann wieder zum Umarmen einfühlsam. Leviathan ist die sagenhafte Drachengestalt aus den Psalmen und bei Hiob.

Ich lud ihn ein: „Caro, ich bewundere Sie von ganzem Herzen. Sie können mehr als ich. Sie haben uns sehr geholfen. Ihr Pläne sind gut. Sie werden sie im Programmheft des Heiligen Jahres wiedererkennen. Warum zerstören Sie Ihr eigenes Werk?"

„Ich kann nicht anders. Vater Martin, ich trage das Gen der Selbstzerstörung in mir, und reiße manchen mit, aber eigentlich nur Männer." Dann erzählte er von den kaputten Typen auf seinem Lebensweg.

„In beiden Golfkriegen hat mein Vater, ein Texaner, Menschen getötet. Wahrscheinlich Hunderte. Das Glück mit meiner Mutter Giulia aus dem Paese Italiano New Yorks währte nur kurz. Von 1995 bis 1999. Tagelang war er nicht ansprechbar. Mama trennte sich von ihm. Obwohl ich gut rechnete, Schauspieltalent hatte, und drei Sprachen beherrschte, wurde ich Metzger. Totmachen gefiel mir, aber ich redete dazu. Ich opferte die Tiere. Kollegen nannten mich ‚Prete', Priester. Ein Mafioso besorgte mir die Papiere, die dokumentierten, dass ich auf dem Germanicum studiert habe. Die Katholiken in Chicago waren glücklich, einen jungen Pfarrer zu bekommen. Bald bewarb ich mich in die Kommission fürs Heilige Jahr und wurde sofort genommen.

Zum Glück habt ihr mich entlarvt."

Caro mit dem Schauspielgen

Paese heißt Dorf. Caros Mutter stammt von italienischen Einwanderern ab. Sein Vater hat das Trauma der Golf-Kriege nur überwunden, indem er ein Buch über seine Erlebnisse schrieb. Ruhelos durchquert er den amerikanischen Kontinent in einem Wohnwagen.

Caro nahm psychotherapeutische Stunden, blieb der exzellente Autor; seine Häme kam weiterhin, jetzt mit Respekt. Er erkannte, dass alle Menschen die Selbstzerstörung in ihren Genen tragen, und er selbst entscheiden kann, ob sein Leben ein rasch verzehrendes Feuer bleiben oder er seine Energien auf einige weitere Jahre verteilen wolle. Caro wurde verantwortungsvoller in seinen sexuellen Praktiken und hat mit 33 eine Familie gegründet.

Richtig geglänzt hat Caro nur als Lügner und auf erschlichenen Posten. Mit 40 wurde er Schauspieler, der auch in der zweiten Reihe zufrieden war. Heute führt er Regie in Dallas und Detroit. In einigen Freikirchen darf er predigen. Wenn er von sich erzählt nennt er sich den „Zachäus, den der Herr vom Baum geholt hat".

Caros Jesusbindung ist sehr stark, vor allem in seinen Gedichten:

Der Herr betet in Gethsemane:
Einst kommt ein Caro,
mit mehr Lust im Leibe
als verletzlichem weißem Leibe gut tut.

Verwandle in erträgliches Feuer
und fassbaren Geist,
was dieses Menschenfleisch treibt.

Wohnen auf Zeit

„Erhabenes Wunder der Welt! Mein Geist erhebt sich in heiliger Trunkenheit, wenn ich deine unermessliche Pracht anstaune. Du erweckst mit deiner stummen Unendlichkeit Gedanken auf Gedanken und lässest das bewundernde Gemüt nimmer zur Ruhe kommen." So schrieb der Dichter Ludwig Tieck 1799 über den Petersplatz. Hippolyte Taine sah außer ihm „keine festgefügtere und gesündere Schönheit". Papst Martin nannte den Vatikan „den schönsten Arbeitsplatz der Welt".

Kam ich von einer pastoralen Reise oder einer Visitation in Rom zurück, ließ ich immer am Beginn der Via della Conciliazione anhalten, um die wenigen hundert Meter zu Fuß zu gehen, den Dom anwachsen und die Kolonnaden auftauchen zu sehen. Mal lief ich rechts, mal links durch die Säulenreihen, um dann die Piazza Retta zu überqueren, die sich trapezförmig weitet, ansteigt und den Dom noch einmal größer erscheinen lässt.

Bramante, Michelangelo, Raffael, da Sangallo, Fontana, Maderna, Bernini sind die wichtigsten Namen derer, die den Dom entwarfen und mit ihren Handwerkern bauten. Ohne ihre Auftraggeber, die Päpste Julius II., Paul III., Urban VIII. und andere Vorgänger, wäre die Verbindung aus Kolossalem und Harmonischem, aus dem Abbild des himmlischen Glanzes und dem Schönheitswillen der Päpste nicht zustande gekommen.

Ager Vaticanus hieß das sumpfige Ackerland jenseits des Tibers, das als Friedhof genutzt wurde. Kaiser Konstantin ließ im 4. Jahrhundert über das Grab des heiligen Petrus eine gewaltige Basilika errichten. Schon im Frühmittelalter, als sie noch im Lateranpalast wohnten, ließen die Päpste hier feiern, und im 9. Jahrhundert bauten sie den Vatikan zu einer Fluchtburg aus. Leo IV. ließ eine Mauer errichten, die das Hadriansmausoleum an der Engelsburg mit einschloss. Die Päpste bauten ab 1145 ihre Paläste hinein, bis Nikolaus III. (1277 – 1280) als erster ständig im Vatikan residierte.

Mit Nikolaus V. brach eine Zeit intensivster Bautätigkeit an, die zweihundert Jahre dauerte und nach dem Neubau der Peterskirche mit der Anlage des Petersplatzes durch Bernini 1646 zum Abschluss kam.

Ab 1780 wurde wieder 50 Jahre lang gebaut: Es entstanden vor allem die Museumsgebäude und die neue Sakristei.

Die Päpste wohnten freilich nicht immer im Papstpalast, viele zogen den Palazzo am Quirinal vor (heute Sitz des italienischen Staatspräsidenten). Als Rom 1870 Hauptstadt Italiens wurde, kehrte der Papst in den Vatikan zurück, zunächst „als Gefangener", bis 1929 das Konkordat geschlossen wurde. Jetzt wuchsen noch einmal zahlreiche Verwaltungs- und Zweckbauten heran, als letztes 1971 die große Audienzhalle.

Michelangelo ist unter den Großen der Größte

Friedrich Schiller, als Protestant nicht voreingenommen, schwärmt vom Vatikan: „Ein wahrhaft Reich der Himmel ist sein Haus. Denn nicht von dieser Welt sind diese Formen.“ Der Dichter drückt aus, was ich täglich empfand: Unter so viel Schönheiten leben zu können, war nicht bedrückend, wie es manche befürchten, sondern erhebend. Nicht genug kann ich denen danken, die das marmorne Himmelreich schufen, bezahlten und bis heute pflegen.

Die Vollendung der tausendfachen Kunst sehe ich in den Werken Michelangelos: in der Domkuppel, in der Pieta, in den Bildern des Sixtinischen Kapelle.

Die Kuppel krönt das Apostelgrab über der Mitte des Kirchenraumes. Sie ruht auf vier Pfeilern mit jeweils 71 Metern Umfang. Manche Kirche hätte Platz auf der Grundfläche einer dieser Vierungspfeiler. Darüber erhebt sich ein runder Aufsatz, durch dessen sechzehn Fenstern Licht eindringt und die zwei Meter hohen Buchstaben beleuchtet, die in lateinischer Sprache die Worte Christi zeigen: „Du bist Petrus, und auf diesen Felsen werde ich meine Kirche bauen und dir gebe ich die Schlüssel des Reiches der Himmel.“ Zwischen der inneren und der äußeren Kuppel führt eine Treppe zur Laterne empor. Besucher sind eingeladen, vom inneren Kuppelumgang in den Dom zu blicken, die Treppen bis zur Laterne hochzusteigen, Rom und die Gärten zu betrachten.

Als 23-Jähriger war Michelangelo von Florenz nach Rom gekommen und erhielt den Auftrag für das Vesperbild: Darstellung der Gottesmutter mit dem vom Kreuz abgenommenen Sohn auf dem Schoß. Obwohl diese Szene sich nicht bei den Evangelisten findet, gehört die Betrachtung der ‚Schmerzhaften Mutter Gottes‘ zur Mystik des Mittelalters. „Der Leichnam Michelangelos ist überaus edel gelegt und bildet mit der Gestalt und Bewegung der völlig bekleideten Madonna das wunderbarste Ganze. Die Formen sind anatomisch noch nicht ganz durchgebildet, die Köpfe aber von einer reinen Schönheit, wie sie Michelangelo später nicht wieder erreicht hat.“ So Jakob Burckhardt.

Sixtus IV. war ein unangenehmer Papst. Er führte die Inquisition ein, gab seinen Verwandten Ämter und führte Kriege. Doch seinem Namen setze er ein wunderbares Denkmal mit dem Auftrag für die Sixtinische Kapelle.

Michelangelo vollendete, von Papst Julius II. gezwungen, das Werk der Ausmalung der Kapelle in zwanzig Monaten ohne die geringste Hilfe, ja auch ohne jemand zu haben, der ihm die Farben rieb.

Er schrieb: „Schon wuchs ein Kropf mir bei der Quälerei. Der Bart starrt aufwärts, der Gedächtnisschrein liegt im Genick. Die Lenden sind mir in den Wanst gespannt. Wie ein Syrerbogen krümm ich mich. Schlecht ist mein Platz, zum Malen taug ich nicht.“

Der höchste Augenblick der Schöpfung

Vom Papst umschmeichelt und bedroht leistete Michelangelo Buonarotti Übermenschliches und beendete das Werk auf den achthundert Quadratmetern nach gut vier Jahren am 31. Oktober 1512, fünf Jahre vor dem Beginn der Reformation in Deutschland.

Von den neun Hauptfeldern mit dem Schöpfungsbericht spricht unmittelbar ins Herz: die Belebung Adams durch den ausgestreckten rechten Zeigefinger Gottes, der Adams lasch gestreckten Zeigefinger nicht berührt, sondern den Mann durch einen unsichtbaren Blitzstrahl ins Leben ruft. In seiner Linken hält der Herr die schon fertige Eva bereit, die mit ihren dunklen Augen wie gerade erwacht auf Adam blickt, aber noch aus seiner Seite geboren werden muss.

Jacob Burckhardt: „Der höchste Augenblick der Schöpfung ist die Belebung des Menschen. Von einer Heerschar umschwebt nähert sich der Allmächtige der Erde und lässt aus seinem Zeigefinger den Funken des Lebens in den Finger des schon halb belebten Menschen hinüberströmen. Es gibt im ganzen Bereich der Kunst kein Beispiel mehr von so genialer Übertragung des Übersinnlichen. Die Gestalt des Adam ist das würdigste Urbild der Menschheit.“

Auf dem Bild des Sündenfalls reicht die Schlange als pralles Weib die verbotene Frucht der Eva. Die Beine der Versucherin enden als Leiber zweier Würgeschlangen, die den Baum als Spiralen umschlingen.

Im großen Weltgerichtsfresko hat Michelangelo auf einer Stirnseite der Sixtina 391 Gestalten gemalt: Christus auf den Wolken thronend, Heilige, die schwerelos himmelan schweben. An diesem Bild arbeitete Michelangelo noch einmal acht Jahre lang und übergab es am Weihnachtsabend 1541: Die Toten schienen tot, die Lebendigen lebendig. Man erkennt die Verzweiflung der Verdammten und den Jubel der Erlösten. Sein eigenes Gesicht malte Michelangelo Buonarotti auf die abgezogene Haut des Märtyrers Bartholomäus.

Auf den Tod erkrankt

Eine schwere Lungenentzündung durchlebte ich im Sommer 2024. Nach der SARS-Epidemie von 2003 waren immer wieder Corona-Viren aufgetaucht und hatten vielen Menschen ein schreckliches Sterben bereitet. Doch es war nicht SARS, sondern die Antwort eines geschwächten Körpers, der kaum Ruhepausen kannte.

Eine Erkältung, die ich mir im Flugzeug nach der Pastoralreise nach Portugal geholt hatte, konnte ich nicht auskurieren. Zwei anstrengende Begegnungstage mit den neuen Patriarchen der Orthodoxen Kirchen waren lustlos verlaufen, am Abend des 25.Juni bekam ich tödliches Fieber, keine Luft, wurde in ein künstliches Koma versetzt und beatmet, drei gefährliche Tage lang, und brauchte vier Wochen, um wieder einigermaßen gesund zu sein. Die Atemschmerzen, die Todesangst und die Träume dieser Tage sind dem Gedächtnis auf immer eingeprägt.

35 Tage Auszeit, bei der ich gut vertreten wurde, sagten mir und meiner Umgebung: Auch ein Papst ist ersetzbar. Das wäre nicht schlimm. Bedrückend war:

Die Welt wartete auf ein Konzil, auf eine Kirchenversammlung aller christlicher Kirchen. Um 2015 wäre noch einmal die Gelegenheit gewesen, ein Konzil der Römischen Kirche einzuberufen; damals erkannte Papst Josef nicht die Zeichen der Zeit, doch die gegenseitige Gastfreundschaft der Kirchen hatte sich so entwickelt, dass neben den Synoden der Ortskirchen und der nichtkatholischen Kirchen ein Konzil ein gemeinsames sein musste. Und ich hatte nicht die Kraft, nicht die nötigen Visionen, es in kurzer Zeit einzuberufen.

Eine Roadmap wurde geschrieben, ein Fahrplan, der den Weg dorthin beschreiben sollte.

Ziel: 31. Dezember 2054. Tausend Jahre nach der Trennung Ost – West, fünfhundert Jahre nach dem Augsburger Religionsfrieden und etwa zweitausend Jahre nach den ersten Briefen des Apostels Paulus, die den Grundstock des Neuen Testaments bilden, sollte die „Versöhnte Verschiedenheit“ der UNA SANCTA festgeschrieben werden können.

Tatsächlich gab man sich deshalb 30 Jahre Zeit, weil in den verschiedenen Kirchenleitungen Briefe von treuen Laien und engagierten Priestern ankamen, in denen darum gebeten wurde: „Lasst uns erst sterben, bevor ihr die Römisch-Katholische Kirche, wie wir sie lieben, auflöst.“

Priesterweihen und andere Verpflichtungen wurden ab 2025 nicht mehr mit der Formulierung „Wir geloben Treue der Römisch-Katholischen Kirche in ihrem ewigen Bestand“ durchgeführt, sondern „...Treue der Kirche auf ihrem gemeinsamen Weg mit den anderen Kirchen“.

Vor dem Koma, nach dem Koma

Nach der Lungenentzündung war ich geschwächt, konnte nicht mehr bis zu 14 Stunden konzentriert den Menschen zuhören, entscheiden, reden, morgens laufen, mit Suppe und Salat und einigen Espressos den Tag durchstehen, sondern musste auf Dr. Pasoldonis Anweisung Pausen einlegen, mich abends um zehn zurückziehen, einen ganzen Tag in der Woche ganz frei halten (hatte dies nicht schon Gott in der Schöpfung befohlen?) und die Abendzigarette, deren Ritual Carl und Nadja, die nordeuropäischen Kardinäle und Omar mit mir geteilt hatten, oder Lotte beim Telefonieren, aufgeben. Oft rauchte ich sie mit meinem Chauffeur, mit dem ich einen letzten Espresso trank. Von Februar 1979 bis August 2024, also fünfundvierzigeinhalb Jahre, bot sie Entspannung, verhalf zum Einschlafen, vertiefte Freundschaften.

Durch die Abendzigarette habe ich manchen von der „Kette“ weggebracht, anderen gezeigt, dass ich Mensch bin, wieder andere etwas enttäuscht. Es gab nur ein einziges Foto mit blauem Dunst, ausgerechnet mit Lotte, in Weimars „Schwanen“. Für eine Chemnitzer Katholikin brach damals ihr Glaubensgebäude zusammen. Ein Handschreiben aus dem Vatikan hat es wieder aufgerichtet.

Ich würde nicht so lange über die Abendzigarette schreiben, wenn sie mir nicht gefehlt hätte, zusammen mit der geschwundenen Kraft, mit der Präsenz, die nach dem Koma nur stundenweise zurück kehrte.

Vor dem Koma, nach dem Koma: Während ich vor der Krankheit kaum darüber nachdachte, was ich noch schaffen kann – es floss einfach – bedeuteten die Jahre danach eine ständige Anstrengung. Dabei dachte ich viel an Papst Jonathan, der bestimmt zehnmal soviel Willenskraft brauchte und viele Schmerzen ertrug.

Nach dem Koma hatte der Papst das Leuchten eines Erzengels. Wie wenn er schon einmal die andere Welt gesehen hätte, erschien er. Seine Reden waren jetzt erfüllt von Bildern wie: „Auf der anderen Seite – Ich bin auf dem Gipfel des Berges gewesen – Ich fühle mich Mose nahe und den Müttern Sara und Rebekka – morgen, wenn ihr andere Dinge seht...“

Die Heiligen und Apostel ließ er sprechen, beschleunigte Heiligsprechungsprozesse, um mit denen, die lange auf die Verkündung gewartet hatten, zu feiern und die zur Ehre der Altäre Gelangten anzurufen. Er konnte sich ärgern, was man früher nicht kannte, brüllte Kardinäle an, um sich hinterher wieder zu entschuldigen. Doch gleich darauf leuchtete er wieder wie Erzengel Raffael.

Ingens et Familiaris

1. Juli 2024: Die Augsburger Losungen, die mein Nachfolger Sebastian Urlsberger weitergeführt hatte, sollten ab 2026 abgelöst werden von den Römischen Losungen. Ich war nicht dabei, sah im Fernsehen der Klinik Santa Marta die Auslosung durch römische Grundschüler. Wieder bekam jeder Tag ein Bibelwort und ein Gebet.

1. Dezember 2024: Öffnung der Pforte zum Heiligen Jahr.

Nach Leviticus (3. Mosebuch im Alten Testament), Kapitel 25, musste jedes 50. Jahr ein Erlassjahr, ein Jobeljahr oder Jubeljahr sein, das mit dem Schall der Widderhörner (Jobel) verkündet wurde. Das Wort „Jubiläum" hat hier seinen Ursprung. In einem solchen Jahr sollte alles ruhen: nicht nur die Menschen, sondern die Tiere, Äcker und Weinberge. Jeder Grundbesitz sollte in die Hände der ursprünglichen Besitzer zurückgehen, und alle Sklaven freigelassen werden.

Ob die Christenheit diesen Gedanken von Anfang an übernommen hat, entzieht sich der Kenntnis. Erst vom Jahre 1300 an sind „Jubiläen" bekannt. Damals pilgerten auf Einladung von Papst Bonifatius VIII. Tausende nach Rom, um einen vollkommenen Ablass zu gewinnen. Bereits 1330 wurde das nächste Jubeljahr ausgerufen und bestimmt, dass die Pilger an fünfzehn Tagen fünfzehn Mal Petersdom und Paulskirche besuchen mussten, um Vergebung zu erlangen. Bald wurde die zeitliche Abfolge der Jubiläen auf jeweils 25 Jahre festgesetzt und fast immer eingehalten. Mit einer Bulle, einem Lehrschreiben in lateinischer Sprache, wird das Heilige Jahr angekündigt, oft erst einige Wochen vorher.

Papst Martin kündigt am 1. März mit der Bulle „Ingens et familiaris" (Gewaltig und vertraut bist du uns, o Herr) das Heilige Jahr an. Darin bittet er darum, dass der große Gott sich in den schwierigen Zeiten den Menschen „familiär" zeige, den Verlorenen den Weg zurück erleichtere und der Römischen Kirche helfe, für alle Menschen ein Licht zu sein. Jeder solle in diesem Jahr beschenkt werden mit einem Gotteswort. Und auch denen, die nicht nach Rom pilgerten, würde durch Christi Werk die Vergebung zuteil.

In der evangelischen Spiritualität bekommen 14-jährige Konfirmanden einen Spruch aus der Bibel, der sie ihr Leben lang begleiten soll. In Heiligen Jahr 2025 sollten alle gefirmten Katholiken auf einer Urkunde mit dem Bild des Papstes und der Erschaffung Adams von Michelangelo ihr Bibelwort durch ihre Pfarrei bekommen. In der Folgezeit sollten alle Firmlinge ein Bibelwort mit auf den Lebensweg bekommen.

Wir hatten das Fest der Öffnung der Heiligen Pforte vom 24. Dezember auf den 1. Dezember, an den Beginn des Kirchenjahres, vorverlegt. Gleichzeitig wurde an den drei weiteren Papstkirchen die Jubiläumstür geöffnet.

Jeder Tag hat 2025 seinen Tagespatron

Bereits in den drei Wochen vor dem Weihnachtsfest war Rom überfüllt. Klöster boten Tage der Besinnung, dann ein gemeinsames Feiern der Weihnacht an. Obwohl es die meisten Menschen am Christfest zu ihren Familien zog, waren die Angebote der Aktion „Marias Familie" begehrt: Menschen die niemanden hatten, fanden andere Alleinstehende oder Paare oder Klöster oder Hotels, die einluden, mit ihnen Weihnachten zu feiern, normalerweise mit zwei Übernachtungen und köstlicher Versorgung. Niemand nahm das dafür gegebene Geld für sich, sondern stiftete es der Aktion Brothaus in Bethlehem, von der die Idee „Marias Familie" ausging, oder einer anderen wohltätigen Aktion. Vor allem in Bethlehem und ganz Palästina und in Indonesien luden moslemische Familien alleinstehende Christen ein, um ihnen zum Fest einen Zufluchtsort zu bieten.

Jeden Tag im Heiligen Jahr 2025, außer an Sonntagen, stellten wir einen Menschen vor, der Vorbild sein konnte oder eine besondere Ausstrahlung hatte. Er oder sie musste nicht katholisch sein, jedoch einen Glauben haben, über den er oder sie reden konnte:

Menschen mit schrecklichen Schicksalen, Sportler mit Handicaps, Leute, die Rom zu Fuß erreicht hatten, erfolgreiche Unternehmer, Hausfrauen, Sekretärinnen, Schüler, Studenten, sehr alte Menschen...

Vorstellung am Vorabend in der Audienzhalle, viele Zeitungen hatten am nächsten Tag einen besonderen Platz für sie, meist auf Seite fünf. Die „Heiligen für einen Tag" hatten dann Aufgaben in den Vormittagsmessen, eine Lesung oder ihren Lebensbericht. Am Nachmittag gab es für die meisten noch eine Pressekonferenz und Einzelinterviews.

Das Heilige Jahr 2025 stand nicht nur im Zeichen der Globalisierung, sondern hatte als Motto: GS – Globalsanierung. Auf dem Weg zum Jubeljahr 2050 war es gelungen, drei Länder, die zu den wirklich Armen zählten, zu sanieren und schuldenfrei zu machen: Guatemala, Albanien und Nepal.

Das „Päpstliche Institut für Frieden und Gerechtigkeit“ hatte Wissenschaftler hervorgebracht, die kompetente Berater für Staaten wurden. Sie arbeiteten eng zusammen mit der Stiftung „Weltethos“, begründet von Hans Küng, und der Stiftung „Weltvertrag“, die die Entwicklung eines vertragsbasierten globalen Ordnungssystems zum Ziel hat. Der gute Geist im Hintergrund ist hier der Ulmer Wirtschaftsprofessor Franz-Josef Untermrad.

Minerva, die Rosenbotschafter im Heiligen Jahr

Minerva Emilese, Italienerin aus Parma, Miss Italia 2022, war durch die Lektüre von Dantes „Göttlicher Komödie“, das Studium der alten Sprachen und der Papstgeschichte dazu gekommen, Theologie zu studieren und Priesterin werden zu wollen. „Fern des Weihrauchs aufgewachsen wollte ich wissen, was stimmt.“ Bald erfasste sie, dass man in Glaubensdingen viel Wissen erwerben kann, der Glaube aber keine Wissenschaft, sondern ein Wagnis sei, und immer kluge Leute brauche, die ihn den Menschen der Gegenwart vermitteln. Klug war sie, auch voller Glauben, „doch das Heidentum der Jugend steckt in mir wie ein Pfeil mit Widerhaken“.

„Wie äußert es sich?“

„Die Lust zu leben, eine Zeile Kokain, ein Mann.“ Sie war sehr offen und ihre dunkle, melodiereiche Stimme eine Versuchung.

„Sie wollen Priesterin werden?“

„Absolut. Ich bin voller Vertrauen. Die Jungfrau ist meine Vertraute. Immer führt sie mich auf den rechten Weg zurück.“

„Davon bin ich überzeugt. Sie wird Ihnen einen Mann zur Seite stellen. Doch jetzt sind Sie noch ganz frei und Rosenbotschafterin. Und loben die Kathedrale von Mexico City.“

Mexico City ist eine Stadt der Superlative: Es ist eine der größten, lautesten, schmutzigsten und kriminellsten Städte der Welt. Es ist zudem eine der höchst gelegenen Städte: In 2.240 Meter Höhe leben hier mehr als dreißig Millionen Menschen. Trotz aller Vorurteile lohnt sich eine Reise hierher: Mexico City ist seit Jahrhunderten das politische und kulturelle Zentrum des Landes.

Als die Spanier im frühen 16. Jahrhundert nach Mexico City kamen, erwartete sie ein überwältigender Anblick: Weißgetünchte Häuser, goldglänzende Paläste und Tempel auf einer Unzahl kleiner Inseln inmitten eines riesigen Sees, das war die Hauptstadt des mächtigen Aztekenreiches, Tenochitlan.

Am Platz des Heiligtums bauten sie den Dom. Die Kathedrale sank ab in den zu weichen Untergrund. Besonders der rechte Anbau hängt inzwischen stark nach rechts. Man versucht mit allen möglichen Mitteln, das Gebäude abzustützen.

Der Eroberer Cortez wollte die Kathedrale demonstrativ genau über dem Haupttempel der Azteken errichten. Er irrte sich. Daher sind heute die tatsächlichen Ruinen des vor nicht allzu langer Zeit freigelegten Tempels neben der Kathedrale zu besichtigen.

Zwei Monate brauchte Minerva zur Vorbereitung der Reise, zur Vertiefung ihrer Spanischkenntnisse. In ihrer Rede vertrat sie die christlichen Werte als Hilfe und Halt in Lebenskrisen und als Förderer der Lebensfreude.

Das Heilige Jahr war gleichzeitig von der UNO als „Jahr der Werte" proklamiert worden. „Familie, Vertrauen, Neubeginn" stand als Motto über den Veranstaltungen der Kommunen und Staaten. Es gab verschiedene Auftritte mit der UNO-Generalsekretärin Mona Capitano, der früheren Außenministerin von Venezuela.

Nach 30 Jahren wieder auf dem Aaronberg

Als ich am 16. November 1996 den Dschebel Haroun bestieg, baute ich dort einen Altar aus sieben flachen Steinen, und versprach Gott, wieder zu kommen, wenn er mir Leben und Gesundheit erhält. Damals wollte ich Priester werden, sonst war alles offen. Er hat mich Priester und Papst werden lassen, mir die Fülle seiner Welt gezeigt und sein Heil schmecken lassen. Damals hatte ich um ein Symbol seines Beistandes gebeten. Er hat mich den Psalm 71 aufschlagen lassen, in dem es auch heißt:

Auch im Alter, Gott, verlass mich nicht,
und wenn ich grau werde,

bis ich deine Macht verkündige Kindeskindern
und deine Kraft allen, die noch kommen sollen.

Sei mir ein starker Hort,
zu dem ich immer fliehen kann,

der du zugesagt hast, mir zu helfen.
Denn du bist mein Fels und meine Burg.

Damals, 1996, hatte ich gefragt, mit wem ich wohl 30 Jahre später kommen und den Berg besteigen würde. Ich reiste mit Iris und Hermann, den Kindeskindern. Wir erzählten uns unser Leben, sie ihres, ich meines. Natürlich fragten sie auch, ob ich ihre Großmutter Jennifer geliebt hätte. „Ja, sie war meine letzte große Liebe." Dann fragten sie: „Ihr seid doch beide frei, inzwischen heiraten ja auch die Priester."

„Aber der Papst heiratet nicht."

„Du kannst das Gesetz ändern und sie heiraten."

„Wir sind Freunde, wie Verwandte, die sich bestens verstehen."

Ich erzählte ihnen die Geschichte Aarons, der sich durch das Goldene Kalb versündigt hatte, und doch ein Führer des Volkes bleiben durfte, von Ruth und David, von der Geschichte der lang verfeindeten Staaten Israel und Palästina, von ihrer Urgroßmutter Marthe und unserem gemeinsamen Urlaub im Heiligen Land 1996.

Wir besuchten das Weltwunder Petra, liefen auf den Mauern Jerusalems; noch einmal wurde mir die Zinne des Versuchers aufgeschlossen. Eine winzige Versuchung kam von dort, wo die jungen Menschen über den Tempelplatz schlenderten: Noch einmal jung sein, mich noch einmal verlieben. Doch dann sah ich die an, deretwegen ein Mensch jung sein will und sich verliebt: Das Ziel der Liebe sind Nachkommen. Vor mir standen Hermann und Iris mit großen Augen.

Die arabische Adventsreise

Nach der Enkelwoche besuchte ich im Advent 2026 Ägypten und Tunesien, Marokko, Algerien, Libyen und Saudi-Arabien. Staatssekretär Hannibali hatte mit den arabischen Staaten Verträge ausgearbeitet, die nach Jahrhunderten den Christen Unterricht und Liebestätigkeit erlaubten. „Willkommen Caritas!" titelt „Libya Today".

Die „Eintrittskarte für Mekka" hatte der Bruder des toten Abu Arma, Albu Batu, besorgt. Dieser alte Knabe hatte durch seine israelfeindlichen Aktionen den Respekt des saudischen Volkes errungen. Doch man nahm ihm seinen Gesinnungswandel ab. Nun war es plötzlich selbstverständlich, den Israelis Öl zu verkaufen – die Iraqis taten es schon seit 2006 – und Touristen nach Medina einzuladen, wenn auch nicht nach Mekka.

Ich durfte nach Mekka, von einem Balkon aus den Wallfahrtsbetrieb und die Kaaba betrachten. Der König begleitete mich und wünschte am Ende ein „heilendes Wort gegen Aufruhr und Maßlosigkeit". Er begründete sein Begehren: „Tausende von Prinzen und das halbe Volk waren zu lange verwöhnt vom Geschenk des Öls. Wir besinnen uns wieder auf unsere Werte. Dazu gehört auch der Respekt vor anderen Kulturen und vor ihren Stärken. Nicht Konkurrenz und Krieg soll uns verbinden mit den Juden und den Christen, sondern Ideen zur Rettung der Welt. Isa (Jesus) wusste sehr viel. Behaltet seine Tugenden." König Achmut bot seine Hilfe an: „Ich kann keine Legionen schicken, aber auf meinen Befehl beten Millionen für dich und für euch." Ich legte ihm die rechte Hand auf und betete für ihn, für seine Familie, für sein Volk, für den Frieden, für menschliches Maß im Miteinander und gegenseitiges Mitgefühl.

Hier schlossen zwei alte Männer Freundschaft, die weit über ihre Person hinausgehen sollte: Würden wir es schaffen, dies weiterzutragen? Ich bei den Christen mit alten Vorbehalten und zum Teil tödlichen Erfahrungen mit Moslems. Der 11. September 2001 und die vielen Selbstmordattentate waren nicht vergessen. Achmut sollte bei den Schiiten Irans und Iraks, bei den nichtarabischen Moslems in Afrika und Asien für Versöhnung werben.

In Marokko, Libyen, Tunesien und Algerien waren die Tore weit offen. Die Länder kannten Freundschaft und Feindschaft mit Italien und Frankreich und waren bereit, mit den Nachbarn überm Meer die Geschichte aufzuarbeiten. Ich besuchte die Rui-nenstädte und Hippo Regio (Bone), wo Augustinus Bischof gewesen war. Dort haben die Brüder von Taizé eine Station eröffnet, wo den Sommer über die maghrebischen Jugendtreffen stattfinden, lateinische und arabische Gesänge sich abwechseln.

Maghreb ist der arabische Ausdruck für Westen, lateinisch Okzident.

Weihnachten ohne Krieg

Weihnachten 2026. Das erste Weihnachtsfest seit Menschengedenken ohne Krieg.

„Weltethos" und „Weltvertrag", der Dalei Lama, die UNO, der europäische Außenminister, die amerikanische Ministerin für Globale Fragen und der Papst als „Vorläufiger Sprecher der UNA SANCTA" (die sogenannten Sieben Elefanten) konnten alle Kriegsparteien auf Erden gewinnen, vom 15. Dezember bis zum 6. Januar eine Waffenruhe zu unterschreiben – und einzuhalten. Die lokalen Kriege in Afrika flammten zwar danach wieder auf, doch das „Achte Weltwunder Frieden" war sichtbar geworden. Es hat sich allerdings seitdem nicht wieder blicken lassen.

Es brach unter den „Sieben Elefanten" eine Diskussion aus, ob das Wunder nun mit Gottes Hilfe oder allein durch menschlichen Verstand möglich war, doch dieser Streit wurde mit Humor ausgetragen. Der europäische Außenminister Josua Fiskus, ein geborener Jude aus Ludwigsburg, genannt „Spätzle", wollte von „Gottes Hilfe" überhaupt nichts wissen, obwohl dies die Bedeutung seines Vornamens war.

Es galt als unschicklich, über die Nachfolge zu spekulieren, trotzdem wurde ich zum meinem 68. Geburtstag mit Spekulationen überrascht. „Stark angefangen – Eminent nachgelassen. Die W-Fragen an Papst Martin." So grüßte am 6. Januar eine Sonderausgabe des „Giornale Giovedi Romano". Neben drei Kurienkardinälen wurden von Caro zwei erfolgreiche Priesterinnen aus Polen und El Salvador vorgeschlagen, die der Papst schleunigst zu Kardinälen weihen sollte, sowie ein Laie, der fromme Oberbürgermeister aus Wien. Da grundsätzlich jeder Katholik Papst werden kann, könne man ja nach seiner Wahl die Weihen sofort nachholen.

Unter W-Fragen verstand man: Wer wird Nachfolger? Wann tritt er zurück? Woran ist er erkrankt? Wird er noch heiraten?

Mir gefiel der Humor von Caro, der diese Fragen gestellt hatte und dessen Ideen im Heiligen Jahr erfolgreich waren. Er selbst erschien beim Geburtstagsempfang mit seiner Frau Merte, der Tochter des Herausgebers Berlunienzo: „Mit ihr möchte ich alt werden. Sie hat den Gen meiner Selbstzerstörung geknackt." Merte, eine Malerin, sah aus wie Angelica Kauffmann auf ihren Selbstbildnissen: ernsthaft, in sich gekehrt, weißes Kleid, hochgestecktes, üppiges braunes Haar, die selbstbewusste Römerin, die sich ihres Talents bewusst ist. Caros wildes Fleisch ließ sich von Merte bändigen.

Die Graubündnerin Angelica Kauffmann (1741-1807) gilt als „der Raffael unter den Künstlerinnen“. Allein 900 Gemälde hat sie hinterlassen. Die meisten von ihnen sind wunderbare Porträts. Herder nannte sie „eine Frau, die alles sanft ordnet“. Mertes Stil war expressionistisch, doch die Porträtierten erkannten sich wieder in ihren Bildern.

Peters Briefe

Eine Sensation war am 22. Februar 2027 das Auffinden von drei Petrusbriefen, die vielleicht nie abgeschickt wurden. Wir fanden offenbar Abschriften in neu entdeckten Katakomben an der Via Appia.

Der erste Brief

An die Mutter

Geliebteste Mutter,

mit meine liebevollen Gedanken bin ich bei dir im Dorf. Kapernaum, mein Mutterhaus. Zwischen deinen Tieren und deinen Brüsten bin ich aufgewachsen. Die ersten Erinnerungen sind lauter Wärme und gute Milch.

Das Grab des Vaters. Oft war ich bei ihm und redete mit ihm, fragte – und er antwortete. Der Allbarmherzige nehme ihn in das Bündel der Lebendigen.

Meine geliebten Schwestern! Nun seid ihr alle Mütter von jungen und tüchtigen Kindern. Meine geliebten Brüder, Fischer, Zimmerleute wie der Herr, Nachfolger des Herrn, meine Vettern, keiner ohne den Segen der Gebote. Der Erbarmer gebe dem heimgegangenen Simeon das Licht bei den Vätern.

Wie seid ihr mir nahe, ich denke an jeden.

Jonathan, dein Haus auf der Höhe der wunderbaren Predigt. Hast du nicht als erster das Brot bekommen bei der Speisung nach der Thora-Rede?

Ich habe euch alle nahe an meiner Brust, habe euch lieb wie mein eigenes Herz. Die Gedanken an euch versüßen jeden neuen Tag in dem Loch des Nero. Der Herr hat ihn Kaiser werden lassen. Jede Qual sucht er selbst für mich aus: Schläge, lautes Trommeln, kaltes und heißes Wasser. Doch ich ertrage die Plagen als von Gott geschickt, für meinen Herrn, für die Ausbreitung der heilbringenden Botschaft und mit liebevollen Gedanken für euch.

Nun, da ich nicht weiß, ob ich euch wieder sehen kann, diktiere ich dem treuen Timotheus. Der Diener von Vater Paul, der mein Leidensgenosse hier in Rom ist, wurde mein geliebter Bruder und Mitarbeiter.

Sorget nicht um mich, sorget um nichts. Der Herr, der Euch das Leben gegeben hat, wird alles dazugeben, wes ihr bedürft. Sorget ein weinig um Eure Seele, aber nicht zu sehr, und sorget um das Heil derer, mit denen ihr lebt. Das ist genug.

Was auch immer der Herr Euch schickt, es schickt der Herr, deshalb danket für alles.

Zeigt in allem, dass ihr Freunde des Galiläers seid, der gekommen ist, der Welt den Frieden und alle Erlösung zu bringen. Der Sohn des allerhöchsten Gottes hat euch zu seiner Familie dazugenommen. Damit sind wir auf einer Stufe mit Königen und Priestern.

Bei aller äußeren Armut: Lebt als Kinder des göttlichen Lichtes. In allem Leiden: Habt Freude in Euch.

Und der Gott allen Trostes durchdringe mit seinem Frieden eure Leiber und Seelen.

Grüßt meine Kameraden, die Fischer am See. Wie gerne würde ich zur nächtlichen Stunde hinausfahren mit ihnen.

Christus ist der wahre Fels, der mich zum Felsen ernannt hat. Christus ist das wahre Licht, der euch gebietet: Ihr seid das Licht der Welt.

Christus ist der wahre Friede, der uns bittet: Habt Frieden untereinander.

Ich küsse einen jeden von Euch.

Simon, Bruder und Apostel.

Der 2027 gefundene Petrusbrief an die Gattin Gilea

An die Gattin

Der Herr hat uns vereint, der Herr hat uns getrennt. Gelobt sei sein ewiger Name. Geliebte Gattin, während ich mit Freuden an euch alle im Hause denke, zerreißt mir der Schmerz die Eingeweide, denke ich an dich. Als der Herr mich berufen hatte, kam ich Woche für Woche am Vorabend des Vorabends des Schabbats zu euch, um euch zu versorgen und den Ruhetag mit euch zu feiern.

Der Herr ist gerne bei uns eingekehrt, aß von deinem Mahl, ruhte im Hof, hat deine Mutter von ihrer tödlichen Krankheit geheilt, gemeinsam hingen wir an ihm. Als nach dem Hahnenschrei die Verzweiflung hereinbrach, wusste ich wohin: zu dir. Wenn ich mein Brot esse, stelle ich mir vor, du hättest es gereicht, und das trockene salzlose Fladen bekommt Geschmack.

Wenn ich im feuchten Loch Neros friere, denke ich an deine Wärme und werde warm. Geliebte Gilea, o könntest du kommen, könnte ich noch einmal in deine Augen sehen, noch einmal dein ganzes Gewicht über mir, noch einmal unsere Liebesstunden, nachdem du den Fisch gebraten und ich den Wein gereicht habe, wenn der Thymian duftet, der Schreiadler heimkehrt und der liegende Eiermond den Golan krönt.

Achtet die Frauen, nehmt sie mit in die Lehre

Der Brief an seine Frau oder die Abschrift davon scheint unvollständig zu sein, denn es fehlen die Grüße und der Friedenswunsch, der zu einem Privatbrief der Antike auch immer dazugehört. Offenbar konnte Petrus in der Zeit seiner Jüngerschaft, die womöglich nur einige Monate gedauert hatte, oft nach Hause zurückkehren, um die Seinen zu versorgen.

Der abnehmende Mond geht in südlichen Ländern wie ein liegendes großes Straußenei auf.

Petrus wurde sicher noch nicht „Papst“ genannt im Alten Rom, auch wenn er heute als der erste Bischof von Rom angesehen wird und das Papstamt auch Petrusamt genannt wird. Kurz vor seiner Hinrichtung schreibt er an Linus, der ihm nachfolgen sollte, von dem wir aber auch nichts als seinen Namen wissen. „Serve Servorum“ heißt „O Diener der Diener“ und spielt auf den Titel des Papstes „Diener der Diener Gottes“ an.

An Linus

Serve Servorum

Bruder im Verborgenen, die Liebe Christi, die uns in allen Fernen erreicht, sei stark in dir.

Getröstet bin ich, denn ich weiß, das unsere Predigt weiterläuft, auch wenn wir abscheiden.

Gott, der barmherzige Vater alles Lebendigen hat mich erwählt, Zeuge der neuen Zeit zu werden und davon bis Rom zu erzählen. Mit meinen Vätern habe ich erwartet, dass der Gott des großen Königs David ein neues Reich in Israel errichtet. Gott ist groß: Durch den Davidssohn Jesus, geboren in Bethlehem, hat er ein Weltreich des Geistes errichtet.

Wenn meine Zeit zu Ende ist, wirst du als der erste von vielen der Zeuge der Neuen Zeit sein. Auf dich wird man hören.

Du wirst dich auf die Worte des Menschenfischers berufen und entscheiden, was in deiner Zeit recht ist. Bis zu seiner Wiederkunft lebt in seiner heiligen Gegenwart, lebt im Heute, lebt mit den Seelen, die euch anvertraut sind.

Achtet die Frauen, wie der Herr sie geachtet hat. Nehmt sie mit in die Lehre, da der Herr der Maria Magdalena befohlen hat: Geh nach Galiläa und stärke meine Brüder.

Wer Frauen ausstößt, versündigt sich

Maria Magdalena kam, als ich am See traurig beim Netzeflicken saß, war gelaufen auf den Spuren des Meisters zwischen Jerusalem und Nazareth und Kapernaum, dankte, brach das Brot, teilte aus und sagte: „In seinem Namen, esst. Er sprach: Das ist mein Leib, das ist mein Blut. Ich sage euch: Wer in seinem Namen isst und trinkt, hat ihn lebendig in sich. Wer in seinem Namen betet und bittet, empfängt, was er empfängt, von ihm. Wer in seinem Namen Frauen ausstößt, versündigt sich an ihm.“

Bruder Linus,
Bist du nicht auch verheiratet? Fragst du nicht auch in den großen Entscheidungen deines Lebens deine Frau? Erzieht ihr eure Kinder nicht miteinander? War unser Meister nicht auch voller mütterlicher Gefühle? Hier sind viele Christen geworden, die nicht wie Schaul in der Erwartung der nahen Wiederkunft leben.

Der Völkerapostel hat keine Frau. Die Himmel haben ihn gemacht ohne das Begehren des Mannes. Die Himmel machen keine Fehler. Doch der Mensch kann fehlen. Schaul meint, wir, die berufenen Zeugen unseres Herrn Jesus Christus, sollen auf Umarmungen und Kinder verzichten. Ich habe ihm ins Angesicht widersprochen. Wir haben Gott um seinen heiligen Geist gebeten, um diese Frage zu entscheiden. Jeder von uns fleht darum, dass wir bei dieser wichtigen Frage mit einer Stimme sprechen können.

Wenn Christus wartet mit seinem Wiederkommen, wird jedes Geschlecht neue, sehr schwierige Fragen entscheiden müssen. Denn unsere Kinder sind anders als wir, unsere Kindeskinder unterscheiden sich wieder von unseren Kindern. Nur Christus bleibt derselbe heute und in Ewigkeit. Wird er unsere Fragen entscheiden? Er wird keine Tauben mit Briefen vom Himmel senden. In der Kraft des Geistes, den er uns sendet, müssen wir entscheiden. Zur Ehre Gottes und zum Wohle der Menschen. Ich hüte mich, mich selbst als Vorbild hinzustellen.

Wenn ich nicht mehr bin, erzählt von meinen Schwächen. Meine Stärke ist mein Herr, meine Schwäche mag euch trösten in euren Schwächen.

Streit soll die Einheit würzen

Warum haben wir gestritten? Warum sehen wir uns nicht? Du weilst in Rom, ich weile in Rom und der Völkerapostel auch. Die Macht der Finsternis zeigt uns keinen Weg zueinander. Täglich erfahre ich die Macht des Lichtes, die Macht der Liebe, die Macht der Freude. Und alle Mächte sind gebündelt in der Machtrute Christi.

Und ich bete für dich, dass auch du, Bruder, die Stärke unseres Meisters in deinen Gliedern und Sinnen fühlst. Packe sie in deine Reden, sprich davon griechisch zu den Griechen, römisch zu den Römern, erwähle dir die besten Übersetzer, wenn du andere Völker besuchst.

Auch in Zukunft werden sich die Diener des Herrn streiten. Sie werden auf uns sehen, und merken: Die Augenzeugen haben sich gezankt. Streit ist der Vater aller Dinge, hat ein griechischer Philosoph weise gesprochen. Auch in künftigen Zeiten soll die Einheit stärker sein als der Zank. Streit kann die Einheit nur würzen.

Haben wir der Ausbreitung des neuen Weges geschadet? Waren wir mutig und voller Verstehen wie der Herr? Für mich muss ich sagen, dass ich in gleicher Weise ängstlich und gläubig, ein fliehender Feigling und ein mutiges Ebenbild Gottes gewesen bin.

Wir müssen mit unserem Ich und mit unserem Streben, persönlich Recht zu haben, zurücktreten hinter das Werk und die Botschaft Christi. Da ich merke, dass unser Streit das Licht der neuen Zeit verdunkelt, fürchte ich, dass der Leib Christi in den kommenden Zeiten zerbricht. Oh, Herr Jesu, komme bald und wenn du dein Kommen verziehst, so erleuchte unsere Herzen und schwäche unseren Eigensinn.

Dich und deine Bildung, dich und deine Kräfte, dich und deinen Rühmen braucht der ewige Herr. Woher hast du die Gabe, stets froh zu sein und andere glücklich zu machen? Gesegnet seien Deine Frau und deine Kinder, die mit dir diese Charismen teilen.

Heute kam ein Gruß vom See: Die Kinder senden ihrem Vater Salzfisch und Oliven in Öl und Brot zum Einweichen und ein paar Münzen. Iss du auch davon und denke mit deiner Familie an die getrennte Familie deines Bruders Simon.

Kein Weg ist zu weit, dass ich ihn für den Herrn nicht gehen würde. Kein Tod so schrecklich, dass ich ihn nicht für ihn erleiden möchte. Trotzdem sehe ich die wartenden Augen von Gilea und die Tränen meiner Kinder. Ich höre Jonas und Simon fragen: Wo bleibt Großvater? Wo ist Rom?

Ich bin bereit, schon in dieser Nacht den Ring des Fischers, den sie mir gelassen haben, weiterzugeben, an dich Linus.

Meine Kraft ist verzehrt, hast du mich verlassen, mein geliebter Herr? Habe ich dir nicht dreimal gesagt, wie sehr ich dich liebe.

Fürchte dich nicht, Bruder, Wenn du durchs Feuer gehst, sollst du nicht brennen. Und die Wasserströme sollen dich nicht ersäufen.

Rose und Balsam und Moschus

O Linus, ich muss etwas erklären: Bis zum Ende meines Lebens habe ich gebraucht, immer alles ehrlich, ohne Furcht und im Lichte der Wahrheit zu sehen und zu sagen:

Als ich vor einigen Wochen die Möglichkeit hatte, zu fliehen, und vor den Toren Roms schon das Meer schimmern sah, ist mir nicht der Herr begegnet und ich habe nicht gefragt: „Quo, vadis, Domine (Wohin gehst du, Herr)“, und ich bin nicht aus freien Stücken zurückgekehrt, sondern Soldaten griffen mich am Ufer auf. Das Meer teilte sich nicht, um mich zu retten und die Schergen zu bestrafen, sondern sie fragten: „Bist du Petrus, der Schüler des Judenkönigs?“ Ich leugnete nicht wie bei der Magd in der Nacht des Verrats, sondern sagte mit Freuden: „Ja, und er herrscht über Juda und Himmel und Erde.“

Sie lachten mich aus, erfüllten mir aber noch einen Wunsch. Ich durfte fischen. Mit einem Handnetz fing ich einen ganzen Schwarm junger Fische. Wir brieten den Fang am Strand. Sie packten Salz und Brot und Wein aus. Wir teilten alles. Den Soldaten erzählte ich beim Essen von dem, der mich Menschenfischer genannt hat. Sie mussten mich zurückbringen und bewachten mich vier Monde lang. Es war mir vergönnt zu erleben, dass sie sich zu Christus als ihrem König bekehrt haben. Heimlich habe ich sie getauft und das Mahl des Herrn mit ihnen gefeiert. Sie sind jetzt an der Grenze zu Gallien eingesetzt und erzählen dort von ihrem neuen Herrn.

Dir in der Freiheit, Schaul in seiner begrenzten Freiheit und mir in Fesseln gebe der Herr den Frieden und ein seliges Ende.

Silas möge dir noch eine Rose schneiden und als duftenden Gruß Balsam und Moschus dazugeben. —

Petrus nennt den Apostel Paulus in diesem Briefen Schaul (sprich Scha-ul) nach seinem Geburtsnamen Saulus oder Saul, dem ersten König Israels, oder „Völkerapostel" wegen seiner Missionsreisen, vor allem nach Zypern, in die Türkei und nach Griechenland. Petrus und Paulus waren in Temperament und in der Betonung der verschiedenen Aspekte in der christlichen Lehre so verschieden, dass sie kaum zusammen arbeiten konnten und sich in Rom wenig sahen. Sie waren keine Freunde. In ihrem Streit, der auch egoistische Züge trug und Merkmale von Konkurrenz und Neid, vergaßen sie, Jesu Berufung von Jüngerinnen in das Gemeindekonzept der Urkirche einzuplanen. Doch Paulus hat sich in seiner Ablehnung der Frauen durchgesetzt. Obwohl Paulus in seinen Briefen die Mitarbeit der Frauen immer wieder verschieden sieht, schreibt er auch diese Sätze: „Das Weib schweige in der Gemeinde... Sie können zuhause ihre Männer fragen... Die Frau sei untertan dem Manne, der Gewalt über sie hat..."

Die Entdeckung dieser Briefe hat die Entwicklung in der Römischen Kirche bestätigt und beschleunigt, Frauen alle Ämter in der Kirche zu ermöglichen und die Priester heiraten zu lassen.

Petrus nennt in den Grüßen am Ende des 1. kanonischen Petrus-Briefes Silas (Silvanus) seinen Sekretär. Kanon heißt die Sammlung der Schriften, die ins Neue Testament aufgenommen wurden.

Warum sind die Briefe nicht angekommen?

Die Sicherheit eines Schreibers ist darin zu erkennen und die Unterschrift des Apostels. Er hat immer mit Simon signiert, wollte aber immer mit Petrus angesprochen werden

Die Briefe wurden gelesen, zerpflückt, ins Aramäische zurück übersetzt, mit den vorhandenen Petrusbriefen verglichen, die viele Theologen als nicht authentisch betrachten. Ergebnis: Vieles bleibt offen. War Petrus überhaupt in Rom? Stammen die beiden so verschiedenen neutestamentlichen Briefe von ihm? Kann der einfache Fischer diese Briefe diktiert haben?

Trotz aller ungeklärten Fragen rührte der Inhalt der drei Epistel die Menschen. Die Sehnsucht nach seiner Frau, die Tiefe des Vertrauens zu Christus, die Ehrlichkeit in seiner Erzählung erweiterte das Petrusbild.

Die Menschen wollten die Briefe sehen und strömten ins Vatikanische Museum, wo sie tagsüber ausgestellt waren und nachts von Wissenschaftlern unter die Lupe genommen werden konnten.

Das Pergament aus Rinderhaut war von bester Qualität und vorher nicht gebraucht worden, war zwischen 1700 und 2000 Jahre alt, die Tinte aus Pflanzenfarben der Campagna, die Schrift vergleichbar mit Handschriften des 1. Jahrhunderts.

Müsste nun das Neue Testament ergänzt werden? Zuerst reagierte das Peter-Berger-Institut in Heidelberg und nahm die Briefe unter ihre „Werkausgabe der urchristlichen Schriften, zeitlich geordnet“ auf.

Die Rose fürs Kloster Maria Laach

So wurde der Rosenorden schon durch Petrus gegründet. Obwohl ich jeden Tag als Führung Gottes erlebe, waren Petrus Beigabe „Rose und Balsam und Moschus“ im Brief an Linus das wichtigste Zeichen dafür, dass ein anderer die Fäden unseres Lebens in der Hand hat, der das Ganze kennt, Harmonien vor-, uns den Lebenskampf aufgibt und uns darin beisteht.

Der Rosenorden 2027 ging nach Maria Laach, ein Kloster in der Eifel in Deutschland. Die Benediktiner hatten sich überall als der Orden erwiesen, der ökumenische Gastfreundschaft anbietet. „Kloster auf Zeit“, Seelsorge, Schulbildung – sie haben keinen Unterschied in den Konfessionen gemacht. Sie pflegten den Chorgesang, brachten Gemeindepfarrer hervor. Es kamen so viele Novizen und junge Mönche, dass Missionsstationen versorgt werden konnten.

Eine junge Chinesin hatte das Stipendium. Im Zirkus ausgebildet, lernte sie in Paris den christlichen Glauben als Religion der Barmherzigkeit kennen. Wegen ihrer Rückenprobleme musste sie die Manege verlassen und fand Aufnahme in einem Kloster der Barmherzigen Schwestern vom Heiligen Herzen. Hanan war Waise und im großen China wirklich heimatlos. Die kluge Hanan Thieu nannte bald die katholische Kirche ihre Heimat. Während sie lächelnd das Lob der Benediktiner vortrug, jonglierte sie mit fünf Bällen.

Hanan blieb darauf ihr Leben lang in Rom, wurde Leiterin des Gästehauses Villa Asia, in dem vor allem Gruppen aus Korea und China abstiegen. Später bekam sie Kinder mit ihrem dänischen Mann, der als Schreiner auf seiner Wanderschaft in die Ewige Stadt gekommen war, und in der Villa Asia eine Hauskapelle mit christlichem Altar und einer buddhistischen Nische einrichtete.

Nadja war mein Feierabend

Sollte ich 2028 mein „Lesebuch" überarbeiten? Nein! Ich war selbst in den elf Jahren kaum zum Lesen gekommen. „Wie erholen Sie sich?" wurde ich oft gefragt. „Was machen Sie am Abend? Was in Ihrer Freizeit?"

Nun hatte ich das seltene Glück, dass Beruf und Neigung voll übereinstimmten. Seele und Körper waren erfüllt und im Übrigen bedürfnislos. Die Sexualität habe ich für diese Jahre ausgeschaltet. Fast. Im Sommer küsste ich Rosen, ich roch an ihnen und küsste sie heimlich. Der weiche gefügige Rosenmund ist kein Ersatz für Frauenmund, mir musste er es sein.

Nadja, Carls Frau in „Papas Palast", wusste immer, was mir gut tat. Ich sah sie beinahe täglich, sie war frech, lieb, herzlich, hatte Zeit und strahlende blaugrüne Augen, manches besprach ich mit ihr; verschwiegen war sie, eine wunderbare Mutter, Carls Geliebte und Gattin, viele beneideten sie. Das Essen mit ihr war mein Feierabend Teil eins, Teil zwei das Telefonat mit Lotte.

Silvia van Hechen, die erste Bischöfin

Der 70. Geburtstag am 6. Januar 2029. Das weiße Haar ganz kurz geschnitten, nach einem Achtwochenprogramm „Fitnes al eta (im Alter)" fünf Kilogramm leichter, kam ich aus der adventlichen Fastenzeit und aus dem kurzen Weihnachtsurlaub mit meinen Schweizer Verwandten.

Die erste Bischöfin wurde Ostern 2029 in den Niederlanden eingesetzt: Silvia van Hechen übernahm Utrecht.

Kurz darauf überfiel mich die schlimmste Attacke meines Lebens. 17 Bischöfe aus verschiedenen Kontinenten, darunter drei Kardinäle, spalteten sich als „Katholische Weltkirche" ab. Basis sollte der Stand der Kirche im Jahre 2004 sein, vor der Wahl von Papst Josef. Ihre Begründung: „Bis Jonathan haben die Bischöfe von Rom die Römisch-Katholische Kirche zusammengehalten, falsche Lehre abgewehrt, Reformen mit Billigung aller eingeführt, den Heiligen Geist erfleht und erhalten.

Die letzten 25 Jahre haben den Geist der katholischen Kirche zerstört, den Willen Christi missachtet und etwas Verkehrtes geschaffen."

Schon beim Namen taten sich die Häretiker schwer. „Katholisch" heißt ja „weltweit". Der erste Gegenpapst nach mehr als einem halben Jahrtausend nahm seinen Sitz in Mexico City, nannte sich „Jonathan II." und löste in Mittelamerika Kämpfe aus, die in der Streitfrage „Frauen ja oder nein" gipfelten. Da sich alle an die Regel „Keine Waffen, nur Worte" hielten, überlebten alle Beteiligten den innerkatholischen Glaubenskrieg.

Während die „Weltkirchler" in Mexiko und Polen ganze Diözesen hinter sich hatten, gab es in Mitteleuropa nur einzelne, die zu ihr wechselten.

Bei 10 Milliarden Menschen gab es schließlich einen Umschwung der Bevölkerungsentwicklung. Alle konnten ernährt werden. Ein gewisses Gleichgewicht zwischen der menschlichen Population, Flora und Fauna war erreicht, bestimmt nicht durch der Menschen Kunst, sondern durch Gottes klugen Schöpferwillen. Von 2029 an ging die Weltbevölkerung langsam zurück.

Rosenorden mit Lilien für Florenz

Rosenorden 2029 für den Dom von Florenz. Eine junge Papuafrau hatte das Stipendium bekommen. Papua-Neuguinea ist durch frühere Missionsarbeit aus Deutschland mehr lutherisch geprägt, doch Muaua aus der Hauptstadt hat eine australische Mutter, die in einer fröhlichen Marienfrömmigkeit aufgewachsen ist. Es war für das braune Mädchen vor Aufregung beinahe nicht zu schaffen, den Rosenstrauß mit Lilien unter der achteckigen Kuppel des Brunelleschi niederzulegen, dabei niederzuknien und betend den Segen des Papstes weiterzugeben:

Heiliger starker Gott,
du hast uns gewürdigt, deine Werkzeuge zu sein.
Unseren Vorfahren gabst du die Weisheit, dieses Haus
für dich zu bauen.
Auch heute kannst du uns gebrauchen
und wir wollen dir dienen.

Hilf uns, dein Werk zu erkennen und deinen Willen zu tun.
Mache uns frei von falschen Hemmungen,
frei von gefährlichen Stimmungen,
frei von Menschenfurcht,
frei von Bequemlichkeit,
einfach frei für dich,
für die Mitarbeit an deiner Schöpfung.

Erhalte uns die Begierde nach dir,
die Sehnsucht nach dem ewigen Heil.

Der barmherzige Gott segne dieses Haus und diese Stadt,
Er leite den Erzbischof und
schenke die Freude des Glaubens allen, die
dieses gesegnete Haus betreten.
Durch Christus, unseren Herrn.

Neben ihr kniete Erzbischof Bruno Panelli und betete:

Ihr Himmel habt euch herabgebeugt,
habt uns in allem beigestanden
und diese Stadt zum Blühen gebracht.

Matt und vergebens wäre alles,
ohne junges Leben, Rosenblühn
und jungen Glauben.

Dank der Heiligen Dreifaltigkeit,
Ehre der Jungfrau,
Segen den Kommenden.

Santa Maria del Fiore heißt der Dom nach der Lilie, der Blume im Stadtwappen von Florenz. Auch der Stadtname bedeutet: die Blühende.

St. John ist vollendet

Aus einem Stadtführer: Ziemlich weit im Norden des Zentrums, in der Nähe der Columbia University, steht die Kirche „St. John the Divine“. Es musste natürlich die größte gotische Kirche der Welt werden, sonst wären wir ja nicht in New York. Doch ist St. John trotzdem sehr sehenswert. Es gibt nach der Fertigstellung 2030 immer noch eine Dombauhütte, die gemeinsam mit jungen Künstlern aus den Kunsthochschulen die Ausstattung der Kirche erweitert.

Zum anderen ist St. John eine Kirche, die bereits in der Planung angepasst wurde an die heutigen Erfordernisse einer lebendigen Kirche. So befinden sich im Kellergeschoss keine riesigen Grüfte, sondern eine Sporthalle und ein Konferenzsaal.

Das Hauptportal von St. John sieht auf den ersten Blick nicht ungewöhnlich aus für eine gotische Kirche. Bei näherem Hinsehen kann man jedoch feststellen, dass diese Kirche wirklich brandneu ist. Die Konsolen, auf denen hagere Figuren stehen, zeigen das moderne New York. Stark verzerrte perspektivische Darstellungen von Wolkenkratzern, ein fließender Übergang von Relief zur Vollplastik, herabstürzende Busse und Großstadtalltag sind hier Kennzeichen der Moderne, jedoch verewigt in Stein.

Nach der Fertigstellung im Jahr 2030 brachte Carmen Dubinski aus Warschau den Orden in die Hauptstadt der Vereinten Nationen, ehrte und förderte das Wirken der Katholischen Kirche in dieser säkularen Stadt, dem Schmelztiegel der Nationen, und lobte die Arbeit der UNO. Carmen sprach dort das „Gebet der Vereinten Nationen“:

Unsere Erde ist nur ein kleines Gestirn im großen Weltall. Uns obliegt es, daraus einen Planeten zu machen, dessen Geschöpfe nicht von Kriegen gepeinigt werden, nicht von Hunger und Furcht gequält, nicht zerrissen in sinnloser Trennung nach Rasse, Hautfarbe oder Weltanschauung.

Gib uns den Mut und die Voraussicht, mit diesem Werk fortzufahren, auf dass wir mit unseren Kindern mit Stolz den Namen Mensch tragen.

Zwölf Jahre wollte ich Papst sein, nun war ich im dreizehnten Jahr. Es gibt keine Verpflichtung wie beim amerikanischen Präsidenten, sein Amt in andere Hände zu geben. „Ich kann mir noch ein gutes Jahr vorstellen“, sagte ich meinen Beratern. „Fünfzehn Monate. Ich brauchte ein Ziel.“

Das letzte Ziel im Amt

Ich wollte die Häretiker (Ketzer) zurückgewinnen, fuhr nach Krakau, nach Mexico City, kämpfte, bettelte, drohte. Vor allem, ich liebte den Erzbischof Masilewski, der in Polen die Schismatiker anführte, und den Bruder Bonzales, der diese Position mit einer gehörigen Portion

Selbstbewusstsein im Mittelamerika vertrat: „Lieber der erste in Mexico als der zweite in Rom.“

Es war ihnen gestattet, ihre Ortskirchen ohne eine Priesterin bis zum Jahre 2045 weiterzuführen. Danach sollte die Einheit der Römisch-Katholischen Kirche aufgehen in der UNA SANCTA, die neunzig von hundert Christen weltweit ersehnten.

Sie kehrten reumütig zurück, konnten ihr Bischofsamt noch zehn Jahre behalten, danach als Pfarrer im Amt bleiben.

Ich hatte alles erreicht, was ich mir erträumt hatte. Nun war ich bald 72 Jahre alt. Sollte ich im Amt bleiben? Ein Bischof und ein Erzbischof beantragen in der Regel mit 75 Jahren ihren Ruhestand. Ein Papst hat keinen, den er darum bitten könnte und lässt den Herrn entscheiden.

Ich bat um den geordneten Rückzug. Nadja und Carl mit ihren Kindern zogen aus dem Palast im Oktober 2030. Carl konnte eine Offizierstellung bei den Gardisten einnehmen und bezog ein Haus in Trastevere. Jeden zweiten Tag fuhr ich zu den Meinen zum Abendbrot. Ich konnte mir nicht vorstellen, ohne sie zu leben. Sie luden mich ein, den Lebensabend bei ihnen zu verbringen. Das schlug ich aus, wollte mich noch einmal an die Singularität gewöhnen.

Am 1. Oktober wurde die Resignation für den Martinstag bekannt gegeben. So konnte die Wahl Anfang Dezember stattfinden, die Kardinäle sich darauf einrichten.

Zum Camerlengo ernannte ich Kardinal Sebastiani, den getreuen Wächter über die Finanzen.

Der Tag des Abschieds kommt und geht vorüber

Leichten Herzens und geliebt konnte ich zurücktreten.

Gegen die Argumente, dass ich gut bei Kräften, erfahren und „der richtige“ sei, konnte ich gewichtigere anführen:

* Ich kenne mindesten vier fähige Nachfolgekandidaten, darunter eine Kandidatin.
* Meine Engel sind mir im Traum erschienen und sagten: Es reicht.
* Die Kirche zeigt Erneuerungskräfte, wenn sie einem Papst bei guter Gesundheit erlaubt, den Schlüssel weiter zu geben.
* Wie Papst Josef wollte ich noch eine Auszeit haben, in der sich neues entwickeln kann.

Dabei hatte ich nicht vor, zu heiraten, ließ mich aber von meinen bischöflichen Gelübden entbinden, wollte vom Status her nur noch Stadtpfarrer sein, wollte zurückblicken, aufarbeiten können, Tagebücher durcharbeiten und vielleicht veröffentlichen.

Zum Abschied bekam ich den Titel „Pastor loci orbisque (Orts- und Weltpfarrer) al Sant'Andrea al Quirinale".

Dieses Kirchlein ist ein Juwel unter den kleineren Kirchen Roms. Um 1670 schuf sie Bernini für das Studienhaus des Jesuitenordens als Oval, das durch acht Seitenkapellen erweitert wird. 76 Jahre lang war die Kirche Hofkapelle des italienischen Königshauses.

Hatte ich die Kirche mit ihrer Geschichte versöhnt?

Verschiedene Fluggesellschaften haben mich 2032 zu einer Weltreise eingeladen. Eine Dankesgeste – ich hätte zum Frieden und damit zum sicheren Reisen beigetragen. Nein. Die Flüge konnte ich weiterschenken an Familien aus Afrika, die ihre herzkranken Kinder zu Operationen in die Vereinigten Staaten begleiten konnten.

Pfarrgemeinden wollten mich als Pilgerführer, Paare als den Priester, der sie traut und ihre Kinder tauft. Zu Beerdigungen wurde ich angefragt. Was ich immer ungern getan hatte: Ich sagte nein, genoss das Familienleben und die Freiheit, planen zu können.

Katarina Melkonen

Am 1. Advent 2032 kam ich in Bethlehem an. Hier wollte ich den Winter verbringen, ich fror so leicht. Hier lernte ich Katarina kennen. Katarina hat große, warme Hände, ein Gesicht voller Glanz, schwarzes Haar mit silbernen Strähnen und ein Herz, so groß wie Vilnius:

Sie ist die Witwe eines erfolgreichen Holzhändlers, begütert und spendabel. Aus Dank für sein Lebensglück und seinen beruflichen Erfolg hatte Algirdas Melkonen 2030 der Stiftung Brothaus eine Million Euro zukommen lassen. Ein Jahr darauf, am 2. Juli 2031, starb er 63-jährig den Tod der Glücklichen, Herzversagen im Schlaf, nachdem er an die beiden Söhne übergeben hatte. Die der Organisation kundige Witwe stellte ihre Gaben für ein halbes Jahr der Stiftung zur Verfügung. Wir waren Tischnachbarn beim Weihnachtsessen: Polnische Gänse hatte man uns gebraten.

Seit diesem Abend friere ich nicht mehr.

Sie war frei, ich von meinen Zölibat entbunden.

Wir heirateten am Tag der Katharina von Siena, am 29. April 2033, in Siena. Katarina hatte viel gesehen, aber noch nicht die Stadt, aus der ihre Namenspatronin kam: Bevor wir selbst die Hochzeit planten, lud Erzbischof Gallero aus Siena ein, uns im Dom Santa Maria Assunta zu trauen.

Die Hochzeit des früheren Papstes hat nur einen kleinen Teil der Katholiken erschüttert. Die meisten freuten sich von ganzem Herzen darüber, dass Papa Martin nicht mehr friert.

„Diese Frau und ihr Leben sind eines der größten Wunder der Geschichte, auch für den, der an Wunder nicht glaubt.“ Eine Würdigung für Katharina von Siena. Nur drei Straßen vom Dom entfernt liegt das Grabmal der Heiligen. Sie war die Tochter des Färbers Benincasa und bewog durch ihre Beredsamkeit Papst Gregor XI., 1377 aus Avignon nach Rom zurückzukehren. Von ihren Visionen ist die bekannteste die auf vielen Bildern dargestellte „Vermählung mit Christus“. Im Renaissanceportal des Santuario steht die Inschrift „Sponsae Kristi Catharinae Domus (Haus der Katharina, Braut Christi)“.

Mit Katarina Melkonen wurde Martin noch einmal Großvater und Urgroßvater. Denn Alma, die in Cordoba den Rosenorden überreicht und als Boticellis Frühling getanzt hatte, ist eine Enkelin Katarinas.

Der 75. Geburtstag

Feier in Augsburg zum 75. Geburtstag: Eine Messe im Dom mit der fünften Kantate des Weihnachtsoratoriums eröffnet den Festtag. In Jubeltönen und mit nachdenklich-frommen Arien bedenkt Johann Sebastian Bach die Erscheinung Christi.

Der Chor beginnt:

„Ehre sei dir, Gott, gesungen.
dir sei Lob und Dank bereit.
Dich erhebet alle Welt,
weil dir unser Wohl gefällt.“

Ich dachte bei dieser Strophe an die Weihnachtsfeiern meiner Kindheit in der Postgasse in Bern und an die erste Weihnachtsfeier als Papst im Petersdom. Nichts in meinem Leben kann ich höher schätzen als das Kommen des Gottessohnes.

Nach der Erzählung über die Suche der Weisen nach dem Kind erklingt dieser Choral:

„Dein Glanz all Finsternis verzehrt,
die trübe Nacht in Licht verkehrt.
Leit uns auf deinen Wegen,
dass dein Gesicht und herrlichs Licht
wir ewig schauen mögen."

Marthe und Matthias schauen diese ewige Schönheit, Annele und Angela auch.

Dass mein Leben mit seinen finsteren Stunden auch ganz anders hätte verlaufen können, bedenkt die Bassarie:

„Erleucht auch meine finstren Sinnen,
erleuchte mein Herze
durch der Strahlen klaren Schein.
Dein Wort soll mir die hellste Kerze
in allen meinen Werken sein;
dies lässet die Seele nichts Böses beginnen."

Warum Bethlehem? Ich kenne schönere Städte. Nahe bin ich meinem Herrn, weil er mir überall nahe ist. Das Brothaus und Katarina binden mich an diese Stadt. Der Evangelist erzählt:

„Und ließ versammeln alle Hohenpriester und Schriftgelehrten unter dem Volk und erforschte von ihnen, wo Christus sollte geboren werden. Und sie sagten ihm: Zu Bethlehem, im jüdischen Lande, denn also stehet geschrieben durch den Propheten: Und du Bethlehem im jüdischen Lande bist mitnichten die kleinste unter den Fürsten Juda; denn aus dir soll mir kommen der Herzog, der über mein Volk Israel ein Herr sei."

Eine Knabenstimme sang dieses Alt-Rezitativ. Das Herz des elfjährigen Peter Althaus möge sein Leben lang ein Thron für diesen König sein:

„Mein Liebster herrschet schon.
Ein Herz, das seine Herrschaft liebet
und sich ihm ganz zu eigen gibet,
ist meines Jesu Thron."

Rose und Balsam und Moschus im Goldenen Saal

Im goldenen Saal versammelte sich mein Leben: Mura und Lotte, Gertrud und ihre Familie, Lea mit Iris und Hermann, Katarina und ihre Enkelin Alma, Olga, die hier das Messer in mich gestochen hatte, ihre Schwester Nadja mit Carl und Anna, Bischof Tassilo von Rottenburg, Erzbischof Kardinal Gebhard aus Freiburg als Vertreter des Papstes. Bischof Gunnar aus Augsburg richtete zusammen mit der Stadt Augsburg die Feier aus.

Oberbürgermeisterin Tanja Gerhäuser, der ich selbst die Firmung gespendet hatte, nannte diesen Tag den Höhepunkt ihrer Amtszeit, „weil ich heute spüre, dass ein gnädiges Geschick unser aller Leben beschirmt. Der Mann aus Nazareth, dem wir unserer Erlösung verdanken, verteilt die Ämter und gibt Kraft und Geist dazu."

Kurze Musikstücke, von Minneliedern über Klassik und Gospels bis zu den Ohrwürmern aus dem Musical „Mutter Teresa", wechselten mit kurzen Reden.

„Dass die Weltstadt der Ökumene diese Feier ausrichtet, ist mir eine große Ehre. Die Impulse für die Freundschaft zwischen den Konfessionen und für die Gestaltung meiner Aufgaben gingen von dieser Stadt aus." So der Tenor meines Dankes.
Mit vier großen weißen Rosensträußen war der Saal geschmückt, Moschus- und Balsamduft erfüllte ihn.

Moschus ist die Bezeichnung für ein Drüsen-Sekret des im ostasiatischen Hochland lebenden Moschushirsches. Bis zu 30 g Sekret befindet sich in einer walnussgroßen Drüse am Bauch des Hirsches vor den Geschlechtsorganen. Zur Gewinnung des Moschus wird dem erlegten Tier die Drüse entfernt und getrocknet, wobei die ursprünglich salbenartige rotbraune Masse schwarz und körnigpulvrig wird. Ähnliche Substanzen finden sich auch in der Bisamratte und in der Zibet-Katze.

Moschus hat die Fähigkeit, eine Parfüm-Komposition zu beleben, die Ausstrahlung zu verstärken, zu harmonisieren und abzurunden. Die Kreuzritter brachten Moschus nach Europa, wo er als Aphrodisiakum bekannt wurde. Marco Polo verwendete Moschus als Zahlungsmittel auf seinen Reisen.

Balsam nennt man im Pflanzenreich vorkommende dickflüssige Mischungen von Harzen mit ätherischen Ölen, aromatischen Säuren, Estern etc. Sie fließen freiwillig oder nach Verwundungen aus Stamm und Ästen mehrerer Baumarten aus oder werden durch Auskochen und Auspressen aromatischer Pflanzenteile gewonnen.

Sie riechen stark aromatisch, schmecken scharf und verlieren, der Luft ausgesetzt, größtenteils ihr ätherisches Öl, trocknen ein und verharzen. Von Wasser werden sie nicht, von Äther zum Teil, von Alkohol vollständig gelöst; bei der Destillation mit Wasser geben sie ätherisches Öl und hinterlassen Harz.

Man unterscheidet Perubalsam (schwarzer indischer Balsam), Tolubalsam, Mekkabalsam und Storaxbalsam.

„Mit den Blumen und den Düften hier im Saal wollen wir andeuten, wie wir Vater Martin verehren", sagte die Oberbürgermeisterin.

Doktorhut in Tübingen

Die Weltreise, 2035 erneut von den Fluggesellschaften angeboten, konnte ich nicht noch einmal ablehnen: Sie war zwischen Besuchen in Taizé und Warschau verbunden mit der Ehrendoktorwürde der Universität Tübingen: „Dem Ehrenprälaten der Römischen Kirche, dem Einiger der Christenheit" wurde ein Hut verliehen. Universitäten sind frei in Forschung und Lehre und in der Erfindung von Titeln: Es war mir nicht einmal gelungen, die römische Kirche zu einigen, ich habe nicht alle Dissidenten in meinem Bericht genannt. Doch für das Ziel der Wiedervereinigung der christlichen Bekenntnisse hatte ich gelebt und war bereit, Lust und Leben zu opfern.

In Tübingen hatte mein Theologenleben begonnen, in Tübingen wurde Lea gezeugt. Mit der Auszeichnung wurde auch Hans Küng geehrt. Er war der Vordenker und das Vorbild. Bei meiner Dankesrede zitierte ich ihn siebenmal.

Es war möglich, Joachim, Hans-Ulrich und Gernot, der damals Gustav als zweiten Bass im Silcherquartett vertreten hatte, aufzuspüren. Nach einigen Proben konnten wir noch einmal auftreten. Die dritte Strophe des Ganzhorn-Liedes „Im schönsten Wiesengrunde" sangen wir mit Tränen in den Augen. Gernot hatte Leukämie und nach der Feier nur noch vier Monate zu leben:

„Sterb ich, in Tales Grunde
will ich begraben sein.
Singt mir zur letzten Stunde
beim Abendschein:

Dir, mein stilles Tal,
Gruß zum letzten Mal!
Singt mir zur letzten Stunde
beim Abendschein."

An Küngs Ehrengrab im Innenhof des Klosters Bebenhausen sangen wir:

„Morgen muss ich fort von hier
und muss Abschied nahmen,
o du allerschönste Zier,
Scheiden, das bringt Grämen.
Da ich dich so treu geliebt,
über alle Maßen,
soll ich dich verlassen.

Wenn zwei gute Freunde sind,
die einander kennen,
Sonn und Mond bewegen sich,
ehe sie sich trennen.
Noch viel größer ist der Schmerz,
wenn ein treu geliebtes Herz
in die Fremde ziehet."

Wird Katarina das Reisetagebuch veröffentlichen?

Katarina und ich führten getrennt Tagebuch dieser viermonatigen Weltreise von Februar bis Juni 2035. Alle diese Erlebnisse wären ein eigenes Buch. Wird Katarina es schreiben? Beim Vergleich unserer Eintragungen merkten wir, dass wir verschieden und anderes wahrnehmen. Farben und Düfte erscheinen ihr viel bemerkenswerter als mir. Kinder kommen häufiger vor, sie notiert sich ihre Aussprüche, sie beobachtet meine Haltung, merkt, wie ich im Laufe eines Tages krumm werde.

Die Reise schließt siebzehn Besuche bei Familien ein, die mir ihren Hausschlüssel geschickt hatten. Jetzt endlich habe ich Zeit dafür, zum Beispiel Familie Petroni zu sehen, Philippinen mit italienischem Namen in einem Hochhaus in Manila. Ich sollte ihre Buddhafigur segnen. Wir beteten am Grab von Papst Josef und beim Herzen Jonathans. Ich durfte vor Parlamenten reden.

Wie schön es ist, mit einer Frau zu reisen! Wie wohl es tut, mir ihr alles zu teilen. Bei aller Zuneigung, die ich mein Leben lang erlebte, es waren die Nächte einsam, Mahlzeiten einsam, Urlaube einsam.

Meine Hilfe im Alter,
die Süße des alten Mannes.

Trösterin in Dunkelheit und Kälte,
immerwarm, singt so schön.

Eine Seele, die keinen Gram kennt,
alles Verlorene aufgehoben bei Gott weiß.

Von Schwägerin Lotte kamen die zartesten Wünsche zur

Verpflanzung zweier stattlicher Bäume,
damit keiner allein den Winter erlebe:

Wenn es dunkler wird, kälter,
blickt ihr euch an,
habt zwei Leben zu erzählen,
ladet euch die Monde ein.

Klirren im Winde
die Fahnen,
teilt ihr gelbe Birnen.

Wo es im Süden
Sommer wird,
stehen für euch
vor Kathedralen
Orangen
und wilde Rosen.

Lottes Wünsche sind mit Zitaten aus Hölderlins „Hälfte des Lebens“ gespickt.

Katarina wusste, dass ich Lotte liebe und alle Kardinäle, die Kirche und die Konfessionen, die Feinde der Kirche, die Häretiker und Sekten, den Dalei Lama, die Präsidenten und die Königinnen auf Erden. Diese Liebe blieb, auch als ich nichts mehr zu melden hatte, das Strömen wurde stärker und gleichzeitig wurde die Liebe zu Katarina stärker.

Altersliebe gönne, alter Gönner Gott,
deinen alten Männern,
wie du sie Abraham und David reichlich gabst.

Nun habe ich nichts mehr vorzubereiten als mich, lebe in der täglichen Gegenwart Gottes. Das Amt des „Orts- und Weltpriesters" wurde von San Andrea in Rom übertragen an die katholische Katharinenkirche von Bethlehem. Hier lese ich täglich Messen, die viele Fernsehanstalten als Aufzeichnung ins Nachtprogramm nehmen. Den letzten mitternächtlichen Weihnachtsgottesdienst haben 121 Sender direkt übertragen.

Die Kirche ist benannt nach Katharina von Alexandrien, deren berühmtestes Denkmal das Kloster auf dem Berg Sinai darstellt. Sie war ein außergewöhnlich schönes, hoch gebildetes Mädchen. In ihrem Stolz wies sie jeden Bewerber ab. Eines Tages traf sie einen Einsiedler, der ihr erklärte, dass Jesus ihr wahrer Bräutigam sein. Sie ließ sich taufen. Bald darauf wurde sie aufgefordert, an einem heidnischen Opferfest teilzunehmen. Hier erklärte sie Kaiser Maxentius, dass seine Götter Abgötter seien. Fünfzig Philosophen und Rhetoriker, die sie zur „Vernunft" bringen sollten, widerlegte Katharina. Sie bekehrten sich und ließen sich taufen. Maxentius raste vor Wut und ließ die fünfzig hinrichten und sie auf ein mit Nägeln gespicktes Rad binden. Sie überstand die Folterungen und wurde schließlich am 25. November enthauptet, wahrscheinlich im Jahre 306. Engel haben ihre Gebeine zum Sinai getragen. Katharina von Alexandrien gehört zu den 14 Nothelfern. Sie ist die Patronin der Schulen und Universitäten, der Theologen und Juristen.

Hier in Bethlehem erhebe ich mit schwachen Händen ein Glas, halte den in der Nähe gewachsenen Wein in die Abendsonne, dass er leuchtet wie ein großer Rubin, und bin bereit. Die Koffer sind gepackt. Immer hatte ich Helfer. Die mir beistehen auf dem letzten Weg, sind bereit.

Gottes Welt ist gut

Vorgestern sollte ich vor einer Priestergruppe aus Skandinavien nach der Messe eine Rede halten. „Woher wir kommen, wohin wir gehen. Was unsere Pflichten sind."

Einige Gedanken aus der Rede:

Wir kommen aus den nordeuropäischen Ländern, deren Bewohner viele mit Nörglern und Pessimisten gleichsetzen. Aufklärung und Atheismus haben wir in die Welt gebracht, Reformation und Glaubenskämpfe, große Denker und Wissenschaftler, überragende Kunst und großes Leid. Wer Entscheidungen treffen muss, wird vor Tragödien nicht bewahrt. Unsere Leiden erleben wir in der besten aller möglichen Welten. Gott hat sie eingerichtet, darum ist sie gut.

Die Rede beschäftigte sich auch mit der Vergangenheit der Kirche und dass wir nicht ohne Fehler sind. Ich sagte bewusst nicht „nicht unfehlbar". Obwohl das Dogma der Unfehlbarkeit in meinen Jahren nicht zur Wirkung kam, blieb es doch bestehen. Niemand kann ein Dogma der Römischen Kirche löschen. „Zum Auskühlen auf den K2, einen Achttausender im Himalaja", hatte ich das Dogma der Unfehlbarkeit des Papstes bringen lassen.

Ich wurde geführt. Wir alle werden geführt. Mir wurde geholfen. Uns allen wird geholfen. Die erste Pflicht ist, sich führen und sich helfen zu lassen. Nicht ich habe Leistungen vollbracht. Niemand kann von sich behaupten, es zu können.

Große Künstler, Artisten, Entertainer, Autoren, sie stehen alle im Dienst ihrer Sache. Glücklich, wer seinen Beruf gefunden, angenommen und die Leistung hervorgebracht hat, die in ihm steckt.

Meine Aufgaben sah ich darin, die Spannung auszuhalten und zu gestalten: die Fesseln des goldenen Käfigs, in dem ich lebte, zu durchbrechen und gleichzeitig ein verlässlicher Bischof, ein kreativer Reformator und ein demütiger Repräsentant des einen Leibes Christi zu sein. Ich hoffe, dass meine Gebete gehört werden. Ich hoffe, dass ich euch im Himmel wiedersehe. Ich hoffe, dass die junge und noch unfertige UNA SANCTA Bestand hat.

Was kann ich noch erwarten? „Ihr verlasst eure Frauen und Familien, doch der himmlische Vater wird's euch tausendfach lohnen", sagt Jesus. Ich habe auf vieles verzichtet, hatte aber immer die Fülle des Lebens, eine verzweigte Familie im Alter. Kann ein Mann mehr wollen?

Ich habe nichts in die Welt gebracht und nichts werde ich mit hinausnehmen. Doch der Himmlische hat mich Sauerteig sein lassen, Salz der Erde. Angestrahlt hat er mich und ich habe sein Licht weitergereicht.

Mein Lebensgefühl blieb mit 33 Jahren stehen. Die Zeit verging, brachte mich nach Augsburg, Rom und Bethlehem, mein Gesicht zeigt die Spuren, doch innerlich blieb ich jung. Dort, wo Vertrauen und Gefühl ihren Sitz haben, blieb ich 33. Der Herr wurde auf Erden nicht älter. Ich fühlte mich immer wie 33, bis ich merkte: Mein Gesicht ist jetzt 70, und die Anspannungen sind eingezeichnet. Wir brauchen wieder einen wirklich jungen Papst.

Jetzt bin ich wieder entspannt. Keine Nöte von Priestern und Kardinälen plagen mich mehr. Was ich erfahre, bringe ich im Gebet vor meinen Gott. Dann ist es weg von meiner Seele.

Ich habe der Welt nichts gegeben als meine Liebe, meine Hingabe, meine unendlich große Lebenslust, meinen Gang am Rande des Vulkans.

Nichts konnte ich erwarten und habe alles bekommen, so viel Liebe, sogar Hass. Man glaubte an mich, ich glaubte an Gott. Mein jetziges Fühlen ist nicht mehr Glauben. Ich wechsle zwischen Glauben und Schauen. Ich lebe bereits mit Marthe und Martha, mit Maria und Melchisedek, mit Angela und Annele.

Hier enden Martins Aufzeichungen.

Vater Martin wirkt durch sein schlichtes Da-Sein

Eine Hoffnung erfüllt sich am Jordan schon seit 30 Jahren: die Menschen aus aller Welt strömen zu Weihnachten und zur Jahreswende in den „Neuen Nahen Osten" und verbringen hier den Winter mit Wellness und frommen Übungen, mit Konzerten und Workshops.

Seit der Fertigstellung des Kanals, der das Tote Meer vor Verlandung gerettet hat, gleichzeitig Trinkwasser und Strom produziert, ist Sodom zu einem grünen Tal geworden. Rund um das Tote Meer entstehen Orte zum Leben.

In früheren Jahren verbrachten hier hautkranke Menschen Sechswochenkuren und gingen gelindert nach Hause. Heute verbringen hier zusammen mit den Patienten Senioren aus aller Welt den Lebensabend, sie studieren dabei die Bibel und die alten Kulturen des Orients, reisen nach Bagdad und Delhi, nach Teheran und zum Berg Ararat nach Ostanatolien.

Sie kommen zu Martins täglichen dreimaligen Gebeten nach Bethlehem und warten stundenlang auf den Segen. Ein Gruß von Katarinas großer warmer rechter Hand, ihre Linke auf der Schulter: Viele Pilger, die es erlebten, erzählen ihr Leben lang von diesem Gefühl von Wärme und Geborgenheit.

Dutzende von Reiseagenturen werben ungefragt mit Martins und Katarinas Konterfei. Was sollen sie es unterbinden? Dient es doch dem Land, dem Glauben und dem Frieden.

Alle, die nach Bethlehem kommen, wollen Papst Martin sehen, den sie auch „den Emeriten“ nennen, ein Wortspiel von Eremit = Einsiedler und Emeritus = Professor im Ruhestand.

Deshalb gibt er dort täglich einen Segen vom Balkon seines Hauses aus. Immer mit einem Psalmwort, mit einem Wort Christi und einem Zitat eines Philosophen, einer „Sibylle“ oder eines Schriftstellers. Sonst betet er viel in einer Gastzelle bei den Orthodoxen an der Geburtskirche, nächtlich erscheint ihm wieder Annele, oft mit Angela, Maria und Jesus. Sein Herz macht nicht mehr mit. Er verweigert Herzschrittmacher und Bypassoperation. Vom Großmufti in Jerusalem bekommt er einen Titel: „Der friedliche Kreuzritter“.

Schließlich unterscheidet er nicht mehr zwischen Traum und Wachen. Von Katarina handverlesene Besucher werden zugelassen.

Ostern leuchtet

„Warum will nicht Ostern werden?“ fragt er öfter Ende März 2038. Doch in diesem Jahr ist Ostern am spätest möglichen Termin, am 25. April.

An seinem letzten Tag lässt er sich auf das Dach seines Hauses tragen, von dem aus man die Hirtenfelder überblickt, und haucht dort lächelnd und flüsternd sein Leben aus: „Ostern leuchtet.“ Wetterleuchten und Gewittergrollen in der Ferne. Zwischen den dunklen Wolken blitzt die rote Abendsonne auf. Papa Martin stirbt am Mittwoch der Karwoche, am 21. April 2038, halb fünf.

Erste Aufbahrung in der Geburtskirche der Orthodoxen. „Es ist uns eine Ehre, euren Vater Martin nahe bei der Krippe des Herrn zu bergen. Dürfen wir selbst die Totenwache stellen?“ Bald gibt es Streit über den besten Platz am Sarg unter den Mönchen, der jedoch verstummt, als die arabischen Kinder der lutherischen Gemeinden Weihnachtskirche und Reformationskirche hereinsingen: „Gelobt sei Gott im höchsten Thron...“, „Auf, auf mein Herz mit Freuden...“ und „Ach Herr, lass dein lieb Engelein...“

Am Gründonnerstag Aufbahrung in der Katharinenkirche.

Alle, die kommen, dürfen am Ausgang Hände waschen und ein Rosinenbrötchen essen. Bethlehems Bäcker müssen in diesen Tagen 100 000 Brötchen backen: Israel gibt dazu das Mehl, Iran die Rosinen, Rom zahlt Energie und Arbeit. Regierungen, Firmen, Weinhäuser stiften weißen Wermutwein und Limonade.

Weltweit backen Bäcker diese Martinsbrote, wie sie bald heißen. Kinder in Augsburg und Haundorf erinnern sich an die Friedenswecken ihrer Kindheit. Ein Jahr darauf werden sie wieder in fast alle Kinderhände kommen. Der Brauch bleibt: Am Mittwoch vor Ostern um halb fünf bekommen Kinder Martinsbrot. Sie werden gefragt: „Warum will nicht Ostern werden?“ Und antworten: „Ostern leuchtet schon.“ Diese Aktion wird ein starkes verbindendes Element der UNA SANCTA.

Papst Martin Paul ruht in Erfurt

Donnerstagnacht wird der Sarg nach Rom geflogen und über Karfreitag im Petersdom aufgebahrt, wo am Tag darauf der letzte Segen über dem Sarg gesprochen wird.

Gedenkmessen werden in der Nacht von Samstag auf Ostersonntag auch in vielen nichtkatholischen Kirchen der Welt gefeiert. Am frühen Ostermorgen um 3 Uhr beginnt die feierliche Überführung nach Erfurt mit Halt in Assisi, Florenz, Verona, Trient, Innsbruck, München und Bamberg. Ankunft des Sarges in Erfurt am Domplatz Montagmittag. Aufbahrung an der Chorstufe. Bestattung zu Füßen der romanischen Madonna am Abend. Um sieben Uhr läuten weltweit alle Toten-Glocken. Die Feier in Erfurt verfolgen drei Milliarden Menschen. Es sprechen der deutsche Bundespräsident, der italienische Staatspräsident, Kurienkardinal Casparoli und Lottes Tochter Julia.

Die Tafel in Augenhöhe der Madonna wird am Himmelfahrtstag enthüllt:

Diener der Diener Gottes
Papst Martin Paul
2017 – 2031

Martin Urs Melchior Eggli
* 6. Januar 1959 Bern
† 21. April 2038 Bethlehem

Im Kleinen Geborgenheit
Im Großen Gerechtigkeit
Im Rückblick Wahrheit
Im Ewigen Heil

Katarina lebt in Bethlehem auf dem Gelände des Brothauses. Hier will sie auch einmal begraben werden. In Litauen werden Pfarrwitwen alt.

■ Ulrich Beer
Nach Herzenslust
Geschichten – Gedichte – Gedanken
2004, ca. 270 Seiten, ISBN 3-8255-0490-5, ca. € 22,–

■ Veronika Schlüter
Merkwürdigkeiten
Baltische Impressionen
2005, ca. 160 Seiten, ISBN 3-8255-0506-5, ca. € 20,–

■ Ulrich Beer / Heidrun Steuernagel
Das Früchtehoroskop
Eine heitere Charaktertypologie
2004, ca. 100 Seiten, ISBN 3-8255-0505-7, ca. € 15,–

■ Ulrich Beer
Die Kunst, Menschen für sich zu gewinnen
3. Auflage 2003, 194 Seiten, ISBN 3-8255-0429-8, € 17,90

■ Walter Lobenstein
Gelebt und geträumt
Kurze Geschichten
2005, ca. 200 Seiten, ISBN 3-8255-0502-2, ca. € 20,–

■ Roswitha Stemmer-Beer
Liebeskämpfe
Wie Töchter ihre Mütter abnabeln
2004, ca. 160 Seiten, ISBN 3-8255-0499-9, ca. € 18,–

Zum Reihenherausgeber:
Ulrich Beer, geb. 1932, Dr. phil., Prof. h.c., Diplom-Psychologe, ist Verfasser von mehr als siebzig Büchern, die zum Teil in mehrere Sprachen übersetzt wurden. Er war psychologischer Kommentator von über sechzig Sendungen „Ehen vor Gericht“ und lebt heute als freiberuflicher Psychologe, Graphologe und Fachschriftsteller in Eisenbach im Hochschwarzwald.